大鱼

有爱的青春陪伴者

能不能听话

栖遥 著

江苏凤凰文艺出版社
JIANGSU PHOENIX LITERATURE AND ART PUBLISHING

图书在版编目（CIP）数据
能不能听话 / 栖遥著. -- 南京 : 江苏凤凰文艺出版社, 2025. 11. -- ISBN 978-7-5594-9933-2
Ⅰ. I247.5
中国国家版本馆CIP数据核字第20253DT519号

能不能听话

栖遥 著

责任编辑　王昕宁
特约编辑　周丽萍
责任校对　言　一
责任印制　杨　丹
出版发行　江苏凤凰文艺出版社
　　　　　南京市中央路165号，邮编：210009
网　　址　http://www.jswenyi.com
印　　刷　天津睿和印艺科技有限公司
开　　本　880mm × 1230mm　1/32
印　　张　9.5
字　　数　311千字
版　　次　2025年11月第1版
印　　次　2025年11月第1次印刷
书　　号　ISBN 978-7-5594-9933-2
定　　价　42.80元

目录

CONTENTS

...Neng Bu Neng Ting Hua...

目录

CONTENTS

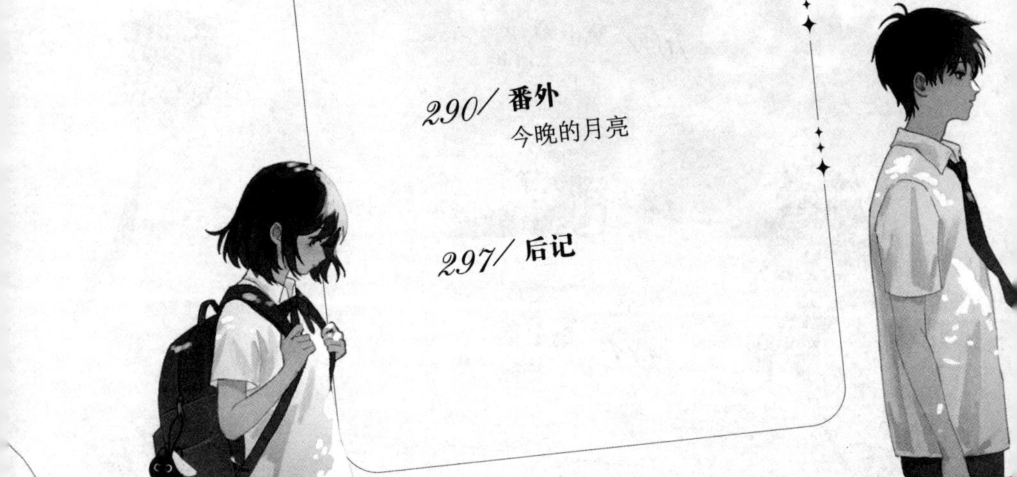

...Neng Bu Neng Ting Hua...

第一章

不共戴天

Neng Bu Neng Ting hua

C市的七月末，不复往日般潮湿。

一年中为数不多的晴天，好像都用在了夏季。蝉鸣声聒噪，阳光透过窗外的树荫落在窗台，在书桌上留下斑驳的光影。

阳光太过明媚，桌上摊开一本数学练习册，白底字迹晃眼，使人不免轻微皱起眉。

蒋唱晚站起来，倾身伸手，“唰”一声拉上窗帘。

也没拉严，她站在窗户边上，手里攥着纱质布料一角，偷摸往外看。

她房间在二楼朝南的位置，楼下正对着小花园。

此时宽敞明亮的院子里，一个穿家居服的身影正拿着剪刀和喷水壶在花丛中忙碌着，客厅的电话响了都来不及接，看起来是一点空也没有。

蒋唱晚长舒了一口气，一屁股坐下来，动作麻利地把垫在暑假作业下面的言情小说抽出来，从精彩处看起。

高大的男人顿时变了脸色，咬牙切齿道：“逃？你还能逃到哪里去？怀了我的孩子，这辈子都是我霍家的人！”

她一脸苍白，不住地发抖，两眼含泪，显出几分仓皇与绝望：“你为什么就不能放过我？”

一阵若有似无的风吹过，纤细娇小的身影已经到了天台边，她含着泪，扶着栏杆，字字清晰又决绝地开口：

“霍长晖！是你逼我的！”

…………

“妈呀！”蒋唱晚大惊，咬着奶茶吸管翻页，“她不会要跳下去吧？”

身后响起轻微的声响，然而沉浸在豪门联姻带球跑文学里的人丝毫没有察觉到。

直到翻到一半的纸面上陡然压上一只手，毫不留情地握着书脊，将书从她手里抽走。

——“谁要跳下去啊？”

刚还在花园里鼓捣花枝的人站在她身后，没好气地问。

蒋唱晚心里暗道完了，缓慢回头。

“一天作业不写，课不上，正经书一点不看，全是这种……”

孟女士数落着，扫了一眼封面上的“豪门娇妻哪里逃”，顿时感觉血压都上来了，咬牙切齿道：

“我看蒋唱晚你脑子就是跳下去摔坏的是吧！”

蒋唱晚：……行，这个月第十五本了。

她沉默而又依依不舍地向这本小说送去最后的悼念，叹了口气：“我今天作业写完了才看的！”

孟女士不信她这套，冷哼两声，抓起桌上练习册扫了一眼：“就这？写个解就算写完啦？”

“这不是不会吗？”蒋唱晚跟泄了气的皮球似的，摊在椅子上，“老师说，能写到哪步就写到哪步，我每道题都写了个解呢！没有功劳总有苦劳吧？”

孟青被气得不行，看到她就烦，一边拍胸口，一边喊她：“去去去，少在这儿碍眼，阿姨说家里没酱油了，你去买瓶回来。”

“……哦。”蒋唱晚不情不愿地站起来，走出去的时候，还不动声色地瞄了两眼被孟青放在桌边的书。

孟青一看就知道她在想什么，一把把书捏在手上：“收了！还想呢？每天八点档偶像剧还不够你看啊，这种狗血文你也看得上？”

“……哦。”

收了就收了，干吗还人身攻击。

蒋唱晚这回是真蔫了，兴致缺缺地下楼出门去。

C市整体地势平坦，南山别墅区在难得的市郊半山腰上，离市区有一定距离，但好在植被覆盖率高，空气清新，人口密度较小，环境还不错。

蒋唱晚一路往下走。

平日里最近的日常用品采购点是小区门口的小卖部，此刻却关了门，卷帘门上贴了张白纸，蒋唱晚凑近了看，老板说儿子放暑假，得在家里守着他写作业，暂且放两天假。

"……真惨。"蒋唱晚摇摇头，同情地"啧"了两声。

谁也没比谁好过。

这片区域的基础设施还是比较完善，会员制的大商场就在山脚下，但是得走一截，蒋唱晚懒，干脆站树荫下等公交车。

没两分钟，手机铃声响起来，蒋唱晚扫了一眼来电显示："喂？"

"你干吗呢？发消息怎么不回？"

电话那边是她的好朋友，上来就是很熟稔的语气，兴师问罪。

"看小说又被我妈抓了，这会儿被赶出来买酱油呢。"蒋唱晚无精打采地说，遥望着绿色的公交车远远驶来，从美乐蒂钱包里翻了个硬币出来，捏在手里转着玩。

"又被抓了？"程姗姗在那头不可置信，恨铁不成钢，"不是都跟你说了吗？就压在练习册下面啊，装作要翻页，听到声音立马放下来，这都学不会？"

"唉，这不就是看入迷了，没注意嘛。"蒋唱晚长长地叹了口气，把硬币投进槽口，就近坐在门口的座位上，抱怨着，"她还说又要重新给我找个家教呢。"

程姗姗"嘶"了一声："真倒霉。"

"是啊。"蒋唱晚接道。

"你不会以为我在说你吧？"程姗姗翻了个白眼，"我是说，你的新家教，人家真倒霉！"

蒋唱晚缓缓皱起眉："你什么意思？到底是哪边的人啊你？"

"我什么意思你不清楚吗？"程姗姗十分嫌弃地"喊"了一声，怕她不记得似的，开始一一数落。

“第一个家教，是个资深老教师吧？好像还是我们学校退休的，孟阿姨花大价钱去请，人家上来给你讲文言文，你说什么？”

蒋唱晚沉默地回想了一会儿。

好像是：“老师，大清已经亡了，不要再满口‘之乎者也’了。”

……白胡子老头当时就气得脸色铁青，揪了一把胡子下来，看着都疼。

但他活该！

蒋唱晚反驳道：“那他大夏天穿一身大马褂，上来就对我精心卷过的刘海发表意见，说女孩子一天吊儿郎当不务正业，就应该多学女德女诫，就差留辫子了！我不得阴阳他两句啊？”

“……这么迂腐啊？”

程姗姗想了一会儿，觉得有道理，是她可能还骂得更凶，于是开始回想下一个。

“那第二个呢？听我妈说，那个阿姨可是外边儿的金牌辅导老师，多少学生家长等着排队，要不是赶上教培机构改革的风口，我们都请不到的。”

“嘁。”蒋唱晚翻了个白眼，身体往后，靠在公交车座位的后背上，“你就听她吹吧！只会拿自己的讲义，上面的题讲得一板一眼，跟背过答案似的，一到别的资料上的题就不会了，支支吾吾说要去上厕所，结果偷偷在走廊上搜题呢！”

“……啊？”程姗姗傻眼了，张了张嘴，“真的假的？”

“亲眼所见。”蒋唱晚一字一句，笃定道。

视线往下，发现她的小白鞋上不知道什么时候黏了片树叶，卡在白色的鞋带处，于是她把钱包塞回兜里，倾身去摘。

电话那头，程姗姗怒道：“那她吹得天花乱坠，把我妈都唬住了，还想花双倍价格把她请过来，别太离谱了好吧……”

就是咯。

蒋唱晚想，这下你们不觉得我的家教们来了又走，都是我的错了吧！

她一边听程姗姗骂人，一边伸手去摘那片叶子，整个人重心向下，只坐了横排座椅的浅浅一端。

不知道什么时候沾上的，偏软的梧桐叶，小小一片，绿得葱郁，形状完整，刚好还卡在鞋带中间。

“搜题谁不会啊，我们虽然不会做，但答案能看懂啊……”程姗姗还在吐槽。

蒋唱晚一边附和地“嗯”着，一边小心翼翼地，想要尽量完整地把梧桐叶抽出来。

甚至还轻微屏息，专注程度不亚于她看总裁娇妻带球跑文学。

程姗姗兀自说了一会儿，发现对面没回应，疑惑地将手机从耳边拿下来看了眼，又放回耳边。

“喂？”

“你干吗呢？”

“我……”蒋唱晚刚开口说了一个字，公交车前车忽然急停。

司机猛然踩下刹车，急促而大力的惯性使后排乘客惊呼一声，身体前倾，急忙抓住了横杆。

蒋唱晚就没有那么幸运了。

她本来就坐在靠近上车门处的横排，难以固定，急刹车时还在努力解救那片树叶，整个人重心不稳，顺着惯性往下跌。

“……啊！”

身体横着往车厢后面跌，完全失去控制的感觉让人恐慌至极。

慌忙之中，蒋唱晚胡乱伸手去抓，试图抓到什么东西，以此来稳定身体。

然而天不遂人愿。

伸出去的手只徒劳地在空中张了张，电话那头的程姗姗只听见几声惊呼，接着，她身体面向车头，身体向后。

在大庭广众之下，以一种非常狼狈的姿态——

一屁股跌在了地上。

空气一片寂静。

跌坐下去的好几秒后，蒋唱晚都没说话。

呼吸依旧急促，大脑仍然一片空白，右手五指张开，撑在身后，粗糙的地面摩擦得手心微微发疼。

又过了好几秒，在大庭广众之下摔跤的狼狈和尴尬才后知后觉地涌上来。

司机从前面探头，问她有没有事。

手机那头，程姗姗还在电话那头略显茫然地询问：“啊？你怎么了？”

蒋唱晚万分尴尬，连忙跟司机摆摆手，示意他不用管，接着撑着身子略微起身，捡起落在不远处的手机。

再想站起来的时候，屁股一痛，又泄力地跌了回去。

“……我没事。”她坐在地上说，“待会儿再打给你。”

挂断电话后，屁股依旧隐隐作痛。

蒋唱晚又沉默地盯着手里那片梧桐叶，回想了一会儿，自己是怎么落到这副田地的？

这个时间点不是上下班高峰，甚至不是买菜的点，公交车上的人少得可怜，只有后排靠窗有两个阿姨拎着环保袋在聊闲天，一站后就下车了。

蒋唱晚又想了一会儿，似乎靠后门处还站着一个男生，当时背对着她，没看清脸，但依稀记得身材高而挺拔，侧影轮廓分明。

还有他握住把手的右手稍微用力，手指修长而白皙，小臂有轻微的肌肉线条。

挺好看的。

当时她还偷偷压低声音跟姗姗讲了一句，说可惜没看到正脸。

幸好没看到。她这会儿想。

不然丢大脸了。

蒋唱晚实在屁股痛，在地上坐了约莫两分钟，才又准备缓缓站起来。

手撑在地上，支撑起身体，先保守地轻微挪动，以试探痛感。

——但这一试，就试出了问题。

蒋唱晚原本龇牙咧嘴的神色一顿，又缓慢地感受了一下。

……屁股下的触感，跟手掌接触地面的感觉不一样。

屁股下这个东西，是软的。

“这……”

大脑正在经受着风暴，头顶上倏然传来一道礼貌的男声。

“同学，你好。

“请问你还要坐多久？”

仿佛过了很久，仿佛又只有短短几秒钟。

蒋唱晚缓缓抬头，对上一双平静中带着无言的眼睛。

…………

该怎么形容那双眼睛呢？

偏狭长的眼型，双眼皮褶皱窄而深，深褐色瞳孔，看起来整个人沉静而清透。

跟她先前猜的一样，是好看的。

但蒋唱晚此刻无暇顾及其他，呆滞一瞬后，脑子里无数句吐槽疯狂涌过，尴尬到手指都不自觉地握紧。

……她刚刚，一直坐在他鞋上。

在大庭广众之下，一屁股摔坐在人家鞋面上。

“不好意思啊……”蒋唱晚这会儿也顾不得什么屁股痛不痛了，一骨碌站起来，盯着地面道歉。

“对不起对不起，我不是故意的。”

由于短时间内没有获得回应，蒋唱晚还是站在原地，垂着眼继续说话，尴尬得头皮都在发麻。

“只是刚刚不小心摔了，痛到有点麻木，没注意压到了什么东西，真的不是故意的……”

一长串急切而又单方面的陈述之后，依旧没有回应。

公交车上一片安静。别说回答了，连个简短的“嗯”声都没有。

蒋唱晚缓缓皱起眉。

他什么意思？

不接受我的道歉？

不就是不小心摔下去，然后坐在他鞋上了吗？

又不是什么伤天害理的事情，凭什么这么踿啊？

而且他也没扶我啊！正常人不是见人摔了，都急忙上来扶吗？

不扶就算了，连不小心的举动，还不接受她如此真诚的道歉！

长得好看有什么用啊，还不如刚在后面提着几大袋刚抢来的促销菜的阿姨呢。

蒋唱晚越想越生气，带着恼羞成怒的情绪抬眼，决定给他好好上一课。

“你……”

知不知道这样很没礼貌啊！

刚吐出一个字，后半句话哽在喉咙里，不上不下。

她顿住了。

又是一阵尾气排放的声音，后门“嘎吱”一响，缓缓合上，车重新发动，缓慢向前。

下车的人站在路边不远处，斑驳树荫漏下金色光点，规整的白衬衫被日光一晃，比数学练习册上的字还要晃眼。

他似乎听到她喊，缓慢偏过头来，侧脸轮廓分明，下颌线清晰，平静又无言地投来一眼。

"嗯？"

"真的太奇葩了，我还站那儿跟他道歉呢！噼里啪啦说了一大通，虔诚而又知书达理，他一声不吭，自己偷摸下车了！

"我现在屁股还疼着呢，见人摔也不知道扶一下，什么人啊！

"还害得我坐过站，往回走了一大截！"

蒋唱晚拎着瓶酱油，一边往家里走，一边对着电话忿忿不平地骂。

她一脚踹飞路上的石子儿，下结论道："简直是个害人精。无语死了！"

然而程姗姗并没有在意她，只是第一时间追问："好看？

"有多好看？"

声音之急切，语气之好奇，蒋唱晚仿佛都能看到她闪烁着星星眼冲过来的样子。

……就真的不在意好朋友死活是吧。

说一长串，只记得她说那人长得还挺好看。

顿了几秒，蒋唱晚深吸一口气，把手机从耳边拿下来，放到下巴前面。

"程姗姗你也滚吧！"

喊完这句之后，她愤怒地伸出食指，猛地按下挂断键，气鼓鼓地开锁进家了。

孟青正在客厅里练瑜伽，听着一阵风风火火的声音就头疼，一边做着下犬式，一边数落道："你就不能文静点啊？一天跟个炮仗似的，没事儿跟你哥学学……"

絮絮叨叨的，蒋唱晚不想听。

她进厨房把酱油递给阿姨，并张望了一下今天吃什么菜，转身出来上楼梯，反击道：

"跟他有什么好学的？一天蹦不出几句话，蹦出来也绝对是损人的。如果我是炮仗，那他就是个哑炮，有什么好稀罕的。"

孟青卡了一下："欸你这小孩……"

蒋唱晚才不管，她把孟女士气得往瑜伽垫上呈"大"字一摊。就算看到了，也会识破她只是做两个动作就累了，借机偷懒而已。

她又摸回房间，锁上门，趴在床上开始看综艺。

没看一会儿，就被手机"叮咚叮咚"的消息提示音弄得烦，拿起来一看，程姗姗又给她发了不少消息。

一开始是假情假意地道歉，说自己错了，下次一定先关心她，再关心帅哥。

没几分钟，约莫是看蒋唱晚不理她，连装都懒得装了，就开始给她分享八卦。

33：欸，据说我们班下学期有转校生。

33：据说还长得挺帅！

33：我晕哪，我终于要有福了吗？

33：我终于要成为那种偶像剧里有帅哥转学生的女主角了吗？

33：我好幸福，晚宝，我第一次想要立刻马上现在就开学！

蒋唱晚一脸黑线，敲字戳破她的美梦。

纽特学长的嗅嗅：[？.jpg]

纽特学长的嗅嗅：少来，暑假作业写完了吗，就想开学？

纽特学长的嗅嗅：自己开别拉着我啊。

又仔细看了一遍上面的消息，她冷笑着发语音问："'据说'？据谁说啊？三班那个小胖子吗？

"你上学期被他骗说有级草微信，两百块卖给你，结果最后发现是他本人小号装的，这事儿就忘了啊？"

程姗姗沉默片刻，发来几个点。

33：[省略号.jpg]

33：好汉不提当年勇！

33：这回是真的！不仅小胖子第一时间跟我通风报信，我妈今天回来也说，她插花班下课路过学校，看见矮士水带着一男生从学校出来。十有八九是真的！

33：骗你，我抄暑假作业被矮士水发现。

蒋唱晚："……呃。"

矮士水是他们班班主任，教数学的，本名叫高士山，后排几个男生开玩笑给取了绰号，后面就传开了。

无语了片刻，蒋唱晚敷衍似的回她：真的就真的吧，开学再见分晓。

纽特学长的嗅嗅：暑假作业哪儿抄的？答案发我一份。

蒋唱晚这人除了看小说追剧的时候极其有执行力，偶尔学习的时候也会。

比如抄答案的时候。

"你别照着标准答案抄啊，我俩一起露馅儿就完了。"开了免提，电话那头传来程姗姗的声音。

“怎么可能？”蒋唱晚“嗤”了一声，“谁有那么傻，抄答案还敢抄得参考答案一模一样？”

那边不说话了。

蒋唱晚落笔飞快，簌簌又写了两行，才反应过来：“……你啊？

“你照着这答案抄的，一点没改啊？”

程姗姗撇了撇嘴：“这不是边看剧边抄的，忘记改了嘛。”

“真行。”蒋唱晚给她比了个大拇指，“这下你想不被发现，估计都难。”

程姗姗看上去要哭了，很假地吸了两下鼻子：“你也好不到哪里去，你现在抄得高兴，待会儿你新家教老师来了，一抽查，一整个完大蛋！”

蒋唱晚不以为意地“喊”了一声，头也没抬：“我敢打赌，他在这儿待不到两节课就会被我气走，根本都不会有检查我作业的机会！”

程姗姗撇嘴：“你别太自信了。”

话音没落，听见孟女士在楼下喊她，约莫是什么让她出来准备准备，新老师要来了。

蒋唱晚匆匆把答案页面关掉，确认自己妥善保存好了，对着程姗姗低骂了一声“乌鸦嘴”，才挂了电话，随便收拾了两下，下楼去。

“衣服穿好！头发理一下。”孟女士站在楼梯口上下打量她，犀利地挑出一些刺，“注意仪容仪表，知道不？”

“这老师可难找了，你一天天的自己不好学，还嫌弃这儿嫌弃那儿，再学不进去我真的要揍你了。”孟青看着她下楼，絮絮叨叨。

蒋唱晚兴致缺缺地应：“……知道了。”

话音刚落，门铃响了。

一声又一声，不疾不徐地响了三次，然后很规整地再无动静。

在孟女士的眼色下，蒋唱晚对着玄关的镜子理了理衣服，撇着嘴去开门。

虽然人确实不怎么爱学习，但表面的礼貌还是要有的。

蒋唱晚努力攒出一个灿烂的微笑，向内拉开门的同时，很是兴致勃勃地打招呼道：“老师上午好，我是……”

视线由下至上，在触及略显宽松的白衬衫下摆时顿住。

干净宽松的白衬衫，扣子和领口都规整，面料柔软却挺阔。

最重要的是，很眼熟……好像在哪里见过。

蒋唱晚大脑迟钝地转动着，视线缓缓上移，划过少年挺拔颀长的肩背，脖颈线条上凸起明显的喉结，轮廓分明的下颌线，到了那双眼睛。

门外小花园茂密葱郁，微风吹拂，花枝在轻轻摇曳，将影子晃落在青色地砖上。

七月末的阳光明媚，逆着光，眼睛的聚焦像是相机的过曝过程，缓慢而模糊，唯有那双平静的褐色眼睛清晰异常。

“……我是，你的学生。”

好半晌，蒋唱晚才震惊到发愣地把后几个字吐完。

“你好。”沈衍舟垂眼看她，不轻不重地应，看上去冷淡疏离又有礼貌。

孟青已经在客厅热情地招呼，说沈老师快进来，并吩咐阿姨端点水果上来。

蒋唱晚愣着没动，沈衍舟侧身，从她身边走过，带来一阵伴有青柠香气的微风。

擦肩而过的同时，他不动声色地垂睫，用只有两个人能听见的声音，继续道：“我是害人精。”

蒋唱晚脑袋上缓缓冒出一个问号：“……啊？”

…………

——必须走，他必须给我走！

蒋唱晚坐在客厅里，偷摸垂眼在手机上打字，力道大到快要把屏幕敲碎。

——太过分了，什么人啊！

——是不是早知道我是谁了，不然怎么偷摸跟在我背后，听我说话呢？

——还记仇啊！今天刚进门就敢偷偷阴阳我，给我下马威，那明天就敢跟我妈告假状！以后还能有我好日子过？

打这句话的时候，蒋唱晚偷偷抬眼，瞄了一眼正在沙发上坐着、跟孟女士畅谈的那人。

他背了个黑色书包，进门后就规矩地放下，放在一旁。

此刻跟孟青说话，脊背挺直，脖颈微垂，眼睛注视着对方，认真倾听，有问就答，不卑不亢，语调平静谦卑，很有礼貌，没有惯常的那种世俗圆滑。

按理说，应该看起来很舒服的。

但蒋唱晚就是气不过，觉得这人讨厌。

——公交车上不提醒我，也不接受我的道歉，让我很尴尬，此为一罪！

——偷听我说话，还堂而皇之地摆到明面上来嘲讽我，此为二罪！

聊天框那头，程姗姗等了片刻，问：然后呢？好歹得有个三宗罪吧？

蒋唱晚却没再回她。

因为她被孟女士勒令跟某位老师交流目前的学习情况了。

“手机收下去！一天天的，就知道玩手机，人家沈老师在这儿关心你的学习情况，你倒是打字敲得噼里啪啦的，要我来帮你说？我上学还是你上学？”

孟青装凶训她，横眉瞪眼的，满脸都是“你最好快点给我投入状态”。蒋唱晚吃瘪，收了手机，慢吞吞往沈衍舟那边挪了点。

“那这样，小沈老师，你们先聊着，我去厨房看看。”孟青转脸就换上笑容，非常温柔地对那人说，堪称变脸一绝。

蒋唱晚的目光追随着她走进厨房，直到人都看不见了，才依依不舍地收回来。

但她也没好意思看那位小沈老师，只能盯着地面瓷砖发呆。

比起她，沈衍舟大概算是足够波澜不惊了，除了进门时那句模棱两可的“我是害人精”，别无他话，更没有什么能体现出他们早晨才刚刚有过节的表现。

他坐得端正，冷白的后颈从衣领延伸出来，棘突明显，坐在松软的沙发上也脊背挺直，无端让人想到校服白衬衫、黑板、粉笔，与永远敞亮明净的教室玻璃窗。

是个普世意义上的优等生。

他抬眼看向她，开口问道：“听孟阿姨说，你数理化都相对弱一点？”

声音不疾不徐，语调平淡，落入耳道时，仿佛让人感受到夏日冰镇汽水的清凉。

不知道为什么，心里那簇熊熊燃烧的火焰，倏然就矮了一截。

蒋唱晚垂着头，“嗯”了一声。

他顿了两秒，似是好奇：“那为什么想学理？”

空气沉默片刻。

蒋唱晚这人从来不畏惧社交，甚至在绝大部分场合上，都是负责引领气氛的社交主导，但也仅限于跟想交流的人，沈衍舟显然还不在此列。

她顿了几秒，打哈哈似的敷衍道：“就是想。”

没得到回应，沈衍舟也没什么特别的反应，只是颔首点了点头，没再追问，手肘轻轻撑住膝盖，起身来。

“那我们上去看看你的试卷？”

蒋唱晚："……啊？"

好啊这人，才说两句话就想看试卷，那上两节课是不是就要看她的日记本了？

蒋唱晚一边在心里腹诽，一边慢吞吞地起身，不情不愿地走在前面，领他上楼。

"你先等一下，我收拾一下。"走到房门前，蒋唱晚回身对他说。

然后她快速闪进房间，把门一关，一屁股坐在小沙发上，顺手拿过旁边的玩偶抱着，开始皱着眉思考人生。

怎么就沦落至此了呢？

大概思考了五分钟，还是没有获得结果，唯一的答案就是手机皇历上显示的不宜出行。

都是那瓶酱油的错，蒋唱晚托着下巴想。

今天晚上少吃一碗饭，作为对孟女士的报复！

想好之后，她兀自点点头，从沙发上站起来，草草环顾四周，感觉房间还算得上整洁，没什么好收拾的，于是"砰"一声打开门，面无表情地对着站在门外的人说："进来吧。

"小、沈、老、师。"

一字一顿，几乎是从齿缝里挤出来的声音，就差把牙咬碎了。

沈衍舟自上往下地看她一眼，很努力地克制住自己不要露出那种看傻子一样的眼神，也面无表情地迈步进去了。

"上学期期末的可以吗？"蒋唱晚站在书柜前，背对着他问道。

"可以。"

沈衍舟站在书桌边，平淡地应道，顺眼打量了一下蒋唱晚的书桌。

其实还算整洁。

一张白色的大桌子，方方正正，靠墙壁一侧竖着摆放着一些笔记本，白色台灯，还有几个泡泡玛特的盲盒玩偶。暑假作业摊开摆在正中央，粉色的笔袋敞开，露出里面数不清的笔。

沈衍舟顿了一秒，将视线从她正在使用的那支、笔端缀着一个十分浮夸的芭比公主挂件的笔上移开，落到她的暑假作业上。

"这儿有张数学……"

"语文卷子……不对不对，怎么是前年的。"

蒋唱晚还在书柜里翻翻找找，一会儿弯腰，一会儿踮脚，艰难地从她那些乱七八糟的书里，找出那么一丁点和学习有关的东西。

好不容易凑齐了三门主科的试卷，蒋唱晚一边把皱巴巴的纸张顺平，一边走到桌前，“啪”一声拍在桌上。

“喏，看吧。”

她说，人往椅子上一坐，悠闲懒散的样子。

沈衍舟看了她一眼，又看了一眼试卷上鲜红的那个“69”分。

“不知道的以为你拿的是满分卷子呢。”他淡淡地说。

“什么？”蒋唱晚没听清，皱着眉问。

沈衍舟却没有再说话，垂睫打量起了她的卷子。

蒋唱晚后知后觉，觉得他好像是在嘲讽她，撇了撇嘴，懒得计较，又缩回椅子上，拿着手机东点西点。

房间一下子安静下来，甚至能听见窗外的鸟鸣声。

有些时刻就是不知道自己在想什么，心不在焉到手机都玩不进去，无意识地左点右点，还是什么都没看进去之后，蒋唱晚终于偷偷抬眼，把目光落在身旁的人身上。

她倒也没有那么讨人厌，给他搬了张椅子过来，但沈衍舟没坐。

他就那么站在她书桌前，脊背挺直，脖颈微垂，低着头看她的试卷。

阳光被纱质窗帘阻挡掉一半，只留下温柔的光芒，落在他的白衬衫上，熠熠闪着光。指节修长，轻轻地扣在纸面边缘，翻页动作间，筋骨分明。

……这么看来，她那保存不当、皱巴巴的试卷，确实有点不美观了。

蒋唱晚心虚地揉了揉鼻子，又偷偷摸摸地将目光再往上。

沈衍舟垂着眼，眼睫漆黑浓密，随着他视线的移动而缓慢颤动，神情平静而专注。

阳光落在他侧脸，闪耀得有些晃眼。

……还蛮认真的嘛。

蒋唱晚撇了撇嘴，收回视线。

房间里一时只剩下他不时翻动试卷，纸张窸窣作响的声音，还有两个人浅淡的呼吸声，隔着不远不近的一段距离，轻轻地交错着。

又过了五分钟，大概是看完了，沈衍舟把卷子往她桌上一放，撩起眼皮看她一眼，淡声问：“叹什么气？”

“可惜啊。”蒋唱晚又叹了口气，摇摇头，慢吞吞地说。

沈衍舟眉梢轻轻挑起，神情极淡地望来，是一个询问的动作。

“可惜什么？”

“感觉你应该会是一个还不错的老师。”蒋唱晚手掌撑着脑袋，偏头看他。

沈衍舟不置可否，把另一张椅子拖过来，坐在她身旁，然后才又看向她：“所以呢？”

“可惜——你遇到我咯。”蒋唱晚拖着尾音，把身子直起来，手肘撑在桌沿上，轻轻甩动她笔上的芭比公主挂坠，一副不好沟通的样子，轻轻凑近他。

她盯着他的眼睛，轻声问：“你知道在你之前，有多少个老师，撂担子不干了吗？”

沈衍舟没回，只是保持着偏头的姿势，平静而冷淡地回望她。

没人捧哏，蒋唱晚也不恼，缓缓伸出手指，比了个数字。

沈衍舟扫了一眼：“三个？”

“No no no.”蒋唱晚摇头，伸出一根食指，随着声音反复晃动，表示他猜错了。

接着，又变回最开始的那个“OK”形状的手势，递到沈衍舟眼前。

“是三十个，懂？”

沈衍舟沉默。

蒋唱晚收了手，继续道：“所以不管你讲得好不好，长得好看不好看，你都是留不下来的。

“这跟你这个人怎么样无关，因为我只是不喜欢上课，更不喜欢有人管我。”

见沈衍舟抬眼望来，一副平静如水的样子，蒋唱晚沉默一秒，又补了一句。

“……跟我们之前的恩怨也无关！”

沈衍舟挑了挑眉，非常轻松地识破了这句谎话，甚至都懒得敷衍地问一句“真的吗”，只是很了然地望着她，甚至还顺从地点了点头。

“嗯。”他说，“我相信你。”

蒋唱晚倏然气闷，感到一种一拳打在棉花上的无力感。

为什么这个人每次看她一眼，都不用开口，就能让她感到心虚。

蒋唱晚烦躁地“啧”了一声，移开视线，停了两秒，起身把卷子拽过来，豪迈地往面前一放。

“讲吧。”她盯着卷子上不知所云的题，放狠话似的吩咐道，“讲完你好回家吃饭。”

说话豪迈爽快，大有一副以后也不用再来了的意思。

沈衍舟倒也没什么反应，只是平静地收回试卷，从她第一道就错了的选择题开始。

“这道能看懂题干吗？”修长的指节落在试卷上，指着题目。

蒋唱晚装聋作哑，盯着纸面，不回答，他也就不继续往下，只是保持着这个姿势，偏头看她。

不气，也不恼，只是十分平静地望着她。

令人坐立难安，头皮发麻。

这种诡异的对视整整持续了近五分钟。

直到蒋唱晚先败下阵来。

“……能看懂。”她移开视线，有些不情不愿地说。

“嗯。”沈衍舟像个没事人一样，轻声应道，继续往下。

“这道题是函数图像的考察，图像移动的口诀你还记得吗？”

“……嗯。”

天知道她对这种方式有多无解。

如果沈衍舟不耐烦，反复询问，她也会“噌噌”来火气；如果沈衍舟不管不顾，继续自己讲自己的，她也就顺理成章地不用往下听了。

但他没有。

他只是安静地看着她，等待着她的回应，显得十分沉静而有耐心。

蒋唱晚本来根本没在听，故意想着要出神，准备回忆今天看过的霸总小说，并自己脑补出一个结局，却竟然也被他这种时常需要回应的教学方式带着走了。

“……上加下减，左加右减。”她不情愿地小声说。

“不错。”他颔首道，从旁边抽出一张草稿纸，左手指尖轻轻压住，落笔之前还礼貌地询问了一下，这能用吗，得到蒋唱晚首肯之后才下笔。

手腕轻松一拉，一条利落的直线就画出来了。

蒋唱晚都看呆了。

她一边听他讲，一边看他在纸面上写写画画，觉得这人不去学美术真的很可惜。

这道题讲完之后，孟女士端了果盘上来，站在他们身后，象征性地敲了敲门，脸上带笑：“哎呀，小沈老师辛苦了吧？吃点西瓜，来，牙签在这儿。”

“我们家晚晚是不是有点难教？”孟青边给沈衍舟递纸巾，边瞪了蒋唱晚一眼，“你说大家都一样大，怎么你就这么优秀呢？只能劳烦你多多

蒋唱晚 × 沈衍舟

○ **沈衍舟**于她而言，

意味着**夏天、蝉鸣和树荫**，

是午后握住的一瓶冰汽水，

是一场只属于他们两个人的寻梦环游记。

是她十六七岁的全部意义。

担待了。”

蒋唱晚在旁边吹胡子瞪眼的，心想孟女士怎么偏心。

沈衍舟倒是很有礼貌，摇摇头：“没有，她还不错的。”

“这样啊。”孟青明显不信，觉得只是沈衍舟有教养，不跟蒋唱晚计较，“那你们继续吧，我在这儿看看，不介意吧？”

“没关系。”沈衍舟摇摇头，然后把试卷的面儿一翻，笔尖落在倒数第二道大题上。

只写了个解，一分都没有得到的题。

蒋唱晚无言。

不是，你想显摆你的水平，衬托我的愚蠢，倒也不用这么明显吧？

她皱着眉，难掩悲愤地瞪他一眼，沈衍舟没在意，继续用他那时刻要求回应的方式开始讲了。

但蒋唱晚不爽，她就要找茬儿。

“这个公式知道吧？”沈衍舟在已经写好的公式下画了条横线。

“不知道。”蒋唱晚摇头。

沈衍舟一顿，侧脸瞥她一眼。

“换底函数公式，不会？”

蒋唱晚继续摇头，摇得干脆利落：“不会。”

“如果你只会给我不认识的公式，然后让我套的话，我觉得我们就没有再继续下去的必要了。”她还暗戳戳地补充道，看得孟青直对她皱眉。

估计她妈觉得她是个智障了。

但是没关系，因材施教嘛，沈衍舟教不会她，只能证明，他们之间不合适。

她吐了吐舌头，对上沈衍舟平静的眼神。

“真不认识？”他重复了一遍。

“哎呀，都说了，不认识就是不认识啊！这么难的东西，谁会认识呀？”蒋唱晚往后一靠，准备开始说教。

“我觉得吧，小沈老师，你的教学方法是不是不太适合……”

“可是我刚刚看你的暑假作业，你明明用这个公式做对了题。”沈衍舟轻描淡写地打断她，声音还是一如既往的平静，甚至连脊背都是挺直的。

蒋唱晚一顿。

……她不认识这个公式。

但用这个公式做过暑假作业里的题。

还做对了。

步骤完善，答案圆满。

这意味着什么？

沈衍舟终于侧脸看向她，在孟女士皱眉反应过来之前，轻飘飘地补刀。

“原题。”

空气安静了几秒。

手里的笔“啪嗒”一声掉在地上，蒋唱晚腾地站起来，拔腿就往楼下跑，剩孟女士在后面大骂着追她。

“好啊你，蒋唱晚，成绩差就算了，还抄答案是不是？

“你给我站住！”

蒋唱晚十分狼狈地往前跑，边跑边回头，费劲地在手机上打字，继续和她倒霉闺密未完的对话。

纽特学长的嗅嗅：第三宗罪！

纽特学长的嗅嗅：一眼就看出来我抄答案，还耍心机演我，向我妈揭穿我！

纽特学长的嗅嗅：我蒋唱晚发誓！

纽特学长的嗅嗅：我跟这个人不共戴天！

|第二章|

日落后的蓝色时刻

Neng Bu Neng Ting hua

当天的试课结果当然是，沈衍舟顺理成章地留下来了。

毕竟是有礼貌有教养、长得好看、还会哄孟女士开心的优等生，还是轻轻松松就揭穿了蒋唱晚写暑假作业抄答案的大功臣。

孟女士送他出去时，那笑得一个灿烂，手搭在他肩膀上，眼神温柔得都要淌水了，恨不得当场认她为干儿子。

而她的亲女儿呢？

只能捂着因为刚才跑快了而摔下去、疼得要命的屁股，站在二楼阳台，看他们俩迈着慢到能踩死蚂蚁的步伐出门，又在门口逗留良久。

孟女士搭着比她高了一个头多的少年的肩膀，笑得前俯后仰，笑声清脆而又洪亮，几乎比她看《武林外传》时的笑声还大。

蒋唱晚：“……呵呵！”

她冷哼一声，捂着屁股，一瘸一拐地进房间去了。

“你这屁股摔得还挺严重啊，看起来走路像《猫和老鼠》里面那个猫呢。”

手机摆在书桌上，屏幕立起，映出视频通话对面的人。程姗姗拆了袋薯片，凑近了看她在房间里走动。

“你就说吧。”蒋唱晚一瘸一拐地去柜子里拿新的暑假作业，“把我说哭了你就高兴了。”

“哗啦啦”，白纸在桌面上翻飞，发出纸张特有的声响。

程姗姗往嘴边递薯片的动作都一停，顿时觉得这红烩味的薯片有点食不知味起来。

“你真换暑假作业了，不写之前那本了啊？”

“是啊。”蒋唱晚烦得要命，“那本不是有答案了吗？我妈说让沈衍舟给我重新出几套，减量，但要有体系。”

“全都是原创题，你敢信吗！”蒋唱晚把卷子往桌上一拍，“他也太恶毒了吧！”

“……嗯。”程姗姗难得赞同地点点头，“放电视剧里，就跟把人叫起来，说大郎喝药了的那个一样。”

过了一会儿，她又思索道：“这个小沈老师到底是什么来头啊？感觉不是个好相与的呢。”

“不知道。”蒋唱晚摇摇头，“我妈找的，据说成绩特好特好，拿过市优秀学生还是怎么的。”

程姗姗来了劲，忙放下薯片，拿起手机，手机壳后面那一长串浮夸的星星链条簌簌作响。

“既然是同龄人，就没有我程姗姗查不到的人！保准两天内给你把他的生平事迹、大事履历、从小到大的糗事和外号都给你查清楚！”

“随便吧。”蒋唱晚其实不是很感兴趣，撇撇嘴，看了下卷面上的题。

该说不说，好像还挺简单的。

虽然昨天只是试课，但还是实打实地讲了几个知识点，此刻瞅了一眼，竟然多多少少都有点印象。

换数据的原题？

蒋唱晚顿了顿，不经意间用笔在草稿纸上画了两道。

程姗姗在那头群发了二十几条消息。

——虾兵蟹将听令！有没有认识“沈衍舟”这个人物的？性别男，年龄不详。

——谁？男的？马上帮我们姗姐问去。

——不认识欸，可能不是我们学校的？

——C市一中就这么点大，大部分还都是直升保送的，这都问不到的话，可能就真不是这边儿的人了。

——隔壁附中呢？

——问了附中的同学，也不认识啊。

“奇了怪了。”程姗姗蹙起眉，“你这家教老师，是不是十年前拿过的市优秀学生啊？

“是不是只是看起来像高中生，实际上已经四十多岁了？”

蒋唱晚都懒得骂她，笔在纸面上写写画画地运算：“你觉得可能吗？”

想了想，她又说：“不过他要是真的四十多岁也可以。”

就凭那张嘴，凭空减个几十年寿命，不是没可能。

程姗姗“啧”了一声：“那我再去问问周边学校的。”

“社交女王啊你？”蒋唱晚说。

程姗姗努了努嘴，没回答，在那边窸窸窣窣地鼓捣。

33：那周围其他学校呢？

33：多去问问呗，整个C市的范围内的。

对面有点纳闷：啥意思？这么大费周折，姗姐你看上这人了？

程姗姗翻了个白眼，打字打得非常用力：神经！是给晚晚要的。

对面回得很快，理解能力满分：哦哦！懂了，原来蒋大小姐看上了。

程姗姗扫了一眼，没理，去看其他消息，但短时间内好像还是一无所获，有点烦躁了，索性转移话题。

“哎呀先不说他了。后天季程生日，你准备送他什么礼物？”

“我还送他礼物？”蒋唱晚扯了扯嘴角，“应该是他要送我什么礼物，才能让本大小姐出门给他过生日吧。”

她没夸张。

季程是她发小，从小就闹到大的那种，小学开学第一天就不对付，不吵架能死。

但程姗姗听完这句，顿时沉默了，眼神躲闪，小口小口地吃着薯片，没说话。

蒋唱晚没注意，还盯着卷面东算西算，照着昨天的例题依葫芦画瓢，几个步骤下去，竟然算出来一个像模像样的答案。

她在运算结果下面画了条横线，转头去看卷子。

竟然有这个选项！

多神奇啊。

要知道，她从来不爱写数学的原因就是，选项上的答案是一二三四，她算出来的答案是三分之根号三。

有点惊奇，有点犹豫，又有点忐忑之后，就是无穷无尽的自信。

看吧，都说了我是天才！

蒋唱晚想着，大手一挥，在卷面上写下答案，沾沾自喜好一会儿之后，忽地反应过来：

如果她就这么写对了，那沈衍舟不得高兴死？

一边觉得孺子可教也，一边觉得他才是个会教人学习的大天才，教一遍就会了，这不给他嘚瑟到天上去？

蒋唱晚越想越觉得不行，抬手把答案改了，选了个离自己算出来的答案差了十万八千里的选项，并准备将这个策略执行到之后的所有题目里。

气死他！哼！

脑补了好半天沈衍舟吃瘪的模样，蒋唱晚没忍住乐出声了，立刻收声，才回神，缓慢反应过来程姗姗的沉默。

"什么？"

她还回想了一下她们的上一个话题。

姗姗说季程后天生日，问她送什么礼物。蒋唱晚不屑一顾，说季程请她去过生日，应该给她准备礼物才对，然后程姗姗就不说话了。

蒋唱晚反应了两秒："……啊？他真给我准备啦？"

季程是下午过来的，带着他精心制作的请柬，企图翻过小花园的围墙，被孟女士发现，痛骂一通，灰头土脸地上楼。

"我觉得你妈妈不喜欢我。"季程上来就这么说。

蒋唱晚上下打量他几眼，点点头："一米八的个儿，小学生的智商，她不喜欢你倒也正常。"

"滚啊。"季程骂她，"一八二。"

"啊？"蒋唱晚一时没反应过来，"什么？"

"一米八二，"季程重复纠正道，"不止一米八。"

蒋唱晚沉默了两秒，然后干笑了两声："你们男的开心就好。"

"给你准备了礼物，后天来参加我生日会。"季程拽了把椅子过来，四仰八叉地坐着。

"不要。"蒋唱晚想也不想就拒绝了。

她不想跟季程玩了。

这个年纪的男生多多少少都有点病，要不就是中二，要不就是多动，要不就是反复强调自己的身高，反正没几个正常的。

“为什么？”但这个人显然没有自知之明，非要刨根问底，“你有事吗？”

“……嗯。”蒋唱晚点点头。

“什么事？”

“……我要补课。”她说。

“你也太惨了吧。”他大呼小叫，“不过我相信你很快就可以把这个老师也气走的。”

蒋唱晚觉得他总算说了句人话，偏头看了他一眼，竖了个大拇指。

季程抬手把她的手按下去：“真不要你那礼物？我可是给你收集了今年年度最佳言情小说，整整三十本呢。”

“不……”习惯性的否认到嘴边，后面那句话才过脑子似的，蒋唱晚缓慢地思索了一下，立马改口，“啊？

“在哪儿？”

“肯定在书店啊，你傻啊，三十多本，我怎么背着你妈给你带进来？”

书店。

玻璃明净，空间宽敞，原木风的装潢，精致漂亮，墙角的音响播放着沉静的纯音乐，木桌上摆放的咖啡向上冒着浅浅的白烟。

最靠里的货架旁边，两个人坐在那里，小声说话。

“我列了个清单给店员，他给我整理采购的，都在这儿了。”季程蹲在地上，小声说。

蒋唱晚“哦”了一声，眼睛里就差冒星星了，随手翻了一本就开始看。

“……你不拿回去看啊？”季程问。

“你傻啊，三十多本，我怎么背着我妈带回去？”蒋唱晚一边翻页，一边骂他。

“一本一本地带呗。”季程挠了挠头。

“少废话！”蒋唱晚嫌他烦了，“没看我正专心呢吗？一边儿玩着去吧。”

季程：……原来这就是过河拆桥？

蒋唱晚看起小说来那叫一个专注，谁都别想引起她的注意，往椅子上一坐，时哭时笑的，跟个神经病似的，把隔壁座的姐姐都吓走了。

季程出去溜达了一大圈，回来还给她带了杯奶茶，这人竟然还在看。

好像是第三本了。

“不是，”季程纳闷地看了眼表，“你不是说你三点要上课？这都两点五十五了啊。”

蒋唱晚正想挥手说你别管，忽地顿了两秒，摸出手机一看：“……天哪！”

“你怎么早不提醒我啊？”她有点急了，“五分钟，我坐火箭也回不去啊！”

季程沉默，觉得自己很无辜。

蒋唱晚正急着，沈衍舟的消息就发了过来。

简简单单的几个字，一如他的人，在此刻却宛如催命符一般。

Z。：在哪儿？

蒋唱晚沉默。

这不是还有五分钟才上课吗，急什么！

你们优等生就是从来不迟到的是吧！

蒋唱晚一边在心里吐槽，一边急得团团转。

大脑飞速旋转，在赶不回去、言情小说、数学课和沈衍舟之间犹豫纠结，心里倾向和答案都越来越明显。

她思索良久后，索性破罐子破摔。

“不管了！”

蒋唱晚拉开椅子坐下来，拆开吸管，喝了口奶茶压惊，然后深吸一口气，拿起手机，一个字一个字地打。

纽特学长的嗅嗅：在医院。

顶上显示对方正在输入……

良久——

Z。：[？.jpg]

纽特学长的嗅嗅：我朋友出车祸了，腿断了，我在这里守着他，陪床照顾，一时半会儿走不开……

小样儿，被我唬住了吧。蒋唱晚想。

她这会儿完全不慌了，咬了口珍珠在嘴里，慢悠悠地打字。

瞄她屏幕的季程一愣。

不是，你这喝的奶茶是哪个腿断了的给你买的呢。

蒋唱晚仿佛知道他要说什么似的，摆手挥开他：“别烦。”

季程：“……行吧。”

对面也沉默良久，这次连正在输入中的提示都没有了。

看来是信了。

蒋唱晚满意地“啧”了一声，按灭屏幕，放下手机，开始串供：“到时候我就跟我妈说你跟我出来的时候把腿撞了，你十天半个月内都暂时别来我家了。”

季程急了：“不是，那我后天过生日呢？”

“……对哦。”蒋唱晚被提醒了，想了一下，“我到时候换个理由出来跟你玩嘛，别担心别担心。”

她挥挥手，安抚好季程，又伸手去拿看到一半的小说。

正看到女主角要跟男主角分手呢，哭得那叫一个梨花带雨！

蒋唱晚刚把书翻开，放在旁边的手机屏幕忽然亮起，面容解锁一闪，显示出新收到的消息。

Z。：我问的是，在书店的哪儿。

蒋唱晚不经意一瞥，动作却倏然顿住了，手就那么停在空中。

大脑缓慢地运作着，似乎在思考这句话的多种理解方式。

还没等她思索完成，又一条消息紧跟着跳出来。

Z。：不过。

Z。：现在好像不用了。

……什么意思？

他知道她在书店？

不用了是什么意思？

蒋唱晚脑子里顿时警铃大作，闪过无数个可能的念头，比如孟女士跟沈衍舟提了一嘴她在书店，他正准备出门来找她，又比如沈衍舟同情怜悯她的朋友，决定今天不上课了……

但这一切想法都无法控制她的后颈窜上一阵凉意，仿佛有什么人正在看着她一样。

几秒钟后，蒋唱晚若有所感似的，浑身僵硬，缓慢地转过头去。

书店依旧安静，轻音乐在音响里舒缓地流出。

走廊宽敞，她身后两个书架的位置，穿白衬衫的人脊背挺直，略显散漫地站在那里，琥珀色的瞳孔清透，目光探究似的落在她身上。

沉默地对视好一会儿后，沈衍舟收起手机，单手装进口袋，迈步往她旁边走来。

…………

直到身旁的椅子被拉开，发出“吱呀”的声响，少年在身旁坐下来之后，蒋唱晚都还是保持着方才回头的姿势，僵在那里。

鼻息间萦绕着一阵浅浅的、青柠气味的风。

沈衍舟扫了一眼她桌上摆着的《嫁进豪门之后我跑路了》，顿了一秒，情绪浅淡地移开视线，拉开书包拉链，不咸不淡道：

“脖子不累？”

有点。

蒋唱晚缓慢地把身体转回来，尴尬地干笑了两声：“下午好啊，小沈老师……”

她越说越心虚，声音越来越小，手在半空中挥了两下。

“你怎么在这儿呢？”

沈衍舟把卷子拿出来，声音依旧无波无澜。

“你是想问我为什么在这儿，还是想问，我为什么知道你在这儿？”

蒋唱晚尴尬到手指都紧紧攥住裙摆，又笑了两声：“哈哈，都一样……都一样。”

她一边说，一边跟茫然的季程使了个眼色，意思是“还不救我”！

季程挠了挠头，虽没完全明白她的意思，但这点默契还是有的，当即“砰”一声拍桌！

“你好，请问你哪位啊？”

他个子高，抱臂冷脸站起来，语气不善，一股愣头青找茬的架势，还挺有压迫感的，以至于蒋唱晚都觉得有点过了，悄悄拉了下他衣摆，意思是收着点。

但沈衍舟没理，他只是把卷子在桌面上摆好，修长的指节闲散地落在上面，才缓慢地掀了下眼皮子。

视线从上到下，安静而又无声地把季程打量一遍，然后才开口。

却不是对季程说，是对蒋唱晚说的。

“这就是你那个腿断了的朋友吗？”

声音平静，无波无澜，礼貌中带着点探究，仿佛是真的在好奇。

语毕，视线又往下，往他腿上扫了一眼。

季程顿感腿上有一种痛感。

“……哈哈，我不是故意的，小沈老师。”蒋唱晚又干笑了两声，攥住季程的衣摆，把人拉下来坐着，又不动声色地使了个眼色，意思是：别说话了，你斗不过他！

季程撇着嘴，低头打游戏了。

沈衍舟对她的解释不置可否，只是不咸不淡地“嗯”了一声，把卷子拿出来摆好，抬睫扫了一眼腕上的表。

不多不少，指针垂直重叠，刚好三点。

“开始吧。”他说。

依旧是和昨天一样的上课方式，互动性非常强，蒋唱晚想抽空去瞄桌上摊开的书都不行，沈衍舟就像个监督她干活的监工，两个小时，一分钟都不许她走神。

虽然讲得慢，但竟然也都能听懂。

只是蒋唱晚还是会在他确认她是否听懂的时候摇头装傻，眨着眼睛说没有。

沈衍舟不理她，仿佛能一眼看穿她似的，接着往下。

季程在旁边打游戏，都被这个无处不在、要试图钻进他脑子里的知识给陶醉了，一连打了十多个哈欠，最后实在不行了，凑过去跟蒋唱晚说要走了。

“我过生日，记得来啊。礼物我是送给你了的。”

“……嗯嗯嗯。”蒋唱晚应道，挥手让他快走。

不知道为什么，在上课时间，在沈衍舟眼皮子底下跟他说话，有种莫名其妙的心虚感。

可能是因为那个“摔断腿”的善意的谎言吧。

沈衍舟倒是没说什么，安静地等他们道别结束，才接着讲下去。

他声音清浅，语速得当，不疾不徐地响在书店里，混着音响里的舒缓音乐，和鼻息间的咖啡香气，竟然有点动听。

……不是！

什么东西！

蒋唱晚蓦然回神，猛地一甩脑袋，想把这个念头从脑子里甩出去。

成没成功不知道，倒是结结实实地把沈衍舟吓了一跳。

他握着笔的手都紧了紧，看着她忽然开始甩头，张了张嘴，欲言又止。

他最后只是浅淡地评价了一句："原来孟阿姨说你有人来疯，是真的。"

蒋唱晚："……啊？"

下午五点钟，准时下课。蒋唱晚早就饥肠辘辘，恨不得早点走，东西收拾得飞快。

她把那本《嫁进豪门之后我跑路了》装进包里，起身时不经意一瞥，发现沈衍舟还坐着，没有要走的意思，还从包里摸出了她的家庭作业卷子。

"……你还不走吗？"蒋唱晚问。

刻意忽略了人称。

不是什么有愧于他、撒谎被抓包，或者有求于他的时候，蒋唱晚是绝对不会送他一句尊称的！

好在沈衍舟好像没有介意，只是垂着眼看她的试卷："不走。"

蒋唱晚沉默了一会儿，又凑过去了点："你要改完这张卷子再走吗？"

"嗯。"

他从黑色的笔袋里摸出一支红笔。

他文具不多，寥寥几支必用的笔，放在干净整洁的笔袋里，此刻修长白皙的手指握着一支笔，手背筋骨更加分明好看。

蒋唱晚顿了两秒，移开视线，想，这小子以后吃不起饭了，还能去做手模。

蒋唱晚背着包站在后面，单手攥住书包带子，犹豫片刻，还是想看他吃瘪的心思战胜了吃饭的欲望，于是又拉开椅子坐下来，伸手摸了摸自己的胃。

对不起了这位同志，再忍一下吧。

沈衍舟显然觉得莫名其妙，偏头看她一眼："想加课？"

"……嗯？"

蒋唱晚眉毛刚扬起，撑人的话还没说出来，就听他又补了一句："那得加钱。"

"……你有病吧沈衍舟！"

蒋唱晚一边小声骂，一边凑过去看他改作业。

可能是原创卷子准备得太过仓促，他没来得及备好答案，此刻都是按题重做，再验算一遍，现算现批改的。

但他答题就不像蒋唱晚，要在草稿本上把每一步的思路都写下来，而是能省就省，仅落下一点关键数据。

往往是蒋唱晚题都还没读完，没把 A 和 B 之间的关系捋清楚，沈衍舟就算出答案来了。

他握着笔在纸面上落下答案，长指指节轻微泛着白，又随着松开指节的动作而消失，变为原本好看的冷白。

薄薄一层皮肉包裹着指骨，线条处如被雕刻般清晰明朗，浑然天成。

……真的可以当手模。

蒋唱晚看着看着就出了神，思绪不知道飘到什么地方去了，直到沈衍舟翻页的动静惊醒了她。

"……啊？"

蒋唱晚有些茫然，看他翻过另一页："这就批改完了吗？"

她扫了一眼手机屏幕，从沈衍舟摸出这张卷子，再到翻页，前后肯定不到十分钟啊！

她昨晚上写这张卷子，边写边骂，一直到凌晨两点呢！

虽然有那么一点点边写边吃薯片边看韩剧的原因吧，但怎么也不可能这么快啊！

蒋唱晚强行压下心里的不服，单手攥住书包带子，深呼吸一次后，开口问道：

"我前面做得怎么样啊，小沈老师？"

说完都快笑出声了。

她可是苦心经营，一点一点、一道题一道题算出来之后，刻意选了离运算结果最远、最不沾边的答案，沈衍舟现在脸没黑，纯属是因为脾气好吧。

小样儿，看你还能装多久。蒋唱晚想。

沈衍舟不语。

他大概正在算另一道题，神情专注，漆黑的眼睫垂下，鼻梁高挺，淡色的唇抿住。

……一种让人不好意思打扰的优等生模样。

但蒋唱晚当然不在那类会"不好意思打扰"的人里面，她好意思得很。别的什么本事没有，就是脸皮特厚。

"小沈老师，你觉得我做得怎么样呀？"

视线左下方忽地冒出一颗脑袋，眼睛亮晶晶的，小鹿眼闪烁着漆黑明亮的光芒，睫毛一眨一眨，殷切地看着他。

挤占了原本卷面的大部分位置。

她头发原本披散着，后来嫌热，随手编了两个麻花辫，并不规整，松松散散，此刻有几缕发丝滑落，落在他手背和指节上，随着动作一晃一晃，若有似无地扫过。

……痒。

那双眼睛里的狡黠根本藏不住，亮晶晶地望着他。

沈衍舟一顿，用了好几秒，才回想起她刚才的问题。

做得怎么样？

沈衍舟看了她几秒，移开视线，面色如常道：“还可以。”

“嗯嗯，”蒋唱晚像小鸡啄米似的点头，眼睛眨了又眨，“那你是不是觉得我太笨了，不想……”

话说到好几秒后，她才反应过来似的。

“——啊？”

沈衍舟刚刚说什么？

“做得还可以”？

蒋唱晚大脑都要宕机了，盯着他看了几秒，然后蹙着眉转头，把试卷翻过来。

试卷上除了她黑色字迹的答案，就是红色的批改痕迹，从头到尾，十几道题，卷面上都只有两个红色的钩，除此之外，再无其他。

……全对？

蒋唱晚眼睛都瞪大了，小鹿眼秒变铜铃，手抖得像个筛子，颤抖着，拿起那张试卷，不信邪似的对着光看。

……是的，就是她昨晚上想要报复沈衍舟，熬夜熬到凌晨两点，呕心沥血写下的那张试卷。

……她竟然全对！

蒋唱晚顿时心如刀绞，感觉能吐出一口老血来。

一时间，她都不知道是在伤心气死沈衍舟的计划破灭，还是在悲伤她认认真真算到三更半夜的答案——竟然全错了！

心如死灰，心如刀割，心肌梗死。

过了很久很久之后，蒋唱晚才失魂落魄地放下试卷，感觉万念俱灰，麻木地背上书包，准备起身离开。

沈衍舟慢悠悠地在她头顶开口。

“你刚才说什么来着？觉得你笨吗？”

他停顿了两秒，继续道：“没有啊。

“我觉得非常的——

“孺子可教也。”

…………

“天杀的沈衍舟，我要报警把他抓起来！”

蒋唱晚简直一整个抓狂发疯，对着手机屏幕号叫，泫然欲泣。

她今天一天都沉浸在认真做的试卷全部做错、气死沈衍舟的计划落空，完了还被他若无其事地嘲讽的悲伤当中，根本无法自拔。

他绝对看出来了！他还嘲讽她！真的太过分了！

程姗姗在对面还没来得及说话，就听楼下有一声呵斥传上来。

“干什么呢，蒋唱晚！

“大晚上的不睡觉，又在讲小沈老师坏话！

“都跟你说了是我告诉小沈老师你在书店的，不然你那点临阵脱逃的心思，我还能猜不出来吗？”

孟青一边敷面膜，一边不动嘴皮地扬声批评她：“人家小沈老师那么厉害，上一节课你就能全对了，还想怎么样！

“我告诉你啊，这次你要是再把小沈老师气走了，我唯你是问！”

房间里安静了。

蒋唱晚的嘴却撇得更厉害了，万念俱灰似的，睫毛委屈地一眨一眨，就差流眼泪了。

“你听见了吗姗姗？刚刚我妈说了什么？

“她为了沈衍舟，都可以不要我了！

“不是说血浓于水吗？不是说母女情深吗？怎么到此刻就统统不算数了呢？”

程姗姗咬着奶茶吸管，都有点怜爱她了，难得没有反驳。

“嗯，”她点点头，煞有介事，“都是那个‘男狐狸精’的错。”

蒋唱晚这次实在是太惨了，她都要看不下去了，连忙拿起手机，跟进打听的事项：我不管你们用什么方法，问到同班同学那里去也好，问到老师那里去也好，掘地三尺也一定要给我把这个人找出来！

指令下达完了，她神情悲痛地回到视频聊天当中来：“晚晚，你是我唯一的闺闺。如果有人要折你翅膀，我定毁他整个天堂！”

蒋唱晚：“……你有病吧。”

有人比她还爱演，她就甘拜下风了。蒋唱晚敛起神情，最后叹了一口气，摸出卷子，不情不愿地开始写了。

程姗姗在对面看着她：“又写作业？不是昨天才写过吗，怎么今天又要写？”

“好问题。”蒋唱晚抽空打了个响指，夸赞她，“你明天下午来我家，当面问一下沈衍舟。”

程姗姗缩了一下脖子，摇摇头：“那还是算了吧，我怕我妈以为我喜欢他，也请到我们家来上课，那我就完了。”

蒋唱晚又叹了一口气。

真不知道孟女士上哪儿去找了这么一尊佛，她竟然都降不住。

虽说是加课要加钱，但沈衍舟改完作业后，还是大体把所有的题都给她讲了一遍。

蒋唱晚当时心情极其不爽，梗着脖子不想听：“我做对了，全对，为什么还要再听一遍？”

沈衍舟沉默了两秒。

他指尖落在卷面上，顿了顿，最后说：“我想讲，可以吗？

“不收你钱，四舍五入，你倒赚。”

蒋唱晚眨了眨眼睛，想，是哦。

沈衍舟的时间就是金钱，她浪费了他的时间，就是倒赚了他的钱。

逻辑通！

于是她佯装不忿，片刻后，还是从善如流地坐了下来。

沈衍舟讲题很清晰明了，再加上都是她昨晚认认真真看过的题，虽说目的不纯，但时间和精力是真真切切地花出去了，都还有印象，三言两语就让她知道她自己运算错在哪里。

……确实还，挺厉害的。

蒋唱晚一边想，一边“啧”了一声，似乎在对自己这种潜意识里向敌人投降的感觉不满，晃了晃脑袋，把想法全扔出去。

等到好不容易写完了今天的试卷，已经是十二点多了，程姗姗在那头已经喝完了两杯奶茶，吃完了两袋薯片，把今天更新的韩剧也看完了。

“你快去看吧，贼好看！我都变成尖叫鸡了！”

“……哦。”蒋唱晚闷闷地应了一声，但整个人趴在床上，没有动。

程姗姗凑近屏幕看她：“怎么了？怎么回事啊？

“写个数学卷子把你对生活的热爱都磨平了？”

蒋唱晚扔了个抱枕给她：“没，就是不怎么感兴趣了。”

好像觉得前两天牵肠挂肚的更新，在此刻，都没有那么重要了。

她拿起手机，退出视频通话的页面，点开微信列表。

视频卡了一瞬，然后自动切换成小的悬浮窗，程姗姗的脸凑得很近，占满了整个画面，十分担忧地望着她。

“这样怎么行呢，晚晚，韩剧可是生命之源啊。要不我们真的联合想个什么法子，把他赶走吧？”

“还能有什么法子？”蒋唱晚兴致缺缺，滑动着好友列表，“该试的不是都试过了么？

“而且你也听到我妈说了，要是我再想歪门邪道的，她不会放过我的。”

“也是……”程姗姗蹙眉思考着。

蒋唱晚趴在床上东点西点，不知道怎么，点进了和沈衍舟的聊天框。

她没给他备注，所以顶上的名称就是他自己的昵称，一个非常简洁明了的“Z。”。

朋友圈也没什么东西，非常非常干净，三天可见的那条提示线都不用往下拉，直接就明显地浮现在那里。

“……好无趣的一个人。”蒋唱晚小声吐槽道，右滑退出来。

“有了！”

沉默了三分钟的程姗姗忽然在对面发出一声惊呼，还伴随着拍桌的声音，猝不及防，把蒋唱晚吓得哆嗦了一下，手一滑。

不仅没能成功退出聊天框，而且手机不祥地振动了两下，一行加粗的字体十分明显地横在屏幕上——

纽特学长的嗅嗅拍了拍 Z。

“……妈呀！”

“怎么了？”程姗姗又凑上来。

“拍一拍怎么撤回啊？我记得不是可以撤回的吗？”蒋唱晚那叫一个手忙脚乱，又去长按那条消息提示，又去按“编辑”键，就是找不到。

“我也记得可以。”程姗姗说，“咋了？你拍谁了？别急，我去给你查一下，calm down（冷静）！”

“……calm 不了一点。”蒋唱晚所有的动作，都在对面打了个问号过来的时候停住了。

Z。：[？ .jpg]

蒋唱晚动作停住了，也沉默了。

她要怎么说？

我凌晨一点在这儿偷看你的朋友圈，非常失望，退出来的时候不小心拍到你了？

还是洗完澡不小心把手机扔了出去，水珠和手机同时三百六十度螺旋旋转，落下的时候刚好点到你的聊天框，拍了拍你？

怎么说好像都不太合适，蒋唱晚最后决定放下手机，装死。

装死就是最好的方法，毕竟多说多错。

反正按沈衍舟的性格，也不会追问她到底在干吗，更不会在明天见面的时候专门提出来。

过了就过了。

蒋唱晚如此想着，安慰了自己一番，挂掉了电话，摸出平板，打开韩剧，开始转移自己的注意力。

一集看到一半，手机提示音又响了。

已经是凌晨一点半了，沈衍舟这种好学生，应该不会熬这么晚吧。

可能是程姗姗完善了她刚才那个“有了”的计划？

蒋唱晚盯着亮起的屏幕，犹豫了片刻，抽了张纸巾，擦干净吃薯片的手，手臂伸长，把手机拿过来。

很遗憾，的确是沈衍舟。

但他好像没有纠结于她那个手滑无意中点下的拍一拍，而是发来了一张新的截图。

聊天记录，对方的备注是“奥赛班 - 市一熊昊”，上来就甩了个问句：哥们儿，我这儿忘记备注了，我隐约记得你是常宁镇一中的？能问你个事儿不？

沈衍舟过了大概半个小时才回，很简洁，且很有个人风格的一个字。

Z。：说。

奥赛班 - 市一熊昊：是这样的，想跟你打听个人，我们这儿有个小美女想要他的资料。

奥赛班 - 市一熊昊：沈衍舟，你认识不？

又两分钟过去。

Z。：[？.jpg]

沉默了片刻之后，沈衍舟打字。

Z。：谁想要？

奥赛班 - 市一熊昊：[？！.jpg]

奥赛班 - 市一熊昊：你认识是不是？

奥赛班 - 市一熊昊：可算找到了！小美女的好闺密都发了好几次飙了，折磨死我们了！也不知道是哪个大帅哥，让她这么牵肠挂肚。

奥赛班 - 市一熊昊：实话跟你说吧，你可能不认识，但是是我们市一的风云人物，被她看上了，基本跑不掉的。

奥赛班 - 市一熊昊：成绩可能一般，但人长得特漂亮，性格也特别特别好！

奥赛班 - 市一熊昊：名字也特好听，叫蒋唱晚！

十分钟后。

Z。：[句号.jpg]

后面对面可能还发了些什么，长篇大论的，截图里只留下了一半，但蒋唱晚已经完全看不下去了。

她的大脑都要宕机了。

"一个小美女""市一的风云人物""人长得特别漂亮，性格也特别好"。

这些她虽然尴尬吧，但都勉强能认下来，但是——

"想要沈衍舟的资料""哪个大帅哥让她这么牵肠挂肚"，还有那句"被她看上了，基本跑不掉的"……

这些都是什么鬼啊！

蒋唱晚尴尬到头皮都在发麻，感觉腮帮子都被自己咬酸了，手指在屏幕边缘颤抖，迟迟无法落下去。

"不是的，你听我解释……"

"不是我……"

理由和借口在对话框里打了又删，怎么也找不到一个看起来可信度高的，反而都像她暗恋沈衍舟，背景调查未遂还被抓包之后，强行挽尊的台词。

蒋唱晚的手指都在颤抖了，差点喘不上气来。

正在她找理由时，屏幕忽然振动了一下，触感之强烈，以至于她几乎没拿稳。

——Z。拍了拍你。

Z。：别装睡。

手机本来就振得猝不及防，蒋唱晚差点没拿稳，看清了屏幕上的话之后，差点没把手机扔出去。

……这辈子没接过这么烫的山芋好吗！

而且他开天眼了啊？怎么知道她准备装睡的？

三个字就斩断她所有退路，沈衍舟，真是好狠的一个人啊！

蒋唱晚焦急得都要苍蝇搓手了，触电似的，就差没接住手机，大半夜在床上滚来滚去，好几个来回之后，才勉强平复下无法言说的心情。

蒋唱晚深呼吸几次，强迫自己冷静下来，盯着对话框看了好几秒，大脑飞速旋转，倏然灵机一动——

蒋唱晚聚精会神，一个字一个字地打：不好意思，小沈老师……我是唱晚妈妈，她的手机被我收了。

打完检查一遍，觉得这句话绝对符合孟女士在外装文艺知性的形象和措辞之后，蒋唱晚手指一点，按下发送键。

这没理由不信吧？

非常完美的措辞和语句，非常合适的理由！

发出去片刻后，对面显示正在输入中。

好几秒后，直到提示字样又消失掉，变回沈衍舟原本的昵称，对话框里也没有任何言语发出来。

……成了！他信了！

蒋唱晚大乐，喜上眉梢，继续敲着键盘，乘胜追击。

纽特学长的嗅嗅：这么晚找她，您是有什么事吗，小沈老师？

纽特学长的嗅嗅：有的话建议你们明天再说哦，小孩子熬夜不太好。

纽特学长的嗅嗅：不过晚晚好像有点感冒，不知道明天还能不能上课了，您等通知，可以吧？

好一个承上启下，承前启后啊！

既承接了前面拍一拍和准备装睡的那个都不是本人，又为明天装病找借口不上课作了铺垫，实在太完美了吧！

蒋唱晚美滋滋地从床上坐起来，哼了两句歌，觉得自己真是个天才。

"叮咚"一声，手机提示音响起，提醒对面发来消息。

Z。：差不多得了。

寥寥几句，只有几个字，却好像能看出对面人的情绪，非常浅淡，但又有点忍无可忍似的。

Z。：再演就发给孟阿姨看了。

……又！被！揭！穿！了！

忘记沈衍舟有她妈微信了。

蒋唱晚美妙的心情戛然而止，她仰天长啸，叹出一口长长的气，倒在床上，不动了。

第二天中午，阿姨做好了饭菜，在楼下喊蒋唱晚吃饭。

"晚晚！下来吃饭了！"

蒋唱晚的声音恹恹的，从楼上传来："今天不吃了，阿姨。"

阿姨和刚做完瑜伽起身的孟女士对视两眼，都有点疑惑，又喊道："做了你喜欢吃的糖醋排骨哦！"

楼上的回复停顿了片刻。

过了两秒，声音就没有那么坚定了。

"……还是不吃了，我今天身体不舒服，阿姨。"

孟女士"嗤"了一声，把瑜伽垫收起来："别管她，你先摆盘，我去叫她。"

踢踏着拖鞋的脚步声渐近，蒋唱晚竖起耳朵听，约莫孟女士已经上了楼，赶紧往床上一倒，犹豫两秒后，终于狠下心，伸手呼了自己两个大耳巴子！

用劲不算轻，脸颊上立刻漫起红色。

……痛啊。

蒋唱晚痛得龇牙咧嘴，一边在心里骂沈衍舟，一边裹紧了被子。

这次过后，她真的要跟沈衍舟不共戴天了！

门把手下压，房门被推开，孟女士抱着手臂走了进来。

"嘎吱"一声响，然后停住。

入眼是昏暗的房间。

已经是中午十二点，夏日午后的阳光被遮光的窗帘阻挡，只有一小部分透过缝隙倾泻进来，落在床上，照亮鼓鼓囊囊的一大团被子。

以及被子里窝着的那个人。

孟女士站在门口，顿了好几秒，才缓慢走到床边，就着昏暗的灯光，垂眼看着床上的人。

“……妈妈。”蒋唱晚睁开惺忪迷蒙的眼，小声喊她，“我好像生病了。

“我的头好痛，是不是发烧了？”

脸确实红了，眼睛里也确实有水光。

孟女士没说话，伸手摸了摸她的额头。

烫的。

很明显的烫。

她停了好几秒，转身往外走：“我去拿体温计看看。”

……信了！但还是不能松懈。

蒋唱晚一喜，又马上把情绪按压下去，眨了眨眼，依旧用虚弱的声音道：“……好像在我衣柜第二个抽屉里。”

孟女士一顿，回头，古怪地看了她一眼，然后又转过身去，打开衣柜。

他们家一直用的是非常古早的水银体温计，因为孟女士不太相信那种在额头上“biu”一下就能检测出温度的现代仪器，她这个人在某些时刻还是非常严谨的。

“夹上吧。”

蒋唱晚费劲地从被子中伸出手，接过递来的体温计，然后又缩回被子里。

孟女士扫了眼时间，然后就在她书桌前的椅子上坐下了。

“怎么忽然感冒了？空调吹多了？”

“不知道啊。”蒋唱晚依旧声音恹恹，听孟女士数落她几句，譬如什么睡觉不盖被子，房间不通风，空调一开就是一整天，还开到十八度，诸如此类。

她表面上无精打采地垂着眼，实际上心里已经快乐开花了。

被子里，孟女士看不见的地方，蒋唱晚的身旁布满了热水袋、暖手袋、暖宝宝，甚至是崭新的发热鞋垫，一切能用于学校过冬的装备全被她翻了出来，就为了让自己体温升高。

但是对于体温计还是不保险。

还好她还有后招。

五分钟时间转瞬即逝，孟女士起身，向她伸出手：“给我看看。”

蒋唱晚缓慢地在被子里动作，小心翼翼地把体温计从热水杯里抽出来，十分磕碜地在睡衣上擦了擦残留的水。

天杀的沈衍舟，让我如此费尽心机，天不亮就开始鼓捣，我真的跟你不共戴天!

蒋唱晚一边在心里骂，一边把体温计递给孟女士。

递过去的时候她瞄了一眼，绝对是在四十度上下。

不错，卡得很好。

孟女士伸手接过的时候，不小心碰到她的手，都被吓得一哆嗦，扫了一眼水银温度计："你要自焚了啊?"

"不知道。"蒋唱晚拖着声音，虚弱地道，"可能是病得太重了。"

"我其实是很想上课的，妈妈。我现在也慢慢地发现了，小沈老师其实是真的很不错。

"他很特别，他和其他的老师都不一样……"

蒋唱晚垂着眼，小声拖长音夸沈衍舟，诚恳而又真挚，楚楚可怜的模样。

她演得实在太认真，没看见此时孟女士蹙着眉，正准备让她别说了，吃点药睡一觉时，指尖不经意下落，摸到水银温度计末端，然后就顿了两秒，发现了端倪似的。

片刻后，孟青扯了扯嘴角，抬起眼来，捻了捻指腹的水。

"行。"她应道。

在蒋唱晚大喜过望却还要硬压着的诧异眼神望过来之前，又继续道："但你这烧太厉害了，宝宝，我给你哥打个电话，让他现在立马过来，我们带你去医院扎一个屁股针先吧。"

蒋唱晚："……啊?"

怎么跟她想的不一样?

"哈哈……"她干笑了两声，缩了缩脖子，把自己往被子里埋，"……这就不用了吧，妈妈，我休息休息就好了。"

"这真的不行，小宝。"孟青一边说，一边又拿起体温计，眯起眼仔细辨别了一下。

"你这都烧到四十三度了!烧傻了怎么办啊，不行不行。"

说话间，她的电话已经拨了出去，还有意无意地按了免提。

拨号的"嘟"声在房间里响起，没几声后，对面接起。

一阵微弱的电流卡顿声过后，扬声器里传来一个嗓音低沉的男声，语调平直，漫不经心："喂?"

"喂，大宝啊，你妹病了……"

"……没有!"

蒋唱晚再也演不下去，从床上窜起来，抢过孟女士的手机："没有！哥！妈妈打错了！没事了！我们有空再一起玩啊！先挂了拜拜！"

连珠炮似的说完以上一串，蒋唱晚手忙脚乱地按下挂断键，直到听到急促的机械音，才如蒙大赦地呼出一口气来。

天知道，屁股针，她哥，这两个东西加起来，不是要她命吗？

简直抵得上一百个沈衍舟了！

……沈衍舟。

想到这里，蒋唱晚倏然回神似的，站在床上，握着孟女士的手机，缓慢地往下看。

床铺乱成一团，被子被掀开，露出作案现场。

她的热水袋、暖手袋、暖宝宝，还有发热鞋垫落了一地，好不狼狈。

视线再往上，孟女士抱着手臂，似笑非笑地看着她。

那股蔫蔫的劲儿持续到沈衍舟下午来上课。

蒋唱晚整个人无精打采，跟机器人似的，恹恹地给他开了门，神情漠然，没有声调地喊了句"小沈老师好"，就踩着拖鞋往楼上去了，看都没看他一眼。

感觉像失去了灵魂。

沈衍舟缓缓露出疑惑的神情。

"没事儿，别管她。"孟女士在客厅里看《武林外传》，挥挥手示意，"你去吧，小沈老师，她要是上课不专心，你就来告诉我啊，我收拾她。"

沈衍舟颔首应好，放了个袋子在玄关处，在孟女士一连串"太客气了吧，小沈老师"之类的话之后，拎着另一个小袋子上楼了。

门打开，蒋唱晚坐在书桌前，不情不愿地往旁边挪了挪，不情不愿地把另一把椅子拽过来。

本来计谋不得逞，被迫上课，就有够烦的了，谁知道孟女士的声音随着开门的动作一起响起，响亮地从楼下传来——

"晚晚，小沈老师带了一大袋子核桃来！补脑用的！记得谢谢人家啊你！"

……补脑用的？

"你什么意思啊你，是不是就是暗地里嫌我笨哪……"

一句话还没说完，蒋唱晚蹙着眉转身，看见眼前递来另一个袋子。

修长冷白的指节隔着一层塑料袋，轻轻地握住里面的纸盒，递到她眼前。

沈衍舟看了她一眼，声音浅淡：“别叫了。

“感冒药。”

“……你怎么知道我真感冒了？”

蒋唱晚停顿几秒，吸了吸鼻子。

沈衍舟又看了她一眼，收回手，拎过椅子坐下：“昨天说话就嗲里嗲气的了。”

蒋唱晚顿了两秒后，毛了：“什么嗲里嗲气的啊！那叫鼻音好吗？你是不是什么自恋狂啊沈衍舟，谁会对你嗲里嗲气的啊！”

“嗯。”

沈衍舟不咸不淡地“嗯”了一声，伸手把那盒感冒药放在桌上一边，又偏头看了她一眼。

“正常了。”

蒋唱晚：“什么东西？”

沈衍舟偏头看她，似乎是在打量。

两个人在书桌前并排坐着，椅子的扶手抵在一起，略一伸手都可以碰到对方的身体。

目光的距离仿佛更近。

蒋唱晚坐在靠窗一侧，背对着身后的光，看夏日午后的阳光落在他身上，白衬衫几乎晃出耀眼的色彩，琥珀色的瞳孔如此清透晃眼，仿佛再看两秒就会被吸进去一般。

安静而又猝不及防地对视几秒后，外界的时间仿佛都停止了，只剩下他们并肩而坐，隔着一段说近不近、说远不远的距离，无声地对视着。

空气好似停滞，若有似无的青柠气息在鼻息间流动。

好几秒后。

随着窗外一声响亮的汽车鸣笛，两个人猝然回神似的，双双移开视线。

蒋唱晚飞快转头，盯着窗外的小花园，似乎想看清孟女士新种的花又死了没似的。

沈衍舟停顿了片刻，也移开了视线，动作倒是出奇的一致。

心照不宣的片刻沉默后，沈衍舟从书包里拿出今天要用的资料，接上她之前的问题，简短评价道：

“有魂了。”

蒋唱晚顿了两秒，指尖无意识地抠着自己的卷子，小声咕哝道：“……什么有魂没魂的。”

其实她知道，沈衍舟是在说她刚刚心情和状态都不太好的时候。

其实她是真的有点不舒服，不知道是昨天晚上受了风着凉了，还是大下午在外面跑，有点中暑，总之，头晕眼花的，胸闷闷的，不太有精神。

说上课吧，也能上，但是确实状态不太好。

只是她“前科”太多，直接跟孟女士说，估计她也不会信，干脆铤而走险一把，还被识破，被孟女士训了一顿。

更过分的是，糖醋排骨也没能吃上呢！

但这情绪如此微小，如此平常，连亲妈都注意不到，或者是注意到了也觉得无关紧要，被他敏锐地察觉，还能以一种平和且毫不逾矩的方式，细致地照顾到。

……这种感觉，还挺奇妙的。

“昨天讲了什么，还记得吗？”

“……二次函数。”蒋唱晚一边不情不愿地答，一边抬眼去看放在旁边的小袋子。

塑料袋微透，从阳光明亮闪烁的折角里，可以瞥见感冒药药盒的一角。

似乎不止一盒，有清热解毒、止咳退热的，还有……

蒋唱晚眯着眼，有些艰难地辨认了一下。

——珍视明滴眼液，使使用者耳聪目明，视线清晰。

……真该死啊，沈衍舟！

一节课结束，蒋唱晚开始收拾桌面上的东西。

手机屏幕闪了一瞬，显示出新消息。

季程：记得明天来我生日啊！一定一定不能忘啊！

……不就一个生日嘛，有必要这么夸张吗？还三令五申的，不知道的还以为他是什么王子呢。

蒋唱晚无言片刻，继续收拾东西，把错了一大半的试卷叠起来，压到几本书的最下面，转头跟旁边人说：“明天不上课了啊。”

沈衍舟没说话，轻微挑眉，偏头看她一眼，明显不是很相信的样子。

蒋唱晚更无言了：“不是，是真的！

“你不是知道吗？我朋友过生日！”

她一边说，一边把手机屏幕递到他眼前，给他看明晃晃的聊天记录，以示自己没有欺骗他。

沈衍舟垂睫扫了一眼，视线从消息内容移到备注名称，在“季程”两个字上停顿了片刻，移开视线，不置可否地问道：“腿断了的那个朋友？”

蒋唱晚一时语塞。

好的，她现在已经彻底失去公信力了。

这就是狼来了吗？

她沉默着收回手机，真不知道该怎么跟他解释才行了。

直到孟女士上来留沈衍舟吃饭，蒋唱晚才找到机会。

“这都五点多了，小沈老师，你回去都得六七点钟了，留下来吃饭吧？”

沈衍舟习惯性摆手，礼貌地拒绝，单肩把书包挎到肩上：“不用了，谢谢孟阿姨……”

“妈！”蒋唱晚打断他俩这看起来就假到让人牙酸的推拒，把椅子一推，站起来，气势汹汹，“你说，我明天是不是不上课！”

“……温柔点。”孟女士被她吓了一跳，瞪她一眼，“学学人家小沈老师，说话声音轻轻的。”

“什么不上课？为什么不上课？我跟你说，你不许再搞那些有的没的啊。”孟女士皱着眉数落完她，又上前揽住沈衍舟的肩膀，亲切又热情地说笑着，带着他往楼下走，一定要他留下来吃晚饭。

蒋唱晚一个人被遗忘在房间里，看着他们往外走的背影。

“……不是啊，明天季程生日啊，你知道的。他可是提前一个星期就跟你说了的啊，你怎么还忘了呢？”

是的，季程不仅对蒋唱晚三令五申，甚至还上门对孟女士强调了好几次，生怕有外部阻力阻止他们的会面。

蒋唱晚一路跟在他们后面，从三楼走到一楼餐厅，都没能插入他们两人的对话。

直到孟女士把沈衍舟安置下来，拉开椅子，确认他坐下之后，才移开视线，皱着眉问她：“你刚刚说什么？”

吐字快速，神情严肃，俨然一副不耐烦的样子。

蒋唱晚：“……我说，明天季程生日，要出去玩，不能上课了。你不会忘了吧？”

“噢噢，对。”孟女士拍了下脑门儿，“想起来了。”

蒋唱晚拉开椅子坐下，对着沈衍舟使了个眼色，意思是“看吧！我可没骗你”，浑身上下都洋溢着不用上课的喜悦，好不得意。

沈衍舟扫了她一眼，颇为无言地移开视线。

蒋唱晚的喜悦和嘚瑟没能持续太久，因为孟女士接下来就不以为意地下了命令——

“季程生日有什么好玩的？一帮小屁孩儿，你们带小沈老师一起去呗。”

蒋唱晚嘴角的笑容僵住：“啊？”

“不是，这不太好吧，妈……”

“有什么不好的？反正大家都是同龄人，你们这么幼稚，我还不放心呢，让小沈老师跟你们一起去，工资我照发。”

沈衍舟原本要拒绝的，他对这些聚会玩乐没什么兴趣，但听到最后一句，刚要开口的嘴唇张开两秒，又在蒋唱晚惊恐又希冀的目光里，闭上了。

工资照发。那不就是另一种形式的上班。

挺好的。

于是蒋唱晚眼睁睁看着沈衍舟垂下眼去，不再说话，茫然又疑惑地看着孟女士大手一挥，就这么敲定了这件事，甚至还下了“小沈老师不去，那你也不许去，就在家里上课”的最后通牒。

……好，沈衍舟。

算你狠！

一顿饭吃得食不知味，全是孟女士和沈衍舟在聊天。

一会儿问沈衍舟是怎么学习的，怎么成绩这么好，一会儿问他父母是做什么的，怎么教育出这么优秀的孩子，一会儿问他对于未来有什么计划和规划，有没有什么非常想做的事情。

蒋唱晚都不知道她妈能有这么多话，愤愤不平地咬着糖醋排骨，把一盘都吃完了。

等到两个人聊得差不多了，回头一看，盘子已经空了。

一块也没留。

“……小猪啊你。”孟女士无语，瞪了她鼓起来的腮帮子一眼，“慢点吃，别噎死了。”

“略。”蒋唱晚吐了吐舌头。

饭后，她还只能遵循孟女士的要求，送沈衍舟出去。

“你往哪儿跑呢你？吃完饭就上楼？给我下来！送小沈老师一截！”

“不用了阿姨，谢谢你今天的款待。”沈衍舟已经站在玄关处了，黑色书包单肩背在身上，身形挺拔颀长，“我自己出去就好。”

“没事儿，小沈老师。她一天到晚都不运动，刚好让她出去散散步，你俩也增进增进感情。”

蒋唱晚极其不情愿地从楼梯上下来，嘴里叼着一袋酸奶，慢吞吞地走到玄关换鞋，小声咕哝着。

“……跟他有什么好增进的。”

孟女士没听见，站在客厅里等着他俩出去，时不时和来回穿梭收拾的阿姨搭两句话。

沈衍舟倒是听见了，只是看了她一眼，没说话，站在边上等她弯腰换鞋。

少女弯着腰，松散的辫子往下垂，在空中随着动作一晃一晃，露出白皙的后颈。

沈衍舟移开视线。

“走吧。”蒋唱晚起身，单手勾着玄关上放着的钥匙，打开门，率先出去。钥匙扣上的毛绒美乐蒂在空中旋转，耳朵一晃一晃。

很奇怪的是，方才在家里，在孟女士眼皮子底下还不断拌嘴、小动作不停的两个人，此刻从家里出来，反倒没有更多话要说了。

两个人很安静，步伐忽快忽慢，时而一前一后，时而并肩，走在夏日梧桐林荫的小路上。

吃过晚饭，天色已经渐暗，夕阳的粉橙色霞光逐渐从地平线下隐去，但天空依旧是很漂亮的深蓝色。

天空连着远处的地平线，整个世界都笼罩在一种深蓝的色调里。

好久好久之后，蒋唱晚才知道，那种时间叫作 Blue hour，是日落后的蓝色时刻。

这个时候的南山实在太安静，家家户户都还在餐厅里享受晚餐时间，没有遛狗的主人或是出来散步的家庭，蒋唱晚不动声色地往旁边瞥了两眼。

沈衍舟也不说话，只是背着他的包向前走着，白衬衫也被笼罩上一层浅淡的蓝色，看起来像电影里的色彩与闪光。

“……你家住在哪里？”

蒋唱晚移开视线，晃着钥匙扣，没话找话道。

沈衍舟偏头看了她一眼，没说这是方才在餐桌上才聊过的话题，平静地答道：“常宁镇。”

“常宁镇？”蒋唱晚略显诧异地复述了一遍，“那很远啊？”

C市城区算不上大，同心圆模式的城市规划，中央只有五个主城区，往外就是近年来逐渐扩大行政版图而划进来的区域，由县改为区。

常宁镇就在这样划进来的区里，甚至都不是区的中心，只是一个小小的城镇，到市中心尚还有二三十公里的路程。

二三十公里，他每天要花多长的时间在路上啊？

蒋唱晚有些诧异地张开嘴，顿了顿，还是没有问出口。

但沈衍舟好像知道她在想什么似的，浅淡地瞥了她一眼：“一个小时。”

“……噢。”蒋唱晚把嘴闭上，收回视线，想了想，又问，“公交车？”

沈衍舟平静地“嗯”了一声，又瞥她一眼：“就是之前你摔大马趴，坐我鞋上的那班。”

蒋唱晚：“……你不提能死是不是？”

有人怒了，气冲冲迈步往前走了两步，两个辫子在边上甩啊甩的。

少年没搭腔，但唇边带了点不明显的笑意，依旧单手插着兜，不动声色地将步子迈大了点，轻松将人追上，又回归到并肩。

公交站台不算远，从半山腰往下走，十多分钟就能到。蒋唱晚坐在等车的椅子上，双脚稍微悬空离地，手往后撑，明显放松的姿态。

沈衍舟站在一旁的台阶上：“你不回去？”

“等你上车呗。”蒋唱晚说，“我又不急。”

她回去就十分钟，差不多刚好赶上今天的韩剧更新时间，等沈衍舟到家，她估计都看完了。

……这也太远了，麻烦死了。

他每天跑这么远，就为了挣点家教费用吗？

想到这里，蒋唱晚抬眼，偷偷瞄了他一眼。

沈衍舟也恰好开口，想起什么似的，“噢”了一声。

“那个药袋子里还有瓶眼药水。”他意有所指地提醒她，“你写作业前先用一下。”

以防你看不清题。

蒋唱晚：……她想多了吧！

他每天坐两个小时的公交车，就纯粹是为了来给她添堵的吧！

遥遥看着绿色的公交车从远处驶来，蒋唱晚无言地站起来：“麻烦你快点走吧，小沈老师。”

“嗯。”沈衍舟嘴角带着点不明显的笑意，清清浅浅地应了一声，站在公交车缓慢驶来的路边，回身望她。

夏季的夜晚来得很迟，夜空晴朗，月色明亮，但沈衍舟侧身回头看她的那一刻，远近的路灯还是准时准点地亮起。

像连绵不断的银河，在南山这一条寂静宽敞的马路上闪烁着，映亮少年人分明的侧脸。

“明天见啊，小蒋同学。”他说。

消息提醒：33 邀请你加入群聊。

群聊（3）——

33：明天在哪儿集合啊 @182 大帅哥

33：[？ .jpg]

33：你这什么名字啊？好恶心啊 / 呕吐

182 大帅哥：有意见？

33：有。

182 大帅哥：憋着。

33：[句号 .jpg]

182 大帅哥：上午十点吧，在游乐园门口？

182 大帅哥：@ 纽特学长的嗅嗅，小美女，你行不行？

蒋唱晚洗完澡一出来就看见这么多新消息，粗略翻了一下，想了想，打字道：十点太早了，十二点吧。

182 大帅哥：我生日欸，你睡这么晚，我岂不是很没有排面啊？

纽特学长的嗅嗅：不是我要睡这么晚。是有别人要来，他家比较远。

群聊寂静两秒，然后季程震惊又疑惑地扣了满屏的问号。

182 大帅哥：[？？？ .jpg]

182 大帅哥：谁啊？

182 大帅哥：“他”？男的？

182 大帅哥：我过生日，你要带别的男的来？

程姗姗咬着棒棒糖，也诧异，点开私聊询问详情之前，还不忘在群里戳一下某人的痛脚。

33：破防之情溢于言表。

但蒋唱晚没看见，她头发还在滴水，回完消息之后就找到沈衍舟的账号。

纽特学长的嗅嗅：明天十二点，在游乐园门口集合。

纽特学长的嗅嗅：[位置]

蒋唱晚发完定位之后，指尖悬停在键盘上，又犹豫了一下。

她本来想问问沈衍舟来不来得及，毕竟在她的世界里，暑假和周末就是没有早上的，最早能接受的起床时间也就是十点，然而她又不用坐一个小时的公交车。

但是就这么问出口，好像显得有点……过于亲昵了吧？

显得她好像很关心他似的。

好在还没等她犹豫出个结果，对面就有了回复。

Z。：好。

一如既往的简洁。

蒋唱晚打字的手顿在半空中，瞥了眼屏幕上方的时间，又有点犹豫。

打了两个字，又删除。

犹豫着打完了完整的一句话，又在“发送”键上停顿了好半天。

最后她实在受不了了，下定决心，按住删除键，把那一句话全删掉了。

保持距离！

这个人是你讨厌的家教老师，蒋唱晚，你不许这么关心他！

蒋唱晚一边痛骂自己，一边准备退出聊天界面，却被倏然蹦出来的消息震了一下。

Z。：到了。

过了两秒，他又补了一句。

Z。：明天也来得及。

纽特学长的嗅嗅：[省略号.jpg]

纽特学长的嗅嗅：我又没问你。

蒋唱晚发完就捂住了脸，都有点不好意思了，真是一场酣畅淋漓的死鸭子嘴硬啊！

好在沈衍舟也没当场揭穿她，只是顺着她这两句话接下去，“嗯”了一声。

Z。：所以你一直在输入中，是想问我数学题吗？

Z。：市一中的风云人物小美女？

纽特学长的嗅嗅：[省略号.jpg]

她就不该多余跟他讲这几句话！

|第三章|

夜晚的潜水艇

Neng Bu Neng Ting hua

七月的游乐园很热闹。

正值暑假，天气晴朗，家长带着放假的孩子来游玩，也有十几岁模样的人成群结伴地路过。

临近正午，高温逐渐灼人，太阳晃眼，遮阳伞成了热门的物品。

门口的冰淇淋摊位上坐着两个人。

“不是，这个‘Z’到底是谁？”

穿着白色短袖的少年眉头皱得可以夹死人，盯着手机屏幕，挠了挠头，百思不得其解。

程姗姗穿了条小碎花裙子，一勺一勺地舀着冰淇淋吃：“不知道。”

她又伸手看了眼手机，浮夸手机壳上的链条“哗啦哗啦”作响：“晚晚没回我消息。”

蒋唱晚昨晚上不知道在干什么，既没理季程在群里发的满屏问号，也没回程姗姗的私聊，只是拉了个人进群里之后，就再也没说过话了。

消息提醒：纽特学长的嗅嗅邀请Z。加入群聊。

群聊（4）——

安全提示：Z。和群聊中的其他人都不是好友关系，请注意辨别风险。

“你看！”季程盯着手机屏幕大呼小叫，“手机都叫我注意风险了！这肯定不是个好人！”

“……呃。”程姗姗懒得理他，打开手机前置摄像头，整理了一下自己的发型。

“怎么还不来啊？”她边理边说，“我早上花了半个小时卷的头发呢，再不来我这个韩式松弛感丸子头都要散了。”

“当当当当！”

前置镜头里忽然从旁边冒出个人，自带出场音效，蹦进了她的镜头里。

程姗姗抖了一下，差点连手机都没拿稳，回头伸手拍了她一下：“……你吓死我了！”

“嘿嘿。”蒋唱晚拎着个牛皮纸袋，往后一闪，躲过了她的手，吐了吐舌头，“有点堵车。”

季程眼尖，一下子站起来：“那是什么！是不是我的礼物！”

“不是。”蒋唱晚说，绕过来坐在程姗姗旁边，把袋子往桌上一放，“路边顺手捡的狗屎。”

“嘁。”季程明显不信，伸手把袋子扒拉过来看了一眼，然后满心欢喜地开始拆。

“我就知道你会给我带礼物的。”

牛皮纸袋和纸盒包装摩擦的声音簌簌响起，然后“嘶啦”一声，包装得好好的礼品纸被粗暴扯开，变成碎纸垃圾。

对面的两个女生沉默了几秒。

“简直白瞎给他包装一番。”程姗姗点评道。

蒋唱晚点点头，又点开手机看了眼时间。

差五分钟十二点。

“噢对了，你说还有人，是谁啊？”程姗姗咬着吸管问她。

“嗯……”蒋唱晚沉默了。她有点不知道怎么说。

出来玩还带上家教老师，有点太寒碜了吧！不知道的以为她被家里管得很严呢。

“来了你们就知道了。”她打哈哈道。

“帅哥是不是？”程姗姗忽然来了精神，凑过来抱住她的胳膊，眼睛都快往外冒星星了。

“嗯……怎么说呢……”蒋唱晚移开视线，还是打哈哈，“待会儿你就知道了。”

“你这头发扎得不错啊。”她转移话题道。

“对吧对吧。”程姗姗成功被带跑了，转过头去给她看，边看边用手演示着，试图给她传授秘诀和要点。

沈衍舟踩着点来的时候，看见的就是这样一副场景。

游乐园大门敞开着，可以看见远处湛蓝天空下缓慢转动的摩天轮，欧式城堡的一角在茂密的梧桐树后浮现，时不时有小孩子手里握着氢气球，从大门处跑过。

再近一点，门口处的冰淇淋摊有一个巨大的甜筒雕塑，旁边的遮阳伞下坐着三个人。

少女今天依旧扎了两个麻花辫，只不过特意在鬓边夹上了两个彩色的星星夹子，白衬衫宽松，百褶裙下露出一双细白的腿，到脚踝处被白色中筒袜遮住，搭配着一双黑色小皮鞋。

她正偏头，聚精会神地看另一个女孩儿给她演示怎么扎头发，眼睛眨也不眨，时不时提出疑问，比上数学课认真多了。

旁边有个男生，那天在书店见过的，正粗暴地拆开礼物，然后端详一番，旋即发出哀号。

“不是，怎么又是奥特曼啊——”

蒋唱晚正学到关键部分，瞪了他一眼：“别吵，你不就喜欢奥特曼吗？”

季程：“……那都是多少年前的事了啊，姐，现在我都十七岁了好吗？”

但是没有办法，蒋唱晚不理他，季程只能撇撇嘴，把奥特曼看了又看，和它面面相觑，最后连同包装纸上那个蝴蝶结一起收进包里，然后起身，把桌面上的碎纸垃圾扔进垃圾桶。

刚从垃圾桶旁边回身折返，就看见了对面的人。

两个人的视线在半空中相接，仿佛空气都停止了片刻。

季程顿了一秒，然后大惊，蹦起来：“蒋唱晚你快跑！”

他飞速跑到蒋唱晚身后，张开双手，像老鹰捉小鸡里面那个母鸡一样，嘴里还嚷嚷着“你别怕”“我保护你”。

蒋唱晚被吓了一跳，缓缓转身，皱着眉头问道：“你发什么神经……”

“你家教老师来抓你了！你快跑啊！我掩护你！”

空气沉默了几秒。

不需要他说，蒋唱晚也从季程张开的双臂缝隙里，看见了来人的模样。

沈衍舟今天没背书包，不怕热似的，浅色衬衫里面还有一件白色的短袖T恤，整个人站在阳光下，有着介于青涩和成熟之间的，独属于少年人的骨架与棱角，身姿颀长，脊背挺拔，仿佛连发丝都在发光。

他的神情也很平静，抬眼在季程浮夸的姿势上扫过，停顿一秒，又落到蒋唱晚身上。

两个人一站一坐，隔着夏日的阳光和冰淇淋、吹泡泡的小孩，还有氢气球对望。

当然，中间还有个护崽的“母鸡”。

季程紧张得都要冒汗了，如临大敌般挡在蒋唱晚面前，生怕今天他的完美行程被破坏掉，冷不丁回头一瞥，发现蒋唱晚还好端端地坐着，急道：

“你干吗啊你！愣着干吗啊，快跑啊！”

蒋唱晚一把推开季程：“一边儿去。”

于是季程就震惊地看着沈衍舟缓慢地走过来，下巴都快要掉了。

“啊？”

“这是谁啊晚晚，好帅啊。”程姗姗已经在旁边压着声音尖叫了，拽住她的袖子，几乎要把衣服给她扯下来了，“是你带来的人吗，啊啊啊，快介绍一下！”

蒋唱晚不动声色地扯了扯被她拉下去的袖子，努力挂上一个礼貌的微笑。

“小沈老师，您坐。我来介绍一下你们认识。”

“嗯嗯嗯，对，就是这样。”程姗姗大脑都快宕机了，好像除了“介绍”两个字什么也听不见了，急忙理了两下头发，非常做作地挺胸收腹抬下巴坐好后，才倏然反应过来。

“……啊？谁？”她皱着眉问。

但蒋唱晚没空应答她，因为沈衍舟已经在她对面坐下了。

“你好，我叫沈衍舟。”他礼貌而淡然地做了个自我介绍。

“沈什么舟？”程姗姗一下子拔高了音量，无法控制似的，“什么衍舟？”

眼看着前后左右都被她这蓦然提高的音量吓了一跳，纷纷看来，蒋唱晚连忙攥住她的手，压低声音打圆场：“……沈衍舟。”

“对，”蒋唱晚看着程姗姗震惊到眼睛瞪大，但还在努力维持镇定的微笑，点点头，郑重道，“就是那个，我的家教老师，沈衍舟。”

坐在对面被点了无数次名的人沉默了一会儿。

“不好意思。”沈衍舟礼貌地发问，“这个名字的重名，应该不多吧？”

“……不多不多。”

蒋唱晚又不能跟他说，她跟程姗姗在私下里吐槽过他八百遍，以至于程姗姗虽未曾见过，却早已将这个名字牢记于心，如雷贯耳了。

她只能有些局促地打圆场，飞快地把剩下两个人介绍了。

“小沈老师，这是我好朋友程姗姗，我们初中、高中都是同班同学。”

然后她转头，非常草率地指了指旁边目瞪口呆的人：“这是我发小季程。”

“……没了？”季程更震惊了，“你好歹说一句我是寿星吧，蒋唱晚？”

“哦，”蒋唱晚非常顺从地补充了一句，“他是寿星。”

顺从，但敷衍。

季程：“……呵呵。”

“你好。”沈衍舟向他轻微点头示意，神情平静，语气礼貌，看不出任何多余的情绪。

季程感觉一拳打在棉花上似的，好像他闪现交了大招，但对面理都不理他，空有一腔怨气和敌意无处发散，只能移开视线，敷衍地回应道：“……你好你好。”

此时，空气倏然安静下来。

四个人坐在冰淇淋店的摊位上，面面相觑，寂静片刻。

气氛逐渐变得尴尬而凝重。

蒋唱晚腾地站起来，攥住她小挎包的带子：“……我们进去吧！”

“对对对。”程姗姗站起来挽住她的胳膊，附和道，“我们进去看看要玩什么项目吧！”

说完她就拖着蒋唱晚快步往前走，进了游乐园大门。剩下两个男生对视两眼，无言而又沉默地移开视线，跟在她们后面，往游乐园里走去。

“你家教老师这么帅，不早告诉我？”程姗姗一边装作对两旁的游乐项目很感兴趣的样子，一边攥着蒋唱晚的胳膊，压低声音发问。

几乎是怒吼了。

“早说这么帅，我早就去你家跟你一起上课了。”

蒋唱晚：“……你认真的？”

“他教的数学，程姗姗，你再仔细想一想呢？”

身旁的人沉默两秒，攥她手臂的劲松了一点。

“好吧。”程姗姗说，“我再考虑一下。毕竟任何帅哥和数学沾上边，都显得没那么帅了。”

蒋唱晚“嗯”了一声，深以为然地点点头。

她们身后，两个男生远没有女孩儿们手挽手、并肩走那么亲密，中间隔的距离几乎像一条银河，能容纳三四个拿棉花糖的小孩儿嬉笑着通过。

事实上，也确实有小孩儿这么做，咯咯笑着，从他们中间穿过，还撞了季程一下。

被这个热闹欢乐的氛围一衬托，他们之间安静得更诡异了。

沈衍舟倒是没什么，平静淡然地走他的路，季程是真的憋不住了。

他不动声色地往沈衍舟那边靠了点，目光盯着相反的方向，装作不经意地问：

“……你就是那个‘Z’？”

沈衍舟偏头，看见他目光死死地盯住对面粉色的甜甜圈店，声音坚定得像是要去就义，有些迟疑地回答：

“你是在跟我说话吗？”

“……对！”季程迫不得已，收回目光，恶狠狠地盯住他，重复了一遍，“你就是群里那个‘Z’？”

“嗯。”沈衍舟对他狰狞的面目无动于衷，从鼻子里应了一声，“你就是群里那个，‘182 大帅哥’？”

不知道为什么，蒋唱晚和程姗姗调侃的时候，季程就可以很快速、很坦然、很理直气壮地应下，但沈衍舟就这么轻飘飘地，不带任何个人主观色彩，轻描淡写地询问，他反而有点应不出声了。

季程不动声色地靠近，斜着眼睛，一会儿装作看花，一会儿装作看草，总之，掩耳盗铃地瞄了他好几眼。

“看！外星人。”

季程倏然指着沈衍舟左侧的方向，试图让他转头去看。

沈衍舟顿了一顿，似乎忍了又忍，才顺从地按照他指的方向，敷衍地送去一瞥。

回头时，正好逮住季程整个人快要贴在他身上，聚精会神地盯着他头顶，手肘抬起，手掌伸直，在两个人头顶比比画画。

“好了吗？”

沈衍舟平和地问他。

季程动作一顿。

“不用量了。”沈衍舟抬眼看着他，一字一句，平静地道：

“我 183。”

…………

“不是，你为什么要带他来？你还知道今天是谁过生日吗？知道今天是谁的主场吗？”

被狠狠伤了自尊心的季程快步离开沈衍舟，强硬地挤进两个女孩儿之间，压低声音质问这一切的始作俑者。

蒋唱晚：“……我妈要求的呀。她说他不来，就也不让我来了。”

她回头看了一眼沈衍舟，后者正在教小朋友吹泡泡，半蹲着，神情平静认真。

白衬衫下摆被风扬起好看的弧度，在阳光下熠熠闪光。

蒋唱晚顿了片刻，收回视线，有点莫名其妙。

“而且人家不是好好的吗，也没招你惹你，你这么大恶意干吗？”

季程总不好意思说是因为沈衍舟比他高一厘米吧，他郁闷地扔下一句：“那你跟他玩，我跟姗姗有话要说。”

“啊？你们俩能有什么要说的……”

蒋唱晚的疑问还没问出口，就看见程姗姗也想起什么似的，连连点头：“对，确实有点事要说。”

然后两个人就快步走远了，留下她一个人站在原地。

“……什么鬼？”

蒋唱晚看着他们俩的背影，皱眉咕哝了一句，缓慢地回头，慢吞吞地迈步过去，也蹲在那个人的旁边。

“不好意思啊，小沈老师。”蒋唱晚手肘撑在膝盖上，托住下巴，顿了顿，才缓慢地轻声道，“我朋友他……脑筋有点转不过来，有点笨。”

“嗯？”

沈衍舟顿了片刻，视线从吹泡泡的小朋友身上收回，偏头看了她一眼。

“他可能只是觉得你是来逮我的，或者因为你是老师，有这个身份加持，跟我们不是很亲近，所以没能非常友善。”

蒋唱晚抿了抿唇，继续道：“但是他人不坏的，你别放在心上。”

沈衍舟看了她几秒。

少女身形本来就娇小，此刻抱膝蹲在他身边，看起来极小一个，手掌托着腮，脸颊边被挤出一点软肉，在慢吞吞地措辞，认真地跟他解释那些他觉得无关紧要，也没有很放在心上的东西。

看起来……非常的可爱。

沈衍舟收回视线，淡淡地应："没事。"

蒋唱晚正想夸他今天怎么这么大方，就听见他又补了一句："在我眼里，你们差不多。"

"……我跟他差不多！"蒋唱晚一下子拔高了音量，站起来，像受了天大的污蔑一样,不可置信道,"我跟季程差不多？我明明比他聪明多了好吧！"

沈衍舟不置可否，听到小朋友道谢说"谢谢哥哥"后，轻轻拍了拍他的肩膀，说"没关系"，然后缓慢地站起来。

蒋唱晚跟在他身后，愤愤不平道："你说话啊，沈衍舟。

"我明明就是比他聪明多了，你为什么不承认？你都教了我这么久了，我们认识这么久了，我聪不聪明，你心里没点数吗？

"嗯？你是不是怕了，不然你为什么不说话？"

午后的阳光耀眼，将地上的影子拉长。

两个人一前一后地在人群中穿行着，少女在身后愤愤不平，喋喋不休，嘴里念念叨叨，不服地咕哝着。

走在前面的少年看似没有回应，但偶尔偏头时，可以看见他嘴角弯起的那点弧度，还有缓了又缓的脚步。

另一边的树荫下，两个人鬼鬼祟祟地望着人群中的少男少女逐渐远去，确保不会听到对话，才收回视线。

"我们的计划全被毁了！"季程很愤怒，"怎么半路杀出个程咬金啊？肯定会影响我的完美计划的啊！"

他策划了好久，又是软磨硬泡蒋唱晚让她一定要来，又是撺掇程姗姗跟他一起布置准备，就是为了在游乐园准备一个完美的真情告白。

时间、地点、天气，每样都是他花时间认真挑选，甚至连皇历和塔罗牌都没放过，精心挑选出的好日子。

但是结果呢？

"全被这个一米八三……全被这个沈衍舟毁了！"季程愤怒道。

程姗姗"啧"了一声，又回头看了看两个人的背影，运用看言情小说和韩剧无数的思维思考片刻，一针见血道："其实单单多出一个人来，是不会影响你什么的。只是……"

"只是什么？"季程见不得她欲言又止，皱眉追问。

"只是这个小沈老师……"程姗姗实话实说，"确实有点有挑战性了。"

"为什么？"季程不服，"他哪里好了？"

程姗姗掰起手指细数："长得又帅，数学又好，性格又好……"

"他？"季程拔高音量，不可置信道，"他性格好？"

"你是不是没见过什么叫性格好的啊，程姗姗？那种你说三句话他都不一定冒一个字，开口就是暗刀的人，你觉得他性格好？"

"你懂什么，别嚷嚷。"程姗姗皱眉，打了他一下，嫌弃道，"这种性格放韩剧和小说里就是男主角性格好吧！跟你这种跑龙套的男二就有壁。"

后面半句她没敢大声说出口，只在嘴里咕哝，声音渐低，惹得季程凑过来问她："什么？"

"……没什么。"程姗姗说，接上之前的话题，继续细数沈衍舟的优点。

"而且他也挺高的吧，"说完她上下打量季程两眼，"好像比你高点，你一八二，那他起码有一八三……"

季程彻底黑脸了："……够了！"

…………

"就这么决定了啊，就当作是一场普通的游玩，把之前的计划全取消，以后再另行打算。"

"收到。"

"还有，以后不许再提一八三了！"

"……行。"

两个人一前一后从树荫下回来的时候，蒋唱晚已经拉着沈衍舟玩完两次急流勇进和海盗船，站在过山车下面跃跃欲试了。

"你们干吗去了？"看见两个人走过来，蒋唱晚疑惑地问。

"我们……"程姗姗的手不自然地在空中摆了摆，眼睛一转，"我们去鬼屋了！"

"……嗯，对！"季程点头附和道，"程姗姗都被吓哭了！"

话音刚落，旋即收获程姗姗一个不动声色的肘击，只能把痛呼咽下。

蒋唱晚狐疑地看着他们："去鬼屋为什么不能带我？我和小沈老师也不像会怕鬼的样子啊。"

程姗姗扫了一眼沈衍舟："确实，小沈老师是不像会怕鬼的样子，你就不一定了。"

季程想起什么似的，忽然"哈哈"大笑："上次玩密室，她的尖叫声把人家 NPC（非玩家角色）都吓得蹦起来了，哈哈哈哈哈……哎哟！"

给这人完成今天的第二次肘击后，蒋唱晚瞪了他一眼，收回手，看了眼表："可以去吃饭了吗？我饿了。"

"走吧走吧走吧，我也饿了。"程姗姗附和道，挽着蒋唱晚的胳膊往外走，"小沈老师是不是还没在游乐园吃过饭？这里面有家餐厅特别特别特别好吃……"

话音未落，程姗姗忽然想到什么似的，猛地回身和季程面面相觑，两个人同时发出震惊的声音。

"……啊？"

"我们换一家吧，晚晚，今天我忽然有点不想去吃那家了……"

"对啊对啊，每次都吃那家，我都有点腻了。"

"你俩今天到底怎么回事？"蒋唱晚皱起眉。

"昨晚是不是你在群里说想吃这家的？嗯？跟我念叨半个月说想吃了，今天变卦了？"她叉着腰数落完程姗姗，又看向季程。

"你吃腻了？你吃腻了关我们什么事儿？不爱吃就一边玩去，我们小沈老师还没吃过呢。"

季程和程姗姗对视一眼，两个人还想说什么，被蒋唱晚大手一挥，不耐烦地阻止了。

"就去吃这家！"

可能因为不是正式饭点，餐厅人不算多，大厅里只有寥寥几桌客人。

装修是欧式童话风，粉色、白色，各种饱和度低的颜色恰到好处地叠在一起，看起来十分梦幻漂亮。

蒋唱晚一马当先，进去就挑了个靠窗的位置。

"小沈老师，坐。"

沈衍舟看了眼欲言又止的季程和程姗姗两个人，还是坐下了。

那两个人跟屁股下放了钉子似的，坐立不安，扭来扭去，小动作颇多。

蒋唱晚正跟沈衍舟介绍这家店的特色菜品，被他俩焦灼得眼前都有点不安宁，"啪"一声，皱着眉把菜单一放。

声音响亮，惹得两个人都一顿，停住动作，忐忑地望着她。

蒋唱晚拍桌，恨铁不成钢地道："你们俩要上厕所就去啊！是没带纸还是不好意思说？

"人有三急，大家都会理解好吧，直说不就行了，干什么扭来扭去的？我和小沈老师又不会嫌弃你们！"

空气安静片刻。

季程和程姗姗诡异地沉默两秒，然后忍辱负重似的，咬咬牙，说："那我们就走了！"

蒋唱晚皱着眉，看着两个人纷纷起身说要去洗手间，然后却向着两个截然不同的方向跑了。

"一整天都怪怪的，不知道在搞什么幺蛾子。"

"算了，不管他们了。"蒋唱晚摆摆手，把菜单递到少年面前。

"你看看有什么想吃的？"

沈衍舟视线往下落，一目十行，快速扫动着，嘴上却闲闲地问："不叫小沈老师了？"

蒋唱晚："……我就是叫给他们听的，证明我比较尊重你而已。"

她撇撇嘴，托腮望着前面。

虽然沈衍舟跟着她一起出来玩并不是她本意，但是人毕竟都带出来了，还是要负责的。

少年坐在窗边，指尖落在菜单上，闻言顿了一秒，小幅度地偏头，看了她一眼。

"你们老板在哪儿啊？能让你们老板出来跟我讲话吗？"

"小姐，不好意思，我们老板现在在忙，联系不到，请问你有什么事吗？"

餐厅的另一头，程姗姗握着手机，踮着脚往员工通道张望，看样子焦灼得不行。

工作人员一边拦她，一边试图询问她的意图："小姐，有什么事情跟我们说也是一样的……"

程姗姗低头看了眼手机时间，急道："来不及了，来不及了！"

她脚跟落地，伸手攀住刚才那个工作人员的肩膀："昨天是不是有一位姓季的男的定了一个生日蛋糕仪式？"

工作人员蒙了一下："我们这里每天都有很多人过生日，我先帮您查一下吧。"

眼看着工作人员躬身，一个键一个键地戳，在键盘上打字查询，程姗姗真的有点慌了，整个人都快趴在柜台上，一遍遍强调：

“就是那个，仪式非常隆重，非常浮夸的，订了三层蛋糕，还龟毛到打了五六个电话确认的季姓男子啊，你们没有印象了吗？”

工作人员皱着眉回想一瞬，恍然大悟般：“您要这么说，我就有印象了！是还订了豪华套餐与展示的那位季先生吗？”

“对！”总算对上号了，程姗姗呼出一口气，手掌往柜台上一拍，“麻烦取消一下昨天的预订吧。”

“啊？”工作人员迟疑一瞬，确认道，“是取消生日蛋糕仪式，还是取消特别定制的豪华套餐？”

“都取消！”程姗姗拍板下决定。

“嗯……好的呢女士，我这边先帮你查询一下。我不确定这种已经到了时间的预订能否取消，是您这边的原因，我们这边大概率是无法退款的哦。”

程姗姗迟疑了一秒，然后大手一挥：“没关系，反正取消就行了。”

反正是季程付钱，她又不心疼。

“好的呢女士。”工作人员得到了确切的答复，放心地进行操作。

然而，程姗姗看着她还是翘起指头，一个键一个键地在键盘上寻找，再戳下，忽然觉得，自己这个心是不是放得有点早了。

另一端。

季程的模样也没比她好多少，蹲在餐厅外的台阶上打电话，焦灼又狼狈。

“对，那个一串一串的氢气球不用送进来了。对的，不要了！”

两秒后，他又提高音量：“什么？已经送了？

“那还能退掉吗？”

不同于这两个人周遭的鸡飞狗跳，餐厅里的两个人显然很岁月静好。

蒋唱晚先是帮她和沈衍舟点了餐，饿着肚子一忍再忍，但等到菜品都快上齐了，两个人依旧没回来。

“奇怪得很。”蒋唱晚皱着眉喃喃道，把手机从耳边拿下来，“都去了半个多小时了，电话也不接。”

“您好，女士，你们这边的菜已经上齐了哦。”

侍者把最后一份汤放下来，带着菜单一起离开。

蒋唱晚犹豫了一下：“我们先吃吧，小沈老师，不等他们了。”

“我没关系的。”沈衍舟说，没动。

蒋唱晚偏头看他，真诚道：“你有没有关系的，无所谓。主要是我饿了。”

沈衍舟：“……哦。”

“本来再不吃就要冷了，真没关系的。”蒋唱晚用叉子叉了块鸡肉放在嘴里，一边咀嚼一边说，“他们不会计较的。

“你尝尝这个，这个超级无敌巨好吃。”

她伸手臂把桌前的餐盘挪了挪，挪到他面前来。

沈衍舟坐在座位上，偏头看她动作。

出来玩的蒋唱晚好像跟平时关在房间里上课的样子不同，没有那种蔫蔫儿的、没精打采的劲儿，整个人都散发着一种朝气蓬勃的感觉，看什么东西眼睛都是亮晶晶的，充满灵气。

高能量到，沈衍舟觉得，就算她看天上飞过一架飞机也会惊呼一声：“天哪，飞机欸。”

……这就是没有经受过学习荼毒的人吗？

蒋唱晚丝毫不知道沈衍舟在想什么，只是像只仓鼠一样，把好吃的都往他面前堆。

“这个牛肉做得也超级超级好吃，你尝尝。

“这个牛奶绵绵冰真的入口即化，还非常非常香醇！”

说话间隙，蒋唱晚又往嘴里塞了块咖喱鸡肉，小幅度而又快速地咀嚼着，目光还在餐桌上不停地环视，俨然一个餐桌巡逻兵，试图要找出最好吃的菜品，写出最吸引人的推荐词，才能呈上来给他一般。

……更像小仓鼠了。

“嗯？”蒋唱晚咽下一块，偏头看他，疑惑道，“你怎么不动？一直盯着我看干吗？”

沈衍舟倏然回神，将视线移开，只淡声回了前面那句：“我可能，没你那么饿吧。”

蒋唱晚：“……噘。”

两个人边有一搭没一搭地聊闲天，边慢吞吞地吃东西，并肩而坐，竟然是认识以来最温馨平和的光景。

可惜好景不长，这种和他们俩之间氛围不符合的场景也没能持续太久。

吃着吃着，远处缓缓走来一队西装革履、面带微笑、动作整齐划一的服务生，推着一个巨大的三层蛋糕，在餐桌与餐桌的空隙过道中缓步向前。

引得餐厅的客人纷纷侧目。还有小孩儿大喊一声："妈妈！有人要结婚了！"

连蒋唱晚都看了好几眼，小声吐槽道："什么年代了，还有人订三层蛋糕，又不好吃又不实用的美丽废物。"

大家都好奇地看着这行人，看他们要面带微笑、礼仪满分地走向哪里，蒋唱晚也不例外。连沈衍舟都瞥了几眼。

餐厅一时安静片刻，大家的眼神追随着这队人，没有再进行交谈。

西装护卫队打头阵的那位男士开始路过他们这桌的桌边，接着是第二位，第三位，然后是蛋糕，再接下来是……

嗯？

他们不动了。

蒋唱晚蹙着眉，缓慢地抬头，看见一队穿着黑色西装的服务员，微笑着看着她和沈衍舟。

——他们带着那个银色的小推车，还有浮夸的三层蛋糕，在她这桌边上停下来了。

蒋唱晚沉默两秒。

"……啊？"

"小蒋女士，这是手背，这是脚背，而您——"

西装护卫队其中之一的大背头放下展示完手背和脚背的手，指向了她旁边的那个人："是这位先生的宝贝。"

队形轮换，大背头旋转着退下，分分头顶上。

"小蒋女士，红豆可以做成红豆泥，土豆可以做成土豆泥，那您知道这位先生可以做成什么泥吗？"

分分头指完她身边的那个人之后，将双手一抬，缓缓落在胸前，带着完美的微笑，缓缓地比了个心。

"是他爱泥。"

…………

队形再次轮换。

坐在窗边的两个人都已经麻木了，带着和西装护卫队一样的微笑，麻木地看着这一幕幕。

蒋唱晚一开始还惊恐万分，试图阻止，反复询问大背头，你们是不是找错人了？我们只是来吃个饭的，不是来结婚的？

大背头看了她好一会儿，然后带着挑不出一丝瑕疵的微笑，礼貌地询问："您是蒋唱晚女士吗？"

蒋唱晚沉默两秒，迟疑而又忐忑地点点头。

接着，她觉得她会用余生来后悔这个举动。

继花样上菜、拉横幅表演、西装护卫队轮换，依次上演土味情话之后，这场折磨人的表演终于来到了下一个项目。

别说沈衍舟的表情，顶着全餐厅人的目光，还有这种本身杀伤力就足够强的表演，蒋唱晚这种顶级 E 人脸上的笑都快绷不住了，根本不敢回头去看他。

她只能僵着脸，"哈哈"地笑了两声："还、还有啊……"

"最后一个了，小蒋女士。"分分头微笑着答复她。

"不用遗憾，以后有机会的话，精彩还会继续。你人生中的精彩瞬间，从未停歇！"

蒋唱晚顿了好一会儿，干笑了两声："……哈哈。谢谢啊。"

如果是这种"精彩瞬间"，那还是停歇了比较好吧。

最后一个项目，只见大背头轻轻一拍手，粉色的氢气球从餐厅两端的入口处涌进，缓慢地上升，顶向天花板，只剩一截白色的细绳还在空中飘荡。

"喂，喂。"

音响骤响的一瞬间，蒋唱晚心脏狠狠地抽动了一下，右眼皮开始狂跳。

分分头不知道从哪里变出来一个话筒，调试好之后，开始倾情发言。

"今天，是这位先生人生中非常重要、非常特别的一天，同时，也是他决定向这位女士表达他对她心意的一天。

"多么真挚，多么真诚，又多么真切的感情啊！"

随着分分头一步一步地在餐厅里走动，西装护卫队推着蛋糕在过道上激情澎湃地巡回游走。

"现在！我们请全场人员起立，为这位先生和这位女士，送上最美好的纪念日祝福！"

蒋唱晚坐在座位上，感受着全餐厅人的视线都落在他们身上，鼓掌、欢呼声不断，头皮发麻，脸上那点微弱的笑意也快维持不住了。

她缓缓偏头，从这场闹剧开始之后，第一次去看沈衍舟的表情。

她从未在人的脸上，看到过那么复杂的表情。

沈衍舟惯常平静淡然的面目也维持不住，脸部肌肉无比僵硬，扯了扯嘴角。

他的声音几乎是从齿缝里挤出来的，看着她，一字一句问道：

“怎么了？

“市一中的风云人物小美女，看上我未遂，准备强行表白？”

“季程！我要杀了你！啊啊啊啊啊！”

蒋唱晚简直是从餐厅里冲出去的。

仪式结束后，她带着满身的彩带和礼花，从座位上窜起来，向门外僵站着看完了大半场的两个人冲去。

季程和程姗姗两个人站在门口，原本呆若木鸡，嘴巴都张大了，这会儿看人杀气腾腾地冲出来，知道自己闯祸了，忙不迭地跑了。

蒋唱晚刚追到门口，就遇见刚才的西装大背头。

大背头端着托盘，被她吓了一跳，然后又秉持着西装护卫队的职业操守，迅速镇定下来，微笑着询问：“小蒋女士，您怎么就要走了呢？季先生还订了一个豪华套餐的。”

蒋唱晚刹住脚步，深吸了一口气，同样微笑着看着大背头，一步一步地后退。

直到大背头离开视线范围，她才立刻一手拎起小挎包的带子，一手去拽沈衍舟。

“快走！”

沈衍舟坐在座位上没动，似乎还没意识到问题的严重性。

蒋唱晚一急，去拉他袖子：“快点！不然他们还要来一轮！”

情急之下，说话也模模糊糊的，但好在沈衍舟也是刚刚那场灾难的受害者，立刻就懂了。

于是蒋唱晚感到自己攥住的袖子布料迅速地从手心里脱出，动作之快，迅疾到她来不及反应，只能本能地、下意识地攥住最后的末端。

两个人一前一后，在餐厅里奔跑。

大背头和分分头在身后呼唤，季程和程姗姗在前面招手，蒋唱晚拽着沈衍舟向前奔跑。

走廊的玻璃吊灯发出绚烂斑驳的光彩，外面是遥远摩天轮的一角和夏日林荫。

少男少女如午后骄阳一般朝气蓬勃的身影，在走廊反光的墙壁上一闪而过，像一次猝不及防的快门，记下这点荒谬、好笑，却又浪漫异常的时刻。

四个人一路跑出八百米远，直到跑到摩天轮下面，才气喘吁吁地停下来。

蒋唱晚累得不行，大口大口地喘着气，好一会儿才反应过来，自己手里好像还攥着什么东西。

她一边努力调整着自己的呼吸，一边低头去看她拽了一路的东西。

白皙、微冷，薄薄的一层皮肉包裹住指骨，手背上筋骨分明。

……沈衍舟的手。

她牵着他的手跑了一路。

蒋唱晚大脑宕机几秒钟，才迟钝而缓慢地反应过来，触电似的，蓦地将手一松！

抬眼，正对上沈衍舟的视线。

季程和程姗姗在旁边弯着腰大喘气，累得说不出话，像夏日里伸出舌头散热的小狗一样，而这个人却好像一点反应也没有。

依旧清爽，依旧整洁，只有被风吹起的发丝，还有被她攥得微皱的袖口，出卖他方才有一些波动的事实。

沈衍舟视线在她脸上落了几秒。

“我还在想，你还要牵多久呢？”

他说着，移开视线，缓慢收回手。

蒋唱晚：“……意外，这是意外！”

想了想，她又补充道：“刚才那个也是意外。”

随着这句话的落地，像拉开了什么秋后问斩的帷幕似的，季程立刻双手合十，高举过头顶：“我发誓啊！我不知道这个仪式是这样的！

“这跟他宣传的不符合！他宣传的是那种极其唯美，极其高大上，极其韩剧风范的氛围！不然我也不会被他骗了！”

季程一股脑儿地交代，生怕蒋唱晚不信似的：“不信你问姗姗！你不相信我，总该相信姗姗吧？你俩的审美都差不多。”

正想着怎么撇开关系的程姗姗：“……哈哈。”

她干笑两声：“确实是被餐厅经理的宣传骗了。”

蒋唱晚震怒：“还有你的事儿？你跟他合伙起来害我？

“我说之前怎么这么积极呢，原来在这儿等着我呢是吧？”

“……没有！我对你的真心天地可鉴啊，晚晚！”见情况不妙，程姗姗立刻弃暗投明，几步上前挽住蒋唱晚的胳膊，“我早知道这个豪华仪式长这样，我肯定不会帮着他安排的，对不对？

“何况还有小沈老师在呢，我肯定不会让你们俩丢脸的啊！我们俩多久的朋友了，你还不相信我？”

季程双手合十哀号道：“我真的冤哪！”

蒋唱晚移开视线，看了眼沈衍舟。

后者也在看她。

两个“受害者”目光对视几秒，都从对方的眼神里看出了同样的意思，然后不约而同地移开视线。

“……行了行了。”蒋唱晚皱着眉，嫌弃道，“这次就算了，我和小沈老师都原谅你们了。”

“谢谢小沈老师！”程姗姗立刻笑盈盈地鞠了个九十度的躬。

季程还在想他那些精心策划的计划，还有打水漂的钱，愁眉苦脸地一抬眼，才发现剩下的三个人都望着他。

“……干什么啊？”他顿了顿，不可置信地看着他们，“我也要道谢啊？”

没人说话。

但程姗姗和蒋唱晚脸上明明白白地写着“你说呢”。

季程沉默了许久，约莫是在给自己做心理建设，好半晌过后，才呼出一口长气，盯着地面，不情不愿道：

“谢谢……小沈，小沈老师啊。”

“怎么还磕巴呢？”蒋唱晚不满，“平时说话怎么没见你磕巴啊？小沈老师烫嘴还是怎么呢？”

沈衍舟一顿，侧脸瞥她一眼。

蒋唱晚没注意，她正叉着腰，精气神十足地教训人，半点没有方才在餐厅里尴尬到全身僵硬、不敢抬头的模样。

沈衍舟偏开头，不动声色地弯了弯嘴角。

这场尴尬的闹剧之后，几个人倒还和平，开始了正儿八经的游乐园之旅。

季程和程姗姗想玩急流勇进和过山车，蒋唱晚方才等他们的时候玩过了，于是就坐在下面等他们。

两个人一路拌着嘴往前走，像小学生一样打打闹闹。蒋唱晚笑了一会儿，歪着头，神情稀奇地看坐在长椅另一端的人。

沈衍舟缓缓挑起眉：“干什么？”

“你在笑啊，沈衍舟。”蒋唱晚端详着他，有些惊奇的模样，“我还从来没看你笑过呢。”

沈衍舟敛起嘴角那点轻微的弧度，有些无言地看了她一眼：“你是霸总的管家？”

蒋唱晚顿了两秒，眼睛里的惊喜更明显了，兴奋道：“你连霸总管家梗都知道啊！”

就是那个霸总的管家总会在霸总带着女主角回来之后，感慨地对女主角说“少爷已经十年没有笑过了”的梗。

“我还以为你都不知道这些呢！”

“我只是看得少，”沈衍舟无言道，“又不是不上网。”

“但是你之前就给我一种不上网的感觉。”蒋唱晚在他旁边坐下来，还是忍不住惊喜，时不时偏头看他。

“你想知道你给我的第一印象是什么吗？”

沈衍舟很干脆：“不想。”

“不行。”蒋唱晚更干脆，丝毫没有受到影响似的，“你必须知道。”

沈衍舟沉默了。

“你之前给我的感觉就是，一个顶顶顶好的好学生。”蒋唱晚用了好几个“顶”字，来形容沈衍舟给她的感觉，但又觉得好像不够似的，很轻地蹙了蹙眉，继续道，“就是那种学校里最常见的，戴着厚厚的镜片，每一天每一天都埋头读书，眼睛里只有学习、考试和分数，把考上某某大学当成自己一辈子执念，除了学习上的事，其他都一无所知的人。”

她盯着前面吵闹嬉笑的小孩，掰着手指，认真地细数道。

很少见的神情。

自沈衍舟认识她以来，一直都觉得她是一个极其活泼开朗、鬼点子颇多，对生活极其富有能量的女孩儿，很少看到她如此认真的神情。

午后的阳光落在她脸上，把小鹿眼上的睫毛都照得十分清晰，忽闪忽闪，在脸颊上落下一片晃动轻颤的阴影。

……很灵动。

沈衍舟顿了几秒，才移开视线，“嗯”了一声，好像从未从这场谈话中分心似的，若无其事地接着问：“这样不好吗？”

“东亚式的教育，一直都是放弃掉现在的一定自由，来换取以后的自由。”沈衍舟垂着眼道，“大环境驱使之下，无可避免。”

“嗯，我知道。”蒋唱晚点了点头，依旧看着前面。

“但我也始终觉得，人不应该活成那个样子。

“十几岁的大好青春，被压在必须穿上的肥大校服里，被压在沉重的书本和厚厚的镜片之下，被压在无穷无尽、由分数和排名带来的压力与焦虑之下……”

她顿了顿：“我觉得不值得。”

“你也别先急着反驳我啊，”蒋唱晚伸出一根手指，在空中左右来回晃了晃，“我没有说学习不是件好事，我只是不喜欢那一种为了学习而牺牲掉所有兴趣爱好的生活方式。

“相反，我非常喜欢那些可以把所有事情都做得很好的人。”

蒋唱晚说完这句，终于把视线从远处旋转的摩天轮那里收回来，偏头看着身旁的人，轻声道：“我喜欢那种，能把学习、生活、兴趣爱好，各方面都平衡得很好的人。”

“怎么说呢……”她想了想措辞，“他们身上会有一种游刃有余的感觉，好像天生就是厉害到，不费吹灰之力，就可以把所有事情都做得很好。

“我很佩服这种人。”

沈衍舟侧脸看着她，轻轻“嗯”了一声，接上下半句：“你也想成为这种人。”

不是反问句，是陈述句。

好像他能够从蒋唱晚平直普通的、半点不涉及自己的叙述下，感知到她隐藏的想法和情绪一般。

……非常敏锐。

蒋唱晚顿了顿，移开视线，很轻地“嗯”了一声。

空气寂静片刻。

接着，沈衍舟在她耳边，轻声开口。

“其实你口中那些‘各方面都很厉害的人’，也未必没有付出相应的努力。

“世界上的东西都是需要筹码的，类似于等价交换，尽管有例外存在，但绝大部分的事情都是遵循着‘你付出什么，就得到什么’的原则。

“好身材的人花费了大量的时间在健身房训练，学习好的人花费了大量的精力在读书和考试上，那些在各行各业有专精的人，也同样地付出了同等的努力。

“先天差距固然存在，但努力也必不可少。”

说完，他顿了顿，似乎是觉得这些话听起来太空，索性想了想：“拿我举例吧。”

眼看着蒋唱晚转过头来，小鹿眼圆睁，秀气的眉毛向上挑起，似乎是有话要说，沈衍舟从善如流地接道：

“尽管我知道你刚才举例的‘各方面都很优秀的人’里，不包括我。

“我只是想举个例。”

于是蒋唱晚看了他几眼，顿了顿，收声。

沈衍舟没控制，又弯唇笑了一下。

“拿我举例的话，我其实也并没有你看到的这么轻松。”

“我参加过数理化方面的竞赛，也参加过全封闭的集训。”说到这里，沈衍舟微妙地顿了一顿，似乎是在回忆。

片刻后，他才垂下眼，继续道：

“因为进行过长时间的、比高中数学更艰难的、以高数为目标的训练，所以再回过头来看这些，自然就觉得都是一些很小的问题。”

蒋唱晚安静地听着，听他缓慢而又平直地讲述那些同龄人看来几乎可望而不可即的事件。

不可否认的是，沈衍舟是优秀的。

在绝大多数学生还在为高中数学而烦恼忧愁的时候，他已经可以越过高中这一局限，站在这个充满逻辑、理性，同时又对绝大部分人关上了门的神秘学科的基础上，去探索更为广阔的世界。

他们的相遇来自孟女士的单方面介绍与逼迫，来自开门见山地坐在桌前讲题上课，所以蒋唱晚根本无从得知他的这些往事，以为他只是一个数学稍微好点，想挣点钱当零花的普通学生，自然对他没有什么滤镜。

然而机缘巧合之下，坐在午后的游乐园长椅上，听完他三言两语讲完的故事，蒋唱晚不由得对他、对从前的想法都有所改观。

尽管他已经足够简洁，只是用寥寥几句就带过，但蒋唱晚依旧能感知到，别说他和她，他就算和她班上那些顶尖的优等生，都不是一个水平。

“那你……”蒋唱晚犹豫了片刻，还是小心翼翼地问出口，“那你跟我上课的时候，是不是真的觉得我是个蠢蛋啊？”

天知道，她可是个连函数图像的变动都不会的数学渣渣啊。

身旁的人沉默了片刻，倏然偏开头，弯唇笑了一声。

蒋唱晚：“……什么意思啊！我问你是认真的，不是让你有机会嘲笑我的意思！”

穿白衬衫百褶裙的少女大怒，两个麻花辫随着她转头的动作晃动，连带着脑袋边上斑斓的星星发卡都能体现出她的不悦。

沈衍舟嘴角快压不下去了，抬起手肘，懒懒搭在长椅扶手上，长指伸展着抵上脸颊一侧，勉强挡了一点神情。

“我也是认真的。”他说，“没有觉得你笨。”

蒋唱晚将信将疑：“……真的？你是不是哄我呢？”

“我告诉你，我没有那么脆弱的啊，你要觉得我笨就直说！毕竟让你觉得我笨好像也在可接受的范围以内……”

“真的。”

沈衍舟敛起那点笑意，神情认真地看着她，加重了语气。

“我这个人不太爱说谎，也觉得这些事情没必要说谎。

“所以不管是那天在书店，还是那天晚餐时跟你妈妈说的那样，又或是现在，我都是认真的。

“你很聪明，一点就通，只是心思没有放在这里罢了。”

蒋唱晚顿了好几秒，眨了眨眼，收回了视线，轻轻“噢”了一声。

沈衍舟没有觉得她笨，他觉得她很聪明。

而且……他刚刚笑起来的样子，好像很好看。

蒋唱晚偏过头去，那几个念头却根本无法控制地冒出来，像夏日里“刺啦”一声拉开的青柠汽水，泡沫密集地涌出来，把自己的心脏沾染得一片狼藉，一塌糊涂。

气氛至此，倏然安静下来。

远处的游乐设施依旧运作着，小孩子们拿着冰淇淋和氢气球，奔跑着路过面前。售卖糖葫芦和棉花糖的小推车一边叫卖着，一边路过长椅。

那是一种独属于十七岁夏日的悠闲时刻。

蒋唱晚顿了片刻，伸手指了指旋转的摩天轮：“我们去坐那个吧。”

检票，通过机关闸口，他们在工作人员的示意下迈步进入座舱。

稍微有点晃，蒋唱晚上去的时候略踉跄了一下，沈衍舟在身后，下意识伸手扶住她。

修长而又骨节分明的手伸直，在少女单薄的脊背后面张开，有力地托举了一下。

触感仿佛隔着一层薄薄的衬衫面料，直接通过她的身体，轻轻地在心脏上挠了一下。

一触即分。

蒋唱晚扶住座舱扶手的动作顿了一顿，然后才向里走去。

她身后，少年也停了两秒，收回手，背在身后，几不可察地蜷了蜷指尖，俯身进入，坐在她对面。

舱门合上，摇晃一瞬，巨大的摩天轮重新启程，从低谷而起，越过远处的旋转木马和飞椅，越过海盗船与过山车，缓慢地进入最高处。

几乎能够俯瞰整个城市的最高处。

两个人安静地相对而坐，透过因年岁已久、已经稍有些斑驳的玻璃，看向窗外的景色。

看见市中心大片大片的、属于一代人记忆的老旧家属院，看见道路旁葱郁茂密的梧桐树，看见锦江蜿蜒曲折，绕着城市而过。

“人”在这种时刻，是最渺小、最难以寻找的东西。

几乎像是一只只蚂蚁，黑黑小小的，缓慢地行进在巨大的原始森林中。

渺小，却又伟大。

能以蚂蚁之躯，建立出宏伟的奇迹。

蒋唱晚出神地看着窗外，思绪漫无目的地飘散，任阳光洒满全身。

直到沈衍舟出声，才将她的思绪拉回来。

“你刚刚，”他顿了顿，“是不是还有什么想说的？”

蒋唱晚偏头，跟他对视了几秒钟。

好一会儿后，她才垂下眼，轻轻“嗯”了一声。

方才的话题并没有结束。

人和人之间的际遇有限，又囿于时机、契合度、环境等等因素的制约，能够交心的人总是很少。

有首歌唱道，“爱是天时地利的迷信”，在人与人越来越陌生，社交模式越来越固化的今天，不仅是“爱”，甚至连一次交心的聊天都是奢侈品。

一次愉快的聊天，也同样需要适宜的环境、适宜的时间与适宜的氛围。

譬如现在。

或许是午后的阳光照得人实在太舒服，或许是摩天轮摇摇晃晃的频率恰好和她契合，又或是对面少年的目光实在太清透，蒋唱晚第一次产生了想要向人倾诉的欲望。

她垂下眼，缓慢地开口。

“你有没有看过一篇文章，叫作《夜晚的潜水艇》？

“是篇短篇小说，作者用一种非常奇妙的叙述方式，用一些非常奇异的比喻和文字，来形容一个人想象力的消亡。

“一个看到纸张纹路会想起山川沟壑，看到空气中飘浮的一粒尘埃，会想到一整颗新生的、未知的星球，看到窗外漆黑的暗夜，会想象自己是处于夜晚深海的潜水艇中的高中生，囿于现实中不堪重负的压力，一些循规蹈矩、不得不走的路，而放飞了自己所有的幻想。

“他写道：‘五十岁后，我停止了作画，也不再写诗，很多人说我江郎才尽。其实不是的。我的才华早在十六岁那年就离我而去，飞出天外了。我中年开始作画，不过是想描绘记忆中那些画面。写点诗，也是为此。’

“他还写：‘我一度拥有过才华，但这才华太过强盛，我没办法用它来成就现实中任何一种事业。一旦拥有它，现实就微不足道。没有比那些幻想更盛大的欢乐了。我的火焰，在十六岁那年就熄灭了，我余生成就的所谓事业，不过是火焰熄灭后升起的几缕青烟罢了。’”

蒋唱晚一字一句，轻声细语，轻松无比地背诵那些字词句段，好像这些句子已经拓印在心中很久了一般。

她看着窗外，缓慢地在脑海里念出那篇文章的最后一段。

“我反复画过一张画。深蓝色的背景中央，有一片更深的蓝。有人说像叶子，有人说像眼睛，像海里的鲸鱼。人们猜想其中的隐喻。其实没有任何含义，那是一艘潜水艇。我的潜水艇。

“它行驶在永恒的夜晚。

“它将永远，永远地悬停在我深蓝色的梦中。”

她轻声念完之后，空气都安静了片刻。

摩天轮恰巧旋转到最顶端，夏日晴朗，天空呈现出浅蓝色，阳光耀眼。

文字的力量是无穷的，蒋唱晚一直都这么认为。

她并不是只看霸总言情小说，虽然她不反对这类书对她具有极强的吸引力，但她的阅读量其实很广泛，什么都看。

文学作品、电影、纪录片，一切好的、能触动心灵的作品，无论体裁或是形式，她都很爱看。

少女似乎是太过好奇窗外的景色，已经双手搭在窗前的护栏上，脸朝着窗外，逼近再逼近，几乎整个人都要贴上去了。

沈衍舟坐在对面，身后是近乎灼眼的阳光，偏头看了她片刻。

他不迟钝。

他可以从她说这话的语气、情绪，和之前在长椅上聊到的话题中，准确地提炼出她含糊想要表达的想法。

“所以，”沈衍舟轻声下结论，“你害怕你无法平衡好‘想做的事情’与‘必须做的事情’之间的关系，而让你的梦想变成了悬停在梦里的，夜晚的潜水艇？”

蒋唱晚沉默了片刻，下巴抵在交叠的手背上，偏过头来，活跃气氛般开玩笑道：

“这么会提炼主旨。你语文阅读理解应该也很好吧，小沈老师？”

沈衍舟看着她，一时没有说话。

她好像不太习惯与人如此直白地沟通和聊天，与一个其实算不上太熟悉的人，讲述她对谁都未曾讲述过的困惑，所以故作轻松地换了一种回答方式。

其实目光还是会在对视时闪烁，纤细的手指也不自觉地攥紧了栏杆。

沈衍舟的视线从她身上移开，最后同样落向窗外，顺水推舟般“嗯”了一声。

“我很少有短板。”

蒋唱晚顿了两秒，缓缓地皱起眉。

不是，怎么给他点颜色，还开上染坊了呢？

她蹙着眉，困惑万分地转过头，刚要开口刻薄一下，就瞥见了沈衍舟低头带笑的嘴角。

“逗你呢。”他说。

“这么激动，看不得我好啊？”

蒋唱晚：“……嘁。”

她顿了两秒，撇撇嘴，转回头。

沈衍舟笑了一会儿，又转回正题上。

“你有没有想过，这两个东西，其实并不冲突？”

“……嗯？”

“‘想做的事情’和‘必须做的事情’之间，其实并不冲突。只要你有足够多的耐心、精力和努力，你也能够成为羡慕的、敬佩的、想要成为的，‘各方面都很优秀的人’。”

蒋唱晚顿了顿，偏头看向他：“……比如？”

“比如，”沈衍舟一只手肘搭在栏杆上，脊背靠住座垫后方，思忖片刻后，倏然望过来。

“你有没有什么，特别想做的事情？”

他身后是逐渐下降的摩天轮窗外风景，从缥缈的云端逐渐往下，依次经过葱郁茂密的绿，五彩斑斓的旋转木马，点缀着彩色糖果的棉花糖商店，被阳光晒得滚烫的柏油路面。

喧嚣和热闹重新入耳，像他带她回到永恒美丽、永恒蓬勃的人世间。

蒋唱晚看了他许久，眨了眨眼，弯起眼角道：“还真有。”

|第四章|

草在结它的种子

Neng Bu Neng Ting hua

“玩完了吗？快来快来！”

蒋唱晚站在远处跟两个人招手。

“程姗姗坐过山车差点把我耳朵叫聋，好恐怖啊。”季程揉着耳朵，“你怎么不去学美声啊，你这么天赋异禀。”

程姗姗用小挎包砸了他一下：“那你还差点害怕得尿裤子，你怎么不说呢？”

“不是，你不要血口喷人啊，谁尿裤子了？”

“那你把裤子脱了证明一下。”

两个人拌着嘴，缓慢走近，在户外露天的奶茶店摊位上坐下，对着桌上摊着的纸笔很好奇。

“这是啥？”

“你俩不会就地开始上课了吧？禁止随地大小课啊！”

蒋唱晚无言地撇了撇嘴，用笔的另一端敲了敲季程的脑袋：“发什么神经。”

然后她调整了一下坐姿，做作地清了两下嗓子：“咳咳。接下来，我要宣布一件重要的事情，在座的各位都要认真听啊。”

“什么？”

“我想喝这个奥利奥奶茶……啊！”季程看着奶茶单子，又被蒋唱晚敲了一下脑袋，“嗷嗷”叫了两声，捂着头顶抬起头来，愁眉苦脸，“什么？大小姐请说。”

蒋唱晚收回手，正襟危坐，继续庄严地宣布：

“我决定，我要参加下学期的编导社团社长竞选！”

话音落后，空气沉默两秒，一时没有人说话。

面面相觑，安静异常。

“……啊？”程姗姗率先打破沉寂，让众人纷纷回神。

她蹙着眉，很是疑惑：“你什么时候对那种无聊的学校活动感兴趣了？”

季程：“啊？你什么时候对编导感兴趣了？”

沈衍舟本来斜斜倚在椅子上坐着，不打算加入他们这场对话，这时候也没忍住，跟了个队形。

“啊？”他出声道，“你什么时候对学校感兴趣了？”

蒋唱晚：“别烦！我说正经的。”

见她神色非常认真，语气也郑重，程姗姗才和季程对视两眼，开始缓慢地思考。

“学校的编导社团不是高一就有了吗？你当时怎么不去？”

蒋唱晚撇了撇嘴：“当时错过了招新，后面再去交报名表的时候，发现有个讨厌的人也在里面，就不想去了。”

季程表示疑惑：“这是什么理由？他在跟你在有什么关系？又不冲突。”

程姗姗则对他“嘁”了一声，对她表示理解：“我懂你。我也是这样，有讨厌的人在做什么事情，自己就不想做了。”

蒋唱晚赞同地点了点头。

季程：“……你们女生真复杂。”

“然后呢？为什么现在又忽然想去了？”

“一个是我感觉我确实挺有兴趣的吧，想参加一些活动试炼试炼自己。”蒋唱晚思考道，“还有一个原因是，学校编导社团资源不错，时不时会承包一些宣传视频、微电影的制作和拍摄，好像还有电视台的参观和实习，都挺有意思的。

“感觉因为一些小细节，比如有不太想见到的人，比如总感觉自己没时间之类的，放弃掉这些珍贵的机会……”

说到这里，她顿了顿，看了一眼沈衍舟，才继续道：“很可惜。”

沈衍舟没说话，只是安静地看着她。

两个人在嘈杂与热闹间，不动声色地对视几眼，好像又回到了轻微摇晃上升的摩天轮上，从互看不爽的家教老师和学生，变成了拥有着共同秘密的伙伴。

在大庭广众之下，拥有只属于彼此的秘密。

……这种感觉，还挺奇妙的。

蒋唱晚顿了顿，心跳仿佛加快，飞快地移开眼睛。

“你这么一说，我就想起来了，”程姗姗没发现他们的小动作，只是凝神思忖，“好像是看过他们发朋友圈，去电视台短期实习，还有拍微电影。拿着摄像机和脚本，还有模有样的。”

“那挺酷的啊，我记得上次校庆开场宣传的微视频，是不是也是他们拍的啊？”季程忽然想到什么似的，倾身靠过来，兴致昂扬。

“欸，打个商量，你要是选上了，让我去拍那个宣传视频呗？”

他“啧”了几声，耍帅似的往上撩头发：“我这张帅脸，不利用起来也太可惜了吧。”

对此，蒋唱晚面无表情地吐出一个字：“滚。”

几个人讨论一阵子，得出结论，都表示支持。

程姗姗咬着奶茶吸管：“我记得你从小就挺喜欢拍来拍去的吧，还自己剪过记录生活的视频，也爱在本子上写小说，我觉得你有这方面的天赋，就应该多多尝试！”

季程虽然不太懂这些，但也举起双手表示：“反正我们是你最坚强的后盾啊，你做什么我们都会支持的。”

话音落下，三个人的目光同时移向另一侧半倚着椅背坐着，默不作声的人。

沈衍舟缓缓挑起眉：“还有我的事吗？”

三个人没说话，但极其整齐划一地点了点头。

沈衍舟：……什么中二表决大会。

沉默了几秒后，他还是缓慢坐直身体，看了蒋唱晚几眼，又垂下眼，缓声道：

“我也支持。”

一锤定音。

四个人在傍晚的游乐园奶茶店坐着，讨论回忆社团社长的竞选方式，再初步规划，直到太阳逐渐西沉，落日的金光洒下，把少男少女的影子，连同梧桐林荫一起，拉得很长。

“好了，差不多了吧，你接下来就用心准备用来竞选的视频作品就好了。”季程揉了揉咕咕叫的肚子，撇了撇嘴，“我又饿了。”

蒋唱晚颇为无言地看了他一眼，把纸和笔收起来，倒也没说他。

他们中午那场闹剧过后，都没怎么正经吃饭，又玩又思考了一下午，理应饿了。

“放心吧，给你准备了东西的。”蒋唱晚看了眼表，使了个眼色。

程姗姗会意，起身绕到季程身后，伸手挡住他的眼睛。

“……什么啊？”季程还难得愣了几秒，下意识要去拿程姗姗的手，好在忍住了，局促不安，在座位上扭得像个大马猴，既期待又忐忑，小声咕哝道，“什么东西？还搞得这么神神秘秘的。”

没人理他。

程姗姗一边捂住他的眼睛，一边偏头去看。沈衍舟半坐起身，收拾开桌面上的东西，在中间腾出一个空来。

蒋唱晚端着蛋糕，小心翼翼，一步一步地从奶茶店里走出来。

纯白的纸板托盘中央庄重地置放着属于寿星的蛋糕。深蓝色奶油一圈一圈绕过戚风蛋糕胚，掩盖住其间夹着的芋泥与奥利奥碎，在侧边上点缀着海星。

“啪嗒”一声，打火机响起。

橙黄的烛光在渐暗的黄昏中亮起，摇曳，在桌面上落下晃动的影子。

眼前覆盖的阴影移开，季程睁眼，精致的蛋糕与在风中跳动的橙黄色火苗一同映入眼帘。

沈衍舟神色平静淡然，抬手收回打火机。程姗姗绕到一旁坐下，把塑料刀具从包装纸里拆出来。

蒋唱晚用手托着下巴，坐在一旁，笑眯眯的。

“许个愿吧，一八二大帅哥。”

天色渐暗，最后一缕霞光也完全沉入地平线以下，天空中只余深蓝色的微光。

摇曳的烛光均匀而公平地洒在每一个人的脸上，给桌边的每一个人都镀上一层暖色的、闪烁跳动的光芒。

夏日晚风吹过，发梢浮动。远处游乐设施逐一亮起灯光，安静而美好。

顿了几秒后，季程自己伸手捂住脸，含含糊糊地开口：“……你们别这样看着我。”

桌边三人：“……干什么啊你？”

“你们这样我会太感动了。”季程继续说，“男儿有泪不轻弹，懂不懂啊？”

桌边三人都一阵恶寒。

蒋唱晚搓了搓手臂上的鸡皮疙瘩：“少恶心人。”

程姗姗直接伸手去打掉他的手：“搞快点。再不吹风都要吹灭了。”

季程“嘿”了两声：“你俩还是这样正常。”

一旁的沈衍舟沉默了两秒，闲闲点评道：“很难想象你之前过的是什么日子。”

季程“嘿嘿”笑了两声，缓慢凑近蛋糕上的烛火：“我许愿……”

“不许说！”蒋唱晚和程姗姗异口同声地打断他，义正词严道，“说出来就不灵了，懂不懂啊你。”

季程：“……好吧好吧，我不说了。”

他闭上眼，安静了五六秒钟，好像在心里把成人礼的愿望许掉之后，睁开眼，在桌旁人的欢呼声和祝贺声中吹掉蜡烛。

“唰”一声，代表着新一岁的蜡烛熄灭，塑料刀具划开表层奶油，露出饱满而富有层次的蛋糕胚和馅料。

“是奥利奥的欸！”季程惊呼，“还是你们懂我。”

“可不是嘛？奥利奥和奥特曼，你就喜欢姓奥的。”程姗姗点评道。

蒋唱晚若有其事地点点头：“你别说，还真的，他小时候喜欢奥巴马。”

蛋糕一块一块地分，上面多芋泥的给蒋唱晚，多奶油的给程姗姗，切第三块的时候，季程很明显地犹豫了一下。

视线在空中飘了又飘，好像费了很大劲才克制住自己只给沈衍舟切一个角的冲动，端给他的时候也没说话，只说：“喏。”

沈衍舟顿了两秒，伸手接过，淡声道了句谢。

吃完蛋糕后又玩了一会儿桌游，牌类互动游戏，但蒋唱晚频频看表，惹得众人不快。

“今天韩剧不更新吧？”程姗姗皱着眉开始怀疑。

“就是，啥意思啊你？本来就菜，还分心？你赶着回家干什么呀你？”季程嚷嚷着。

蒋唱晚不理他，又看了一眼表：“少废话，快点，最后一把。”

连沈衍舟都瞥了她几眼，轻微疑惑。

他不记得她今天有什么别的安排，他昨天也没有给她布置作业。

等到指针差十分钟指向九点，最后一把UNO（一种卡牌游戏）玩完，蒋唱晚非常积极地把牌一扔：“收工！各回各家！”

“行吧行吧。”季程不情不愿地收拾起牌，“平时没见你这么积极。”

“那我给我爸打个电话，他来接我。”程姗姗拿出手机。

季程：“那我坐你们家车回去呗？顺路。”

“行啊。”程姗姗应了，然后走出几步去讲电话。季程起身，去把牌还给奶茶店老板。

原本热闹的露台顿时安静下来，只剩两个人还坐在这里。

沈衍舟偏头看了她一眼：“那你怎么回去？”

蒋唱晚低头看手机，想也不想：“我跟你一起呀。”

沈衍舟顿了顿：“……你跟他们不顺路吗？”

“嗯……”蒋唱晚似乎很专心地在手机屏幕上点划，过了一会儿才反应过来他的问题似的，抬起眼来，“只有一点点顺。”

顿了两秒，她又边收拾东西，边回头看了一眼，凑近他，压低声音道：“程姗姗她爸开车要放土味音乐，有后遗症，坐二十分钟会在脑子里唱三天的花花蝴蝶。”

沈衍舟沉默了两秒。

半晌，他偏头笑了一声：“行。”

“妈呀，快走快走！”蒋唱晚又看了一眼手机，“来不及了！”

她拽着小挎包带子站起来，提高声音跟另外两个人打了招呼，顺手拽住沈衍舟衣袖。

“走呀，小沈老师，不然真的来不及了。”

沈衍舟疑惑地扬了扬眉：“什么来不及了？”

“公交车呀！”蒋唱晚道，“末班车，回你家那趟，九点发车！”

沈衍舟顿了几秒，抬眼看她。

少女一整个马上就要迈步开始奔跑的姿势，拽着她的包包和他的袖子，麻花辫轻轻晃动，眼睛亮晶晶的，在夏日的夜晚里闪烁。

好像比远处的霓虹灯还要明亮。

……所以，她刚刚频频看表，十分在意时间，是害怕他错过回家的末班车？

沈衍舟顿在原地，感觉心脏被一只手极轻、极轻地拨弄了一下。

那种感觉很奇妙，好像被摇曳的烛火灼了一下，又好像被轻柔的羽毛挠过一瞬，让整个人都无可抑制地变得柔软。

在所有人，包括他自己都没有注意的时候，她记住了他昨天晚上一句极其平常的话，并在欢乐和愉快中抽身，始终为他考虑着。

良久过去，沈衍舟垂下眼，感觉嘴角的弧度根本无法抑制住，只好轻声道：“你先等一下。”

蒋唱晚愣了两秒，虽然不知道为什么，但还是点点头，“哦”了一声。

她看着他折返回身，从椅子旁拎起一个袋子，递给季程。

季程明显也很诧异，看了看他，又看了看袋子，又看了看他，视线在沈衍舟和深蓝色的礼品袋里反复流转。

“……啊？”

沈衍舟抿了抿唇，移开视线。

他看着远处缓慢旋转的摩天轮和闪烁的霓虹灯，不太自在地道：“生日快乐。”

“想不到你这种人，还会给别人送礼物哦。”

末班车准时准点到站，少女走在前，投了币后一路走到后排靠窗的位置，像是忍不住似的，扶着栏杆回身，笑着调侃道：

“看来我们小沈老师也没有那么不近人情嘛。”

声音轻快，神情俏皮，好像从方才季程惊喜拆礼物时一直憋到现在，笑眼明亮而柔软。

少年在后无言片刻，感受到公交车缓慢地开始发动，抬了抬手，催她：“……坐好。”

蒋唱晚知道他这是怕她又摔，乐滋滋地小声“喊”了一声，坐到里面靠窗的位置上去了。

少年站在台阶下，顿了片刻，手不太自然地蜷了蜷，终于迈上台阶，坐在她身旁。

一阵风落在身边，少年的手臂随着下落的动作，不经意擦过身边，隔着夏季薄薄的衣服面料，感知到少女一瞬的体温。

温暖的，柔软的。

像太阳下被晒得暖洋洋的粉色棉花糖。

沈衍舟又顿了片刻，抬眼看向另一边窗外，不动声色地将手收回了一些。

蒋唱晚倒是没注意。

她手肘撑在公交车窗台上，掌心托着下巴，微微侧身盯着窗外，整个人都随公交车的轻微颠簸而一晃一晃的。

她在想编导社团的事情。

下学期一开学就要提交参选人员的作品，用以评估打分，起码专业过硬，有这个实力的人才能入围。

她之前又不在社团里，没有熟悉的人际关系，也没有正经的实践和经验，相对来说是比较吃亏的。

技巧上不够的话……

蒋唱晚蹙着眉思索道：“那就只有用创意来凑了！”

一声话语响亮地响在夜晚无人的末班车上，使得身旁的人偏了偏头。

沈衍舟：“嗯？”

次日，天气依旧很好。

温度还未完全升起来，太阳只是在天边露了一角，灼人的热浪尚未扑来，清晨的风还带着清爽的朝露气息，拂在脸上，舒适异常。

蒋唱晚难得起了个大早，七八点就醒来，换好衣服下楼出门去，说要散散步，把客厅里做晨式瑜伽的孟女士吓了一跳。

孟女士和阿姨目瞪口呆，脸上隐隐可见诧异和惊悚，双双站在客厅里，看着蒋唱晚穿鞋推门出去。

“干吗呀你？”

蒋唱晚把钥匙勾在手上，头也不回地推开门：“出去走走，找点灵感。”

什么灵感？

孟女士和阿姨不约而同地对视一眼，脸上都有一模一样的诧异和疑惑，但就这一会儿时间，蒋唱晚都已经走过花园，快走到院子大门口了。

“记得准时回来吃饭啊！”于是孟女士只能这样招呼道。

回应她的是一声大门关上的声音，还有一声尾音拖得长长的“好”。

蒋唱晚食指勾着钥匙扣，沿着清晨的南山小径往下走，难得既没有看手机，也没有戴耳机，目光漫无目的地往下落，耳朵也随心地听着各种声音。

于是她看见小猫在阳光洒下的地方一动不动地趴着，时不时打一个倦怠懒散的哈欠；看见背着书包去上补习班的初高中生们愁眉苦脸，困倦无比；看见结伴买菜的阿姨们站在摊位前讲价，作势要走，又被小贩无奈地叫回来。

人生百态，一个普通又不普通的清晨，悉数从她眼前流过。

其实还……挺有意思的。

蒋唱晚走累了，投币上了公交车，坐在后排，听前面买菜结束的阿姨们热衷于讲左邻右舍的八卦，听小学生妹妹们讲学校发生的事情。

接到程姗姗电话时，她正聚精会神地听，整个人向后转去，双手搭在公交车椅背上，眼巴巴地眨眼问："然后呢？"

"喂？"程姗姗在电话那头打了个哈欠，尾音拖得长长的，"你干吗呢？"

"嘘！"蒋唱晚压低声音，神神秘秘地喊她，"你先等会儿，我待会儿跟你说。"

程姗姗："啊？"

她瞌睡几乎立刻就醒了，疑惑地蹙起眉，听她那边的声音。

有几分嘈杂，有汽车鸣笛行驶、发动机响和轮胎压过路面的声音，应该是在公交车上。

还有人细细碎碎的说话声。很稚嫩，感觉还拖着小奶音，某些吐字都还不是很清楚。

"我现在在玩《摩尔庄园》！我认识了一个哥哥，他每天都来我家里帮我浇水，我跟他说他是我的好盆友，他说他也是！"

"我问他，你也在读一年级吗？他就好久好久都没有说话。"

"什么意思呀？他是不是二十多岁的叔叔呀？"

"团团你不要跟叔叔玩，不要跟叔叔做好盆友。"

几个清脆稚嫩、吐字不太清的软糯女声之后，一道熟悉的声音插了进去。

——"然后呢然后呢？"

吐字之快速，语气之兴奋，神情之好奇，程姗姗已经完全可以想象到蒋唱晚现在的样子。

她无言片刻，对着电话那头说：

"你大清早在公交车上，偷听小学生讲八卦啊？"

回答她的依旧是蒋唱晚一声长长的："嘘！"

程姗姗：……真有你的。

“你找灵感的方式就是大清早在公交车上听小学生讲八卦啊？”

“哎呀你不懂。”蒋唱晚一边说，一边伸手跟刚刚的小学生妹妹们挥手道别，靠在窗户边看她们一连串进了校园，走出老远还在转头跟她挥手。

“人家很可爱的好吧。”

公交车关门，缓缓发动，蒋唱晚收回视线：“人家开开心心在摩尔庄园交朋友，却被大人谎报年龄！这很过分的好吧！”

程姗姗无言：“你这么能共情，是因为你也被骗过吧？”

她这么一说，蒋唱晚立刻就想起了她的悲伤往事。

她去年玩《摩尔庄园》手游，在主城里认识了一个朋友，觉得他什么都懂，种植、房屋建造、升级、角色穿搭，什么都很厉害，社交软件上的头像还是那种很酷的动漫男头，一度都快产生少女心泡泡了。

直到有一天，她听见他发了语音。

“你等一会儿，我写完这个作业来教你啊。

“我没写完只能玩二十分钟，写完了给妈妈看，她就准我玩一个小时了。”

是的，声音同样地稚嫩，一位一年级的男小学生。

自此以后，蒋唱晚感觉她的心就死了一般，缓缓地离开了摩尔庄园大世界。

“……好了，过去的事情就不要再提了。”蒋唱晚咬着牙打断她，“一位璀璨明星的陨落，是《摩尔庄园》的损失，好吗？”

程姗姗在那边笑得“嘎嘎嘎”的：“真是提一次乐一次，哈哈哈哈哈。”

“不许笑了。”

蒋唱晚无语，手紧紧握住前面座椅的把手，把视线向窗外投去，漫无目的地随意扫过，却在不经意间瞥见了一个熟悉的身影。

“咦？”

他怎么会在这里？

正值红灯，公交车缓缓停下，于是蒋唱晚隔着窗户与清晨的阳光，看见路边白墙青砖下站着的人。

爬山虎葱郁，从屋檐顶部往下垂，遮盖住大部分的白色围墙。

屋檐上有一只橘色的小奶猫，极小一个，隔着一段距离，都要眯着眼才能看清，正紧紧用爪子扒住凸起的屋檐砖瓦棱角，俯身做了一个要下不敢下的动作，时不时回头望望，犹豫又纠结，似乎已经困在高处许久。

而少年也很有耐心，举着一辆自行车，安静地等待着。

白衬衫被太阳照得发光，袖口下滑，露出一截瘦削有力的小臂。

共享单车其实不轻，不知道他举了多久，手臂似乎都有些轻微地颤抖了，但还是一动不动地等待着，侧脸神情平静。

一人一猫就这么僵持着。

直到一整个红灯时间都快过去，橘色的小奶猫终于下定决心似的，身体脊背弓起，小肉爪子在空中绷得死紧，肉眼可见的紧绷与忐忑，紧张地向下一跃——

落入自行车的车篮里。

然后迅速调整姿态，以这个落点为基点，二次起跳，最后稳稳地落在地上。

整个漫长的等待和小猫跳跃的时间，沈衍舟都一动不动，像是怕惊扰它一样，安静而又十分有耐心地等待着。

直到橘色小奶猫在地上走了几步，确认没有受伤，翘起尾巴，轻盈而又欢快地回头望他的时候，他才缓缓放下共享单车。

沈衍舟向路旁走了几步，把单车在路边的画线指定区域内放好，一丝不苟地排列在那里。

小奶猫在他腿边转来转去，蹭着他的裤腿。

整个过程，他都十分平静淡然地垂着头，动作不疾不徐，白衬衫在动作间反射朝阳的光芒，闪耀得近乎晃眼，连发丝都被镀上一层金光。

人来人往、车水马龙的夏日清晨，无数人从路边巷口穿行而过，或上班上学，或买菜散步，或步履匆匆，或悠闲淡然。

但只有他一个人，站在满是爬山虎的青葱围墙下，花上十几分钟乃至更长的时间，举着并不算轻的单车，安静而又耐心地等待着。

只为给被困高处的小奶猫提供一个支点。

说长不长，说短不短的红灯倒计时结束，公交车缓缓发动，发动机喷出尾气，发出声响。

半蹲在路边逗小猫的人仿佛若有所感似的，轻轻一偏头，向马路上望来。

少女坐在窗边，猝不及防，隔着一扇明亮的玻璃窗，撞进他清透的眼睛里。

心跳“怦怦”。

像撞进了一个盛夏。

“你在这里干什么？”蒋唱晚蹲着挠挠小猫下巴，轻声发问。

刚才对视了那个瞬间之后，她迅速收回视线，在下一站的站台下了车，犹豫片刻，还是慢吞吞地走过来。

因为一场不期而遇，而结束了这场本身就没有目的地的漫游。

她折返回身的路上，唯一担心的事情是，沈衍舟会不会已经离开了。

但还好，他还在这里。

还在这里蹲着逗小猫，并对她的到来和询问毫不惊讶，连头都没有抬，像是心照不宣似的。

像他们两个其实已经是认识很久的好朋友似的。

沈衍舟蹲在她身旁，一下又一下地顺着小猫脊背的柔软绒毛，没抬眼地回答道：“有个新家教面试在这边。”

“新家教？”蒋唱晚顿了几秒，抬眼看他，“你还要接其他工作吗？”

沈衍舟没正面回答，漆黑的睫毛低垂着，声音平静：“看见有合适的，就试一试。”

蒋唱晚收回视线，一时没再说话。

她记得孟女士的工资开得挺高的，一个是因为她确实折腾走不少老师了，另一个应该是因为喜欢沈衍舟这个人，开得和外面机构老师的工资差不多。

每小时三百块，每天两个小时，这样的工作量得来的工资，应该完全够一个高中生，乃至一个家庭的日常开销了吧。

……那为什么，他还要这么拼？

蒋唱晚有点想不明白，但她也没有没分寸到直接开口问。

她是从小家境优渥、吃穿不愁不假，但也不是什么不知道世上人有参差的人，不会理所当然地觉得自己所拥有的都是正常的，然后再对境遇不同的人随便施以施舍和怜悯。

有时候，随意怜悯他人，也是自傲的一种表现。

何况她在沈衍舟这样的人面前，根本没有什么自傲的资本可言。

倒是沈衍舟先开口，把她从沉默里拉出来。

他偏头看了她一眼：“那你在这里干什么？”

说完，他抬腕瞥了眼表，补了一句：“才九点。”

蒋唱晚：“……我也不是天天睡懒觉的好吧！你少看不起人了。”

“我昨天想了一晚上我的编导视频，连做的梦都乱七八糟的，还是没想到什么好的灵感，就想着出来走一走。”

蒋唱晚有点气馁地把腰往下一塌，整个人抱着膝盖，没精打采又有点郁闷："但是还是没有什么灵感。

"这些东西说好看，也都挺好看的吧。早上的菜市场，车水马龙的马路，湖面上的波浪，飘动的枝叶……

"漂亮是漂亮，但就是，很普通很平常的漂亮，不会给人带来什么波动。"

蒋唱晚一边说，一边叹气，眉头皱在一起，脸微微侧着，抵在膝盖上，压出一小块脸颊肉，突出圆润饱满的弧度，明显地抵在那里。

像流体的脸颊肉。

她说着，郁闷地瞥了沈衍舟一眼，顿时更郁闷了。

"你笑什么？

"你怎么一天到晚都在笑啊，哪儿那么多开心事啊？"

"不好意思啊。"沈衍舟垂下眼，指尖在小奶猫脸颊上很轻地挠了挠，"忍不住。"

虽说是道歉的话，却没有一点要道歉的意思，反而拖着尾音，带着点笑意。

蒋唱晚不满地撇撇嘴，正要开口损他，却忽然看他抬起眼，把话题转回来。

"为什么'很普通、很平常的漂亮'，就不会给人带来什么波动？"

蒋唱晚顿了两秒，小鹿眼略微睁大："……嗯？"

沈衍舟又低下头去，整个人上半身微俯，脖颈垂下，很专心地和小奶猫玩耍，重复了一遍："为什么你觉得那种看起来好像很平常的美，就不具备让人心绪起伏的能力？"

小奶猫还太小了，橘色和白色交杂，最最常见的橘猫花色，整只就堪堪和少年手掌一样大，爪子小到跟人指头差不多大，肉垫泛出娇嫩干净的粉色，一来一回地跟人扑着玩，圆圆的瞳孔亮晶晶的，很是聚精会神。

也很是生机勃勃。

蒋唱晚盯着这一幕良久，倏然懂他的意思了。

为什么平常的美反而不引人注目？

为什么人人都步履匆匆，从美丽的清晨中过，却没有一丝一毫的注意？

为什么大街上人来人往，却只有一个人能够看到被困在屋檐上的小奶猫，然后花半个小时将这个稚嫩的小生命从困境中解救出来？

此时此刻，蒋唱晚蹲在这里，看着一人一猫相对着，俯身蹲在她面前。

小奶猫的粉色爪子在空中一扑一扑，耳朵和尾巴都毛茸茸的，轻轻地在动。

少年低着头，神情专注，侧脸轮廓优越好看。

清晨的阳光洒在他身上，混杂着微风带起的青柠香气。

耳边是熙攘嘈杂的人群，小贩在吆喝叫卖着热腾腾的早餐，卖菜的阿婆抖了抖菜叶上的新鲜露水。红旗从学校的旗台上缓缓升起，在一众清澈的目光和朝阳下，迎风飘舞。

好像人世间所有热闹的烟火气，都在此刻得到具象化的体现。

世界上哪里有那么多磅礴壮丽的美呢？

对大多数人来说，能从平凡的当下，寻到最最美好的细微之处，已经是很难得的能力了。

生活本来就是无趣而又漫长的，是那些细微的美，填满了生命的每一处缝隙。

比如她坐在公交车上，隔着一个红灯和一扇玻璃窗，猝不及防望见沈衍舟，撞进他眼里的那个瞬间。

“你拍你的作业，我还要给你当群演？”

沈衍舟背着书包站在门口，礼貌地跟孟女士还有阿姨打完招呼，两个人往楼上走去时，平静中带点无言地问她。

“当然了！”

蒋唱晚理直气壮，多迈了几步，一下子站到他身前去，居高临下地拦住他，煞有介事道：

“这个灵感还是你启发我的呢！你是我的男缪斯，好吧？缪斯怎么可以不参加我的创作呢？”

沈衍舟垂下眼，从旁边绕过她，继续往上走：“早知道还要参加，缪斯就装不知道了。”

蒋唱晚：“……怎么这样啊？”

“不行！”她转身看着沈衍舟上楼，匆匆追上去，走进房间里，“沈衍舟，你必须参加！”

沈衍舟拉开椅子，侧身瞥了她一眼，微妙地重复道：“‘沈衍舟’？

“直呼大名，这就是你求人的态度啊？

“小沈老师烫嘴还是怎么呢？”

蒋唱晚被自己那天抛出去的石头话给砸了脚，吃瘪，慢吞吞地坐到他旁边，不情不愿道：

“小沈老师，你参加一下好不啦？”

这句话完了之后，她还跟豁出去了一样，双手合十，在空中拜了拜，软下声音请求道："求求你了，小沈老师，就帮帮我这个忙吧！"

沈衍舟拿卷子的手顿了两秒，瞥了她一眼。

"……你干吗不找一八二大帅哥？他不是毛遂自荐吗？"

"他哪儿有你好看呀，小沈老师。"蒋唱晚不假思索道，实诚得不行，"找他还不如在外面重金聘请一个演员呢，还能给我长长脸。"

沈衍舟捏着卷子的手几不可察地动了动，抿着的唇线微微松了一些，似乎某句未经思索的话在不经意间取悦到了他一般。

但蒋唱晚没注意到。她像是倏然被这个"重金聘请男演员"的想法启发了一样，"欸"了一声。

"要不我给你发工资吧！"她提高声音道，"你早上就别去上那个新家教了，来给我打工吧！我虽然没有我妈那么富有，但是零花钱还是有一点的，用来聘请你应该是绰绰有余的。"

蒋唱晚一边说，一边打开手机看自己的余额。

支付宝页面还没来得及完全打开，手机就被人从上方捏住，冷白修长的手指略一用力，轻松地将手机从她手里抽走。

"不用。"沈衍舟轻声说。

他没看她，捏着她的手机，微微正回视线，推到了书桌上更远的地方。

蒋唱晚茫然一瞬，不知道他说的是转钱不用，还是不用取消掉上午的工作。

正想着，一张卷子平平展展地铺到面前，一支黑笔递过来。

沈衍舟偏头看着她："下次小测考到及格线，就帮你友情出演。"

蒋唱晚还没来得及质疑那个"及格线"的要求，就被后面接的这句一惊，眨了眨眼，有些茫然地确认道：

"不收钱，免费出演呀？"

沈衍舟缓慢地转了下笔，黑色签字笔在少年冷白修长的指间转动，不疾不徐，却依旧赏心悦目。

"嗯。"

蒋唱晚又顿了顿，试探性地问："……那你上午那个家教，不去了？"

沈衍舟这回没答，只是侧脸瞥了她一眼，神情很平静，但是琥珀色瞳孔里却明晃晃写着——

"少废话。"

……那就是不去的意思了。

不知为何，蒋唱晚心头一喜，感觉有千万只麻雀从心弦上抖动翅膀，扑腾腾地向夏日蓝天飞去。

“……哦。”

她垂下眼，慢吞吞地应道，慢吞吞地从他手里接过那支笔，缓慢地开始读题。

心里却仿佛有一千万只蝴蝶在振翅，扇起不知从何而来的飓风，搅得她不得安宁。

搅得她大脑和心脏都糊成一团，飘飘然的，既不知道在想什么，也感知不到时间的流逝。

良久以后，两个人同时偏头出声。

“你……”

属于少年的嗓音和少女清脆的声音叠在一起，像勺子碰撞冰镇梅子汤的瓷碗，伴有窗外鸟鸣，格外动听。

两个人猝不及防地对视着，顿了好几秒后，才移开视线。

沈衍舟沉默了片刻：“……你先说。”

他本来想问她，已经过去十分钟了，第一题的题干，她还要读多久？

他怕他开口之后，蒋唱晚就再说不出来了，所以短暂地谦让一下。

蒋唱晚倒是也没推辞，黑色笔的另一端轻轻地戳在她的脸颊肉上，有点茫然，有点好奇，又有点期待地看着他，小声问：

“数学卷子的及格线是多少啊？”

沈衍舟慢慢地闭上了嘴。

……他就知道。

“九十分？你能考到九十分？”

程姗姗在电话那头大呼小叫，诧异无比。

“你最好的一次不就是六十分吗？六十分还没及格吗？”

蒋唱晚：“……要跟你说多少次！上了高中的满分是一百五十分！及格线是九十分！”

蒋唱晚一副恨铁不成钢的气愤模样，演得煞有介事的，好像她不是刚刚才知道似的。

程姗姗还真被她唬住了，有点纳闷：“不是？我俩不是从开学就一起玩吗？你什么时候背着我知道高中卷子是九十分及格啊？”

“咳……你别管。”蒋唱晚无情地打断她，“麻雀也有春天，好吧！”

程姗姗“嘁”了一声，又开了袋薯片，“嘎吱嘎吱”地嚼着：“那你怎么样才能考到九十分？”

“小沈老师也是真敢说啊，这不明摆着不想给你当演员吗？”程姗姗声音含糊不清，“要我说，你要不直接找季程算了，也别浪费那个时间去学习了，反正也没用。季程肯定乐意得要死。”

“什么意思呀？”蒋唱晚一听这话就有点不高兴了，拉开椅子，一屁股往书桌前一坐，“看不起我是不是？”

“嗯呢。”程姗姗非常直白地应道。

蒋唱晚：“……你们给我等着吧！”

她彻底慌了，把手机从耳边拿下来，大声道：“不说了！我要学习了！”

程姗姗一片薯片还没嚼完，电话就中断了，耳边传来“嘟嘟”声。

“……疯了呀这是。”她莫名其妙的，用纸巾擦了手，把手机从耳边拿下来，转头就看见朋友圈有新动态提醒。

好巧不巧，不就是刚才信誓旦旦说要学习的人嘛。

程姗姗点进去。

晚晚（欠我两包薯片没还的臭闺版）：**我重生了，生在一个智商超高却不爱学习的小美女身上，这一世，我要把我失去的东西，通通夺回来！**

程姗姗：“……真疯了。”

“真不出去玩呀？

“真就在这儿待一天啦？”

程姗姗坐在奶茶店的椅子上，盯着对面埋头写题的人，咬着吸管，闷闷不乐。

“蒋唱晚，你爱学习得让我陌生！让我恶心！”

“别吵。”蒋唱晚说，笔下有些困难地运算着，时不时还要翻一翻昨天的讲义，“沈衍舟说我不用怎么额外努力，就把每天的知识点消化了就好了。”

“消化？怎么消化？”程姗姗喝了一大口奶茶，含糊不清地咬着珍珠，“以为是薯片还是椰果啊？吞下去就消化了。”

蒋唱晚略蹙着眉，专心写了一会儿，把这道题做出来之后，才缓慢回答她。

“他说就是上课那两个小时认真听，下课认真把作业写了就好了。”

“说得轻巧。”程姗姗小声咕哝道，凑过去看她写题，“半个小时过去了，你就写了两道题。每天上两个小时的课，还要写三个小时的作业，一天不就没了。”

“没事。”蒋唱晚算了三遍都觉得有问题，总觉得哪儿没对，翻回昨天的笔记，试图找到类似的题型，却还是没有思路，只好蹙起眉拿起手机，对着卷面拍了张照。

“别急别急，我记着今天要跟你出来玩呢，昨晚就写了一大半。最后两道题了，马上就结束了。”

她想了想，又确实有点过意不去：“今天奶茶我请啊。”

程姗姗撇着嘴，轻轻“哼”了一声，略微被顺了毛，看着她横起手机拍了照片，又把手机竖过来打字。

“你在干吗？搜题啊？”

“嗯。”蒋唱晚一边打字一边应。

“这样可以吗？小沈老师会不会发现啊？”程姗姗有点担忧，“你之前不就有一次全部抄的答案，结果全对，一下子就露馅儿了，被老师举报给你妈，挨了一顿骂来着。”

“嗯？”

蒋唱晚一边打字，一边后知后觉地想她问了什么，“噢”了一声。

“他会发现的。”

程姗姗：“那你还敢？”

蒋唱晚盯着聊天框，看着对面发来一张白纸上的笔记，上面清晰明了地写好了解题步骤，还把她困惑的那一步着重标出来，以便她能加强思路。

蒋唱晚在心里捋了一遍，感觉那些杂草一般生长的思路顿时清晰，于是放下手机，准备按照记忆重写一遍。

“因为我用的是小沈老师牌搜题呀。”

蒋唱晚抬头笑了一下，小幅度地吐了吐舌头，笑眼在阳光下闪烁，明亮异常。

带着一股欢快，还有微妙的自豪和嘚瑟，好像她真的以此为傲。

然后在对面人怔住，还没反应过来的时候，又迅速低下头去，在纸面上一笔一画地开始写答题步骤。

程姗姗顿了好一会儿，几颗珍珠都在粗吸管里卡住，不上不下。

好半晌后，她才将后背靠在椅子上，看着对面埋头学习的人，笃定地开口：

“蒋唱晚。

“你完了。”

夏日总是无比燥热，朝气蓬勃。

两个女孩结伴从密室出口出来的时候，都纷纷惊魂未定。

但蒋唱晚是被吓的，出来就一屁股坐在椅子上，拍着胸脯缓神。程姗姗是兴奋，几乎能一蹦三尺高。

“好好玩，好好玩！那个‘鬼’竟然被我吓到了！太好笑了，哈哈哈哈哈！”

程姗姗喝了口水：“我要去玩另一个本子！据说比这个还吓人，我来试试看。”

蒋唱晚摆摆手：“那你自己去吧，我受不了了。”

“你没事儿吧？”程姗姗问她。

“不再进去就没事。”蒋唱晚表示。

她现在坐在明亮的灯光下，想到那些幽暗的灯光、狭窄的道路，还有阴森森的诡异叫声，还是浑身起鸡皮疙瘩。

程姗姗有些遗憾地“噢”了一声：“那好吧。那你休息一下，我这边完了给你发消息，我们再一起回去。”

“好。”蒋唱晚冲她摆摆手，看着她十分兴奋地买票冲向另一个血淋淋的入口，无言了好一会儿。

她坐在原地缓了会儿，还是被商场里的空调吹得汗毛直立，仿佛更冷了。

蒋唱晚搓了搓胳膊，站起来，准备出去逛逛，晒晒太阳，增加一下自身的阳气。

程姗姗是在社交媒体上刷到这家密室逃脱的，很多人推荐，说很好玩，就约了蒋唱晚来，但两个人都没注意地址，打车的时候才发现离市区这么远，都快有二十公里了。

商场外的街道很陌生，一片老旧的单元楼，灰扑扑的水泥墙壁，还有电线杆上的麻雀在叽叽喳喳，但好在烟火气很重。

蒋唱晚买了支雪糕，在阳光下漫无目的地闲逛走动。

感觉这片区域应该是什么家属院小区，门口还挂着某某单位的牌子，不像现在的商品房，大门单元门门禁森严。这里直接大开着大门，门卫叔叔在里面嗑瓜子儿，蒋唱晚好奇地走进去，他都没抬头看一眼。

蒋唱晚没住过家属院，但他们家以前也是家属院出来的。

只是从前那套房子离学校近，她哥嫌上下学麻烦，一个人在那儿住。

蒋唱晚咬着根老冰棍，在开放的老小区里闲逛，走走停停，一会儿看老大爷在石凳子前下象棋，一会儿探头听打扑克的阿姨们讲八卦，一会儿站在麻将桌后看别人操作，试图剽窃一点成熟的麻将技巧。

他们家过年偶尔也打麻将，打一块钱她能输三百多。

看了好一会儿之后，蒋唱晚带着满腹疑惑，转身离开，想着菜就菜吧，重在参与。

麻将这种东西，实在太玄妙了。

她顺手把冰棍棒扔进路边的垃圾桶，不经意抬眼一瞥，却看见了未曾预料过的人。

少年脊背挺直，身姿颀长挺拔，自带一种少年人的清爽和不疾不徐之感，就算左手提着一个大的塑料袋，从阿姨婆婆们的队伍里一同走出来，更显得几分显眼。

“小沈回来啦？”

“哎哟小沈，今天又这么早啊？”

“吃早饭了没小沈？姨这儿马上给你做个蛋烘糕呗。”

“吃了的，谢谢张阿姨。”少年道了谢，一路走，一路打招呼。

“王阿姨，这是您让我帮带的葱。”

牌桌上的王阿姨烫着一头小波浪，扔出去一张二条后转身接过：“哎哟，谢谢小沈啊。这葱挑的，新鲜的嘞。来，阿姨把钱给你……”

“不用了阿姨。”沈衍舟把手上的袋子往上提了提，示意自己暂时没手拿，“您转给我妈妈吧。”

“啊……好嘞好嘞，那我转你妈微信上啊。”

“好。”少年说着，穿过小区门口下象棋和打麻将的人群，往里走去。

走了好长一截，都还能听见身后的议论声。

“太懂事了，长得又高又俊俏，成绩还好，要不然说焕萍福气好呢。”

“你这话说的，焕萍也没少辛苦吧，自己一个人把他养大，起早贪黑地工作，都没闲过。”

“但小沈这确实太优秀了，听他们说，还有城区好学校来挖他来着？”

“清北苗子嘛，人又踏实，谁不想要？”

“哎哟，不打了。回家教育我们家熊孩子去了。”

麻将声清脆一响，堆砌好的一排倏然倒塌，少年也走到了休闲区的最尽头，刚准备拐进单元楼，却在看到面前的人时倏然一顿。

脚步都快要抬起来了，膝盖屈起的动作在空中停了一秒，又缓慢地放下去，然后很轻地挑起眉。

沈衍舟看着面前的人，眉尾挑高。

蒋唱晚也沉默。

过了好半晌，她“呵呵”地干笑两声，摸了摸鼻子，学着前面阿姨的样子跟他打招呼。

“小沈啊，回来了啊。”

“嗯……姨给你……”蒋唱晚左看右看，最后在自己手上找到了那个还没来得及扔掉的老冰棍袋子，于是小心翼翼地举起那个被揉得皱巴巴的包装袋，“姨给你，买老冰棍吃？”

沈衍舟沉默着，给她递了张擦手的纸巾。

“你跑这么远干什么？”

少年拎着塑料袋往前走，一边从兜里摸钥匙，一边回头问她。

蒋唱晚跟在他身后走，穿过家属院小区规整分明的道路，一边好奇地打量着两旁的装饰灌木，一边随口应道。

“姗姗找了个密室，在这儿附近，她还要玩，我就出来逛逛。”

沈衍舟几乎是立刻就识破她，挑了挑眉：“害怕啊？”

蒋唱晚收回视线，瞪了他一眼：“谁说的？”

沈衍舟心知肚明，笑了声，没继续往下说，站在单元楼门口，顺着她好奇的视线望过去，解释道：

“这种小区年代比较久，没有很严格的管理，一楼的住户就会在前面绿化带里种点菜什么的。”

“这是什么？”蒋唱晚指着几根像荷叶一样的翠绿色的苗，冒起来快有人高，很好奇地望过来。

沈衍舟扫了几眼：“芋头。”

“没看见哪里有结芋头的呀。”蒋唱晚沿着那几根茎干绕了一圈，上下打量，十分困惑地抬起头来。

沈衍舟顿了好几秒，才颇为无言地看着她。

“芋头是结在地里面的，大小姐。”

蒋唱晚也沉默片刻，好半晌后才干巴巴地“哦”了一声，匆匆跟上他的步伐，往单元楼里进。

刚才她大言不惭地说要请沈衍舟吃老冰棍之后，两个人都沉默了。

视线无处安放，只能往他拎着的塑料袋里瞥。

看起来沉甸甸的，好像有土豆和其他蔬菜，还有两根新鲜的小葱从塑料袋里探出头来，青翠异常。

沈衍舟也顺着她的视线往下看了几眼，然后沉默了一会儿，问她：“……去我家吃个饭？”

蒋唱晚也抬头看着他，摸了摸瘪瘪的肚子，捣蒜泥似的点头。

于是两个人就这么诡异地相遇，诡异地结伴，诡异地跟着他上楼，去吃一顿挺莫名其妙的饭了。

家属院单元楼楼梯是水泥地，不算陡，楼层不高，踏进楼梯间的同时，声控灯应声而亮。

蒋唱晚跟在少年身后，一边往上爬楼梯，一边打量周围。

“你家里都是你买菜做饭吗？”

一层两户人家，非常对称规整的结构，门上覆盖着一层又一层的对联和福字，门牌号旁贴着“光荣之家”，防盗门一角还有水表和许多开锁的小广告，生活气息非常浓厚。

“不上学的时候，我比较有空。”沈衍舟在前面这样答道。

蒋唱晚拖着尾音，“哦”了一声，犹豫了两秒，还是问出口：“你爸爸妈妈都在家吗？”

沈衍舟动作顿了两秒。

恰好走到拐角，他停住脚步，侧身看了她一眼。

“怎么？”他没答，只是反问她，“紧张啊？”

“……一点点。”蒋唱晚咽了咽口水。

“我不怎么去别人家里，感觉还是有点怕大人的。”

沈衍舟难得看她如此老实，顿了两秒，正想着怎么安慰她一下，让她宽心，还没开口，又看见她抬起头来。

“不过吧，我感觉一般都是白担心。”她摆摆手，“见过我的叔叔阿姨们就没有不喜欢我的。

“我简直是这世界上最讨人喜欢的小美女，你觉得呢，小沈老师？”

沈衍舟无言片刻，张开的嘴又闭上了，没说话，继续往上走了。

留下蒋唱晚一个人在下面笑，边笑边迈步往上走，说“你等等我呀，小沈老师”。

到了三楼，沈衍舟站在门口开门。

钥匙插进钥匙孔里，少年垂着眼：“就我妈妈一个人在家。

“不用太紧张。

“……她应该会很喜欢你的。”

沈衍舟说完，就打开了防盗门，拎着塑料袋先进了门。

几句话声音都不高，情绪很平静，以至于蒋唱晚顿了好一会儿，才后知后觉地意识到，他赞同了她刚才自我调侃时说的“我是一个人见人爱的小美女”这个观点。

蒋唱晚心脏无端停了一瞬，然后又“怦怦”直跳。

好半晌后，她嘴角高高翘起，迈上最后两级台阶，跟着他进了家门。

就像沈衍舟说的那样，家里只有他妈妈一个人在。

很温柔很安静的一个人，清瘦而又面容略显苍白，七月天里还在身上披着披肩，略显惊喜地把蒋唱晚迎进来，连说话的声音都轻轻细细的。

“来客人了呀？”

“来，快进来。”她打开鞋柜翻找，翻出一双新的粉色拖鞋，边笑着递给蒋唱晚，边责怪似的数落沈衍舟。

“你也是，来客人怎么不提前说？看看我穿的是什么，多不好意思见客人呀。”

“不是的，阿姨。”蒋唱晚摆了摆手，“我和小沈老师不是提前约好的，是偶然碰见的，他也不知道的。”

“这样啊。”女人从称呼里品出了点异常，看着她，有点好奇，“你们不是同学吗？怎么叫他小沈老师？”

蒋唱晚嘴很快：“不……”

“是同学。”沈衍舟倏然出声，接过了话头。

他进门之后就没怎么出声，把塑料袋拎进屋里放好，直到这会儿才加入这场对话。

他站在客厅另一端，望过来：“只是我平时会给她讲题。”

女人原本面对着蒋唱晚站着，听到他出声，侧身望过去。

蒋唱晚也有些错愕地望过去。

两个人的视线隔着半个客厅和一个大人相撞一瞬，一触即分。

张焕萍有点困惑地回过身来，轻轻挑了挑眉。

蒋唱晚只顿了几秒，就十分顺畅地接上话茬："对的，阿姨。我们是同学，还是同桌呢，就是他平时给我讲题讲太多了，叫小沈老师叫习惯了。"

"这样呀……"张焕萍眉间本就不重的疑虑消散，轻轻拍了拍蒋唱晚的肩膀，让她进来坐。

"他成绩还不错，你有问题就多问问他，让他耐心给你讲一下。"

"好呀，阿姨。"蒋唱晚也应，笑得眉眼弯弯。

这个小插曲之后，两个人的聊天就一直都很愉快。

蒋唱晚很会逗人开心，性格好而又能量十足，活泼开朗，古灵精怪，时常想一出是一出，话题跳跃而又无厘头，让女人惊讶的同时，又带来无穷的笑意。

沈衍舟在厨房有条不紊地备着菜，干脆利落地把蔬菜洗好，偶尔出来拿点工具时，看见两个人在沙发上笑得前仰后合，十分融洽。

"对对对！那个剧我也看了！特别特别离谱。"

"我看到十一集就没看了，老是错过电视上面的播放时间，后面怎么了呀？"

"我想想……十一集是不是他妈妈给钱让女主角离开她儿子那儿？"

"对的，给了五百万呢。"

"我记得！女主角觉得受到了侮辱，所以就跟男主角提分手了。钱也没要！"

"啊？"张焕萍皱起眉，"怎么这么傻呀？"

"对呀，对呀！"蒋唱晚连连点头，"起码把钱拿了呀，是吧？"

"对呀。"张焕萍赞同。

"妈。"两个人控诉电视剧剧情的间隙，沈衍舟端来一碗药。

应该是刚热好的，白瓷碗壁上还挂着点温热的水珠。客厅里弥漫着轻微的中药苦味。

"不好意思呀，晚晚，我去喝个药。"张焕萍对蒋唱晚笑笑，眉眼温柔。

"没关系的阿姨，您去吧。"蒋唱晚说。

她看着女人接过药碗，站在窗边小口小口地喝着，边喝边低低跟身旁人聊两句。

"刚才玉玲给我转钱了，这次又是什么钱？"

“买菜的时候顺便帮她带了点小葱。”沈衍舟答。

女人顿了几秒，“哦”了一声，侧过脸去，没有再说话，但蒋唱晚能看见她缓慢地红了眼眶。

沈衍舟当然也看见了，他比她要高一大截，就算偏过头去也能清晰地看见。

“怎么了啊？”少年似乎有点无奈，“怎么又要哭了啊，张女士？”

张焕萍伸手擦掉眼泪，又喝了口药。

“别人孩子这个年纪都在外面玩，在外面旅游，只有你一个，天天要买菜做饭。”

眼泪顺着女人的脸下滑，坠进中药碗里。

“那怎么了？”沈衍舟十分不以为意地反问道。

少年眉眼松弛，半倚着窗台，浑不在意似的，仿佛天生自带一种引人注目的光环。

“都说过了，我乐意啊。”

“哪家孩子会乐意？”

女人下意识反驳，顿了两秒，回头瞪了他一眼，倏然被气笑了：“你就嘴贫吧你。”

沈衍舟也垂睫笑了一下，低声道：“行了啊，再哭不礼貌了。

“还有客人在呢。”

蒋唱晚倏然被点名，有种偷听被发现的窘迫感，连忙移开视线，眼观鼻鼻观心，垂眼看手机。

正巧姗姗给她发消息，说这个本结束了。

33：你没来是对的。这个本真的超级无敌巨吓人。

33：我得赶紧去麦当劳吃点鸡翅犒劳一下自己，吃辣的驱邪。

33：你人呢？

蒋唱晚想了想，发消息回她：在附近碰到朋友了，现在在他家里，你准备走了吗？

33：嗯？

33：那我先去M记吃个饭等你，到时候再看？

蒋唱晚想了想，回了句“好”。

这段聊天结束，张阿姨也喝完了药，跟她说有点累，想去躺会儿。

“好呀，阿姨。”蒋唱晚应道。

“把这儿当自己家啊。”女人笑着叮嘱她，“小沈要是欺负你，你就跟阿姨说啊。”

沈衍舟像是有点无言，喊了她一声：“妈。”

蒋唱晚觉得好笑，应得很迅速，甚至还立正敬了个礼，郑重道：“好的阿姨，保证条条罪状都上达。”

“好好好，乖孩子。”张焕萍被逗得乐开花，拍了拍她肩膀。

两个人聊得欢，只剩下沈衍舟一脸无奈。

等到阿姨进了房间，关上门，蒋唱晚才有空好好打量这个地方。

家属院年久，略微显旧，但面积还是挺大的，家具陈列都有年代感，但整体都布置得很好，细节也很温馨，能够看出主人家的用心。

茶几上摆放着几个相框，有沈衍舟小时候幼儿园获奖的照片，张阿姨抱着稚嫩的他领奖的照片，还有约莫是初高中竞赛拿奖的照片。

那些照片显然已经很久了，但被保存得很好，画面上女人的笑容也很灿烂，仿佛能穿越时空，和她一同感知那些或自豪或快乐的瞬间。

蒋唱晚看了好一会儿，移开视线，磨磨蹭蹭迈步到厨房，半倚在门边。

沈衍舟正在切土豆，脖颈微垂，神情平静而专注。长指还沾着点水，稳稳地握住刀和食材，手起刀落，刀工意外利落。

他对她的到来好像并不意外，略微偏头看了她一眼，然后又回归到手上的动作中。

厨房亮堂而宽敞，正对着窗，给少年的侧脸镀上一层浅浅的金光，显得眉眼轮廓更加分明和明朗。

蒋唱晚好像从来没有想过，原来有人做饭也可以做得这么好看。

正倚在门边出神，被他出声拉回来。

“有什么忌口吗？”

沈衍舟把切好的土豆放进碗里，没回头地问她。

蒋唱晚顿了两秒，说没有。

然后又是一阵沉默。

沈衍舟有条不紊地继续着动作，把白菜放下锅里煮着，才略微站定，偏头回身看她。

“想问什么就问。”他姿态随意而又轻松。

蒋唱晚顿了两秒，才缓慢地问出口：“你妈妈……”

欲言又止，她实在不知道该怎么问出口。

张阿姨身形消瘦，面容苍白，又还在喝药，显然是生病了，但是直接问“生的是什么病”好像又不太礼貌。

好在沈衍舟知道她的意思，淡声道：“月初做了个手术，得养一阵子。”

他神情很平静，手上的动作也很稳当，好像一点也不介意跟她说这些。

蒋唱晚顿了顿，“哦”了一声。

“感觉你妈妈性格很好。”

沈衍舟闻言一顿，倏然笑了一下，没说话。

蒋唱晚奇怪道：“……怎么？”

沈衍舟带着那点很浅的笑，伸手揭开锅：“你妈妈也不差。”

蒋唱晚：“……那是你没看到她对我什么样！她都快把你当成亲儿子了，当然好啦！”

蒋唱晚越说越生气，径自搬了张小板凳在门口坐下，手肘搭在膝盖上，气得不行。

不经意间瞥见沈衍舟的神情，她一顿，不可置信地看着他。

“笑？你还笑？

“你怎么笑得出来啊，沈衍舟。我真的生气了！”

沈衍舟没理她，偏过脸去，直到嘴角的弧度能压下去之后，才缓慢地偏过头来。

“没关系，”他聊表安慰，“我妈妈也挺喜欢你的。”

“……这倒也是。”蒋唱晚撇了撇嘴，总算消了点气。

她安稳地坐在小板凳上，抱膝看着少年在厨房里有条不紊地忙碌着，看他洗菜备菜，往锅里下食材。

沈衍舟这个人吧，好像天生就是那种做什么事都游刃有余的优等生。

在他身上，你几乎从来都看不到什么烦躁不安、窘迫急躁的时刻，他做什么事都好像是天生就会，轻而易举地让人看到这些事情本身的魅力，然后再下意识地向他靠近。

比如蒋唱晚从来没有发现，食材从原生态到彻底做好的过程是如此有魅力。

再比如……数学。

尽管她依旧基础很差，但好像的确能从那些简单的、能够理解的题上，找到一丝微弱的、能够胜券在握的安稳感和成就感。

蒋唱晚抱着膝坐在那里，兀自发了会儿呆。

沈衍舟不疾不徐而又有条理地忙碌着，时而从夏日晴天的反光玻璃窗里，瞥一眼身后的影子。

两个人或站或坐，一静一动的身影，混合着水烧开的“咕噜咕噜”声，还有鼻息间逐渐蔓延开来的清香，像是一个完整的、普通的、美好的夏天。

无端让人想起那首诗。

“草在结它的种子，

风在摇它的叶子，

我们站着，不说话，

就十分美好。”

“欸。”

也许是做饭的时间太长，也许是沈衍舟太安静，也许是这个午后太温柔，少女坐在小板凳上，背靠着身后的瓷砖墙壁，眼睫合上，面容恬静，进入了小憩的状态。

随着一声低低的惊呼，蒋唱晚的脑袋从手肘上滑落，她从睡梦中惊醒，茫然地抬起头来，眨了眨眼。

少年闻声，回头瞥她一眼，淡淡道：“醒了？”

蒋唱晚缓慢地揉了揉眼睛，“嗯”了一声。

“我什么时候睡着的？”

“就一会儿。”沈衍舟说。

他垂着眼把做好的菜装盘，倏然很轻地弯了弯嘴角：“还挺会醒的。”

“快吃饭啦？”

“五分钟吧。”沈衍舟说。

“噢。”蒋唱晚点了点头，站起来，活动了一下身体，看他做最后的收尾工作，忽地想起来什么似的，“欸”了一声。

“你为什么跟你妈妈说，我们两个是同学呀？”

沈衍舟手上的动作顿了一秒，没抬眼，好半晌才道：

“我不想让她知道我在做家教。”

张女士什么都好，勤劳踏实肯干，温柔而又能沟通，寻常人家常有的父母与孩子之间的矛盾，在他们家里，通通没有。

好像没有什么事情是两个人无法沟通、无法理解的。

但尽管如此，沈衍舟还是不想让她知道。

“她是连看我做饭都要掉眼泪的人。”

少年声音平静，半偏着头，似乎带了点无奈的神情，隐去了后半句。

妈妈想到自己生病而要休息很长一段时间，导致家里没有经济来源，还有大笔开销，还要十七岁的少年承担所有家庭琐事种种，实在太容易掉眼泪。

沈衍舟不想让她知道。

左右现在是暑假，做个饭，去给蒋唱晚上个课，一周打扫一次卫生，一切都来得及，顶多只是比较忙，和张女士之前一天打三份工的辛苦程度来讲，谈不上累，更谈不上什么牺牲与付出。

理所应当。

沈衍舟把手上的东西忙完，彻底装好盘的四个菜就已经色香味俱全地摆在那里。他摘了手套，搭在边上，洗了个手，然后去端菜的时候，看见蒋唱晚还站在那儿，若有所思，欲言又止的样子。

“怎么了？”他问。

蒋唱晚好像还是有点犹豫，神情纠结。

沈衍舟看了她一会儿，挑眉：“今天这么含蓄啊，‘小美女’？”

蒋唱晚都要对这个称呼脱敏了，只抖了一下鸡皮疙瘩，瞪了他一眼，就撇着嘴，慢吞吞地去帮着他端菜。

“我在想……那我是不是不该，不让你去上午那个家教。”

蒋唱晚才十六岁，她是家里最小的妹妹，头顶上还有个哥哥，说是众星捧月长大的都不为过，嘴里含着金汤匙出生的，一般情况下，很难想象一个普通的高中生需要在一段时间里，承担起整个家庭的责任。

这超出她的认知了。

当初不想让沈衍舟去上午那个家教只是随口一说，或许是不知道出于什么心思的别扭，或许是出于她想让沈衍舟抽出时间给她当出镜模特的考量，但归根到底，这两种理由在这种情况下，都站不住脚。

无论哪一种，都不应该耽误他的。

蒋唱晚说完这句话之后就垂着眼，跟在他身后，小心翼翼而又略显忐忑地抿着唇，把菜端上餐桌，规规矩矩地放好。

餐厅里一时没有声音。

蒋唱晚低着头，顿了好几秒，才缓慢地抬起眼来。

沈衍舟站在她身前，比少女高出一个头还多，正垂眼看她。

少年逆着夏日午后的光，整个人都被镀上一层虚焦般的柔光，但神情却认真。

“没有。”沈衍舟看着她，平静道，“不用想那么多。

“这是我的决定，跟你无关，也不是你的错。”

“……哦。”蒋唱晚最后抿了抿唇，这样应道。

虽然应是应了，但少女好像还是有点不好意思、有点抱歉的模样，头垂着，沉默不语，话都比平时少了很多。

很像那种不知道自己是不是做错了事的小孩子。

沈衍舟有点无奈地呼出口气。

“蒋唱晚。”他出声喊她。

“……嗯？”

“我带你来我家吃饭，只是因为我觉得我妈妈会很喜欢你，并没有别的意思。”

没有故意让你知晓这些事情的意思，更没有让你产生自责、愧疚，或是其他情绪的意思。

蒋唱晚竟然一下就听懂了，半张着嘴，顿在原地。

“不用对我产生什么改变。”

沈衍舟看着她，神情平静：“我觉得我的生活已经足够好了。”

蒋唱晚跟他对视了片刻，缓慢地眨了眨眼睛。

“好。”

沈衍舟真好啊。

那一瞬间，她这样想道。

他好像跟她认识的所有同龄男生都不一样。

或许是经历和阅历的原因，他远比他们成熟，也远比他们优秀。他好像总能做好那种“领头人”的角色。

尽管这总是会让人忘记，他其实跟他们一样大而已。

他也只有十六七岁而已。

蒋唱晚低着头把盘子摆好，看着桌上的四菜一汤。

鲜香热腾，色香味俱全，卖相很好。有三个菜都是她爱吃的。

顿了一会儿之后，她倏然抬头。

“沈衍舟。”

“嗯？”

“你刚刚说，你带我来你家吃饭，是因为你觉得你妈妈会很喜欢我。”

少年顿了一秒，浅浅地“嗯”了一声。

“……那你呢？”

蒋唱晚眨了眨眼，看着他，缓慢地问道：

“你喜欢我吗？”

|第五章|

宇宙大爆炸

Neng Bu Neng Ting hua

沈衍舟当然没有回答。

他只是顿了两秒，尽量不动声色地移眼，从少女眼尾里窥见一丝俏皮与狡黠的神色，然后停了一停，颇为无言地瞥她一眼。

“……又开始了是吧？”

又开始夸赞自己的讨人喜欢了。

蒋唱晚被识破，弯起眼睛，嘿嘿直笑。

小鹿眼眯成弯弯的月牙，笑容灿烂晃眼。

刚平息的心跳又无端加快些许。

沈衍舟又静了两秒，用筷子一端轻轻敲了下她脑袋：“去叫一下我妈妈。”

“好。”蒋唱晚应声，步伐轻快地往卧室走去，只给他留下一个少女单薄纤细的背影，还有无端被搅乱的心跳频率。

好半晌后，沈衍舟垂下眼，回身去盛饭。

一顿饭吃得很开心。

蒋唱晚走在大街上都能和路边的阿姨婆婆们聊上天，坐公交车还能加入一群小学生的谈话，自然不会畏惧这种场合，东一句西一句，话题跳跃，语出惊人，把张焕萍逗得“哈哈”大笑。

吃饱后歇了一会儿，蒋唱晚揉了揉肚子，感觉沈衍舟做饭跟家里阿姨有得比了。

正巧姗姗发来消息问她好了没，蒋唱晚于是站起来，跟张焕萍道别。

“那阿姨我先走啦，我朋友还在等我。”蒋唱晚说，“谢谢阿姨今天的款待，饭很好吃！”

“那就好。”张焕萍笑着应，喊来沈衍舟送她，“以后常来玩啊！”

“我们小沈很少带朋友回家的，我之前还一直觉得他性格太冷了，没人愿意跟他做朋友呢。”

蒋唱晚默了一默，瞥了沈衍舟一眼，眼睛里全写着“确实”。

但蒋唱晚嘴上还是很甜：“没有的，阿姨，小沈老师很受欢迎的。”

“那就好。”张焕萍笑，“不过肯定没有你受欢迎。你太可爱了。”

“那倒是。”蒋唱晚大言不惭地点点头。

“不用送了，阿姨，我朋友就在门口，我出去就好了。”

“那好，那你路上小心啊。”

“到家给小沈发个消息啊，晚晚，以后常来玩。”

“知道了，阿姨。”蒋唱晚推门出去，看着沈衍舟，眨了眨眼睛，挥挥手，“再见。”

“没想到常宁镇这儿还蛮热闹的嘛。”程姗姗在小区门口等她，等的时间里东张西望的，“我刚刚还看见两个老大爷因为下象棋吵起来了，一个说‘落子不悔’，一个说‘观棋不语真君子’，吵着吵着都生气了，转身就走！”

“是吗？”蒋唱晚随口应道。

“不过我感觉这片儿就是普遍没有市区里舒适，我好像听我妈说过这个单位。这种老小区的房价应该也不高吧？”

程姗姗边走边打量张望，对一切都很好奇：“你哪儿的朋友住在这儿啊？”

蒋唱晚停了几秒，不知道出于什么心理，说了句“之后有机会再告诉你”，然后就随便找了话题转开。

“车来了吗？”

“噢噢！”程姗姗倏然被提醒，拿出手机看打车的信息，“来了。”

两个人拉开后座的车门，上了车。程姗姗刚坐下就连打了三个哈欠，身子往旁边一歪，靠在蒋唱晚身上。

蒋唱晚看了她一眼，帮她把手机壳上的吊坠挂绳勾住，以免掉下去，然后偏头看向窗外。

经过这几天的观察，她脑子里已经有了一个大概的想法雏形，只是需要再花时间整理和梳理，丰富和完善它。

从想法变成具体可行的方案，变成落到纸上的视频脚本，再变成相机里零碎的片段和素材，最后再组成一个完整的作品，每一步都需要时间，每一步都需要精力。

对于毫无经验的蒋唱晚来说，称作“大工程”也不为过，但这种感觉……也很奇妙。

十六七岁的灵魂何等鲜活，光是一件极小极小的事都可以在日记本里绵延成篇，势必需要一个输出的过程。

而她现在有一个小宇宙。

她是那个星球的造物者。

从吞噬一切的宇宙大爆炸，再到星云的收缩与坍塌，每一粒原子，每一粒尘埃，全是因她而产生的。

这种感觉很奇妙。

她也很想要把握。

正想着，汽车驶入环城高速。

窗外是蓝天与白云，阳光明媚，空调温度开得正适宜，连阳光落进窗里的弧度都不刺眼，很美好的一天。

蒋唱晚靠着窗发了会儿呆，感觉困意上涌，于是在闭眼前看了眼手机，点开程姗姗之前发的那条消息扫了眼。

这回是正经的学校社团公众号的推文，详细介绍了社长竞选比赛的赛制和奖品，还有评委组的选择。

蒋唱晚扫了一眼，基本都是学校老师以及前几届的社长学长学姐，赛制也是普普通通的打分制，没有什么好细看的。

她打了个哈欠，正要关上页面时，不知道瞥到什么，张开的嘴忽然停下，几秒后，身体也不自觉地坐直了。

蒋唱晚沉默了几秒，又将视线移回手机屏幕上。

本次比赛由风行集团赞助，校内评选前三名的作品会选送C市青少年编导摄影作品大赛，一等奖可获得市级奖状、风行集团旗下相机全线产品与奖金三万元，请各位同学积极参加。

蒋唱晚眼睛都睁大了，盯着那个“奖金三万元”，久久不能动弹。

三万块钱。

对于高中生来说，是一笔不小的数目了。

蒋唱晚保持着那个姿势良久，大脑飞速旋转，最后把手机放下，做下了决定。

反正她已经决定了要做这个事情，那就全力以赴，做到最好。

……如果沈衍舟不要她的“工资”的话，那她是不是可以把这个奖金分给他？

“三万块！我都可以买新款机器人了！”

“风行旗下相机全线产品！那是不是可以找他们要很久之前生产的CCD相机？二手市场上都炒到四位数了！”

蒋唱晚房间里，坐在小沙发上和地毯上的两个人硬生生喊出了有十个人的气势。

蒋唱晚无言移开视线，拉回话题：“好了，说正事。我们得来商量一下作品的大致设定和细节了。这个比赛奖品这么丰厚，肯定会有很多人参加的。”

“对呀，这都不光只是一个竞选社团的比赛了，还有市级奖状和奖金，会吸引不少人呢。”

程姗姗掰着手指头，逐一分析道：“市级奖状，证明会有优等生跟我们抢占这个名额；奖金，也会吸引一大群闲得没事干的人。”

“那风行旗下全线相机产品呢？”季程插嘴道，“是不是会吸引你这种自恋的人？”

“滚。”程姗姗神色不变，反手一巴掌拍在他脸上，发出一声清脆的响声，接着若无其事地分析道，“我们想要从这么多参赛队伍里脱颖而出，就很不容易了。”

蒋唱晚看着季程脸上缓慢浮现出的红印，沉默着点了点头：“确实是挺不容易的。”

一八二大帅哥泫然欲泣，捂着脸，悲伤地不说话了。

“行了。”蒋唱晚站起来，在一桌面的数学卷子里翻找片刻，抽出一个本子，拿到小沙发边坐下，正色道，“我来跟你们讲一讲我的想法。”

“我不喜欢那种很空的东西，还是要有故事主线在，毕竟是综合看编导能力，不是单纯摄影，所以我更偏向于构建一个微电影，故事梗概大概是这样的……”

蒋唱晚边讲边演示，为防止他们看不懂，还特意提前在平板上找了类似的图例：“整体大概是这个色调，服道化也比较像这个类型。”

…………

“故事大致就是这样的了，至于拍摄脚本和分镜这些东西，我会在故事全确定之后开始构思，你们觉得呢？”

经过一阵冗长而又高密度地输出讲解之后，蒋唱晚都口渴了，端起水杯大喝一口，其余的两个人都还是没有反应。

“……什么意思啊你们？”蒋唱晚把那口水咽下去，皱起眉，“有没有在听啊？能不能行啊到底？”

季程和程姗姗半趴在地毯上，对视一眼，神情都很震惊，片刻后又转过头来看她。

“行，可太行了。”季程竖起大拇指，坦诚道，“之前还怀疑你弄着玩的，没太上心。现在我觉得奖金和奖品都是我们的了。”

蒋唱晚沉默两秒，忍住了想翻白眼的冲动，看向另一位。

比起他的废话，程姗姗要实在得多。她一股脑儿地坐直起来：“我觉得单从故事来讲就非常完美了，再加上你预设的拍摄手法和色调，简直就是绝杀。”

“哪怕不参加任何比赛，我在网上刷到，也会很喜欢的那种。”程姗姗认真地说，想了想形容词，“很真诚，很用心。

“我喜欢真诚的人。”

蒋唱晚悬着的一颗心终于算是往地上落了点，“嗯”了一声，重复道：“我也喜欢真诚的人。”

喜欢在纷繁杂乱的世界上，能永远坚持本心的人。

喜欢能够在人来人往、车水马龙里，停住脚步，耐心解救一只小奶猫的人。

于是，在蒋唱晚打发走这两个没能提出什么建设性意见的人之后的深夜，远在二十公里外的沈衍舟收到了一条微信。

纽特学长的嗅嗅：睡了吗，小沈老师？

纽特学长的嗅嗅：[小猫眼巴巴.gif]

Z。：怎么？

纽特学长的嗅嗅：给你看我买的新鞋。

纽特学长的嗅嗅：特别定制款，有没有感受到我好好学习的宏伟决心！

一双鞋能体现什么决心？

沈衍舟沉默着，点开她发来的图片。

应该是刚拆的，鞋盒都还摊开放在一旁，背景是她房间的地毯。

粉色的睡裤露出一截，拍摄的主体还是少女脚上那双崭新干净的小白鞋。

款式简单，百搭好看，也没什么特别的。

沈衍舟退出去，缓慢地在聊天框里打了个问号。

Z。：［？.jpg］

纽特学长的嗅嗅：你仔细看看，图上有惊喜哦！

沈衍舟都能从她这句话里感知到她故弄玄虚、故作神秘的模样，于是有些无言地又点开图片，放大细看。

鞋是普通的小白鞋没错，但也确实是定制款。

左右脚上各印着两个字。

左脚写着“清华”，右脚写着“北大”！

Z。：［省略号.jpg］

次日，南山二楼，阳光洒满的书桌前，少年拿出今天的卷子，视线闲闲向下一瞥。

“你学习的决心就是买双联名鞋啊？”

“这可不是普通的联名鞋！”蒋唱晚特意将这双鞋穿上，为此还挨了孟女士一顿骂，说她在房子里穿这种外出鞋，简直是神经病。

“这是世界上独一无二的定制鞋！”

要不是想到把脚举起来不太礼貌，蒋唱晚简直想把腿抬到他面前让他欣赏。

奈何条件有限，她只能把椅子往后挪，把双腿向上抬起一点，最大程度上展示出她的美丽新鞋。

于是沈衍舟被迫就近再次观看了一次，看着连鞋带上都印满了细小的“清华”和“北大”，嘴角抽了抽，重新组织语言，问道：

“你学习的决心，就是买双世界上独一无二的定制鞋啊？”

“那肯定不止嘛。”蒋唱晚美滋滋地把椅子挪回来，掰着手指头跟他算，“买鞋只是第一步，接下来就是买书包，买衣服，买文具……”

沈衍舟缓缓侧过脸。

蒋唱晚看着他的样子，都要笑晕了："骗你的！没那么夸张！

"不过确实要买点文具了，不写作业不知道，一写作业才发现，家里连一支像样的笔都没有了，昨晚上我都是拆了笔芯蘸墨水写的这张卷子……"

沈衍舟一边无言地听着她碎碎念，一边看她把昨天的卷子翻出来。

"喏！写完了！"蒋唱晚很是骄傲和自傲的模样，"一整张呢！"

因为沈衍舟是暑假授课，他们并不是一个学校，他提出的九十分的要求暂时不能在学校的卷面上得到体现，于是两个人就约定，按他出的卷子来。

每次课后都是一张卷子，题型和高考题一致，只是考察范围和难度上有差别。

也就是说，蒋唱晚每天都有一次考到九十分的机会。

当然，沈衍舟也拥有操控卷面难度，让她考不到九十分的机会。

蒋唱晚用手托着下巴，眼巴巴地看着沈衍舟在她旁边批改试卷。

修长冷白的手指握着红笔，用劲时，手背筋骨会往外浮现一瞬，格外分明，分外好看。

当然，很快就不好看了。

顿一秒，一个"叉"，手腕下移，又顿一秒，再一个"叉"。

蒋唱晚眼睛都瞪大了，眼睁睁地看着他打了无数个错误的符号，翻了页，继续打无数个错误的符号，脸上的笑容逐渐消失了。

等到整张卷子改完，沈衍舟扫了一眼已经做好的符号，翻回首页，落笔写下分数，然后回头看她。

"你有什么想说的吗？"

蒋唱晚盯着那个"35分"，陷入了长久的沉默。

沈衍舟也不说话。

两个人就在房间里诡异地沉默着，中间隔着一个大大的"35分"。

不知道过了多久，蒋唱晚深吸一口气，猛然站起来，一言不发，走出了房门。

沈衍舟疑惑地注视着她。

他偏头看着她蹬蹬蹬地下楼，在孟女士莫名其妙的声音里走到玄关，窸窣一阵子，又蹬蹬蹬地跑上来，嘴里咬着一个蓝色发圈，三下五除二把长发扎起来，气势汹汹地坐回来。

"来！

“讲错题！我就不信了！”

沈衍舟默了一阵子，从善如流地翻出黑笔，开始讲第一题。

期间他抽空瞄了一眼桌下。

噢，蒋唱晚已经把那双伟大的联名鞋换掉了。

两个小时的课结束，还有几道例题没做完，蒋唱晚没发现，还在埋头苦算，眉头皱得跟拧在一起的麻绳一样。

沈衍舟瞥见了时间，不动声色地把闹钟关掉了。

于是时间在安静里悄然流逝，一直到五点半，两个人才彻底把今天的任务完成。

“错题，改完了。新课，上完了。”蒋唱晚掰着手指头算，“新的作业，布置了。”

“那我今天晚上就要把这张卷子写了，然后开始设计我的脚本了。”

“你的想法出来了吗？”沈衍舟在旁边问。

“嗯？”蒋唱晚诧异一瞬，“噢，对。”

“本来说昨晚上给你说的，但是我的新鞋到了，一下子就忘了。一下子就只记得炫耀新鞋了。”

沈衍舟：“……大可不必如此。”

“是这样的，我跟你讲一下吧。”蒋唱晚兴冲冲地把平板拿过来，想要再给他演示一遍。

“昨晚上跟他们两个讲，都没得到什么反馈。小沈老师你最厉害了，你来看一看。”

少女无意识地碎碎念，抱着平板坐回书桌前。

沈衍舟不知道被哪句话取悦到了，很轻地挑了挑眉，唇线抿紧一瞬，又放松，脊背靠回椅背上，一副好整以暇的模样：“讲吧。”

“小沈老师你真好。”蒋唱晚“嘿嘿”笑了两声。

“是这样的，现在不是夏天吗？夏天对于十几岁的人来说，好像总是一个很特别的节点。暑假，考试，毕业……六月好像总是和这些东西有关。

“这是一个总是伴随着分离、长大，还有许多许多情绪的节点。

“有人会因为要奔赴好的前程而开心，有人会因为别离而伤心，有的人还会因为未来而焦虑。”

“我觉得……”蒋唱晚顿了顿，偏头看着他，“不管是开心还是伤心，不管是期待还是焦虑，生活都是要继续的。

“十几岁的人总容易把一时的情绪看作天大的事情，好像因为某一天忘记穿校服而被通报批评，就是一件丢脸到很久都抬不起头的事情，好像一次考试考砸，就代表之后的人生都全部完蛋了一样。”

“这很奇怪。”蒋唱晚说，又顿了顿。

“但这也许是年龄和阅历的局限，也许是教育的局限，都不是我们的错。

“我想表达的就是，我们应该把人生的长度拉长，再拉长，总有一天会发现，这一切当时觉得天大的事情，在漫长的人生长河里来看，都不过只是茶杯里的风暴。

“就算今天忘记带作业，就算今天被老师批评，就算今天跟好朋友闹矛盾，就算今天考试一塌糊涂……”

少女用笔尖指着电子手账里写下的想法，上面娟秀的字迹斜斜地画了一道行动轨迹。

“生活还是要继续的。

“也还有许多许多值得我们关注的美好。”

沈衍舟沉默了许久，视线在她侧脸上停留。

少女跟他讲述这些想法的时候很认真，偏头握着笔，神情专注，语言表达流畅。

笔尖指着电子手账本上的示例，有手写的想法部分，也有搜集下来的资料和故事，还有搜寻的色调与构图示意图，全面且认真。

……的确不是个花架子。

确实是有完善的故事脉络和想法。

顿了良久之后，直到少女有些疑惑地偏头望来，沈衍舟才回神般移开视线，接着她停下的部分发问：

“比如？”

“比如……”蒋唱晚把电子手账往下滑，“比如妈妈做的柠檬蛋糕，比如清晨的风吹过湖面，再拂动发丝的时候，再比如……”

她写想法的时候思绪很发散，懒得用文字表达，就用了一些简笔画。

于是两个人就看见屏幕上出现了一个简易的柠檬蛋糕图画，还有一棵湖泊边的柳树，湖面正因微风而起波光粼粼的褶皱。

再往下，出现了一个人。

一幅画，四四方方的被黑色直线框起来，像是古早的黑白漫画书。

白色围墙，顶部是黑色的装饰瓦块，还有夏天茂盛下垂的爬山虎，在墙壁上熠熠生辉。

梧桐树有光影，阳光透过枝叶间的缝隙，落在墙根边蹲着的人身上。

少年穿一件白衬衫，单腿向下半蹲着，脊背微弓，脖颈低垂，侧脸轮廓清晰而分明。

在他伸出的指尖，相抵着一只很小的小猫爪子。

橘色的小奶猫仰着头，竖起尾巴和耳朵，伸出粉色的小爪子，用柔嫩的肉垫和人类的指尖相触。

瞳孔亮闪闪。

……非常鲜明而又非常细致的一幅画面。

连地面上树影的斑驳晃动，少年被风吹动的发梢，衬衫袖子卷起的弧度，都清晰无比。

好像这个画面已经牢牢刻进某个人的心里，然后在下笔时情不自禁地倾注了情绪。

两个人都不约而同地顿住了。

空气都安静了一瞬。

窗外似乎开始下雨。

夏季的暴雨总是来得又猛又急，从绵云密布的天空里往下砸，硬生生撕开燥热的空气，倾注来一些清新的冷气。

未关的窗户外倏然吹进一阵凉风，夹杂着细微的雨点，猛地将人从怔愣和出神间拉回来。

雨丝微凉，其中一滴斜斜落进来，轻柔地剐蹭过她的脸颊，再沿着风的方向，向下坠落到少年的手背上。

那一秒，凝滞的空气好像才重新开始流动。

“咔嗒”一声，蒋唱晚猛地按下锁屏键，胡乱地把平板往旁边一放，十分心虚地胡言乱语。

“再比如……

“公交车上小学生的八卦啦！”

沈衍舟沉默着，不动声色地移开视线，装作从未看过那张图的模样。

“……下雨了。”

蒋唱晚简直坐立难安，站起来，倾身去关窗。

奈何风实在太大，阻力强盛，少女踮着脚向前倾身，使足了力气，也难将窗户往回拉。

蒋唱晚感觉小臂都要抽筋了，皱着眉，脸扭成一个麻花，郁闷地寻思我这一身牛劲呢？

倏然，余光里压下一片阴影，一股青柠气息由远及近。

少年从她身后伸手，握住窗户把手的上端，紧挨着她的手。

手臂环在她身侧，衣服面料擦过她耳根。小臂用力绷紧，窗户被带回来，手腕轻轻一转，锁扣扣上。

风雨声皆寂，房间里又重归安静。

只剩下蒋唱晚迟缓过后，“怦怦”直跳的心跳声。

动作间，两个人的指侧皮肤擦过一瞬，一触即分。

心脏高高悬起，又重重落下，几乎快要从胸腔中蹦出来。

一秒，两秒，三秒。

蒋唱晚屏住呼吸，缓慢偏头，抬眼去看。

少年站在她身后，身体因为动作而轻微前倾，右手张开，似环抱般将她圈在怀里。

身体贴得极近，但又没有彻底触上，隔着极其轻微的一丝距离，任由空气从中擦过，然后感到若有似无的流动感。

他也垂着眼看她。

在夏日突如其来的雨天，站在明净的玻璃窗前，或仰头或低颈，眼睫轻颤，四目相对。

空气中好像有什么东西还在流动。

微凉而又令人心悸的触感并没有因为关窗而彻底消失，窗外的雨丝好像隔着玻璃，一下又一下地敲打着她的心脏。

沈衍舟的瞳孔是深琥珀色的。

在晴天时会显得格外清透，在夜晚时会反射出游乐园霓虹灯的光彩，中和掉他那些锋利的冷感。

但在阴云密布的夏日暴雨天，他的眼睛显得格外深邃。

近在咫尺地抬睫一瞥，迟愣地怔了片刻，几乎就要陷进去。

楼梯上倏然传来脚步声，有人边上楼边说话：“下雨了欸，小沈老师……”

两个人都倏然回神似的，猛地后撤一步，拉开距离。

沈衍舟后退一步，移开视线看向别处，神情倒是没什么异样，只是抿了抿唇。

蒋唱晚就慌张得多，心里像是有鬼一样，下意识也想往后退，结果退无可退，一手肘撞在墙上，疼得她龇牙咧嘴。

沈衍抬手护她不及，唯有沉默。

孟女士一上来就看见这样一副场面，疑惑道："你们干吗呢？"

蒋唱晚捂着手肘，面目痛苦，还要从牙缝里挤出来回答："……没事。不小心撞到了。"

"一天天的，不小心点。"孟女士蹙眉看她一眼，看起来好像不太严重，就没管她。

"雨还挺大的，小沈老师，我看外面的树都被吹得摇晃了，你先留下来吃个饭吧，看看待会儿雨会不会小一点。

"你家长那边我去说，不然这种情况，我也不放心你回去。"

沈衍舟张了张嘴，还没来得及拒绝，就被斩钉截铁地堵死了退路。

他偏头望了望窗外的雨。

就这一会儿工夫，阴云已经密布，闪电从天空里划下，而后响起迟延的雷声。

怪吓人的。

他最后回头应下："谢谢阿姨，我妈那边我去说就好。"

没想到这一留就是一晚上。

雨势越来越大，像天空撕开了一个口子，往外肆意地倾倒着水一般。

茂密茁壮的大树被吹得东倒西歪，枝叶簌簌作响，广告牌被吹得位移，在无人的路中央随风的轨迹碰撞，发出"刺啦"的声响。

手机屏幕不断闪烁，传来橙色的暴雨预警。

"嗯，好。"

沈衍舟站在客厅窗前，偏着头打电话。

"在同学家里，不用担心。"

"……对，你见过的。"

"家长都在。"

"好。你也早点休息。门窗关好。"沈衍舟安静地又应了几声，才缓慢地挂断电话。

蒋唱晚裹着毯子，缩在沙发上等他。

“跟阿姨说好了？”

沈衍舟转过身来，“嗯”了一声。

“客房准备好了，洗漱用品和衣服都有，你到时候直接上去就好了。”蒋唱晚把孟女士叮嘱她的话转达给他。

“好。”沈衍舟点头，“谢谢。”

“这有什么。”蒋唱晚挥挥手，继续坐在沙发上，按着遥控器，寻找着想看的电影。

沈衍舟瞥了两眼屏幕，关键词：惊悚、恐怖、悬疑。

蒋唱晚似乎是读懂了他挑眉的这个肢体语言：“你懂什么！就是这种天气才有氛围感，沉浸式体验，知道吗？”

屏幕下滑几页，略缩的电影封面占满屏幕，几乎全是阴森诡异的色调，还有令人看一眼就觉得害怕的人脸。

蒋唱晚握住遥控器往下翻的手紧了紧，嘴唇抿住，不动声色地往旁边瞥了一眼。

沈衍舟刚好也在看她。

一侧眉毛轻扬，有点探究和好整以暇的意味。

……不可以丢脸！

蒋唱晚迅速收回视线，深呼吸一下，继续往下翻。

《闪灵》《咒怨》《招魂》《午夜凶铃》《山村老尸》《鬼影》……

混着窗外磅礴的雨声，还有狂风拍打窗户和门的声音，一阵又一阵的暴雨被风吹着，扑在客厅的落地窗上，印出千奇百怪的形状。

……更恐怖了。

像是有人在外面想要进来一样。

蒋唱晚汗毛倒竖，冒出一身鸡皮疙瘩，把毯子裹得更紧了，整个人往下缩，让毯子包裹住脖颈和下半张脸，只露出一双眼睛。

按键继续往下。

这回更过分，屏幕上直接出现一张占满略缩图的大脸，吓得蒋唱晚手一抖，把遥控器一扔，整个人腾地站起来，在沙发上乱跳，窜到靠近窗户那侧的沙发上，窜到沈衍舟身边，抓着他胳膊。

“小沈老师你一定也不想睡这么早吧！你来陪我看吧！”

空气一片安静。

沉默几秒后，他婉拒道：“我平时睡得挺早的。”

蒋唱晚装没听见："小沈老师你会不会认床呀？在别人家睡可能不太好睡吧，我愿意陪你一起看一会儿电视，你不用谢我，都是我应该做的。"

沈衍舟无言。

沉默着，人已经被拖到沙发边上坐下了。

或许是怕他走，蒋唱晚还格外殷勤地跑前跑后，重新拿了床小毯子，妥帖地盖到了他身上，还学着电视剧里的小宫女那样，小心翼翼又细致地为他掖了掖被角。

沈衍舟低头看了看，被角被她一点一点塞在沙发缝里，几乎把他整个人束缚在沙发上。

"有必要吗？"他扯了扯嘴角，轻声发问。

"嘘。"蒋唱晚竖起食指放到嘴边，不许他质疑，自己缩回座位上坐下，随便找了一个点开。

很恐怖。

从开场就很恐怖了。

阴森的画面，未知的视角，诡异的背景音乐。

昏暗的灯光映在人脸上，变化出莫测的光彩。

两个人各自坐在沙发一端，各自沉静。

沈衍舟是真的沉静，面无表情且平淡地看着一个个画面变换，甚至还有点困。

蒋唱晚是装的，其实她要怕死了。

手指藏在毯子下面，紧紧攥住毯子一角，整个人杯弓蛇影，脊背绷紧，如果窗外雨声忽然大一点，她会毫不意外地蹦起来。

"小沈老师。"

为了转移注意力，也为了强行伪装，蒋唱晚开始找他聊天，分外明显地凸显出一种刻意的松弛感。

沈衍舟看她一眼。

"嗯？"

"你平时看恐怖片吗？"

"不看。"

"为什么不看呢？是因为害怕吗？"

"……不爱看。"

"害怕也没关系的，虽然你有一米八几，但是害怕恐怖的东西，这个是人之常情，不用不好意思，大方承认就好。”

沈衍舟：“……我不怕。”

“哎呀，你这孩子，在我面前逞什么强，要什么面子呢？害怕就害怕，直说就好了。”

这时候一直诡异舒缓的背景音倏然加强，画面开始抖动，在光线昏暗、场地空旷的暴雨夜里营造出了一种紧张的氛围感，主视角抖动，代入感极轻，蒋唱晚声音都抖了一下，还是哆哆嗦嗦地往沙发另一端挪，顽强地把她的油腻语录说完。

“……以后你不用逞强了，你的强来了。”

沈衍舟看着她整个人都快缩到他边上，手都在颤抖，沉默了两秒，移开视线。

“行吧，蒋强。”

“你还挺上道的哈，小沈老师。我每次对季程和程姗姗说这句话，他们俩都会叫我滚……”

蒋唱晚缩在他旁边，隔着一点点的距离，动作间可以感受到另一个人的存在，感觉安心了不少，说话也分散了她的注意力，于是稍微放松下来，随意地看向电视。

“还是你好，小沈老师。他们都是如此不解风情，不识好歹……啊啊啊啊啊！”

正说着话，屏幕上忽地出现一张血肉模糊而又空洞的大脸，以一种无法忽视的姿态出现在这个客厅里，甚至还能看清死白的脸上空洞的眼眶。

蒋唱晚一整个从沙发上蹦起来，应激似的，心跳“怦怦”，下意识就往旁边最近的热源和活物身旁靠，吓得浑身都在抖。

手指紧紧攥住最近的、温热的布料，心脏极高极重地跳动着，整个人都快要喘不过气来，下意识往安全、逼仄、狭窄的小角落里钻。

脸在沙发布和温热的布料之间蹭啊蹭啊蹭，像个鸵鸟似的，把自己埋了进去。

空气沉默了好一会儿。

遥控器被人按动，缓慢将声音调成静音，客厅内重新恢复寂静，只能听见窗外磅礴的雨声。

蒋唱晚兀自缓了好一会儿之后，才感到自己能正常呼吸了，不会吓得呼吸急促、心跳频率高得不正常，于是缓慢地动了动。

与此同时，她才回魂似的，开始感知周围的东西。

左脸是沙发靠垫上的小绒布，软软的，触脸生温。

右脸是颇有些陌生的面料，柔软微凉，顺滑细腻。

……什么东西？

几乎是同一时间，平静中带着点无言的声音，又缓慢地在头顶响起。

“虽然我早就已经问过一遍类似的话了。

“但我还是想说……”

沈衍舟感受着这个人强行钻在他后背和沙发之间，甚至还因为他的出声而更加羞赧，使劲往里蹭了蹭，似乎是想把自己埋进去。

他微妙地顿了顿，低头看了一眼。

“这个手，到底还要牵多久啊？”

次日一早，蒋唱晚准备出门去拍素材，特意起了个大早，想避开沈衍舟，却好巧不巧，刚好在楼下碰见了。

“我忽然觉得有点困，我还是再上去睡一下吧……”她一边说，一边想往楼上跑。

孟女士一把揪住她后颈的衣服：“少来！不是每天都说要是有人陪你出去找素材就好了吗？这会儿正好小沈老师在，你们出去玩一玩。”

蒋唱晚逃跑未遂，只好看了眼沈衍舟，悻悻道：“那我也要先上去拿东西呀！”

“行，那小沈老师待会儿上来找你。”

蒋唱晚迅速跑上楼，收拾东西。没一会儿，听见上楼的脚步声。

她坐在地毯上，看着上来的人。

沈衍舟神情很淡，半倚在门边，撩起眼皮看了她一眼。

蒋唱晚率先低下头去，把相机包背在背上，小声咕哝道：“我们出去逛一圈吧，取景踩踩点，看看我能不能拍点有用的素材。”

沈衍舟没说话，只是身体重心略微一换，跟着她的动作转了个身，在她擦身而过时伸出手。

修长的手指一勾，相机包就从蒋唱晚的臂弯到了他手上。

两个人正从房门处擦身，距离很近。

少年站得松懒，刚刚从倚着门框的姿势直起身来，筋骨分明的手握住相机包带子，袖口下滑，露出半截瘦削却有力的小臂。

是要帮她拿的意思。

……异常习惯，异常自然。

好像顺手到他已经做过许多次了一样。

两个人都顿了顿。

心跳加快一瞬。

片刻后，蒋唱晚松开手，有点不自在地移开视线，小声道："……谢谢啊。"

两个人并肩走过南山往外的小路，在公交站台上了车，依旧是靠窗的座位。蒋唱晚趁机拿出平板，用这个时间再梳理规划一下，同时再跟沈衍舟沟通今天的计划。

平板上视频范例和文档页面来回切换，一股脑儿把想法说完之后，蒋唱晚才收声偏头，去看身旁人的反应。

沈衍舟的视线也缓慢地从平板上收回来。

他稍微偏了偏头，似乎是在思考和整理措辞，最后视线和声音一同到达。

"我觉得是可行的，但是你的问题需要再斟酌一下，感觉不够精巧和抓人……"

两个人三言两语地讨论着，在车上再次精进了一下采访稿，下车就开始了。

说是帮忙，其实并没有帮上什么。挑选对象，阐明规则和用法，征得同意，再到正式开始……这次采访全程都是由蒋唱晚一个人完成的。

他就负责扛着相机在后面跟着拍素材就好。

蒋唱晚本身就极其外向，一口一个阿姨姐姐，把受采访的路人都哄得可高兴，开场就能聊起来，采访氛围都还不错。

沈衍舟举着相机在她身后两步的地方，从相机的取景框里看她。

少女侧身站着，拿着小小的收音麦向前递，半张侧脸露在镜头前，神情专注认真，时不时点头回应，弯眼笑，顺着话题唠几句，和被采访人一起笑得前仰后合，发梢在空气中飘动，整个人都显得活泼可爱而又朝气蓬勃。

像在发光。

做自己喜欢的事情，是真的可以滋养人的。

一切微小的热爱与向往，像一只手，把人从无意义的飘浮中拉拽下来，落回坚实的地面上，享受本如露水般短暂的人生。

沈衍舟举着相机站在她身后，安静地听她讲话，从取景框里看她熠熠闪光的眼睛和飞扬的神采，倏然想到坐在游乐园长椅上的那天下午。

少女坐在身旁，望着面前来往熙攘的人群，有一种从热闹中抽身的落寞。

看起来茫然而又郁闷，轻声说，我也有自己想做的事情，也想要成为那样的人。

现在她已经做得很好了。

剩下的假期时间飞快流逝。

蒋唱晚在上课、写作业、做练习、拍摄素材和剪视频之间忙碌着，几乎脚不沾地，每天只能睡六个小时，就爬起来投入新的战斗中。

对此，程姗姗表示：“十六年了，我第一次发现你是个铁人。”

蒋唱晚盯着卷子上那个“78 分”，有点犹豫，她已经连续一两周在这个分数线上徘徊了，七十多分，偶尔上一下八十，但就是始终到不了九十。

要说没有进步吗？那肯定不是。

之前她几乎全是乱蒙，那分数跟坐过山车似的，一会儿五六十，一会儿二三十，什么时候稳在七十多分过？

但是还是没有达到沈衍舟的要求。

并且按这个趋势下去，再卡一周也是有可能的。

学习的确是世界上最公平的东西，你付出时间，就会收获成果，这句话是没错，但分数就不一样了。

分数是冷冰冰的一个数值，受卷面难度、考试范围、做题状态的限制，有上下不定的浮动，并不完全能代表某段时间的全部学习情况，这再正常不过了。

可是挺要命的。

“要不你跟他打个商量呗？让他把目标分数降到七八十？”程姗姗出主意，“七八十分也不错了，这都是我们仨里的第一名了，也不可能真让你一口吃成个胖子吧。”

蒋唱晚沉默了一会儿，抿唇道：“……我再想想吧。”

下午三点，沈衍舟照例准时到达。

他拎着一袋子杨梅，在楼下跟孟阿姨打了招呼，慢悠悠地上楼来。

刚推开房门，脚步和动作就都一顿，神情微妙地停住。

“小沈老师，你来啦！”房间里的人很是热情洋溢地迎上来，带着一脸狗腿子的谄媚笑容，还有十分浮夸的欢迎声，上前扶住他的手臂。

沈衍舟偏头瞥她一眼，不为所动。

“嗓子被门夹了？”

蒋唱晚沉默几秒。

“说什么呢小沈老师。”她极其有职业素养地忽视了他这句话，继续用能细过蚊子嗡鸣的夹子音开口道，“来，请坐。”

沈衍舟于是无言地收回视线，被她扶着向前走了几步到书桌前，盯着那个被装饰过的椅子，再度沉默。

椅子本来是很中规中矩的木椅，此刻被装饰得“焕然一新”。

椅背上贴了一整副对联，左边上联是“沈郎一笑惊宋玉”，右边下联是“衍舟两顾羞潘安”，横批是“小沈老师帅得惊人”。

上面还放了个纸叠的皇冠，似乎是想要原地给他加冕为王了。

空中仿佛有乌鸦飞过。

一阵漫长而又沉默的诡异之后，蒋唱晚脸上的假笑要挂不住了，率先开口道：“怎么样，小沈老师？今天这个装扮还满意吗？”

“不满意的话还可以换！你不喜欢宋玉和潘安的话，我这儿还有很多。”蒋唱晚一边去翻挑剩下的，一边念道，“力拔山兮气盖世，貌惊天兮帅惊人……

“鼻正口方浓眉大眼，肩宽胸厚长腿健腰，横批是，人中翘楚……”

“……够了。”

沈衍舟额角跳了跳，拉开椅子坐下，缓慢看向她。

“你有什么事要求我？”

蒋唱晚：“……你怎么能这么说呢，小沈老师？我对你的敬仰和爱慕，老天可鉴啊，绝不掺杂一丝杂质！”

“是吗？”沈衍舟轻飘飘瞥她一眼，收回视线，神色自若。

“那我们开始上课吧。”

“……别呀。”蒋唱晚立刻泄了气，演不下去了，忙坐下来，拽着他袖子挽留道。

沈衍舟瞥她一眼：“不夹了？”

“……不夹了。”蒋唱晚撇了撇嘴，老老实实回归本音，“你又不喜欢夹子音。”

沈衍舟顿了几秒，“嗯”了一声。

“你本来的声音就挺好的。”

“是吗？”蒋唱晚心不在焉的，随口应。

沈衍舟又看了她几眼，脊背往后一靠，指间的黑笔随意转了转，往桌面上扣了两下，发出“笃笃”的声响。

“到底什么事儿？”

“……唉。”蒋唱晚坐直身体，叹了口气，视线在桌上摊开的卷子上扫了几眼，蔫蔫地道，“也没什么别的事儿，就是……就是我想跟你商量一下……”

“嗯？”

“我们之前定的那个，九十分的标准……”蒋唱晚非常不自在，说话吞吞吐吐的，也不好意思看他，就盯着桌上的小熊，指尖无意识地扣着桌沿，慢吞吞地道，“那个标准……能不能……”

说到后半句的时候，她越发不好意思，干脆转头往窗外看，任嘴里胡乱囫囵成一气。

“能不能阿巴吧啦降一点……阿巴吧啦……”

沈衍舟没听清，皱了皱眉：“什么？”

蒋唱晚转头回来，顿了几秒，看着他的脸，张了张嘴，感觉字句卡在喉咙口里出不来，欲言又止。

她真不好意思说第二遍，于是捂住脸，说：“……没事了！”

算了！不就是九十分吗！

这个星期不睡觉了，狂学两百个小时！她就不信了！

蒋唱晚撸起袖子，狠狠拍了一下桌面，斗志昂扬，气宇轩昂道：“开始上课！”

沈衍舟被她拍桌的劲儿吓了一跳，扯了扯嘴角，沉默地偏头瞥了她一眼，最后倒也没说什么。

他只是垂眼顿了几秒，把手上准备的讲义收起来，换了张新的卷子拿出来。

“今天改一下，不学新内容了，做课堂练习吧。”

“哦，好。”蒋唱晚神经大条，向来是他说什么就是什么，一点也不在意体系和逻辑，丝毫没觉得有什么不对，接过卷子，很顺从地开始写起来。

少女坐直身体，单手压住卷面，握着笔，开始按照他要求的读题方式，一点一点仔细地运算起来。

沈衍舟坐在边上看她，好半晌后，移开视线。

“我怎么觉得今天这张卷子有点简单？”两个小时过去，铃响收卷，蒋唱晚完全没有赶时间的感觉，甚至还把前面的题重新检查验算了一遍，十分从容不迫，又十分疑惑地把试卷递给他。

“你哪次觉得不简单？”沈衍舟接过。

“……这倒也是。”蒋唱晚说，收起了那点疑惑。

她这人吧，别的本事没有，就是特别有信心。

每次交卷的时候都气势汹汹的，大言不惭地说我觉得起码得有个一百分吧，但最后的现实总会刺痛她。

所有人都会骗你，但数学不会。

数学不会就是不会。

这门学科存在的意义，就是治好了她的过于自信。

“你先改着，我去个洗手间。”蒋唱晚说。

“坐了一下午，腰酸背痛的。”她一边扭着脖子，一边把沈衍舟带来的那袋杨梅拎下去。

“你们小区真好呀，又种樱桃又种桃子又种杨梅的，简直是一个自给自足的小农社会。”

沈衍舟握笔的手都顿了几秒，无言道：“想不出话可以不说。”

“怎么了怎么了？还不让人显摆一下历史知识了？我可是有认真听历史课的好吧……”

少女等不及洗，从袋子里摸了一个出来，用纸巾擦了擦，就塞进嘴里，含糊不清地咕哝着，走远了。

沈衍舟真是对她没辙，呼出口气，红笔在指间转了转，继续往下改。

蒋唱晚在楼下跟孟女士唠了会儿嗑，等阿姨把杨梅洗好装盘，又跟着孟女士看了点综艺，才缓慢地端着盘子上楼去。

俨然一副要中场休息好，才能接着花费大把时间来改错题的模样。

“怎么样啦，小沈老师。”她一边推门一边询问道，“八十分肯定有吧！

“我争取今晚上改完哈，再给我五六天，铁定能及格了……”

她边说边塞了个杨梅进嘴里，人还没坐到座位上，先把盘子递过去了，积极喂食。

沈衍舟没接，半侧着身，看了她一眼。

嘴角还沾了点杨梅汁，连指腹都是红色，腮帮子凸起，一副小仓鼠似的傻样儿。

“别五六天了。”

两秒后，沈衍舟扬了扬下巴，点了点桌面上已经批改完毕的试卷，语气松懒道：“就今天吧。

“毕竟有的人都拉下脸，夸我惊宋玉和羞潘安了，是不是？”

|第六章|

夏夜最后的烟火

Neng Bu Neng Ting hua

蒋唱晚一怔，连咀嚼的动作都停下，茫然地看了看他，反应了几秒，又缓慢地移开视线，去看桌上的卷子。

试卷首页已经有了分数，白纸红字，分外明显。

……99分！

蒋唱晚惊呆了，嘴巴张成“O”形，目瞪口呆地站在原地。

一阵沉默之后，她几乎整个人都要蹦起来了。

“宋玉潘安算什么啊！咳咳咳……”蒋唱晚反应过来之后说话太急，被杨梅核呛到嗓子眼，咳得惊天地泣鬼神的，就差把孟女士都惊上来了。

沈衍舟起身接过她手上的盘子，扯了张纸给她，手指在半空中犹豫了片刻，还是轻轻落到她背上，给她顺了顺背。

“……至于吗？”

“……咳咳咳！”蒋唱晚弯着腰，眼泪都咳出来了，还要顽强地把后半句话说完，“小沈老师你才是……全世界最帅的……”

沈衍舟：“……你还挺身残志坚的。”

好不容易缓过来之后，蒋唱晚简直跟打了鸡血似的，拿着那张卷子，对着光看了又看，跟鉴定假钞似的一样认真。

“你没给我开后门吧，沈衍舟？”

沈衍舟斜斜睨她一眼，黑笔在指间轻松转了几圈，轻嗤一声：“九十九分就喊大名了，那要是一百分，还不得爬到我头上来啊？”

“嘿嘿。”蒋唱晚对着他笑了几声，“太高兴了嘛，小沈老师。”

蒋唱晚检查无误后，美滋滋地翻过来，对着那个“99”的数字爱不释手，越看越高兴，眉毛都扬起来了。

蒋唱晚心情好，没搭理他那些看起来就很无言的敷衍，乐滋滋地用手机拍了试卷上的分数，把照片发到三人小群里。

手机消息提醒顿时一条接一条，刷屏之快，都快把她的手振成筛子了。

蒋唱晚快速阅览了一遍程姗姗和季程的震惊、诧异和彩虹屁，发了几个“得意”的表情包，才开始静下心来。

“那你明天有空早点过来吗？我待会儿把你角色的故事梗概和脚本分镜发给你。”蒋唱晚想了一想，“你过来好像又有点远，我们也可以直接定一个碰头地点，拍完就回来上课也可以。”

沈衍舟想了一想：“对场景有特别要求吗？没有的话可以去我家那边拍吗？”

蒋唱晚顿了顿，思考了一下，在脑海里过了一遍记忆里的小区：“其实就是很普通的场景，你们那儿完全够了。”

“好。”沈衍舟说，“那你明天到了给我发消息。”

“好呀好呀。”蒋唱晚应道。

次日一早。

季程在副驾驶上睡蒙了，还差点流口水，是司机师傅很嫌弃地把他拍醒的，这会儿边揉眼睛，边打开车门下来。

他和姗姗一路拌着嘴，拎着大包小包的设备工具，提步跟上蒋唱晚的步伐。

“小沈老师！”

蒋唱晚到了约定的地方，站在路边张望，忽然瞥见人的身影，猛地挥手。

沈衍舟其实早到了一会儿，站在路边的小卖部门口，拿着几瓶水，散漫随意地偏着头，有一搭没一搭地跟小卖部老板聊天。

常宁镇小，且早年有很多工厂、国企事业单位的职工家属院，大家都熟。

小卖部老板是个阿姨，本来边用手机看剧，边嗑瓜子儿，听到响，连忙暂停，从柜台里探出身子来张望。

“谁？女孩儿？”阿姨一脸诧异，还带着点八卦、好奇和调侃，收回视线，“小美女啊。”

“可以啊你沈衍舟，是说你今天怎么没搁家里陪你妈呢，原来有大事儿啊。”

“……王阿姨。”沈衍舟有点无奈，把矿泉水拎起来，打开手机，准备扫码付款。

“行了，快走吧。”王阿姨把瓜子衔在嘴上，一把把柜台上的收款码扣倒，摆了摆手，“走吧走吧，阿姨请你们喝啊。”

蒋唱晚刚走过来，从沈衍舟身后探了个头，非常开朗且自来熟地接道：“谢谢阿姨！”

“哎哟，嘴真甜。”王阿姨笑成一团，跟她挥挥手，“玩好啊！小美女……”

“好嘞，阿姨！”

沈衍舟顺手接过了蒋唱晚手上的相机包，问道：“吃早饭了吗？”

“没。”蒋唱晚老实回答，“起得太早了。”

沈衍舟早有预料般地看了她一眼，“嗯”了一声：“那先带你们去吃早饭吧。”

早市还开着，街边早餐店的蒸笼还在冒着白色的烟气，热腾腾而又烟火气十足。

沈衍舟带他们去了一家常吃的小店，虽然相隔不远，属于同一个市，但常宁镇还是有一些特色。

戴着围裙的阿姨还给他们抹了零，说让沈衍舟带他们吃好玩好，一个劲儿夸蒋唱晚和程姗姗长得漂亮，把这俩人都夸得有点不好意思，只有季程被忽视，问：“那我呢，阿姨？”

阿姨看了他几眼，很明显地顿了一下，然后说：“小伙子也长挺高的哈，快有小沈高了，加油哈。”

一桌人憋笑，只剩下季程愤愤黑脸。

吃完正好是光线很好的时间点，一群人拿上东西起身，准备正式去选好的地方拍摄。

是沈衍舟看了脚本后跟蒋唱晚商量着选的，一处烟火气和生活气息并存，但又整洁上镜的地方。

距离早餐店不太远，就两条街的距离，一群人就决定走着去，也当消消食。

小路旁种满梧桐树，青瓷砖地年头已久，坠在街边两旁的小店门口。

清晨的风拂过耳畔，清爽而又舒适。

“你们这儿的人真热情。”蒋唱晚一点都不像平时起了早床的萎靡模样，东看看西望望，一副对什么东西都好奇的样子。

“那是什么？”

“麻将馆。”

“那个呢？”

“茶馆。”

“那那个呢？”蒋唱晚指着马路对面的小院子。

沈衍舟随着她的手望过去，解释道：“之前是家具厂，现在被改成老年活动中心了。”

“喔。”蒋唱晚扒着铁皮大门往里望了一眼，“还有一群阿姨婆婆在排练舞蹈呢。”

“人家是全市第一的歌舞团呢，别小看人家。”沈衍舟瞥了她一眼，拽着袖子把人拉回来。

“在排新舞，绝对机密，禁止偷看。”

蒋唱晚被他拽着往前走，疑惑道：“……你怎么知道？”

“人家给我比手势了。”沈衍舟说。

还没等蒋唱晚问，就看见有穿一身荧光粉舞蹈服的阿姨来关门，笑盈盈地挥了挥扇子：“决赛比赛完再来看啊，小沈，漂亮着呢！”

“好啊，苏阿姨。”沈衍舟应道。

许是蒋唱晚的眼神太炙热，阿姨笑盈盈地补了句客套话，让这个妹妹也来看，蒋唱晚连连点头，如小鸡啄米。

“真的认识啊？”她转过来的时候，连下巴都要惊掉了，无比诧异地发问，“一条街，全认识啊？”

“差不多吧。”沈衍舟轻轻拽着她的袖口，带着她走到路口，垂眼瞥了她一眼，“怎么？喜欢啊？”

蒋唱晚真诚地点头：“喜欢。”

她在南山住太久了，左邻右舍都隔得很远，又不熟，平时见面都难，偶遇也只是礼貌地打个招呼，根本感觉不到这种人情味。

“这多好呀，走一路打一路招呼，所有人都认识。”

沈衍舟懒洋洋地“嗯”了一声：“就适合你这种人来疯。”

“什么啊，怎么就人来疯了，我这叫友善、活泼、开朗……”蒋唱晚一边说着，一边跟在他身后半步的地方，看季程和程姗姗慢吞吞地走过来。

程姗姗把反光板和三脚架往地上一搁，拍着胸脯大喘气。

季程也在喘气，差点一屁股坐下去，不知道看到什么，瞥了沈衍舟一眼，硬生生地挺直腰板，快要比军训时站得还板正。

“开始吧。”

整个拍摄流程比蒋唱晚预想得要短暂和顺利得多。

她原本以为会有种种因素的影响，一天拍不完，起码得折腾个两三天。

比如程姗姗和季程两个不专业的，要么就举相机手抖，要么就出镜笑场，要么就拍了半天最后发现没按开始键。

蒋唱晚也不知道沈衍舟的镜头表现力如何。

大家毕竟是普通人，没有成天生活在摄像机和相机之下，大多数人连拍照定格瞬间都是有些局促的，别说进入镜头之下。

镜头会将肉眼注意不到的东西无限放大。

镜头将人拉宽，脸上的细纹和皮肤瑕疵都清晰可见，还有平常前置相机完全注意不到的脸部骨骼感和纹路，以及一定概率的脸歪嘴斜。

反正自称原相机真神的程姗姗，在拍了两个相机片段镜头后，都对自己产生了无限的怀疑。

“绝对是镜头的原因。”蒋唱晚安慰了她好多天，“你肉眼漂亮得要死。”

季程往往会在旁边插嘴：“同手同脚总不可能是镜头的原因吧？”

然后美美收获一顿暴揍。

但是蒋唱晚所担心的一切，都没有在沈衍舟身上发生。

他身上的情绪仿佛浑然天成，只在倒计时“action”时瞥了一眼镜头位置，然后就十分坦然且顺利地进入了状态。

不疾不徐，不局促，不拘谨，该怎么样就怎么样，仿佛在侧的众多相机设备都没有对他造成影响。

……脸也是。

甚至从取景框里看去，被 16：9 比例篇幅压缩过的脸，棱角更加分明了。

被风扬起的发梢，清晨阳光在眉骨和鼻梁处落下阴影，白衬衫鼓起的弧度。

一切都无可挑剔。

以至于蒋唱晚第一遍完全震惊于取景器后，都没来得及动脑子想角度和运镜，直到沈衍舟做完第一部分的动作和台词，停了好一会儿之后，回头看她。

两个人中间隔着一小块林荫斑驳的青石板地，树影摇晃，动作和神情全被框进固定比例的相机镜头里。

猝不及防，隔着取景器对视一眼。

少年的瞳孔清透，连眼睫颤动的弧度都被无限放大，如此清晰地望来。

像长着白色翅膀的天神无聊时对空放出的一箭，穿破虚空，直直坠落在她心上。

“……怦怦”。

心跳倏然漏了一拍。

思绪像忽然进入悬浮状态，连呼吸都觉得绵软。

好几秒后，直到程姗姗在旁边发出惊叹，季程不满地咕哝碎碎念，说怎么确实有点帅呢，蒋唱晚才回过神来。

心脏还在胸腔内飞速跳动。

她飞快地移开视线，指尖掐住手心软肉，抿唇道：“……我们再保几条。”

“你真的太会挑人了，小沈老师绝对是上镜脸，那到时候大屏幕上一播，不是帅得听取蛙声一片？”

“行了吧，什么就蛙声一片了，别卖弄你那可怜的语文学识了。”

“你俩行了吧。”蒋唱晚说，打开车门把这两个人塞进去，“一天到晚吵得我脑袋疼。回去吧。”

“哦。”程姗姗说，“那我们先走了啊。”

“有空再去你们家吃饭拜访啊，小沈老师。”

“拜拜。”

蒋唱晚在街边站了一会儿，看着他们的车向前驶去，消失在拐角处，才回身，往沈衍舟身旁走了几步。

张阿姨听说他们要来常宁镇，张罗着说要做饭招待他们，但季程和程姗姗下午要去看电影，就只有蒋唱晚留下来了。

这会儿她低着头，看着脚尖，没看他，全程给沈衍舟留了个漆黑的脑袋顶。

沈衍舟偏头看了她几眼：“怎么不说话？”

“……哪、哪有。”蒋唱晚背着手，双手在后拽着裙子布料，转开头，去看街边的景，“不是一直都在说吗？”

沈衍舟很轻地挑了挑眉，视线从她不自在的脸上扫过，倏然若有所感似的，身体重心往后一靠，慢悠悠地喊。

“蒋唱晚。”

“……嗯？”

“你不会是不好意思了吧？”

蒋唱晚心脏猛然一跳，把裙子布料都揪紧了：“你在说什么啊！我有什么好不好意思的？”

沈衍舟闲闲“哦”了一声，神情未变，好整以暇地勾着钥匙轻晃：“那你为什么不敢看我？”

“……谁说我不敢看你了！”蒋唱晚有点恼了，正回脑袋看他，小鹿眼刻意圆睁，看起来气势汹汹的。

沈衍舟也不说话，就微微低着头，站在她一步距离的地方，垂眼看着她。

神情平静淡然，跟方才在取景器里那一眼一致。

对视几秒后。

“……你有什么好看的啊！我干吗要看你啊！”蒋唱晚抿唇移开视线，恼羞成怒地往前走，快把手甩到天上去了。

“吃饭了！我饿了！”

耳根在日光下红得快要晃眼。

沈衍舟视线从少女背影上晃过，不动声色地弯了下嘴角，长腿迈开，三两步追上她，以一种十分悠闲的频率跟在她身后。

“蒋唱晚。”

“……干吗？一天不喊我名字会死是不是？你这得多喜欢我啊，沈衍舟……”

“想多了。我只是想说……”

“你也同手同脚了。”

“滚啊！”

“哎呀，晚晚来了。”张焕萍打开门，招呼他们，“快进来快进来。”

“张阿姨。”蒋唱晚喊，走在前面，率先迈步进来换鞋，十分驾轻就熟，甚至能一眼就从鞋柜上认出自己的拖鞋。

“你们俩先坐一会儿，快好了啊。”张焕萍说。

沈衍舟想往厨房里走：“你能行吗？”

“我有什么不行的？我现在都好多了，再过几天都可以去上班了。”张焕萍侧身拦住他，挡住去厨房的路，对他使了个眼色，是不许他进厨房的意思。

沈衍舟垂眼看了她一会儿，见她坚持，铁了心不让他做饭，伸出的手在空中悬停片刻，最后还是放下了。

“行。”他仔细打量着女人的脸色，“一有不舒服，立马叫我啊。”

“行了行了，你走吧。”张焕萍不想多说，挥手赶他。沈衍舟这才回身走到客厅里，拿玻璃杯给蒋唱晚倒了杯水。

张焕萍的病说大不大，说小不小，起初是不定期的心绞痛，她都没当回事，忍一忍就过去了，直到有一次实在严重，在上班的地方晕过去了，送去医院检查，才查出冠状动脉粥样硬化，做了心脏支架手术，在医院住了几天后回家，一直在家里休养。

但她闲不住。

劳碌惯了的人是不可能心安理得地休息的。她一有空就想出去上班，总觉得自己老在家待着不是个事儿，想着儿子要读书，过两年上大学也要用钱，总在家待着就爱胡思乱想。

沈衍舟怎么也不许她现在就出去上班，她就只能先从家务事做起，从他手里接一些家务活，证明自己完全有能力不卧床休息了。

沈衍舟拿她没辙，大部分时候就随她去了。

“反正我也只能在家照顾她这一阵了。”他垂着眼道。

因为快开学了嘛。

蒋唱晚捏着杯子，抿唇不语。

别人家的小孩儿一提到开学就“吱哇”乱叫，哀鸿遍野，因为要起早贪黑地上学，不能在家里睡懒觉、吹空调、点外卖、追剧、打游戏了，只有沈衍舟不是。

按他的聪明程度而言，上学可能还轻松一点。

“所以你说想过来拍，也是因为放不下阿姨吗？”

“……嗯。”

沈衍舟轻轻应了声，忽地想到什么，复又抬眼看她。

“季程和程姗姗，下午本来没有安排的吧？”

“你那时候现场安排的？”

蒋唱晚被识破，心虚地转开视线，端起水杯喝了一口。

是的。

本来沈衍舟说中午去他家吃饭的时候，两个人都没什么异议，甚至还很兴奋，是她努力按住程姗姗的手，并在桌下用力踢了季程一脚，提醒道："你们下午不是有场电影要看吗？"

季程和程姗姗都是她从小一起玩到大的朋友，她当然很喜欢他们，但是就是因为太过熟悉，自然也清晰地知道他们是什么样的人。

坦荡，耿直，有时候口无遮拦，讲话有点没分寸。

这当然不是他们的问题。

只是她记得上次来时，女人身上裹的毯子，满屋清浅的中药味，苍白脸上落下的泪，还有开门后，趁她不注意，偷偷进卧室换了身正式点的衣服。

善良又朴实的人的确是好客，蒋唱晚也希望可以带着季程和程姗姗一起来，但得建立在主人家可以承受的基础上。

"阿姨身体又不太好，他们两个又吵，我怕吵到阿姨。"

蒋唱晚低着头，心里有点忐忑。

不知道沈衍舟会不会觉得她多管闲事，越俎代庖。

空气一时安静，只能听见两个人的呼吸声。

片刻之后，沈衍舟看着她，轻声道："……谢谢啊。"

蒋唱晚紧紧攥住那个玻璃水杯，指关节都快泛白，视线望向别处。

沈衍舟也只是很短暂地看了她一会儿，就迅速移开视线，抿了抿唇，喉结微滚。

"……没关系。"蒋唱晚说。

声音小得快要听不清。

方才在街边就隐隐有的氛围再次被无限放大，在临近正午的客厅里扩散开来，夹杂着温暖的青柠香，竟然显得逼仄而舒展不开，让人愈加局促。

两个人都沉默时，厨房突然传来一声巨响。

似乎是有人摔倒，然后连带着锅碗瓢盆之类的金属物也一并滑落，在地面上碰撞出一连串巨大的回响。

两个人都顿了一秒。

然后沈衍舟神色猛地一凝，迅速起身向厨房奔去。

"初步检查了，没有什么大问题，可能只是最近没有休息好，比较劳累，或者是焦虑情绪比较严重导致的昏倒，再住院观察几天就好，不需要二次手术。"

“……好，谢谢医生。”

蒋唱晚站在医院走廊上，看着沈衍舟和医生交谈，时而偏头倾听，时而点头应声。

她坐在冰冷的金属长椅上，看着周围人来人往，大片的白色和消毒水一般的气味充斥着感官，有一种极其陌生的、局外人的感觉。

这是她人生中第一次随救护车出行。

蒋唱晚平时身体不错，感冒发烧的一般在家里吃点药睡一觉就能好，很少去医院。孟女士也去得少，外公外婆、爷爷奶奶都没在南山住，她就更没有什么去医院的机会了。

刚才是她第一次目睹这种需要立刻处理的紧急、慌乱的场景，心里七上八下，吓得不轻。

她轻微地晃着腿，用手掌撑在金属椅子的边缘，目光漫无目的地下落，落在急救室的指示牌上。

方才张阿姨苍白的脸和倒下的身体又浮现在眼前。

沈衍舟反应极其迅速，一边单手小心翼翼托起她，一边拨打了急救电话，语速适中、镇定流畅地报出了地址、病人情况和既往病史，然后就保持电话畅通，等待救护车的到来。

全程都冷静镇定，有条不紊，除了她看见他环住张阿姨的手有点轻微的颤抖，几乎没有什么他在紧张或是慌乱的迹象。

十几岁的少年要担起家里的重担，除了在某些危急关头强迫自己冷静下来，没有什么别的办法。

只有指尖的颤抖，略显急促的呼吸，还有紧抿的唇出卖了他。

蒋唱晚坐在椅子上发了会儿呆，心里说不上是什么想法，总觉得闷闷的，像压了块大石头。

明明遇到问题、处理问题的人不是她，但她还是挺难过的。

人天生具有共情能力，尤其是看到熟悉的人或者是别的亲近的人陷入困境时，总是不由自主地感同身受。

好半晌后，蒋唱晚轻轻呼出口气，垂眼看了眼时间。

目光还在手机屏幕上没移开，视线里就突然出现一只手。

冷白而又骨节分明，拎着一个棕色的牛皮纸袋，递到她面前来。动作间还能听到包装纸摩擦的轻微声响。

……麦当劳。

蒋唱晚顿了顿，抬起眼，看向面前的人。

沈衍舟也垂眼看她，几秒后，很轻微地挑了挑眉，将纸袋往前递了递：“不饿？”

“……噢。”蒋唱晚说，点点头，“饿。”

她伸手接过，隔着一层纸袋感受到食物的温热，驱散了一点方才感觉到的冷。

沈衍舟在她身旁坐下来。

蒋唱晚一边将小食从纸袋里拿出来，一边问：“你不是去缴费的吗？”

沈衍舟“嗯”了一声：“交完顺便去买的。”

“总不能让客人饿着吧？”他偏头看她，带着点轻松的语气，缓和了一下她拘谨又不知道说什么的状态。

“……噢。”蒋唱晚应了一声，把番茄酱挤到薯条纸盒的另一端，递给他。但沈衍舟摆了摆手，示意她吃就好。

蒋唱晚只好收回手，小口小口地咬着。

沈衍舟看了她几眼，脊背往后一靠，浅淡出声道：“想问什么就问。”

“……嗯？”

蒋唱晚顿了顿，疑惑地转头看向他，满脸都是“你不是会读心术吧”，眼睛圆溜溜而又警惕地瞪着。

沈衍舟：“……你但凡吃汉堡的时候把包装纸拆了呢？”

蒋唱晚将信将疑地回头一看，才发现她最爱的麦辣鸡腿堡都递到嘴边了，印着 M 记字母的包装纸还裹得完完整整的。

“咬了一口之后，汉堡只受了点皮外伤？”沈衍舟在旁边幽幽地说道。

蒋唱晚索性将汉堡装回袋子里，偏了偏身体，往他旁边靠，正色道：“我想问，张阿姨这种情况，那你们家……现在都是你在负责吗？”

她问得很委婉。

其实她是想问他家庭的情况。比如他父亲呢？爷爷奶奶，或者是外公外婆呢？

尽管老年人上了年纪，但在艰难时刻总是可以提供一些帮助的，何至于要让沈衍舟一个十几岁的少年，既要自己学习，又要外出兼职，还要照管家里生病的大人呢？

但人和人之间的界限在，树立起的边界感横亘在两个人中间，混着医院的消毒水气味，让她不知道该不该踏出这一步。

所以她一直犹豫着没有问出口。

沈衍舟偏头看了她一会儿，不太在意似的垂下眼，轻声平淡地解开了她的困惑。

“我父母在我刚出生的时候就离婚了，我从小是跟我妈妈一起长大的。”

“……啊，这样啊。”蒋唱晚张了张嘴，捏着薯条，一时不知道怎么接。

谈到家庭，大家好像都会变得拘谨而生疏。

其实单亲家庭在现在也并不稀奇。

蒋唱晚记得她小时候，在影视作品或者是别的什么能获取信息的渠道里，总是会铺天盖地地向她输出一个讯息：单亲家庭很可怜。

父母离异，家庭里只有爸爸或者只有妈妈的人，很可怜。

可是长到现在，有了独立思考的能力与想法，她想问，可怜在哪里？

能托举孩子健康、幸福、平安成长的，从来都不是所谓的“父母仍在维系的婚姻”“名义上的父亲与母亲”，还有所谓普世意义上的一家三口，而是爱。

就像哈利·波特在第一学年从地下七层房间里死里逃生，在校医院的床上醒来，向已经年迈的老校长提出问题后，得到的回答一样。

邓布利多的目光从镜片后投射出来，晃了晃花白的胡子，安静而绵长地告诉他。

“哈利，爱。

“是爱。”

就算父母已经逝去，依旧可以在无数的幻影、在无数的回忆中向他提供爱意，在黑影横行的禁林里为他灌注向前的勇气。

这一切都是爱的作用，而非所谓“父母”这一名头的作用。

“可我觉得，张阿姨看起来就是那种很善良、很温柔、对人很好的母亲。她一定已经给予你全部的爱了。”

蒋唱晚无意识地用薯条沾着番茄酱，碎碎念念，咕咕哝哝，声音含糊而轻小，却也足够让身边的人听清她在说什么。

短暂地顿了一秒之后，心脏像一团被水浸透的海绵，缓慢地舒展着，沉甸甸而又湿漉漉的。

沈衍舟看了她许久，搭在腿上的指尖蜷了蜷，移开视线，盯着走廊对面的栏杆，轻轻“嗯”了一声。

“我也觉得。”他说，“她已经做得很好了。”

时间仿佛停滞几秒，空气安静一瞬。

沉默片刻后，蒋唱晚又盯着阳光从窗外落进来的影子，捏着一根薯条，偏头看他，认真地补充道：

“我觉得你也做得很好了。

“她一定肯定，会为你感到骄傲的。”

声音很轻很轻地落在空气里，却又仿佛一只无形的手，敲打在心脏正中的一架钢琴上。

黑白琴键下压回弹，演奏出一声声只有彼此能够听见的音乐。

心脏“怦怦”直跳，像要在胸腔内砸出一个大坑，既奇妙又酸软。

话音落下两秒钟，两个人双双偏头，视线在空中相接。

阳光从身后的窗户洒进走廊，落在两个人的身上。他们并肩坐着，距离太近，甚至可以看清阳光下空气里飞舞的细小尘埃，还有对方脸上的细小绒毛。

瞳孔清澈，在阳光下互相映出对方的模样。

模糊，安静，只有一个小小的人影，甚至还因为瞳孔本身的构造，而有些失真的模样。

可是好真实。

像是世界上最最真实的镜子，可以一眼望进彼此的心里，轻而易举地将心事一览无余。

从前蒋唱晚在网络上看到过一句话，大概是说，爱人的眼睛是第八大洋。

彼时她没什么感觉，只是觉得有些微的触动，停顿一秒后就飞速滑过去，任自己沉浸在纷繁复杂的网络世界里，直到现在才有切实的体会。

但她不太赞同。

在十六岁的蒋唱晚看来，她觉得，沈衍舟的眼睛是一面世界上最有魔力的镜子。

甚至远比童话故事里能回答王后、公主问题的魔镜，霍格沃茨传闻里的厄里斯魔镜还要神奇。

他们透过对方的眼睛，可以清晰地看清彼此。

正如哈萨克语里那句隐晦的：“我清楚地看见你。”

暑假来时好像漫长而不会结束，两个月的假期像是高中生一年中最鲜活、最轻松的时刻，收尾时却也显得格外匆匆。

对于程姗姗和季程，暑假的收尾意味着房间里通宵不灭的台灯，忙碌到快要冒火的笔尖，还有纷纷叠叠的纸面。

对于沈衍舟，假期的结束意味着他不用再往返于医院和家庭，两点一线地照顾病人，并在病房里寻得安静的时刻，为他的学生录制相关的课程，并远程批改作业。

对于蒋唱晚来说，八月底的来临意味着，又是一年夏天的结束。

她其实在一年四季中最喜欢夏天。

虽然程姗姗和孟女士都觉得她是“叶公好龙”式的喜欢，整日躲在空调房里，出门要涂防晒霜和打伞，还会因为出汗而感到黏腻低声抱怨的喜欢，但她确实喜欢。

喜欢夏天蓬勃的朝气，最早最早时就从窗帘中倾泻而下的晨光，喜欢一年之中最长最长的白昼。

太阳大部分的光亮都落在北半球，白昼长得好像日子永远也不会结束，忙碌于自己想做的事情，七八点踩着低温的尾巴看日落，那是一天中最快乐的时候。

尽管她实在很忙。

最后半个月里，她几乎忙得脚不沾地，把相机存储卡里海量的视频素材都拉出来看了一遍，然后报了个线上的班，学习编导和剪辑，偶尔还会在剪辑中觉得这块没拍好，于是赶快背着相机出门补拍的情况。

和沈衍舟也见得很少。

张阿姨在住院，他没办法出远门，跟孟女士道了歉，说之前说好的课程没办法上完，很抱歉，后期的课程他会用远程录制的方式给蒋唱晚讲完，并且不再收取这部分的费用。

孟女士心疼坏了，说什么也不许他不收费，说网课也是课，只要上了就应该得到报酬，还是坚持给了他。

蒋唱晚把他录制的那些课程好好地看完，还认真地完成那些他布置下的作业，将时间的每一点缝隙都填满。

那是一种很奇怪的感觉。

她从前向来是散漫度日的人，学习，随便学一学，喜欢的事情偶尔做一做，大多数时候是一边看韩剧和综艺，一边跟别人聊天，在聊天中或者朋友圈里刷到同龄人又做成了什么事，获了什么奖，投入了某一个新的领域，学会或者参与了一项新的极限运动，艳羡一瞬，然后又压下。

好像那些情绪从未出现过，那些想要在某个地方拼尽全力的冲动也从来没有在她心上留下痕迹一般。

但其实不是的。

她其实也很清晰地知道，她是想要做成一些自己想做的事的。

只是囿于懒惰，或者是自我劝解，通过告诉自己“太麻烦了”“你不太会”“你没有天赋”“还没有准备好”“万一失败了怎么办”，诸如此类的种种言论，以达到心安理得后退的效果。

可是那些是不太应该的。

人生不过三万天，想做什么就去做，她有太多可以用来试错的成本。

她付得起。

世界是一个巨大的游乐场，所有人都是项目里上上下下的乘客，在某一趟旅程中短暂地并肩，然后在某个自然的时刻说再见。

要不要玩项目，玩哪一个项目，这些都是她自己决定的。

她可以不玩，可以决定稍后再玩，但她不想骗自己。

不想站在检票处和栅栏外，看着那些人或欢快或难过，或大喊或尖叫，被猛烈的情绪冲击，眼中和心里都流露出艳羡和渴望，但因为害怕未知的后果，而逼着自己转身离开，还告诉自己：我不想玩。

她想。

她很想。

或成功，或失败，她都想。

而现在，她也正在踏入检票处。

暑假快要结束的最后一天，蒋唱晚终于加班加点完成了她人生中的第一个作品。

一个从想法、拍摄、素材和剪辑，都由她完成的作品。

说是独属于她一个人的小宇宙也不为过。

那时候快要日落，粉紫色的晚霞在窗外蔓延开来，她就着霞光，握着鼠标，点开那个“导出”键。

弹窗蹦出来，进度条一点一点往后拉，缓慢，但切实在动，像是她这一路走来的过程。

也许焦虑，也许忐忑，也许有挫折，但她还是走到了这里。

她安静地看着进度条从“0%”一路缓慢到达“100%”，屏幕上蹦出那个大大的“导出成功”时，心情仿佛和弹出的绿色标识一起落地，长长地舒了口气。

还没来得及有什么多的反应，就听见孟女士在楼下大喊她的名字：“蒋唱晚！”

“干吗！”蒋唱晚也大喊回应。

“小沈老师来了！”

张着的嘴突然停顿了一秒，蒋唱晚顿在原地反应了几秒钟，然后迅速伸手把电脑盖上，扬起眉毛，快速跑下楼。

孟女士正在客厅跟他说话，招呼询问他的近况，两个人你一言我一语，回荡在安静的空气里。

蒋唱晚扒着楼梯，踮起脚尖探出头，往楼下看了好几眼。

许久未见的少年侧身对着她，站在客厅里。

今天暴雨降温，外面很冷，他没有穿平日里的衬衫，而是穿了件黑色的牛仔外套，宽松挺阔，身姿颀长地站在那里。

侧脸清隽，鼻梁高挺，神情平静，一如往日。

恍若隔日的往日。

“哎呀，跑什么跑你，头发都飞起来了，小心摔了……”孟女士就是看不惯她咋咋呼呼的样子，一边看她冲过来，一边数落着，伸手去拦她。

蒋唱晚一股脑儿地冲过来，像一颗盛夏夜晚里放出的小炮筒，到了目的地便急刹停下，急匆匆地停在少年身前，像撞进了另一个人所有的领域。

她眼睛亮晶晶地弯起，抬眸喊他：“沈衍舟。”

少年默了一瞬，垂眼看她：“嗯。”

好久没见了呀。

有半个月了吗？

虽然蒋唱晚在这期间一直都在听他讲的课，透过屏幕看见他的局部，听见他的声音，也抽空去医院看过张阿姨，但总觉得好久没见了。

那些一起坐在书桌前，或正经或插科打诨，一起并肩走在夏日傍晚时的日子，好像一下都变得好遥远。

蒋唱晚站在原地，头发因为飞奔而略有些乱，眼睛亮得超过夏夜的银河，一眨不眨地望着他。

她其实有很多想跟他讲的。

她想问今天怎么忽然过来了，张阿姨最近好点了吗，出院了吗，你轻松点了吗。

还想说我的作品完成了，每一个部分我都非常喜欢，谢谢你当时坐在长椅上跟我讲的话，也谢谢你愿意出镜，愿意一起坐进我第一次行驶的潜水艇里。

还想说你想看看我的作品吗？我因为你而做了一些改动，和原来给你看的那个版本不太一样了，但我觉得你也会喜欢这个改动的。

好多好多。

多到蒋唱晚站在这里，站在他面前，看着他的眼睛，才突然惊觉，原来她这段时间真的攒了很多很多话想要跟他讲。

但最后她什么也没有说出口，胸腔内的千言万语像涌动的蝴蝶，从喉咙口扑出，只化成了一句。

“……沈衍舟。”她又喊了他一遍。

少年看着她，神情也很平静，眼尾带了点笑，不知道是出于看她这副模样，还是什么别的情绪，拖着尾音又应道：“嗯。”

他没有讲话，但是她能从他带笑的眼睛里看到一些心照不宣的东西，还有那点促狭，好像在问她。

一段时间没见，连小沈老师都不叫了？

孟女士的视线在他们中间流转，对他们这种无缘无故、没有内容、反复叫名字的行为感到很不理解，皱起眉，小声骂了句神经病。

“小沈老师是来给你送改完的作业的，顺便跟你道个别啊。好好珍惜吧，啊。”

孟女士说完就走回去看电视了，给他们俩留了个独处的时间。

“道别？”蒋唱晚蒙了两秒之后，快速地捕捉到了这个关键词，“道什么别？”

“明天就开学了啊，你们这课程就结束了呀，就各回各家了。”孟女士边嗑瓜子儿，边莫名其妙地扭头看她。

“咋了？不想结束啊？当时不是宁愿摔屁股墩儿也不愿意上课吗，这会儿又愿意了？我看你一天就是装的……”

“……哎呀。”蒋唱晚嫌她碎碎念着烦，拽着沈衍舟的袖子就往楼上走，在孟女士小声骂她毛病的声音里，“砰”一声，关上了房门。

沈衍舟倒是没什么反应，一路任她拉着，坐在小沙发上，看她关上房门，又风风火火地冲过来。

“你最近怎么样呀？张阿姨好点了吗？”

“好了。”他答，“昨天出院了，活蹦乱跳的，还说着让你开学后有空再来一次呢。”

“那就好。”蒋唱晚松了口气，盘腿坐在地毯上，有点纳闷，“开学了就真的不一定有时间呀，我们黑心学校的周末是要补课的，还不知道具体怎么安排呢……”

沈衍舟顿了一瞬，有那么一秒钟，让人觉得他似乎有什么话想说。

“真的！我不知道你们学校怎么样，但我们学校真的很过分！我觉得教务处还有年级主任全都是一群草台班子，一天想一出是一出，一会儿要全年级补课了，一会儿要全年级留下晚自习了，真的特别特别讨厌……”

她碎碎念的时候，沈衍舟就欲言又止，懒懒地垂睫，靠回沙发椅背上，复又抬眼，看她生动地吐苦水。

“……哦，你刚刚是不是有什么话想说来着？”蒋唱晚好不容易说完，回头问他。

沈衍舟指尖在膝盖上点了点，神色自若：“没有。”

“哦。”蒋唱晚点了点头，没当回事，视线落到他拎着的东西上，好奇道，“这是什么？”

一本笔记本。纯黑色，外壳坚实而有质感，有点厚，一看就能知道大概是出于谁的手笔。

蒋唱晚接过，有些诧异，又有些狐疑地打量了他几眼，才缓慢地翻开，然后缓慢地变了神情，重新抬头看他，眼里全是惊异。

很厚的一本笔记，厚度却不是来自它本身，而是来自内容的厚重。

沈衍舟把她整个暑假的错题，都按知识点分类，剪贴在上面了。

正面是题干，干干净净的重印版本，让她有重做一遍的机会，后面是当初修改过的版本，红笔和黑笔的印记交错，把错的思路画出来，提醒她正确的做法应该是什么。

每一页每一页，都如此。

要知道，蒋唱晚这人，刚开始的学习态度实在不算认真，一张卷子三十五道题，她能错二十五道的那种，可见这本笔记的工程量有多巨大。

而这份礼物，又有多厚重。

蒋唱晚翻着那本笔记，难得地一时语塞，不知道说什么。

沈衍舟看了她一会儿，懒洋洋开口："别感动哭了啊。

"也别因为要重做而气哭。"

蒋唱晚："……什么毛病。"

她小声骂了一句，把笔记本合上，抱在怀里，眼神东瞟西瞟，一会儿看向书桌，一会儿看向地毯一角，不甚明显而又含混地说了句："谢谢啊。"

"什么？"沈衍舟挑眉，"没听清。"

"……没什么！"蒋唱晚才不上他的当，恶狠狠地瞪了他一眼。

两个人的视线在空中相接，或恼或笑，对视几秒后，又双双移开眼睛。

"欸。"蒋唱晚忽然想到什么，抬起头来，眨了眨眼睛，"那我们以后是不是，很难再见到了？"

蒋唱晚一直都觉得这场相遇很神奇。

大家的成长轨迹如此不同，既不是同一个地方长大的，也不是亲朋好友，硬生生被一场家教绑在一起，有了交集和联结。

但就像午夜十二点的钟声，仙女教母的魔法会失效，南瓜马车、华丽礼服裙与水晶鞋通通会消失，这场交集也会随着夏天的结束而消散，回归到两条平行线的状态。

沈衍舟的手臂垂在身侧，指侧稍微动了一动，看着她，一时没有说话。

但蒋唱晚好像也并没有想要他回答，只是肩膀略微向下垮，叹了口气："……唉。"

虽然暑假的结尾也并没有天天见面，也并没有老是接触，但某一个特定的日期，就是有其特殊的意义。

就像那种对新年无感的人，在倒计时来临时，可能也还是会对新的一年充满期许。暑假的结束，对蒋唱晚来说，就是一种实质上的结束。

她以后很难再跟沈衍舟见面了。

不知道为什么，想到这一点，突然心里有些闷胀的难过。

像一块巨大的石头从天而降，把刚才她飞奔下楼，在楼梯间探头看见他时升起的那些彩色泡泡，全戳破，压得稀碎，只剩下一地的泡沫水。

但好在蒋唱晚本身不是那种很爱伤感的人，她有自己调节情绪的办法，很快就扬了扬眉，吐出一口长长的气。

"没关系！"她边说边点头，也不知道在劝谁，"天下没有不散的筵席，有缘的人就是会再相见的。"

"说不定我哪天坐公交车、买菜、救小猫，或者看别人打麻将的时候，又碰到了呢？”

沈衍舟张了张嘴，有些无言：“……我一个字还没说，你就已经完成了一整套自我安慰的流程，是吧？”

“那我就是情绪来得快也去得快，我有什么办法。”蒋唱晚摆了摆手，“我就是这样一个，照耀人间的小太阳啊！”

沈衍舟唇线抿紧一瞬，似乎忍了又忍，最后什么都没有说，转开视线，移向别的话题。

短暂做客后，沈衍舟起身准备回家，跟孟女士打了招呼，在她依依不舍而又难过的碎碎念里出门。

这回蒋唱晚没有让她吩咐，非常自觉地拿了钥匙出门，跟了出去。

天色堪堪擦黑，日落这场伟大的活动正进行到尾声，尚有最后的余韵挂在天边，两个人不近不远地并着肩，慢悠悠地走在南山的道上。

人越到分别，好像越觉得没有什么想说的话。

又或者是，想说的话太多，一时不知从何提起，脑海里纷纷而过从前种种，索性想要留到下一次见面。

期望还有下一次见面。

所以最后蒋唱晚也只是站在站台下，偏头，微微抬睫看他：“沈衍舟，你没能看到我的作品，实在太遗憾了。

“我的作品简直好到惊天地泣鬼神，一放出来就会全票通过获得一等奖，并央求着让我下学期当社长的那种。”

沈衍舟：“……哦。”

“‘哦’？”她瞪大眼睛，不可置信道，“你就这么对我的作品？啊？

“我给你说，你看不到你真的亏大了，但是等我拿了奖之后，我会把奖状和奖品拿给你看的，你也不用太遗憾。

“能成为这样完美作品的一部分，是你的荣幸，知道吗？”

蓝色的夏夜里，沈衍舟散漫站在公交站台下，后颈微微活动了一下，偏头看她。

少女站在两步远的地方，和他并肩，表情灵动地碎碎念，声音有如珍珠砸上玉盘，清脆连贯，像是一场永远也不会结束的日落，永远有光辉洒在身边。

她所到之处，皆是明亮之地。

像夏夜最后的烟火。

“知道了。”他最后这样应道，“我也觉得。”

开学典礼在第二天。

蒋唱晚起了个大早，但在吃早饭的时候趴在桌上睡着了，所以还是迟到了一会儿。

冲进教室的时候，季程正坐在最后一排群发垃圾话短信，边多选一个联系人，边在嘴里念出来。

一时间，全班人的手机都在振动。

程姗姗正跟前桌讨论暑假里大热的韩剧，扫了眼屏幕，直接扭头瞪了他一眼。

在这样一种兵荒马乱、哀号与怒吼齐飞的氛围里，睡蒙圈了的蒋唱晚女士姗姗来迟，顶着脑袋上飞起来的呆毛，窜到倒数第二排坐下。

一阵手忙脚乱过后，班主任走进来。

他们班是理科班，班主任是数学老师，叫高士山，四十来岁的年纪，头却已经全秃掉了。

他在讲台上站定，徐徐清了下嗓，缓缓环顾四周，强行用班主任死一般的凝视的威压，才将全班的氛围压下来。

“今天是开学典礼，我就不说太多……”

这是他的开场白。

但这句老生常谈的开头并没有在减少他的啰唆方面起到半点作用，依旧从假期收尾讲到新学期展望，直到指针轮转一圈，这场单方面即兴的演讲还没有结束。

全班人都昏昏欲睡，直到广播里通知各班同学到操场上参加开学典礼才停止。

程姗姗和蒋唱晚慢吞吞收拾着东西，拎着椅子到操场的时候，前排已经被坐满了，于是只好在最后一排坐下，倒是方便了她们交头接耳。

程姗姗照例巡视一圈，像个国王一样评判每个人的变化，视线落到隔壁班一个身影的时候，忽然一顿，咋舌道：“妈呀。”

蒋唱晚埋着头检查自己的 U 盘，随口一问：“咋了？”

“张心怡。”程姗姗指了指隔壁班那个匀称纤细的身影，都挪不开眼，真情实感地感叹道，“又漂亮了。”

蒋唱晚闻言，也抬起头去看。

不止她们俩，几乎所有人的视线路过她，都会下意识停顿两秒。

每个人的学校里应该都有过那种白月光一样的女孩存在。

长得漂亮，样样优秀，温柔安静，性格好，现在她光是坐在那里，脊背笔直，马尾随风晃动，露出干净白皙的侧脸，就足够很多人为她停顿。

“……怎么长的，这么漂亮。”程姗姗一边看，一边情不自禁地把背挺直，把随便伸出去的脚收回来，坐端正了，俨然一副受到激励和鼓舞的模样。

蒋唱晚只是瞥了几眼，就收回了视线，接着检查身上带的东西：“赌五块钱。”

程姗姗：“什么？”

“你这个姿势坚持不到五分钟。”

“我赌十块！”季程耳朵可灵，回身探着身子挥手示意，神情兴奋而又笃定，仿佛这十块钱已经是他的囊中之物。

开学典礼在上午结束，交完作业之后，接着就是各类社团和比赛揭示活动。

蒋唱晚坐在编导社团的专用教室里，看着多媒体大屏幕上的“第十一届C市一中编导作品大赛”几个字，难得地手心冒汗。

一中是市里最好的学校，年年资金和资助都不少，财政实力雄厚，基础设施完备，每个社团都有专用的教室，还会根据社团每学期的资金申报采购专属的器材。

其中编导社团的教室是配置最豪华的。

几乎是学校大礼堂的等比缩小版，窗户大而明亮，透出九月下午的绿意；上锁的柜子里陈列着社团专用的设备，相机、三脚架、反光板等一系列专用仪器，一应俱全；一排一排的软椅座位次第往上，直到最后。

教室正前方，巨大的屏幕上正显示着本次所有参赛选手作品的梗概，西装革履和身着晚礼服裙的主持人在一旁喝水和调整话筒，随时准备开始。

许是到了教学楼前广场上张贴的海报上的时间点，许多凑热闹的新生学弟妹慕名而来，吵吵嚷嚷、嘀嘀咕咕地在座位上落座，小小的议论声传进蒋唱晚耳朵里。

“啊，张心怡学姐！她也参加了这个比赛吗？我好喜欢她，她刚刚还在开学典礼上演讲呢！”

“观众有票吗？有的话我想投给张心怡学姐，作品好不好另说，主要是这种人的人格魅力太强了，好喜欢……”

蒋唱晚本来就有点紧张，被周遭叽叽喳喳的议论声一吵，脑子里的东西更乱了，心里七上八下的，索性都想出去透透气，好在身边的空座蓦然有人坐下。

程姗姗跑得气喘吁吁，一边大喘气，一边把手上的小袋子扔在桌面上，累得不行的模样。

是她最喜欢的巧克力。

“这个粉色的新款，说是可以缓解焦虑，也不知道是不是真的，反正我都买了，你尝尝……”

程姗姗一边说，一边利落地拆开了锡纸包装袋，粗暴而又利落地往她嘴里塞。

季程也从旁边递过来一根棒棒糖，蒋唱晚被迫成为夹在两个人中间的人，被迫承受许多投喂。

嘴里巧克力的甜味还未散去，季程和程姗姗还在两旁逗她，那点让人提心吊胆的忐忑和胡思乱想都尽数褪去，化作普通而平常的瞬间。

好像他们并不是正在一个比赛开始前的现场，不是在等待一个整个暑假的努力是否真实有意义的结果，只是在夏日南山二楼房间的地毯上，或看韩剧或看漫画，时不时凑在一起，讲两句无关紧要的小话，然后一起捧着肚子大笑。

纱质的窗帘透出盛夏绚烂光影，切好的西瓜摆在白瓷盘里，空调吹出徐徐凉风。

……这幅几乎成定格的美好画面里，还有一个人。

穿白衬衫的少年半靠在窗台旁，袖口挽到手肘上，从试卷上抬眼，偏头瞥来一眼。

琥珀色的瞳孔在阳光下清浅地发着光，侧脸被镀上一层浅金。

好像记忆里永远也不会褪色，永远鲜活的一幕。

“喂，喂——”

试音声从教室两旁的音响中传来，打断她的思绪。

几声试探后，主持人握着话筒，正式登上舞台。

“欢迎各位来到C市一中一年一度的编导作品大赛暨社团选举换新

活动。

“值此金秋九月，丹桂飘香，我们不仅迎来了新学年的开始，更迎来了万众瞩目的编导作品大赛。通过初赛的十八位选手的作品都已经筹备完成，将在今天一一向大家展示……”

…………

一段简单而又惯例的开场白后，主持人一一介绍了坐在第一排的评委，而后引入主题。

前言的最后一个字音落下，礼貌的掌声在教室内响起，稀稀拉拉地结束。

而后几秒，头顶白色灯光忽然熄灭。

一片黑暗寂静中，主持人的报幕声在旁侧响起，屏幕也随之缓缓亮起。

“接下来向大家展示一号选手，来自高二五班王子豪同学的作品，《母亲》。”

偌大的教室里坐满了人，连窗帘都被负责维持现场的志愿者拉上，隔绝了室外的嘈杂与午后的阳光，让室内完全暗下来，像是一个学校内的限定电影院。

大屏幕变幻的光影落在人的脸上，将五官模糊成一团绚烂的光影，定格住每一个动作，只留下瞳孔里反射的光芒，像亿万颗同时闪烁的星星。

…………

前五个作品播放完毕后，时间已经过去四十分钟，下课铃声作为中场休息的信号，“电影院”内灯光亮了几小盏，暖色柔和，让大家能看清彼此和出去上洗手间的路。

一时间，议论声纷纷。

而三个人并排着坐的地方却寂静无声。

良久之后，蒋唱晚维持着原本坐着的姿势，略有些僵硬地开口：“我有点慌了。”

声音很平静，没什么波澜，甚至连神情都很浅淡，保持着看向大屏幕的姿势，反而更透露出一种疯感。

“我也有点。”程姗姗保持着用手托腮的姿势，吃了一半的巧克力还在嘴边，一动不动。

“不是？我以为大家都很菜呢？一个两个高中生能拍出些啥啊？怎么都还挺好的啊？

“微电影、纪录片、Vlog 记录，怎么什么类型都有？”

季程显得有点悲痛了，泫然欲泣地捶了捶自己的脑袋：“逆风局怎么打啊，兄弟们？”

蒋唱晚也在想，这些人都这么厉害啊！

就算是一些很普通的主题，类似日渐年迈的亲人，女孩与女孩之间敏感而又细腻的情感，还有出游日记这样的网络化作品，也显得格外有新意。

抛开作品主题不谈，每个故事也都很完整，起承转合饱满，剧情线有意思。

从技术层面而言，也是画面清晰，收音顺畅，配乐合理，剪辑完整，起码她这个半吊子门外汉看不出什么明显缺陷。

这可怎么办啊！

蒋唱晚是真的有点慌了，不断地做深呼吸，直到主持人让大家入座，开始下半场的作品展示。

身后几个学妹从洗手间回来，急切地小跑着，推搡着对方，想要尽快入座：“快快快，别错过了，下一个作品是张心怡学姐的。”

声音灌进耳朵里，蒋唱晚揉了揉脸颊，顺着她们说的方向看去。

前门半开，一道纤细的身影从盛夏光影处踏进来，不疾不徐，身体往后压一点，反手将门带上，隔绝外面的光亮与嘈杂，也隔绝掉落在她脸上的阳光，只留下几盏零落灯光落下的浅影。

上午扎起的马尾已经散下来了，碎发垂落在脸颊两侧，越发显得脸小而五官精致。

此刻她抱着书，略带歉意地向舞台上一鞠躬，似乎是在对自己迟到而感到抱歉，随后躬身快步走向前排座位，脚步很轻，边走边和前排评委老师打招呼，发梢轻晃。

耳边议论声纷纷，直到看到她在前排落座，蒋唱晚才缓慢收回视线。

与此同时，教室里因她出现而引起的嘈杂声响，终于在屏幕亮起的瞬间缓慢停止。

“接下来是来自六号选手，高二一班张心怡同学的作品，《邮差》。”

舒缓而安静的背景音响起之后，暖色的街景画面逐渐变得模糊，骑自行车的身影一闪而过，银铃声倏然作响，画面中间缓慢浮现出几个手写标题字。

《邮差》

导演：张心怡

声音、画面和色调都极富年代感，特意寻找了城市里尚还保存完好的千禧年建筑，调色运用了一种暖色朦胧感，像缓慢揭开的陈旧画卷，清晰和美丽的同时，更带有明显的质感。

故事其实很简单。

不同于前面几位选手作品类型的分类明显，这种偏向画面、情绪的作品，在类型的定义上会更模糊一点。

五分钟的故事，完全围绕着一个送信的人展开。

从略微摇晃的自行车把手向上，仿佛以送信人的视角去看那些交错的小巷与街景。

夏日的白墙落有斑驳的树影，院子里延伸出一棵参天梧桐的枝叶，亭亭如盖，将人笼罩在轻微的阴影里，画面缓缓晃动，扫过年久的瓷砖与墙面，还有家家户户斑驳的木门，摆放在台阶旁，开得昂扬的花草。

这是千禧之交的 C 市。

高楼大厦还未遍布整座城市，鳞次栉比之景仍要许多年后才能望见，男女老少常穿的衣服仍是板型款式简单的上衣与半裤，忙碌一天后的归宿仍是低矮灰白、楼梯间镂空的居民楼，将自行车推进家属院的车库里，而后缓慢地在招呼声中穿行，直到将钥匙插进自家的门里。

许多职业尚未消失。

邮差，送奶工，送报员……

人与人在世界里短暂地交错，擦肩，交换一个眼神、一个神情，或是一两句话，而后去往不同的方向。

忙碌于生活之间，窥得许多人间胜景。

大约三十秒的前景切入之后，教室里的众多观众都安静屏息地坐着，跟随着邮差的视角，敲响了第一扇门。

独居老人收到了来自远方儿女的礼物，连包裹上手写的字都要戴上老花镜一一细看，大包小包的牛奶和补品包裹在厚厚的纸张里。

老人的手轻微颤抖着，一层一层地拆开，仿佛收到了世界上最珍贵的东西。

留守在家的孩子收到了属于生日的记挂，又急切又拘谨地借来剪刀，小心翼翼又万分期盼地拆开，将城市里时兴的礼物对着光反复端详，连眼睛里都在放光。

早已过惯平常生活的中年女人收到一个薄薄的信封，难掩惊讶地招呼丈夫过来，两个人立在院子里，对着女儿寄来的结婚请柬和照片端详，感慨万千。

…………

跟随着那时候的邮差，敲开一扇又一扇的门，短暂地进入一个又一个的家庭，体会属于人世间的悲欢离合。

这个故事实在太连贯，镜头与转场实在太无可挑剔，以至于直到故事结束，屏幕骤然黑下来，蒋唱晚才缓慢地回神，感到刚才犹如在一场梦中。

好的作品就是这样，能让人完全沉浸其中，能让不同年龄阶段、不同经历的人产生同样的共鸣，这尤其珍贵。

恍然一场大梦。

"好厉害啊……我完全忘了这是在看学生的编导作品，感觉像是小时候坐在电视机前的日子。"季程感叹道，"这个立意和表现方式，感觉都有点降维打击了。"

"不过，我怎么觉得她这个视频里的景色有点熟悉呢？"他挠了挠头，很是疑惑，用手肘捅了下蒋唱晚，"感觉在哪儿见过呢？"

蒋唱晚抿着唇，用手轻轻揪着手里的巧克力包装纸，一时没有说话。

"这个故事的初衷是想要致敬小时候看过的公益广告，相信有的同学也能看出这一点。"

舞台上唯一一束灯光下，女孩站在话筒前，轻轻阐述这个作品的灵感来源。

"我们小时候，电视与纸媒还未落寞，还如日中天，一家人会订好每年每个月的报纸，会准时准点在电视机前守着黄金八点档，就连电视节目上轮播的公益广告都如数家珍。

"类似'常回家看看''妈妈，洗脚'，或是将易拉罐扔进垃圾桶里，而后响起的一句'公德比赛，现在开始'，诸如此类。

"这个故事在形式上借鉴了上述几个公益广告，在内容上采用了大家都非常有共鸣的童年时刻，其实并不是为了打亲情牌，或者是别的什么，只是想借这个机会，回顾一下我的童年。

"时代在发展，科技在进步，那些靠徒步跋涉、一字一句纸张传情的日子已经一去不复返，但从前的街巷和温情永远会留在我们的记忆里，留在这个作品里。"

讲完这句之后，教室里掌声雷动，连评委都频频点头，侧身小声谈论，神情似是满意。

张心怡鞠了一躬，惯例开始感谢为这个作品付出过精力的人，有帮忙拍摄的同班同学，有答应出镜的叔叔阿姨，还有举办赛事的组委会。

“你是几号来着？”程姗姗现在才彻底回过神来，揉了揉脸，开始翻组委会发的宣传单，上面有各个参赛选手的顺序，“一，二，三……”

手指顺着宣传单上的名字一路往下滑：“张心怡是六号，蒋唱晚……蒋唱晚……”

与此同时，蒋唱晚也回答她：“七号。”

她是七号，就在张心怡后面。

与此同时，台上的女孩落下最后一句话。

“还要感谢不在这里的沈衍舟同学，是他帮助我寻找到这片合适的取景地，在高楼大厦的城市里，寻到一处关于我们童年的自留地。”

……沈衍舟？

她说谢谢沈衍舟。

因为这句话停住的人不只有她，季程和程姗姗都顿了好几秒，而后对视几眼，有些疑惑地开口：

“她跟小沈老师认识吗？”

“怪不得我觉得眼熟呢！”季程一拍脑袋，“这不就是小沈老师家后面那片街区吗！他当时还带我们逛过，说这里是全C市最后一片没被拆掉的旧街巷建筑。”

思忖半天，程姗姗忽地想起来什么，偏头问她：“欸，晚晚，你知道他俩认识吗？”

蒋唱晚动作一顿。

好半晌后，她抿唇，捏住手上简要准备的稿子，垂眼道：“……不知道。”

“……哦，好吧。”程姗姗看出她情绪有点低落，讪讪地摸了摸鼻子，不再讲话。

倒也不是他们多小气，只是大家一起玩了这么久，蒋唱晚这样的人都为此不分昼夜地努力学习，以此来兑换那个让他出镜的机会了，沈衍舟却一句都没提。

同一个比赛，同一场排名。

沈衍舟是知道她把这个比赛看得多重要的。

他们共同度过了那么多的时光，经历了艳阳和暴雨，穿过了白天和黑夜，在所有的场景里并肩，他真的就一次想说的时候都没有吗？

他是以什么样的身份，成为张心怡那样隆重感谢的对象的呢？

只是提供了场地吗？有没有为她的想法出谋划策？

有没有坐在一起，听她阐述自己的想法，翻阅作品初版脚本，并提出建议？

不知道为什么，一想到记忆里那些和沈衍舟，以及这个作品相关的回忆，可能在他那里并不是独一无二的，可能在别人那里也有同样的回忆，心脏就闷闷地难受。

好半晌后，蒋唱晚垂下眼，尽量不动声色地调整好情绪，轻声道："没事。"

她顿了顿，又开口，似乎是在为这句话找补，又像是在说服别人，或是在说服自己。

"本来也没有认识特别久，人家也没必要事事都告诉我们呀。"

话音落下，程姗姗和季程的神情更诡异了。

神情淡然平静，语调平平，简直知书达理、善解人意得不像蒋唱晚本人了。

神经大条如季程，都看出了她此刻情绪不太对，僵硬地和程姗姗对视一眼，从对方的表情中看出两个字：完了。

两个人犹豫慌张着，互相交换了眼神，从彼此的眼里都看出了大事不妙的预兆，还想说什么，却被主持人报幕的声音打断，只好缓慢地闭上嘴，就此作罢。

作品与作品间隙里短暂亮起的灯光，又缓缓地暗下去。

"接下来请我们欣赏七号选手，高二(9)班，蒋唱晚同学的作品《夏天》。"

…………

画面由模糊变得清晰，街景的梧桐树叶随着夏日清风而摇曳，镜头轻微晃动，切到路人的脸上。

"您觉得夏天对您而言，意味着什么？"

"夏天嘛……以前是要收谷子的，天亮就起来，中午休息一会儿，等到最热的时候过去，就再起来收，一直到太阳落山，才回家休息。现在没得谷子收咯，只能乱逛逛走走。"

"夏天呀，适合睡午觉起来去打麻将呀！我们小区花园里老多人了，石凳子上手搓麻将，一打就是一下午，收场再回去做饭。"

采访对象从一对老年夫妇切换到打扮时髦的女孩。

女孩偏头想了想："夏天这个温度，只适合待在空调房里看剧打游戏。"

"如果硬要说的话，我觉得空调、西瓜和冰块，就是这个季节最具象化的体现。"

"夏天意味着什么……"行色匆匆的打工人抬手扶了扶眼镜，思忖道，"总之不是上班。我要走了，我的午休时间快到了，要回去做老板的奴隶了。"

一阵细碎的笑声后，画面里迎来了最后一位出镜的女孩儿。

"夏天？"

女孩儿穿着一中的校服，将视线从桌面上的书本上移开，偏着头，思忖了两秒钟，接着道："中考、高考、毕业……我们所有关于新阶段开始的事件，好像永远都发生在夏天。

"夏天对我们而言，意味着高温的天气，教室外密不透风的灼热气压，操场外沿树荫留下的一圈轨迹，小卖部里尚还挂着水珠的冰镇饮料，将校服外套顶在头上遮阳飞奔的日子，还有……

"离别与未来。"

女孩儿声音很轻，神色平静，整个人沐浴在午后的阳光下，显得柔和而又朦胧。

轻柔的背景音渐起，窗外艳阳的光圈渐近，直到越来越大，填满整个屏幕，又从中心缩小，蜕变成浓密树荫里的一个光点。

一个完美而流畅的转场。

蒋唱晚曾经在睡前的晚上想象过无数次，当观众和评委看到她的作品时，会是什么样的？

会被这个前切吸引吗？

会被这个故事打动吗？

会不会有那种坐在下面开小差玩手机，最后却抬起头来看完了这个作品的人呢？

他们又是在哪一刻被吸引的呢？

和她大致预判的时间点一致吗？

在一切未发生之前，对未来边边角角的预设和想象都极有意思，让人心生憧憬、期待和忐忑。

然而真正到了这一刻，蒋唱晚才意识到，她根本没有精力在意别人在想什么。

她不在意程姗姗在旁边感叹“原来拍出来的色彩这么漂亮”，不在意季程反复点开手机确认时间想看自己什么时候出场，也不在意身后的学妹还沉浸在上一个作品的余韵中，低声讨论待会儿能不能去要一个张心怡学姐的微信。

她只是坐在那里，脊背因为方才的紧张而轻微挺直，手半握成拳，搭在前面的课桌上，眼一眨也不眨地盯着屏幕。

……这是她的故事。

耗时大半个暑假，从日出到日落，从清晨到深夜，无数次背着器材踩点，盯着取景器反复重来一遍又一遍，在凌晨摸索剪辑软件，剪出无数个废弃版本后，留下来的，最后的，完全属于她的故事。

每一帧画面，每一次转场，每一段配乐，每一次光影的闪动，都出自她手。

此时此刻，她只在意这个。

画面在屏幕上闪烁，变幻的光影落在她脸上，映出鬓边碎发与睫毛颤动的弧度，映出眼底细碎的闪光，还有认真的神情。

…………

故事从五月开始，用远景和近景结合的方式拍摄出了高三生高考前的最后一个月。

气温逐渐升高，窗外的梧桐树越发茂密，在风中簌簌作响，和教室天花板上“吱呀”晃动的风扇声混在一起，又被空调的微微的嗡鸣声盖住。

教室的灯开得越来越早，关得越来越晚。早在早自习铃声响起之前，晨光熹微时，就传来连续不断的背书声，走廊上深夜人影的剪影也越来越拥挤。

黑板上的倒计时被擦掉又重写，新一天的数字会覆盖掉前一天的数字，边缘上没擦干净的笔迹像是时间流逝的证据。

倒计时从“3”开头到“2”开头，又从两位数到个位数，最后停在“1”。

自此之后，犹如梦中。

考场上密不透风的沉闷气压将人完全包裹，座位之间规整而又空前遥远，前后左右全是陌生的面孔。

耳边只有飞速书写的声音，眼前只有整行整行的铅印文字，不知道在什么时候逐渐重新排列组合，变成不认识而又难以理解的模样。

再一眨眼，这场考试就结束了。

十几岁的少年对未来充满期望，或欢呼或蹦跳着冲出学校大门，飞扬的书页从楼上倾泻而下，像漫天的雪花。

一切都像慢镜头，一切都像复古 DV 里遗留下的视频一帧，模糊、缓慢、充满光影和颗粒感，却依旧难以抵挡扑面而来的朝气和生机。

少女背着书包，走在人群的最后。

裙摆在风中荡起，影子被渐斜的骄阳拉长。

忽地，在脚步即将踏出校门的那一刻，她像感受到了什么似的，攥住书包带子，驻足，站定。

少女的目光从前面熙攘的人群背影中停住，然后缓慢移开，偏头，向背后望去。

教学楼安静地伫立在盛夏的骄阳下，绿荫爬满走廊，明亮的窗户玻璃反射出十万个太阳。

教学楼好像是永远不会变的。

数十年，甚至数百年如一日，只是伫立在那里。

改变的总是教室里的少年。

一年又一年，一代又一代，仿佛树木的年轮，一圈又一圈，完成交替的使命。

少女安静地站着，安静地回望着。

她的背后是无数个嬉笑着、玩闹着、奔跑向前的少年，属于青春的朝气在此刻蓬勃到几乎难以忽略的地步。

那时候他们好像还不知道，十八岁之后的人生好像被人按下了快进键。

而后的每一段人生，都像是一个眨眼的瞬间。

而叫住她的，是未来的自己。

而后的人生都匆匆而过。

像大多数人的人生一样，毕业季与朋友去周边城市旅游，几个人挤在同一张床上嬉笑打闹，等到出分，拿到一个中规中矩的分数，家里人一起翻阅报考指南，结合所谓当下的就业趋势，填报了一个自己从来不感兴趣的专业。

大学开学，上课，交作业，写论文，而后毕业，工作。

一切都很普通，很平庸。

直到工作上为领导背了锅，被更高的上司当场开掉，茫然不知许久，百口莫辩。等到会议结束出门时，领导拍拍她的肩，说抱歉了小李，你工作很认真，但是公司最不缺的就是你这种人。

女孩儿愣了许久，最后垂下眼，小声说了句什么，领导没听清，礼节性地询问：“什么？”

“……没事。”她摇摇头，取下工牌，去收拾东西。

只有她自己知道，她那句没被任何人听清的话是：

“我姓张。”

通过毕业校招来到这家公司，迄今为止，两年了，直系领导还不知道她姓张。

失业之后的生活简直像被加上了灰白色的滤镜，房东涨租，本就趋近于无的存款告急。无奈之下，只好收拾起大包小包的东西，回到了家。

一轮一轮无果的面试排满日常生活，相亲消息从所有地方发来。她挤在拥挤的地铁里，盯着手机屏幕看了很久，才抬起眼来。

早晚高峰的地铁车厢是灰色的，原本明亮的灯光被形形色色的人挡住，一层又一层,最后落到人脸上时,已经几乎模糊不可辨,堪堪能照亮疲惫的脸。

耳边只有轰隆隆的地铁飞驰声，一条又一条的隧道将地上和地下的生活分割开来，连记忆里日出和日落的光彩都快要模糊不清。

但她在人与人之间的缝隙中，忽然瞥见一张熟悉的脸。

目光在他身上停顿片刻。

黑色西装外套，双肩包。男生很高，手臂轻松地搭在挂环上，跟旁边死死伸手攥住扶手的女孩形成鲜明对比。

说熟悉，好像也不是特别熟悉。

眉眼跟从前是一样的，只是瞳孔里的光和神色变了许多。

眉眼倦怠，神情疲惫。

漠然，且疲惫。

不同于她记忆里那个总是开朗、瞳孔里有光闪烁的同桌。

七八年后的他，好像再也不说救助受伤的小猫，就算小猫“喵喵”叫着，伸爪来爬他裤腿，他也会径直走开，还要伸手掸一掸被抓皱的西装裤腿。

相似的眉眼，不同的灵魂。

被时间和经历打磨成圆滑世故，没有棱角，三点一线的人与灵魂。

那一瞬间，她站在拥挤的车厢里，好像终于意识到。

世界是灰色的。巨大的灰色。

像一桶被打翻的颜料，从四面八方包裹而来，黏腻浓稠，却又迅速流淌，不放过人生的每一个角落。

唯有十六七岁时未经人事的赤诚与天真，在人生轨迹上竖起一堵难以逾越的高墙，才堪堪幸免于难。

又是一次列车停靠到站，熙攘的人群中，对方好像也看见了她。

对视的那一瞬间，他们好像都不受控制地想起从前。

想起地理课上听老师讲地形地貌，对世界充满憧憬和向往；想起历史课上听老师讲中外古今，对厚重而长远的书卷感到敬畏。

想起早晨的朝阳和放学时的落日，吵吵嚷嚷的人群，上下学途中偶尔碰上的肩膀。

想起午休时偷偷将手指张开一条缝，从缝隙里望见他的脸。

想起装作不经意地转头，却刚好对上的眼。

还有少男少女青涩的脸红。

一切是怎么变成这样的？

从鲜活的，充满朝气的，五彩斑斓的，变成麻木的，灰白的，死气沉沉的。

那一刻，她忽然莫名其妙地想起高二那年写过的一篇作文，题目是给十年后的自己。

她写的是什么呢？

给十年后的自己——

“你的理想还长存吗？”

…………

仿佛一语惊醒梦中人。

正在播放的画面突然静止，车厢里的一切都开始闪烁。

屏幕上出现雪花般的噪点，一闪一闪，局部变黑变白，音响中也传来低低的故障声。

像是一场播放事故，像是电脑的卡顿，又像是某种神秘的回环。

屏幕在众人的茫然中，闪烁几秒后——

突然一切四散，回到最初的原点。

灰白重新变得明亮，光芒再度变得柔和。

一切都重新回到原点。

十七岁依旧是十七岁，夏天依旧是夏天。

像是午休时趴在窗边的桌子上，做了一场冗长沉闷的梦。

好在还能醒来。

好在醒来，身边的人还是那个人，夏天还是那个夏天。

画面停留在那一帧，学校课桌前，摊开的试卷上，少女穿着校服，逆着光，望着窗外的绿荫很久，才缓慢地偏过头来，垂着眼，一字一句地写下：

致十年后的自己——
你的理想还长存吗？
有没有做成自己想做的事？有没有变成自己想要的样子？
我们不要被世俗裹挟，不要变成无聊的大人。
人的一生能感受无数个夏天。
而当下，就是最好的夏天。
…………

画面渐渐暗下去，放映室里重归寂静。

灯还没开，像是谢幕后还未来得及开灯的电影院，人人都在座位上坐着，目光还盯着屏幕，没有动弹。

没有一个人说话。

叽叽喳喳的学妹，心不在焉的评委，站在旁边候场的主持人。

大家都没有讲话，像是还沉浸在方才的氛围当中。

包括程姗姗和季程。这是他们第一次看到成片。

虽然参与了拍摄的绝大多数过程，知道这个故事大体是怎么样的，但是还是会为此感到震惊。

作品的雏形和作品的最终呈现，是有极大区别的。

这个故事的剪辑方式、呈现方式、剧情和立意，都无可挑剔。

完整的故事，出其不意的走向，引起共鸣的表达，回环的结尾。

没有一个人不被打动。

像是羽毛轻飘飘地拂过心脏，只留下触感明显的痒，又像是巨石碾过喉咙口，沉闷得无法开口，只能诧异又茫然地张开嘴。

寂静的沉默里，舞台上的灯光突然打开了。

昏黄的灯光照在少女身上。

蒋唱晚难得心中忐忑，抿着唇，伸指将麦克风往前调了调。

“大家好，我是蒋唱晚，是这部影片的创作者。”

“故事的灵感来源于我一位朋友，”她顿了顿，眼睛终于适应台下的漆黑，寻到那位学姐的脸时，忽然纠正了一下。

“准确地说，是我哥的朋友。

“她非常优秀，已经优秀到了那种让人望而生畏的‘别人家的孩子’的地步。

“然而我与她相识之后，忽然发现，原来这样的人，也是会有烦恼的。

“后来我想，这个世界上，好像没有人是完全没有烦恼的。

“学校是一个小小的社会，充满了各色各样的人。成绩不那么好的同学会因为起伏不定的分数和排名烦恼，看起来开朗活泼的人也会因为人际关系而烦恼，甚至大家喜欢又崇拜的‘学长学姐’，也会有各种各样的烦恼。

“这都是非常正常的，不必太过焦虑，以至于错过把握当下。”

“通过这部影片，我想表达的是，”蒋唱晚顿了顿，神情难得认真，毫不怯场，视线依次扫过台下每一个人的脸，一字一句道：

“未来不可控，且无法预测，我们没有必要为几年后、几天后，甚至两小时后会发生的事情担忧，好好把握当下，做自己真正想做的事情。

“好好把握人生中的每一个夏天。

“那么每一个夏天，都会成为我们记忆里，最好的夏天。

“——谢谢大家。”

沉寂几秒后，放映室里响起掌声，从点连成片，由稀稀拉拉惊醒梦中人，变成浩瀚磅礴的一片，在小小的放映室里回荡，经久不息。

还有迟来的讨论和感叹。

“这个作品实在太好了……我到现在都还没缓过神来……”

“她最后卡了一下，忽然回到从前的时候，我鸡皮疙瘩都要起来了……”

“我也是，而且我总是憧憬未来，焦虑这儿焦虑那儿，从来没觉得应该把握和能把握的，永远只有当下……”

“这个故事实在太棒了，剪辑、配乐、画面，包括里面的角色，都太好太好了，一点也不生涩，这个学姐真的太厉害了，我待会儿想去跟她讲两句话……”

“我也想去，我也想去！”

季程拍着胸膛得意地道：“这是我参与拍的，知道不？知道我演的谁吗？都看出来了吗？”

坐在前面的学妹看了他一会儿，蹙着眉疑惑道：“女主角的爸爸吗？”

程姗姗顿时“扑哧”一声就笑出来了，桌子拍得震天响。

季程怒：“是面试官啊，面试官！虽然也不是啥好角色，但也不能这样侮辱我吧？”

"不好意思啊，学长，我们只记得同桌了。"

"好帅啊，演同桌的那个男生！穿校服也帅，穿西装也帅，天啊……"

在如潮水般的掌声和嘈杂的议论声中，蒋唱晚垂下眼，缓慢地走下台。

她辛苦拍摄、努力制作的作品能被人喜欢，她很开心。

但是……不知道为什么，她忽然感到心里有些空落落的。

下台时要经过前门，夏末午后的光芒从门缝下漏进来，留出一道光痕。

蒋唱晚盯着那道光痕，有点莫名地想。

如果硬要说还有什么遗憾的话……那大概是，她还有一个想要一起分享的人不在这里。

明明那个人贡献了许多的时间和场地，在过程中陪伴和鼓励了她很多，在这种最终的时刻，却不能跟他分享。

像是一场漫长的马拉松，有一个人在你身旁陪伴了大半程，却在最后冲刺时缺席。

这实在是一种，让人无法忽略的遗憾。

这个念头飘过大脑两秒，就像是一声警钟，骤然将人拉回实地上，身体和心脏却依旧很沉。

蒋唱晚长长地呼出一口气，轻轻晃晃脑袋，企图把这个念头从脑海中赶出去。垂眼继续往下走时，地面上那道明亮的光痕却突然被挡住了。

晃动的人影由远及近，不偏不倚，正好停在光痕中间，也恰好停在她身前。

蒋唱晚正茫然间，听见熟悉的声音在头顶响起。

很轻，带着轻微的戏谑，还有不易察觉的赞扬。

"好难得，你有一次没说错。"

声音落入耳道，延迟两秒，大脑才缓慢地处理和理解，然后心脏突然漏了一拍。

"……什么？"

蒋唱晚抬起眼，在昏暗的放映室内，在嘈杂的声响中，瞥见少年影绰朦胧的身影。

熟悉的白衬衫，熟悉的宽肩与修长的脖颈线条，发丝微微凌乱，像是刚赶来不久，却意外地将人衬得更加生动和具体，鲜活无比。

少年背着光，垂眼看着她。

身影和轮廓都很暗，唯有一双眼睛亮得清晰。

"那天分别时，你说的话没有错。"

沈衍舟眼尾带了点笑，眸光落在她眼里，一字一句，低声道：

“如果我看不到的话，的确会很遗憾的。”

但是蒋唱晚的大脑仿似宕机，一句简单明了的话都要耗费很长很长的时间来处理。

那一瞬间，她满脑子都是雀跃和不可思议。

……上天啊上天。

她刚刚想念的人，此时此刻，竟然真的出现在这里。

蒋唱晚刚想开口说什么，又被另一批涌上前来表白的学妹遏制住了，只好闭嘴。

不过沈衍舟那边儿也没闲着。

估计是看她在忙，少年识趣地没有打扰，站到一旁等待。

没过一会儿，张心怡从教室出来，从另一侧走过来，走到他身边，说了句什么，于是两个人开始有一搭没一搭地聊起天来，看起来很是熟稔。

蒋唱晚一边回答学妹们的问题，一边眼睛也没闲着，控制不住似的，时不时往那边瞥。

人多的地方，八卦是不会停的。

“咦，那个男生不就是刚刚那个七号影片里的男主角吗？就是穿校服、穿西装都很帅的那个同桌？”

“跟张心怡学姐站在一起，好像还很熟的样子……是我的错觉吗，感觉好配啊！”

“嗑到了嗑到了……”

“学妹。”蒋唱晚把手机收回来，没想到自己竟然也有语重心长说出这句话的一天，“多好好学习，少嗑点 CP。”

不知道聊到什么，张心怡向蒋唱晚这边看过来一眼，还带着笑，正好撞上蒋唱晚做贼般偷窥的眼神。

蒋唱晚反应不够快，还没来得及收回，对面就笑盈盈地跟她打了个招呼。

于是她也只好略显僵硬地笑着，伸出手挥了挥，期间还不小心给了站在她身后的季程一肘子，痛得他龇牙咧嘴的。

“……别挥了。”程姗姗目睹这一切，叹气道，“你现在看着像一只把假笑焊在脸上的招财猫。”

等到张心怡转身离开，蒋唱晚脸上的笑也迅速收敛起来，动作之快速，变脸之明显，神情之冷淡，仿佛从来没有笑过一般。

沈衍舟："……谁惹你了？"

"没人。"蒋唱晚说。

她没看他，垂着头收拾东西，把书包拉链拉上，背在背后，作势马上就要走，大有一眼也不会看他的架势。

沈衍舟更疑惑了。他很轻地挑起半边眉毛，视线落在她身后的两个人身上，神情探究。

"咳……"季程摸摸鼻子，迅速移开视线，咳了两声，准备装哑巴。

四个人里三个哑巴，程姗姗没辙，只能拽着书包带子隐晦地提示道："咳咳……远在天边，近在眼前啊……"

说完她就拽着季程的校服后领往外走，丝毫不管身后人差点被她拉着摔了个大马趴："我忽然想起我还有作业没补完，小沈老师，我先走了啊！"

"不是，你有作业没补完，你拽着我干吗啊你……哎哟放手，疼疼疼！"

两个人吵吵嚷嚷地走远了。走廊上人来人往，人流四散，流动的人影里，只剩下两个人静止着站在原地。

"怎么了？"沈衍舟很轻地挑了挑眉，手肘向旁侧搭在走廊栏杆上，身体略微散漫地一歪，是一个向她靠近的姿势。

声音也越来越近，越来越轻。

电流般响在耳边。

"我又哪里惹到你了，蒋大小姐？"

说话间带起的风吹过耳边，很轻的痒。

蒋唱晚没说话，呼吸几不可察地停了停，握着书包拉链的手指紧了紧，不动声色地拉开了一点距离，盯着走廊瓷砖看了一会儿，才开口问道："你怎么在这里？"

沈衍舟垂眼看着她，思考两秒，似是在想要怎么说起这件事，半晌才答道："我……"

"哎呀这不重要！"蒋唱晚比他没耐心多了，磨蹭了这几秒都受不了，直接打断他，抬起眼看他，直白地问：

"你是不是来看我的？"

沈衍舟："……你能有点耐心吗？我还没说完呢。"

"哎呀废话少说！"蒋唱晚单手叉着腰，气势汹汹的样子，"你就说是不是就行了！"

沈衍舟盯了她几秒，似乎是对她那句“废话”颇有不同见解，若有所指地道：“你待会儿可别后悔啊。”

“我有什么好后悔的？”蒋唱晚觉得他莫名其妙，双手重重叉腰，眼睛瞪得像个铜铃，满脸都写着“你倒是快说啊”！

沈衍舟顿了两秒，很轻地挑了挑眉，最后有点无奈地叹了口气，妥协似的道：

“是啊。

“不来看你，那来看谁？”

他脖颈半垂，身体往后仰了仰，整个人重心靠在后面，盯着她：“不然我出演了那么久的角色，不是白努力了？”

神情平静淡然，声音也轻，只是尾音轻微上扬，带了点莫名的情绪。

像是理所当然，像是无奈、戏谑，又像是……一种不具名的哄。

四目相对间，心跳突然漏了一拍。

“……哦。”

蒋唱晚心中大石头落下一半，抿了抿唇应道，有些不自在地移开视线，根本压不住心里隐秘的喜悦与雀跃。

好像浸水的棉花，不但没有缩小，却反而膨胀得越来越大。

蒋唱晚生怕喜形于色，所以只好找些别的事情来转移注意力。

“所以呢？”这件事在沈衍舟那儿显然还没完，他偏头端详她，继续问道，“你是因为什么生气？”

蒋唱晚盯着走廊地板的瓷砖，眼神飘忽，根本说不出口。

蒋唱晚理不直气也壮：“没见过更年期的花季少女啊？你们男的真是头发短，见识也短……”

话还没说完，她身后突然有人跑过，风风火火的，猝不及防，从后背撞了她一下。

“……啊！”

蒋唱晚完全没注意，被撞得身体重心不稳，眼看着就要倒下去。

面前的人眼疾手快，单手伸出，横向从背后揽过她肩膀，用力一带——

不稳的重心忽然稳定，下落的轨迹突然回正。

像是高空坠落时拉住她的绳索，蹦床下坚实的软垫，如此有力地托举住她，将人从混乱的状态中拉回来。

——然后一头栽进他怀里。

额头触到少年坚硬的胸膛，身后是有力的臂膀，鼻息间萦绕着熟悉的，被阳光晒过的青柠香气。

那一瞬间，好像世界都静止了。

撞到她的男生没有再跌跌撞撞地向前跑，走廊上来来往往的人群脚步都停止，一切都是虚幻的。

只有她停顿了一秒后，“怦怦”跳动的心脏，还有面前这个人，是真实的。

“同学，不好意思啊，我不是故意的……”

身后人的声音将两个人从停止的时间中拉出来。

顿了两秒之后，动作同时发生。

蒋唱晚猛地后退一步，沈衍舟放下揽住她的手臂。

少年指间在半空中蜷了蜷，不知道往哪儿落似的，停顿了好一会儿，最后才收回身边。

“……没事。”蒋唱晚垂着眼，声音很轻，都没抬头看那人。

两个人都没说话，等着他道完歉离开之后，蒋唱晚把书包往上背了背，盯着脚尖说：“……我要走了。”

“竞赛班认识的。”

两道声音同时响起，彼此交错，混杂在一起，分不清谁先谁后，却意外清晰地落入耳朵里。

“……什么？”蒋唱晚顿了两秒，抬头问道。

沈衍舟也垂眼看着她，重复了一遍。

“张心怡。

“是在竞赛班认识的。

“不算特别熟。只是她知道我住城南那边儿之后，就问我有没有推荐的拍摄取景地，我就大概跟她讲了一下。

“没带她去实地考察，没带她回家蹭饭，也没有友情出演。”

“没像对你这么上心。”

声音平缓，一字一句，慢吞吞而轻轻地说出，听不出什么异样。

但不知道是不是错觉，蒋唱晚觉得少年的神情有些不自在，目光飘忽不定，左看右看，时而又垂下眼。

总之，就是不是特别自然。

“……哦。”蒋唱晚也垂眼看着脚尖，慢吞吞地应。

耳边却一直回荡着那句“没像对你这么上心。”

“不太熟。”

“没带她去实地考察，没带她回家蹭饭，也没有友情出演。”

“没像对你这么上心。”

要不是面前有人，蒋唱晚早就一蹦三尺高，嘴角都要咧到耳根子后去了。

空气安静了几秒，强行克制了一阵，她才想起来似的，欲盖弥彰地找补道：“……我可没问啊。”

沈衍舟几乎都快被逗笑了，扯了扯嘴角，“嗯”了一声。

“对，你没问。

“我话多，我主动想说的，可以了吧？”

“……勉强还行。”蒋唱晚依旧低着头说，脚尖在地上轻轻地挪来挪去。

不知道为什么，她感觉自从方才那个不在预料之中的身体接触之后，两个人之间的氛围怪怪的。

手机在包里一直振动，贴着腿，可能是快到下午上课时间，程姗姗在催她回去了。

“我真的要走了。”蒋唱晚看了眼时间，慢吞吞地道。

“……你请假来看我也不容易，回你学校也挺远的。你先回去吧，以后周末有空我再来找你玩。”

沈衍舟不动声色地挑了挑眉，不知道听到什么，神色忽然显得微妙起来。

“行。”他最后这样说，也垂眼扫了眼腕上的表，点点头，“我也确实该去了。”

“那就这样吧。”蒋唱晚把书包往上拽了拽，“我先走了啊。”

“周末见。”

“……嗯。”沈衍舟顿了几秒，声音慢悠悠地在头顶响起，意味不明地咬字道，“周末见。”

|第七章|

上天啊上天

Neng Bu Neng Ting hua

放学前最后一节课已经开始十分钟，蒋唱晚才姗姗来迟。

她弓着腰从后门溜进来，窜到靠窗倒数第二排的座位上去。

程姗姗被她吓了一跳，但还是具有良好的打掩护的职业素养，立刻竖起书本，欲盖弥彰地帮她挡一挡，同时压低了声音道：“你看我给你发的消息没！矮士水说我们班这个学期有转校生啊！

“我就说人家三班小胖子给我的情报没错，他可是暑假就告诉我了！”

蒋唱晚“哦”了一声，把头埋在书本后，闭上眼睛：“反正我先睡会儿，你待会儿再叫我。”

“开学第一天就睡啊？你昨晚上到底在干啥……”

程姗姗的碎碎念听到一半，就自动消失在耳朵里了。

蒋唱晚在学校里一向睡得很香。

在家里睡觉需要安静的环境，适宜的温度，柔软的床铺和枕头，不能太亮也不能太暗的小夜灯，而在学校睡觉，只需要一个课桌和一本书。

睡眠质量很好，但做的梦好像不太好。

梦到暑假家教时期，沈衍舟来给她上课，她忽然肚子疼，说小沈老师你等一下啊，我去趟厕所。

“醒醒！”程姗姗激动地推她，“转校生要来了！”

蒋唱晚还没怎么睡醒，脑子都是蒙的，慢半拍地睁开眼：“哦。”

程姗姗还想跟她讲来着，转眼却从前门外瞥见一道影子。

她们座位在教室靠窗倒数第二排，刚好是一个最好观察的位置。

此时此刻，临近放学时分，太阳将落未落，视线所及的地方，全洒上了暖金色的光芒。

前门延伸出去的走廊大理石地上，横亘着一道影子。

身姿颀长，安静闲散地站在那里，松弛散漫，却又不让人觉得轻浮，反而有一种恰到好处的游刃有余。

衬衫领口松松包裹住修长的脖颈，喉结明显地凸起一小块，侧脸棱角分明，下颌线清晰，鼻梁高挺。

连带着整个走廊沉闷的大理石地砖都明亮起来了一般。

程姗姗呆呆地盯着那道影子，意味不明地说道：“蒋唱晚。”

“嗯？”

“你完了。”

蒋唱晚对此一无所知，还在接二连三地打哈欠，揉眼睛：“什么？”

话音刚落，矮士水终于完成了他冗长的开场白，端庄隆重地向门外挥一挥手，示意站在门口等候的人进来。

蒋唱晚兴致寥寥地揉完眼睛，还是觉得困，只好偷摸把手机翻出来，藏在桌子下面玩，美其名曰提提神。

前门处，落日的金光一闪，余晖在白衬衫上拉长，变淡，随着那人走到讲台边的动作，依依不舍地褪去。

只在少年侧脸和发梢处留下一点，牵挂起飘浮飞扬的发丝，还有琥珀色的瞳孔。

“大家好，我是新学年的转校生。

“希望在接下来的两年里，我可以和大家一起学习，度过最后的高中校园时光。”

少年声音浅淡平和，介绍简洁，神色平静，视线礼貌地扫过全班同学，最后落在倒数第二排靠窗的位置。

靠窗坐着的女孩显然没在听。

头低低地埋着，只留一个漆黑的发顶，右手攥着一只耳机，偷偷地压在耳朵上，用手肘挡住白色的耳机线，装作是在捂耳朵。

跟暑假刚开始上课时，那些用来糊弄他的拙劣技巧，如出一辙，没有半点长进。

少年轻微一顿，将目光收回来，神色自若，将声音稍稍提高了一点。

“哦，对了。

“我叫沈衍舟。”

…………

一秒，两秒，三秒。

在热烈的掌声即将响起之前，余光里那个漆黑的脑袋僵硬了两秒，忽然动了。

蒋唱晚不知道哪根筋搭错了，猛地站起来，桌椅因为动作剧烈而发生位移，发出嘈杂的声音，动静不小。

顿时，全班人都停下动作，回头望过来。

蒋唱晚盯着讲台边的人，嘴半张着，震惊又茫然，几乎说不出话来。

怎么会是他啊？

我是不是还在做梦啊？梦中梦？鬼压床？

一时间，无数个想法从蒋唱晚脑子中飘过，仿佛呆滞了似的，木木地站着，兀自震惊。

沈衍舟倒是没什么反应。

少年站在原地，半边眉毛极其轻微地挑了挑，眼尾带了点不明显的笑意。

半晌，他看着她，装作惊讶地开口问道：“怎么了，新同学？”

满室寂静。

蒋唱晚的视线从一整节课都没翻过页的书面上移开，缓缓地看向她右侧。

少年倒是云淡风轻，坐得端正，脊背挺直，手肘搭在桌面上，脖颈微微低下，睫毛垂下，神情专注认真。

右手握着笔，在卷面上写写画画，丝毫没有被新环境、新同桌影响。

蒋唱晚收回视线。

沈衍舟坐在她身边，跟坐了个孟女士的眼线有什么区别？

蒋唱晚越想越气，一分钟都忍不了了，立刻撕了张草稿纸，在上面用力写写画画，片刻后揉成团，盯着讲台上的老师，伺机往右边一扔。

小纸团轻轻巧巧，极其准确地落在桌面中央。

少年握笔的手一顿。

几秒后，沈衍舟转了转手腕，长指轻展，不动声色地打开那张纸条：你是不是早就知道你要转过来了？那还在我问你是不是专门来看我的时候不说话，还跟我说周末见，耍我呢你？

粗犷潦草的字迹生动形象地体现了笔者的愤怒。

可能为了突出情绪，蒋唱晚还在旁边画了一只被捏住咽喉的小猪。

沈衍舟沉默了两秒。

画工还挺好的。

时间一分一秒地流逝，蒋唱晚这边等得焦急。

正想着，被叠成块状的小纸条落在她眼前。

方方正正，规规矩矩地折了四下，边角完美对称，甚至连她刚刚胡乱揉的折痕都被压平了一大半。

蒋唱晚满腔怒火莫名其妙就消了一大半。

哪里有人吹毛求疵到这个地步，连小纸条都要折成完美的啊？

情绪稳定难道也会传染？

她一边腹诽着，一边展开纸条。

但是纸条的内容立刻就让她刚熄下去一点的怒火迅速重燃，甚至冲得比原来还高！

沈衍舟根本没理她！

纸条上除了她原来的那一句话，空无一字，仔细找寻之后才能看见和之前的不同。

沈衍舟仅仅只是在她画的小猪下面，新增了一个颜文字！

沈衍舟：^^

蒋唱晚：……就这？五分钟就写了个这？

贱兮兮又欠嗖嗖的。伤害性不高，侮辱性极强。

蒋唱晚怒火中烧。

太过分了，沈衍舟！

直到放学，蒋唱晚也没有再跟他讲过话。

下课铃一响，蒋唱晚就像脚上安了风火轮似的，抓起书包就跑，走之前还没忘把那张纸条揉成团，恶狠狠地塞进桌肚里。

来去如风，从最后一排走过的时候，简直快成了一道残影。

沈衍舟慢条斯理地收拾着东西，把晚上要用的书本装进书包里，再拉好拉链。

少年将书包拎起，单肩背上，转身欲走时，却瞥见地上有个什么东西。

白色的小纸团。

皱巴巴的，似乎还有点眼熟。

顿了几秒后，他躬身，长指伸直，将纸条捡起来，动作很轻地塞进包里。

蒋唱晚今天跑这么快倒也不光是因为生气，是孟女士还给她布置了任务，让她去给他哥送点东西。

她磨磨蹭蹭过去拿上月饼，第一千零一次开口道："妈，跟你商量个事儿呗……"

"停，打住。"孟女士举起手掌，以示拒绝，"没门儿。"

蒋唱晚第一千零一次想搬回老家属院去，又以失败告终。

正回想气愤着呢，手机就振动了一下。

某位身在福中不知福的人发来消息。

95：到哪儿了？

95：快点，我约了去打球。

蒋唱晚刚走进路边文具店的步伐又停住了，倒退着出来，按着语音键，骂了句："烦死了！"

95：又发什么神经？

"凭什么你都高三了还能不写作业去打球啊！凭什么你能自己一个人住啊！凭什么我要每天都早起半个小时，就为了从南山来上学啊！"

蒋唱晚的人生准则就是坦诚，没有什么弯弯绕绕，有话就说，有仇就报，主打一个不内耗。

对面那位在聊天框里沉默许久，半晌，一个电话拨了回来。

蒋唱晚接起来，语气还是不好："喂？"

对面沉默两秒，才缓缓道："吃了火药啊，你今天？"

慢条斯理的，带着点不经意的散漫，轻易让人的怒火平息下来。

……跟沈衍舟给人的感觉很像。

蒋唱晚晃晃脑袋，把这个人从脑袋里晃走，又听见她哥懒洋洋地在那头问了一句："谁惹你了？"

"开学第一天，遇上个晦气的同桌！"蒋唱晚愤愤道，把来龙去脉快速给他讲了一遍。

讲着讲着就走到了家属院门口。就这么说完一遍，感觉气都要顺了不少。

蒋唱晚跟门卫叔叔打了个招呼，继续往里走，并问道：“你觉得呢？我觉得他这人真的太过分了！”

蒋惊寒在电话那头听完，并没有什么反应，只是很轻地“啧”了一声。

蒋唱晚：“什么意思啊你？”

电话那头沉默两秒，传来男生慢悠悠的声音：“我只是随口问问，以示礼貌，没有真的想知道的意思。

“对了，你到了吗？我要去打球了。”

蒋唱晚：“……你们都给我滚啊！”

她气冲冲地挂掉了电话，抬头发现走过了单元门，于是更气了，闷头转身，却差点撞上一个人——

“对不起对不起。”

蒋唱晚埋头道歉，低着头准备绕开走，面前那人却清浅地横跨一步，再度挡在她面前。

蒋唱晚顿了两秒，多重感官同时发来讯息，后知后觉地勾勒出面前这个人的画像。

是个男生，很高，鼻息间传来的气味异常熟悉。

家属院，电话，打球，爱逗弄人。

电光石火之间，蒋唱晚迅速将这个人判定为她哥。

火气冲到天灵盖，蒋唱晚抬头的同时，嘴比脑子快，气势汹汹地骂了句：“好狗不挡道，滚开！”

面前的人沉默了两秒。

气氛诡异地安静下来。

两个人双双惊诧又茫然地对视着。

许久，沈衍舟难得有点茫然地举起一只手，迟疑地轻声道：“……这么生气？

“都把我划到狗圈子里去了？”

蒋唱晚顿了好半天，没回答，移开视线，盯着一旁的篮球场：“你怎么在这里？”

虽说语气还是不情不愿的，但起码放低了声调，没有刚才那么怒气冲冲了。

沈衍舟顿了一秒，伸手指了指她后面那栋单元楼：“我现在住在这儿。”

“……啊？”

蒋唱晚这下是真的吃惊了，一下子把许多情绪都抛到脑后，回头望望那栋楼，又回头望望他，诧异道：“你搬到这儿来了？”

沈衍舟“嗯”了一声：“离学校比较近。”

这倒也是。

不然按他家那个距离，每天得早起一两个小时都不为过。

“我还以为你跟踪我呢。”蒋唱晚撇了撇嘴，咕哝道。

沈衍舟沉默了两秒：“……你想多了。”

“喊。”蒋唱晚停了片刻，还是有点诧异，又抬头问他，“那阿姨呢？”

“在家里。”沈衍舟说。

张女士本来说要跟他一起搬过来，说还能照顾照顾他，让他专心学习，被他好说歹说才拒绝了。

她现在这身体，自己在家里好好养着，才是让他最放心的事情。他一个人能照顾好自己。

张女士最近情绪比较脆弱，就他这两句话，眼睛都又红了，差点就要落下泪来，他还哄了挺久才哄好。

蒋唱晚也不傻，稍微一想就能想明白，点点头表示赞同：“那倒也是。”

“你的生活自理能力比我哥好多了，肯定能好好活下去，哪像我哥，放学一回家就是玩……”她低声咕哝着。

沈衍舟没听清，稍微向前倾身：“什么？”

“……没什么。”蒋唱晚连连摆手，表示没事，期间不小心甩到手上的月饼袋子，甩得老高了。

两个人的视线都落到那个月饼礼盒上，静了几秒。

“那你呢？”沈衍舟问。

“哦。”蒋唱晚指了指月饼礼盒，含糊道，“给人送点东西。”

忽地想起来这一遭，想着耽误了这么久，蒋惊寒应该也不在家了。

于是蒋唱晚眼珠一转，抬起手，把包装精美的月饼礼盒递到沈衍舟身前：“给你吧！刚好他不在家。”

沈衍舟这么有礼貌一个人，肯定是不要的。

但蒋唱晚才懒得跟他讲道理，来那种大人间送礼推推搡搡、虚与委蛇的一套，直接握住他手腕，略显粗暴地塞到他手上，最后还拍了拍他手背，语重心长地说：

“拿着吧，小沈。

“你今天不拿，我妈肯定还要安排我改天再给你送的。

“就当体谅体谅我，行吗？”

沈衍舟还没说话，又听见她分外实诚地补了一句：

“主要这里面有五仁，拿回去我也不想吃，还挺累的。”

沈衍舟正要往回收的手又停住了，顿了两秒之后，接过了。

“那真是谢谢你啊。”他说。

“嘿嘿。”蒋唱晚摸着鼻子，有点不好意思地笑了几声。

气氛就这样莫名其妙地沉寂下来。

像话与话之间的冷场，段与段之间的间隔，从一个话题转向另一个话题前，彼此心照不宣的停顿。

两个人面对面站着，一时间竟不知道该说什么。

沈衍舟实在太高了。五官优越，线条流畅，下颌线分明，低颈垂眼看她时，竟然也没有丝毫瑕疵。

新领来的一中校服他已经穿上了。

衣领整洁立体，肩线一丝不苟地落在少年肩膀上，笔直地向外延伸。

……从前怎么没发现过，他们校服竟然还挺好看的？

蒋唱晚跟被灼了眼似的，率先离开视线，盯着旁边。

两秒后，两个人的声音同时响起。

“你那个表情什么意思……”

“我转来，你是不是不开……”

说出口的话像真情自然地流露，像流水一样向外，直到大脑缓慢意识到这一现状，才后知后觉地掐断。

话音又同时停止。

视线重新相接，停顿了几秒之后。

“什么表情？”

“我开什么？”

又是同时。

两个人的声音像交缠并生的藤蔓，同时起落，缠绕在一起，在黄昏日色下，生起些许难言的情绪。

又来了。蒋唱晚想。

那种因为仅仅是对视就可以带来的悸动，仅仅是鲜活生动的对话，就足以让人感知到具象的幸福。

她移开眼："……我先说。"

沈衍舟"嗯"了一声。

"你那个纸条上的表情是什么意思？是不是嘲讽我呢？"

沈衍舟顿了好几秒之后，才反应过来，旋即扬了扬眉，像是觉得好笑似的，将身体重心换到另一条腿上，垂眼盯着她，好一会儿之后，才叹气道："那哪里是什么表情？那是个箭头。"

蒋唱晚："什么箭头？箭什么头？指向哪里？"

她分外警觉，分外敏锐，眼神犀利，目光炯炯，大有"你别想随随便便糊弄我"的意思。

"我小时候可是看过《福尔摩斯》全集的啊！"

沈衍舟："那真是个箭头。"

如蒋唱晚所料，他的确没有传过小纸条。

沈衍舟也没想过自己还有传纸条的一天。

思忖半天，不知道写什么，看着蒋唱晚那幅捏住小猪咽喉的画，觉得挺有意思的，于是在背面画了一幅新的简笔画，还怕她看不到，特意在正面画了两个箭头，以示提醒。

还说呢。

他都纳闷当时蒋唱晚怎么会这么生气，还以为是她嫌弃他把她画丑了。

想到这里，沈衍舟又叹了口气："谁知道这你也能看错啊。"

"什么啊！明明是你自己标记不清晰好不好。"蒋唱晚这时候已经有点心虚了，但是还是在逞强，"而且口说无凭！等我明天去学校检查检查再说，你别想用什么缓兵之计，也不许提前去重新画上……"

这样沈衍舟总不会说她了吧？

等到明天她看到那张纸条上的画时，这件事就已经过去了。

蒋唱晚心里算盘打得震天响，没想到沈衍舟淡淡地"哦"了一声，淡淡地用两指从校服兜里拎出那张曾经被她揉成一团的纸条。

"你说的是这个吗？"

……不是，这人怎么还随身带着啊！

蒋唱晚大脑短路两秒，想吐槽什么，又欲言又止，表情像吃了苍蝇，最后才心不甘情不愿地接过，悻悻地展开，飞快地看了一眼。

背后好像确实有字迹。

“……不看了。”她猛地合上，揉成一团扣在手心里，眼望着别处，略显心虚，“回去再看。”

“嗯。”沈衍舟点了点头。

“怕被拆穿，下不来台，理解。”

“……你说什么呢！”蒋唱晚扭过头来看他，气得吹胡子瞪眼的。

“嗯。”沈衍舟又淡淡地点了点头，清浅客观地评价道，“纸老虎。”

“……沈衍舟！”

眼看蒋唱晚都要被气得跳脚了，沈衍舟才闭嘴不语，转开视线，眼睫垂下，掩住笑意。

“我生气了！我要把视频里所有的你都P胖P丑！让你无地自容！”

“行。”沈衍舟依旧顺从地应，“反正男演员不好看，丢的是你的面子。”

乍一听想反驳，仔细一想，好像又有点道理。

蒋唱晚对他这种老是四两拨千斤的态度感到很不爽，撇嘴气馁道：“沈衍舟，我讨厌你。”

“那怎么办？”

抬头看，少年神情依旧很平静，只是很轻微地挑了下眉毛，注视着她，这样问道。

什么怎么办？

蒋唱晚正要觉得他莫名其妙，又看见他的目光一眨不眨地落在她身上，平静地接了一句。

“我还挺喜欢你的。”

一秒，两秒，三秒。

周遭空气好像突然安静，夏末的梧桐树在晚风中停止摇晃，落叶飘浮在空中，像她的心脏。

心脏悬停一秒，然后“怦怦”直跳。

“怦怦，怦怦”。

像有一只小兽在胸腔莽撞地冲撞。

这句话来得太猝不及防，几乎要把人砸晕。

但始作俑者却一脸坦然，云淡风轻，看起来像是刚说了一句稀松平常的话。

蒋唱晚张着嘴，沉默地呆滞了好一会儿，才拧着裙角回应道：“哈哈。”

听起来像一句不知所措的答复。

也或许是一种委婉的敷衍。

少年握着月饼礼盒带子的手收紧一瞬，然后又缓慢松开。

他垂下眼，喉结滚动，还是保持着惯常的礼貌与体面，看不出半分异样。

“没什么事就先回去吧，也不早……”

“挺开心的。”蒋唱晚突然道。

沈衍舟顿了一秒，然后缓慢地抬起头。

少女站在他身前一步的地方，马尾因为一天的奔波而稍乱，日落的光彩越过他的肩膀，落在她脸上。

五官分明，瞳孔明亮，看着他，回答那个都快要被他自己遗忘的问题。

“你转过来，我挺开心的。

“比知道你专程来看我的时候，还要开心。”

是完全未曾预料的，意外之喜。

那张纸条一直被蒋唱晚捏在手里，直到穿越长长的人流，穿过遥远的距离，踩着日落的最后一点金光，上楼，关门，走到书桌前时，才被缓慢地展开。

的确是一幅画。

少年的笔触简洁，线条流畅而简单，一如他人，仅用寥寥几笔就勾勒出一个生动的形象，黑色的笔迹在纸上安静地陈列着，让人心脏持续飘浮着。

是一个女孩。

少女站在台上，白衬衫黑裙子，高马尾，单手捏着话筒，眉眼清晰漂亮。

台下是熙熙攘攘的人群，背后的大屏幕播放着作品的开头，花体字清晰而闪亮。

人群中的侧方，还有一只正在鼓掌的小猪。

同她正面的形象一致。

也一如他们那天下午时分。

|第八章|

克鲁克山

Neng Bu Neng Ting hua

蒋唱晚第二天还是迟到了。

盯着失眠的黑眼圈和来不及梳的鸡窝头冲进校门，正巧碰见她哥的朋友。

“哥！哥！哥哥哥哥哥！放我过去！”她双手合十，可怜巴巴地哀求道。

喻嘉树拿着个登记册子，本来都要准备往回走了，听见声音，回头瞥了她一眼。

蒋唱晚就差隔着一道校门给他行叩拜大礼了。

喻嘉树没辙，盯了她一眼，意思是“就这一次啊”，然后回头跟教导主任讲话，拖住了点时间。

蒋唱晚连连点头，连忙从最后一个缝里挤进来，小心翼翼绕到教导主任背后，给这位学长作了好几个揖，还感激地抛了几个飞吻。

动作之浮夸，神情之殷勤，让喻嘉树都卡了两秒，然后不动声色地移开了视线，意思是“赶紧走吧”。

蒋唱晚赶紧趁此机会，一溜烟儿跑远了。

另一端，沈衍舟刚从年级办公室走出来，恰好看见这一幕。

少女跑得急匆匆的，马尾在身后晃动，脸颊泛红，神色灵动地向另一位学长抛飞吻，跟她平时向他献殷勤时几乎一样的神情。

停顿几秒后，沈衍舟的视线从校门处收回来，神情平静，往教室走去。

开学第一天就有体育课。蒋唱晚很讨厌体育课。

她讨厌在大太阳底下做运动，尤其是刚上课就会被要求跑两圈操场的体育课。

这不，体育老师刚吹哨，让全班围着操场跑两圈，蒋唱晚就郑重其事地拉着沈衍舟的袖子，说小沈同学，注意点，我马上要教给你新学期的第一课了。

于是她跑到第一圈的第一个弯道时，就紧张兮兮地拉住沈衍舟的袖子，把他拉进了弯道旁的树荫里。

操场一角有许多高大茂盛的梧桐树，足够隐蔽和阴凉，还搭建了一些石头做的长椅，可谓悠闲凉爽。

"来，坐。"蒋唱晚一屁股坐到长椅上，拍了拍身边的位置。

沈衍舟没动，垂眼看了她几秒，扯了扯嘴角："这就是你教给我的第一课？"

"对啊。"蒋唱晚很是理直气壮，指了指操场，"跑步一般要求跑两圈，我们一般都是第一圈就溜到这里来坐着，等着队伍第二圈跑到这里时再加回去，神不知鬼不觉，又不累。"

沈衍舟正想问她话里的"我们"是谁，就听见背后窸窸窣窣地响。

程姗姗和季程喘得像两头老黄牛，一前一后地跑进来，一屁股瘫坐在长椅上，用手扇着风，嘴里不停抱怨咕哝着。

等休息得差不多了，季程从校裤兜里掏出一副扑克牌，"啪"的一声扔到石椅子上："斗地主！"

蒋唱晚则是瞥见了熟人，下意识想跑，拉着沈衍舟的袖子想躲到他身后去，却被那人识破。

"过来。"那人站在不远处，散漫地往后一靠，倚在树旁跟她钩手指。

"……真倒霉。"蒋唱晚小声咕哝了一句，不情不愿地走过去。

此时此刻，蒋惊寒脊背往后一靠，垂眼看她，问："你送的月饼呢？"

蒋唱晚望了望天："啊，上楼前碰见一只小狗，太可怜了，喂给它吃了。"

蒋惊寒沉默几秒后，扯了扯嘴角："少来。五仁月饼，狗都不吃。"

"你也不吃啊。"蒋唱晚说，"那你问它干吗？"

"没干吗。"蒋惊寒倒是接得很快，"就是看你过得太安逸了，想给你找点不痛快。"

蒋唱晚：“……神经病。”

又停了几秒，蒋惊寒垂眼望着她：“看来是心情好了？”

“什么心情好了？”蒋唱晚茫然了几秒，然后忽地想起她昨晚跟他吐槽了半天沈衍舟的事情，最后摆摆手，“哦，你说那个啊。好了好了，早好了。”

“行。”蒋惊寒点点头，“比鱼健忘，睡一觉就没事儿了，适合受情伤。”

“……滚啊你！”蒋唱晚作势要去打他，“你才适合受情伤。”

另一头，程姗姗被季程拉着用扑克牌玩接火车，一张又一张。

沈衍舟的视线时而落在他们的牌上，时而落在不远处。

少女跟旁人打闹着，伸手倾身，推推搡搡，看起来熟稔而又关系密切。

仔细看了看，甚至还跟早上那位学长，不是同一个人。

啧。沈衍舟的视线在那头停了几秒，然后转开，向操场边望去。

“我要跟妈告状，说你天天在家里通宵打游戏！”蒋唱晚气急败坏。

“那又怎么了？”对面淡淡的，“闭着眼考都比你分数高。”

“你……”蒋唱晚是真急了，伸出手想去揍他，撑不赢还打不赢吗？

她哥也就是嘴皮子贱，从来不对她伸手，所以能打到就是赚到。

手刚抬起，还没来得及往前落，就被人攥住。

夏末秋初的天气里，太阳还高悬，还晒得人头脑发晕，手腕上贴住的手指皮肤却意外的凉。

蒋唱晚顿了两秒，抬眼望向来人。

少年站在她身侧，神情平静，看不出什么异样，偏头点了点操场方向，淡声道：“第二圈要来了。”

“啊？”蒋唱晚指尖蜷了蜷，茫然了好一会儿，才反应过来，“哦”了一声。

沈衍舟也没说什么，转身就往外走。

动作很正常，很合情理，很稀松平常。

但是不正常的是——他攥着她的手没松开。

不知道是他忘了，还是因为别的什么，蒋唱晚反应不及，就这么被他攥着手腕带走了，差点被拉得一个踉跄。

“欸欸——”她心惊肉跳，“你慢点！”

但是沈衍舟充耳不闻。他步伐平稳，攥着她的手始终没松开，向操场另一边走去。

蒋惊寒站在后面，目睹着这一幕，视线落在两个人接触的手腕上，极其迅速和敏锐地对号入座。

良久，他挑了挑眉，了然地“啧”了一声，偏开头去了。

一行人赶在队伍跑到终点前加入，也算是有惊无险。

接近二十分钟摸鱼的训练后，队列解散，自由活动。

程姗姗这会儿才看到蒋惊寒，拽着蒋唱晚的胳膊晃来晃去，激动地道：“我们跟你哥一节体育课啊！你哥好帅啊！”

蒋唱晚表情微妙地看了她一眼：“你眼瞎了。”

“我天，你能不能别这么先入为主，客观评价一下啊！”

“行吧。”蒋唱晚不情不愿地应了，随着她的视线望过去。

她哥正在打篮球，远远扣了个三分，轻松而又散漫，引起周围一群学妹的欢呼。

“还行吧。”她勉强道，“硬要客观评价的话，确实是挺帅的。”

与此同时，沈衍舟走来的脚步一顿，几不可察地停了一秒，然后才走到她身旁。

“刚才在后山好像看见一只小猫，要去吗？”

蒋唱晚立刻来了兴趣：“哪儿呢，哪儿呢？”

少年长指环住她的手腕，不算很重，力道却不容挣脱，略显强硬地带着她往前走，神情却是毫无波澜，好像什么都没有发生一般，平淡地望向前方。

蒋唱晚被皮肤相触的地方凉得一惊，抿了抿唇，偏头看向他。

沈衍舟好像完全没什么反应，也没有什么情绪波动，只是随随便便一个接触的动作而已。

像他们从前许多不经意的触碰一样。

像朋友之间的触碰一样。

稀松平常，普普通通，没有什么特别之处。

蒋唱晚垂下眼睫，没有讲话。

身后两个人的拌嘴好像也听不太清了，只是熙熙攘攘地从耳边流过，并不进入大脑。

突然，身旁的少年站定，松开她的手腕。

“那儿。”他说。

“……嗯？”蒋唱晚心不在焉，抬头问了一遍，“什么？”

“小猫。”沈衍舟重复。

蒋唱晚“哦”了一声，随着他的视线看过去，视线虚无缥缈地下落，还是没有落到目的地上。

沈衍舟垂眼看了她一会儿，很轻地呼出口气，像是有点无奈，伸指捏住她的下巴，将她的脸往右侧轻轻一转。

视线被迫向右移动。

下巴上微凉的触感和慢一拍的心跳同时抵达。

少年的声音从头顶上传来。

“看帅哥看傻了？

“那儿。”

…………

“天啊，好可爱啊。

“浑身都还湿漉漉的，眼睛都还没睁开，这是刚生下来吧？

“这么小一个，怎么就这样被扔在这里？它妈妈呢？”

四个人蹲在小猫旁边，围成一圈，眼睛望着草地上的小奶猫，一动不敢动，连说话的声音都压低了。

他们不敢碰。

这只小猫实在太小了，橘白的毛色，浑身上下的毛都还湿漉漉地贴在身上，连眼睛都还没睁开，声音轻轻细细地叫着。

“据说刚生下来的小猫被人碰了，沾染了人的气味，是可能会被母猫弃养的。”

四个人里唯一一个有常识和文化的小沈老师如此说道，所以四个人只能在它旁边大眼瞪小眼，不敢碰，直到下课铃响，远远听见体育老师喊集合的声音，还是不敢轻举妄动。

这是一条小生命，鲜活的，有力量的。不应该为人一时的任性而买单。

“走了。”最后程姗姗率先站起来，像是不忍心似的，最后望了一眼这只小猫，然后像是安慰自己道，“学校后山这么多小野猫，总有它妈妈的。”

“那怎么等了这么久还没来？”体育老师的口哨愈吹愈急，蒋唱晚被拉着走，一步三回头。

“可能我们都在这儿，人太多了，它妈妈不敢来了呢。”季程难得说了次有道理的人话，“先回去吧，下节数学课呢！”

蒋唱晚“哦”了一声，最后回头望了一眼。

橘白色的小猫还闭着眼睛，极其可怜地趴在地上，孤零零的，发出轻微的叫声，随着步伐的远去，逐渐变成一个小小的点。

沈衍舟看着她闷闷不乐的背影，顿了两秒，安静地跟在她身后，往教学楼走去。

蒋唱晚一天都没办法集中精力。大部分时候都望向窗外，远远地看着操场方向。

刚上高中的男生简直精力充沛到不敢置信，跑了两圈之后还有劲进行各种活动，踢足球的踢足球，打篮球的打篮球，大喊大叫。

沈衍舟偏头，瞥了她一眼，顿了两秒，而后收回视线。

不一会儿，一张小纸条凭空扔到她桌上，拉回了她的注意力。

从右边扔过来的。

蒋唱晚顿了几秒，看了他一眼。后者正坐得笔直，家庭作业早就做完了，在写自己的竞赛卷子。

她收回视线，慢吞吞地打开纸条。

——别想了，先写作业。

她的监工同桌写道。

蒋唱晚还没来得及写下回应，又是一张新纸条落到眼前。

她挑了挑眉，有点诧异地“啧”了一声。

沈衍舟这纸条现在扔得挺熟练啊。

——等到放学再去看看，如果还在那里的话，我们就捡回去养。

新的纸条上，沈衍舟这样写道。

笔迹顺畅，字体清隽，简洁有力，却让蒋唱晚顿了好几秒。

不知道是因为被他注意到这份微小的情绪，还是因为纸条上那句无比顺畅的“我们”，让她心跳漏了好几拍。

“小猫”“我们”“捡回去养”。

几个关键词组合在一起，莫名让人感到一种难以用言语表达的亲密。

像是下落的情绪被人一点一点托住，以一种完全了解，又不显强势的方式。

像是有一根羽毛轻轻地从心脏表面挠过，而后引发身体里的一场海啸。

蒋唱晚停顿许久，最后轻轻地折起纸条，妥善地放进笔袋里，拿起笔，第一次破天荒地静下心来，认真地完成作业。

开学第一天的放学铃打响。

两个人难得的非常有默契，不动声色地对视一眼，然后开始同步收拾东西，同步迈出教室门。

“它会不会已经不在了？”蒋唱晚有些忧心忡忡，步伐迈得很快，“我又担心它还在，又担心它不在，你懂吗？”

沈衍舟垂睫看了她一眼，点头“嗯”了一声：“我知道。”

小猫还在那里的话，就意味着整整一天过去，它妈妈都没有来找过它，很可能是被抛弃了。

初生的小猫如此脆弱，以至于昼夜过大的温差、没有及时得到喂养，都可能让它受伤。

但它不在那里的话，蒋唱晚也只能希望它是被猫妈妈叼走了，而不是被校园里人来人往、不负责任的其他人捡走了。

两个人快步穿过放学后熙攘的人群，穿过操场，走到后山时，正巧遇上最后一拨踢足球的新生要往回走。

“太小了，不好玩。”

“感觉都快死了，应该活不过今晚吧？”

“你听见它叫得有多惨了吗？像猫又不像的，破锣嗓子……”

一群全身是汗的男生嬉笑着从他们身边路过，拿着水杯嬉皮笑脸，惹人心烦。

蒋唱晚心里升起不好的预感，瞪了他们几眼，快步跑进操场后的学校后山区域。

后山还挺大的。

说是山，其实也不太算，只是一个有起伏的小土坡，有一片小树林，还有学校建的一个生态湖，有不少野生小猫在这里出没。

蒋唱晚在上午的地方没找到那只小猫，心急如焚，左看右看。

一会儿拨开草丛，一会儿绕到树干后，都没有那只小猫的影子。

寻找了约莫十多分钟后，她直起酸痛的腰，环视周围，终于要准备放弃的时候，听见沈衍舟叫她。

有一点距离，从她这里望过去，只能遥远地望见一个影子。

蒋唱晚拔腿跑过去。

上午还叫得有声有气的小猫，现在只剩下一点微弱的呼吸，奄奄一息地躺在那里，全身上下脏兮兮的，还有些血迹。

沈衍舟半蹲着，从包里拿出一包纸巾，小心翼翼而又细致地轻轻给它包扎上。

蒋唱晚没忍住，骂了句脏话，蹲下来帮他，看着小猫身上细碎的伤口，愤愤道："他们也太过分了吧！"

沈衍舟没说话，熟练地包扎好伤口，然后小心翼翼地将小猫用手掌托起来。

"要喂羊奶。"他说。

蒋唱晚站起来："还要什么？我去买。"

"我们一起去吧。"沈衍舟说。

两个人小心翼翼地托着小猫出了校门，在附近的宠物店里买了羊奶粉、奶瓶、棉签，还有一个双肩太空舱的小猫包。

孟女士不让她养猫，所以蒋唱晚只能让沈衍舟把小猫带回家。

她跟着他上了楼，把书包放在沙发上，看他用热水兑了羊奶粉，细细地搅拌均匀，然后用小奶瓶轻缓地喂给它喝。

蒋唱晚蹲在沙发边上，托腮看着它身上的泥土和小伤口："要给它洗澡吗？"

"暂时不行。"沈衍舟摇摇头，"刚出生的小猫太虚弱了，容易着凉，不能洗澡。"

"哦。"蒋唱晚点点头，埋首开始在手机上搜索，"网上说还要用湿棉签帮助它排便。要是猫妈妈在就好了，猫妈妈会帮它舔的……"

她正说着，手机消息提示音却开始一声接一声地响。

顶部弹窗一下又一下，连带着消息提示音一声又一声，一连串地蹦出来。

沈衍舟一边给小猫喂奶，一边不动声色地分出一个眼神，不经意般从她手机屏幕上扫了一眼。

只能看见是微信消息。

他顿了一秒，收回视线。

蒋唱晚念小猫科普的声音也被打断，切换页面，开始回消息。

声音没关，键盘声噼里啪啦地响，聊天框里你一句我一句，聊得可开心了，偶尔还笑出声。

喜悦的情绪都快溢出来了。

等到回完消息，她终于抬起头来，看见沈衍舟已经喂完奶，洗完奶瓶，还简单地处理了一下小猫的伤口。

现在这只小橘猫已经不再小声嘶哑地叫了，安心地、四仰八叉地躺在太空舱里，胸膛起伏看起来明显多了，呼吸显得稳当而有力，让人心安。

“哇，小沈老师，你简直是照顾小猫的天才！”蒋唱晚狗腿地献殷勤道。

沈衍舟把小猫奶粉和奶瓶放好，瞥了她一眼，没说话。

“怎么了，小沈老师？”蒋唱晚显然心情很好，蹭到他边上，一副谄媚的样子，“怎么不开心？”

沈衍舟垂着眼洗手，过了好几秒之后，才装作不经意地问她：“跟你的学长聊完天了？”

蒋唱晚茫然地顿了两秒：“什么学长？”

“我怎么知道什么学长。”沈衍舟用纸巾擦干手上的水，慢条斯理的，还是没看她，“早上学生会的学长，同一节体育课的学长。”

“或者说……”他顿了几秒，长指交错的动作停住，终于偏头看了她一眼。

半边眉毛轻轻挑起，神情和语气都很微妙，若有所指地问道：“你还有别的学长？”

蒋唱晚站在原地蒙了好半天，才反应过来他在说什么。

早上进校门的时候，跟喻嘉树打了个招呼，以感谢他无数次为她的迟到放水；体育课的时候，被她哥拉过去说了好几句话，想打他还没成功，就被沈衍舟拉走了。

蒋唱晚还没怎么反应过来，站在他旁边，眨了眨眼，迟疑地问：“你看到了？”

沈衍舟不理她。

他颇为无言地瞥了她一眼，然后就把头扭回去了。

“哎呀。”蒋唱晚后知后觉地反应过来，赶紧绕到另一边，“那不是什么学长，那是我哥！”

沈衍舟垂眼整理桌上东西的动作不停，扯了扯嘴角：“这么多哥？”

他声音很平静，带了一点点反问的语调，听起来是一贯稀松平常的语气，但蒋唱晚却偏偏从中听出了一丝冷笑的意味，像是在问她“全校学长都是你哥”？

蒋唱晚有点无奈，跺了跺脚：“那真是我哥！亲哥！”

“哪一个？”沈衍舟不冷不热地问道。

“……体育课那个！”

沈衍舟继续不为所动，平静反问：“异父异母的哥哥？”

“……亲哥！”蒋唱晚没辙了，把孟女士朋友圈里的全家福翻出来，一把举到他面前，“同父同母的亲哥！”

沈衍舟这会儿才舍得抬头，清浅地撩起眼皮，扫了一眼她手机屏幕。

他们已经很久没有拍过全家福了。

蒋唱晚刚刚情急之下拉出来的一张照片是孟女士的朋友圈背景，一张年代略显久远的全家福，还是翻拍的照片。

照片已经有点泛黄褪色了，一家三代人坐好，最下排是爷爷奶奶、外公外婆。孟女士抱着约莫三四岁的女孩子站在画面中央，身旁有一位年纪相仿的男性，还有一个看起来年纪不大，个儿却已经足够高的男孩。

“这儿！”蒋唱晚指着画面中的男孩，重申道，“我哥！同父同母，有血缘关系，相看两厌的哥！

“姓蒋名惊寒，装酷大王，事儿精，大我一岁，我俩名字取自《滕王阁序》。

“就是那个‘渔舟唱晚，响穷彭蠡之滨；雁阵惊寒，声断衡阳之浦’……”

“我知道。”沈衍舟打断她激情昂扬的背诵，颇为无言地瞥了她一眼，“我会背《滕王阁序》。”

蒋唱晚撇嘴，收回手机，双手叉腰：“那你还有什么疑问吗，小沈老师？”

“有。”沈衍舟倒是应得很快，“这个是亲哥，那另一个呢？”

“另一个是亲哥的朋友。”蒋唱晚作势又要给他翻手机来证明，“从前一起玩，不是亲哥，也胜似亲哥了……”

她边说，边在联系人页面里快速下滑：“嗯？怎么找不到了？”

“……行了。”沈衍舟顿了几秒，喉结微滚，垂下眼睫，攥住她手腕，“没让你找。”

蒋唱晚动作停下，像看稀奇般抬起眼看他：“这会儿又没让我找啦？刚才问我哥是不是异父异母的时候，不是这样说的呀？”

沈衍舟垂眼轻睨了她一眼，意思是见好就收。

偏偏蒋唱晚才不是什么会察言观色、见好就收的人，她一直是明知山有虎，偏向虎山行的那种人。

“怎么了，小沈老师？”她眨眨眼，眼巴巴地凑过去，欠兮兮地明知故问，“怎么忽然问起学长们来了？

“怎么偷偷观察我呀？”

她本来是抱着开玩笑逗他的心思犯坏的，但是看着沈衍舟不太自在地移开视线，抿唇沉默不语，望向别处时，忽然福至心灵，将一天里的许多场景都串联在了一起。

蒋唱晚顿了两秒，然后嘴巴呈“O”形，恍然大悟。

“所以，你是因为早上看到我跟学长讲话，早自习我问你问题，你才不怎么搭理我的？”

沈衍舟手上动作顿了两秒，故作镇定地否认道：“……没有。”

“那你早上怎么不搭理我？”蒋唱晚越凑越近，越想越有道理，语气越发笃定，“肯定是！而且你体育课也是看到我跟别人讲话，才过来把我拉走的！”

沈衍舟喉结滚了滚，没说话，也没看她。

“天哪，沈衍舟。”

蒋唱晚才不会放过他，像鸵鸟一样弯起脖子，将脸凑到他面前，无比笃定地道：

“你完了。

“你快要醋死了。”

空气安静两秒。

少年没说话，嘴唇抿紧，耳根在客厅暖色的灯光下泛出一点红色。

沈衍舟把手上的水擦干净，转身弯腰去看太空舱里躺着安睡的小猫，喉结滚了滚，好几秒之后，才轻声回应：“是啊。

“我快要醋死了。”

声音实在太轻了，透着一点无奈，轻飘飘地落在空气里，视线和声音一同被太空舱阻隔，让人听不真切。

“什么？”

蒋唱晚没听清，凑过来站在他身旁，一同躬下身子，并肩望着太空舱里的橘色小奶猫。

太空舱轻微反光，像商场外侧能够映亮人影的明亮橱窗，映出少女的脸庞，映出两个人凑在一起、离得极近的面容。

沈衍舟的视线像相机虚焦的镜头，轻而易举地调转聚焦点，将视线从橘白安静的小生物上，转移到少女明亮的面孔上。

他安静地看了一会儿。

“没什么。”他最后这样说道。

“刚刚的消息是？”沈衍舟十分克制地询问，“孟阿姨催你回家吗？”

“嗯？”蒋唱晚正专心看着小奶猫的粉色小爪子，感觉自己要被萌化了，片刻后才反应过来，“不是，是姗姗。”

说到这里，她偏头看着他，眼角带了点笑意：“她说，编导大赛的结果出来了。”

按照往年的习俗，一般都是当场打分，当场出结果，就能得到名次和奖状，但这次由于社团拉到了校外的商业赞助商，奖品丰厚，且前三名需要选送市级比赛，学校更加重视，组织了复评复议，于是晚了两天才出结果。

程姗姗和季程今天语文课上讲话，被语文老师留在办公室教育，出校门的时间晚了很多，基本上人都走光了，刚好碰见学校工作人员在调试校门口大屏幕的设备。

“她说，在桌面文件上，看见了我的作品。”

蒋唱晚歪着头，眨了眨眼，眼角带着点笑意，望着他，轻声道：

“沈衍舟。

“我是第一名。”

不负众望，努力都会有回报的第一名。

“我的作品会被选送市级比赛！有三万块奖金！有风行赞助的整套最新相机设备，还会在学校门口和操场的大屏幕上播放一个月！”

蒋唱晚回家后上蹿下跳，将这个消息在孟女士耳边叫了三遍还不够，还要将这条消息复制多选，选择了二十几个联系人，一键转发。

95：神经病。

木又寸：所以明天可以不迟到了吗？

啾咪：宝贝真棒。

33：我知道！这不是我告诉你的？你傻了？

182 大帅哥：导演快分钱分钱分钱分钱！我要去买新游戏！

一时间，手机提示音响个不停，未读消息的红点一个接一个冒出来。

蒋唱晚忙得很，一个一个点进去看了两眼，心情很好地在沙发上翘着脚哼着歌，最后一个点进了和沈衍舟的聊天框里。

他倒是很敏锐，一来就轻而易举地识破了她的行为。

Z。：群发的？

纽特学长的嗅嗅：嘿嘿。

对面停了两秒，又问：到家了？

蒋唱晚打字回道：嗯呢！感觉跟做梦似的，好不真实，刚才在你家都没反应过来，回到自己家里才回过神来一样。

蒋唱晚看着不远处边敷面膜边玩手机的孟女士，忽地想起一件事，噼里啪啦打字道：哦，对了。我哥不知道怎么大发善心，跟我妈说让我搬过去跟他一起住，说是会监督我学习，不让我迟到，而且我妈也不知道抽什么风，竟然同意了！

我要搬到我哥那儿去住了！

我要跟你一个小区了沈衍舟！

蒋唱晚实在有点激动，情绪昂扬，一句一句地发出去，根本没过脑子，等回复的时间里冷静了一点，重新看了看自己发出去的几条消息，然后才觉得显得有点太高兴了。

不知道的以为她有多想搬过去跟他住一个小区呢！

蒋唱晚思忖片刻，又发了一条消息，试图挽尊：跟你在不在一个小区倒是无所谓，主要是能和我们的小猫住一起了。

等一下……

“我们的小猫”。

怎么感觉更暧昧了？

谁和谁一起养猫了？

“苍天啊……”她把手机往旁边一扔，哀号道，“谁来救救我。”

另一头，任未读消息的红点变多，沈衍舟也还没有退出去看。他的手机页面停留在和蒋唱晚今天才打开过朋友圈给他验证的那位女士的聊天界面上。

最顶上一条消息是半个小时前对方发来的：

小沈老师，听说你转到一中，搬到家属院小区里去住了？

是的，孟阿姨。怎么了？

是这样的，因为南山这边离学校确实有点远，晚晚他哥反映说蒋唱晚上学老是迟到，说想让她搬到家属院小区里去住，我听说你也搬过去了，你们还同班，就想问问能不能麻烦你在放学后，多多辅导一下她？

因为光是迟到的话，我可能不会让她搬过去住的。你知道她这个人的自制力很差，没有人管的话怕是要上天，她哥也是个怕麻烦的人，更不会理她。

如果你也在的话，就好办多了。你是这么多家教老师里，唯一一个能制住她的人，还让成绩确确实实提升了。

就是不知道会不会太麻烦你了，小沈老师？

聊天框里的最后一句来自沈衍舟。

他说：没关系的孟阿姨，这是我应该做的。

片刻后。

蒋唱晚的手机振动一瞬，提示有新消息。

她拿起来看。

对面说好啊，然后发来了一段视频。

橘色小奶猫醒了，吃饱喝足之后看起来分外有精神。

它的眼睛已经完全睁开了，在刚铺好的毛绒小窝上玩着小毛线球，时而被逗猫棒的声音吸引，扬起毛茸茸的小脑袋，眼睛一眨一眨，懵懂地看向镜头。

仿佛透过镜头，看向屏幕外的人眼里。

蒋唱晚的心都快要被萌化了，反复看了好几遍之后才退出来，正要在聊天框里打字，就看见对面又发来一句。

Z。：给我们的小猫起个名字。

我们的，小猫。

他并没有觉得奇怪，并且十分自然地重复了这个措辞。

好像这只小猫真的是属于他们两个人的，与它复苏的生命与活力一起，诞生于今天的秘密。

蒋唱晚顿了很久，才一字一句地在聊天框里珍重地打下这个名字：

克鲁克山。

——橘色的，聪明的，像《哈利·波特》里出现过的，属于赫敏的，有魔法的小猫。

它对他们两个人来说，也有如魔法般的神秘与美丽。

“克鲁克山？怎么叫这个怪名字。”程姗姗隔着太空舱看它，撇嘴道。

“哪里怪了？”蒋唱晚反驳道，“你没看过《哈利·波特》，我不怪你。”

程姗姗“嘁”了一声，脸都快贴到太空舱上了，看克鲁克山在里面打呼睡觉，眼睛里的母爱都要溢出来了，嘴上却在问：

“你俩怎么把它带过来了？带学校里怪麻烦的吧，被抓到指不定还处分呢。”

“没办法啊。”蒋唱晚也跟着她一起贴上去，两个人的鼻子挤在一起，“沈衍舟说它身体不好，不太离得开人，而且隔两三个小时就要喂一次奶，定点定量呢。”

“这也太麻烦了。”季程被她俩挡住了，完全看不到，只能在后面张牙舞爪地探头，“跟奶孩子也没啥区别了。”

“可不是吗？”程姗姗附和道，“可怜晚晚和小沈老师，年纪轻轻，就当上爹妈了。”

“滚蛋。”

蒋唱晚看克鲁克山快要醒了，把这俩人推开，小心翼翼地把太空舱包抱起来往外走，还不忘给它认亲戚：

“那你俩还是干爹干妈呢，怎么也没见得给孩子买点奶粉什么的？”

“哈哈。”

“再说吧。”

身后两个人顿时四散，打哈哈试图逃避责任，获得蒋唱晚的冷哼一声。

她小心翼翼地抱着猫咪包，避开人群和老师，上了教学楼四楼的空教室。

沈衍舟在这儿等她。

不能把克鲁克山留在家里，因为要定点定量喂奶，要清理排便，还要注意它的情况，但也不能随身放在教室里，因为人来人往的，对小猫咪来说太吵了，也不安全，所以沈衍舟就在学校里找了个空教室。

“这个教室不会有人来吗？”蒋唱晚一边问，一边小心翼翼地把猫咪包交给他。

“不会。”沈衍舟接过，检查了一下克鲁克山的情况，把包放在最后排的课桌上，看了眼腕上的表，记下时间后，对她晃了晃钥匙。

“我找学校要了个空教室，说是准备竞赛。”

“……啧。”蒋唱晚咋舌，“好学生就是不一样，连教室都能有专属的。”

“怎么了？”沈衍舟看她一眼，“我的不就是你的。”

蒋唱晚看着他检查好门窗，然后把教室门关上，用钥匙锁上之后，才咕哝了一句：“这么会说话。”

沈衍舟没听见，食指勾着钥匙扣，在指尖晃了晃，偏头问她：“你竞选社长的事儿怎么样了？”

“啊，周五社团课的时候去报个到就可以了。”蒋唱晚答道。

其实还要准备竞选演讲什么的，但是她的作品拿到了第一名，加权分实在太大，显得后面这些都是小事了，她就不太在意。

两个人并肩下楼。

正值大课间，楼道拥挤吵闹，有人从身旁跑过，将本就逼仄的空间挤占得更加局促。

蒋唱晚往旁边退了一小步，还是偶尔会被人擦过肩膀。

但她没太在意，抬头问他："你看到大屏幕上我的作品了吗？"

沈衍舟一时半会儿却没回答。他偏头看着前方，像是在注意前面的路，同时伸出左手，极轻地揽住她肩膀。

掌心落在少女纤细的肩头，长指轻轻扣住，体温隔着一层校服衬衫面料透过来。

而后手臂稍一用力，小臂线条绷紧——

少年身影在眼前一晃，将她换到了内侧。

蒋唱晚一顿。

她缓慢迈步下楼。

身旁紧靠着楼梯扶手，另一侧是高得有些鹤立鸡群的少年，将拥挤和嘈杂都隔绝在外，留下一片小小的、在混乱中不受侵扰的净土。

偏偏又不是什么故意的举动，好像发自内心，毫无刻意，只是单纯想让她安全一点，顺利一点。

仅此而已。

"看到了。"少年的声音从头顶传来，在嘈杂的环境里格外清晰。

不知道是不是离得太近的缘故，蒋唱晚甚至觉得她能感受到他讲话时胸腔的轻微震动。

"别太嘚瑟了，第一名。"

回到教室时还有十分钟上课，后门围满了人。

蒋唱晚费劲地从人流中挤进去，感觉到有点莫名其妙："啥意思？这都谁啊？"

"小学妹呗，还有谁。"程姗姗晃着根笔，下巴点了点沈衍舟，若有所指，"托你的福，在这儿吵了整个课间。"

"托我的福？"蒋唱晚莫名其妙，"关我什么事儿？"

"你的视频啊，大小姐，在外面轮播呢！"

上次比赛还只是在演播厅里小范围播放，获奖之后在学校操场和门口的LED大屏幕上播放，每一个学生，甚至路过的人都能看见。

除了起到传播和引人注目的作用，还有一点也很明显——沈衍舟。

“学长学长，请问你有沈学长的联系方式吗？”

季程越学腔调越怪，到最后吐舌头做鬼脸：“大家都是一个视频里的演员，凭啥就问他，不问我呢？有的人甚至都没认出来我，凭啥啊！”

蒋唱晚和程姗姗对视一眼，双方都从彼此的眼睛里看出了无语，回头的回头的，转开脸的转开脸，不说话了。

本来蒋唱晚觉得这只是一时的风潮，很快就会过去，没想到随着视频的不断传播，沈衍舟所受到的关注也越来越多。

而她是在这一周快结束时才感知到这一点。

周五，社团课结束，她完成竞选演讲，从编导社团教室回来，教室里早已闹哄哄地混作一团。

教室里的人已经陆陆续续回来了，或聊天说话，或打打闹闹，嘈杂得紧。

她扫了一大圈，没看见熟悉的人影。

“沈衍舟呢？”蒋唱晚问。

“不知道啊。”后排俩人回答，“竞赛课去了吧，没看见呢。”

“不该啊。”蒋唱晚有点疑惑地咕哝道。

他们竞赛课一般不拖堂的，到点就走，她刚刚下课还在外面聊天拖延了会儿，这都到了，沈衍舟却还没到，有点不合理了。

时间一晃而过，直到自习课结束，快到放学时分，沈衍舟还是没有回来。

程姗姗和季程心已经飞了，在后面小声讨论班费结余待会儿吃火锅还是吃串串，时不时戳蒋唱晚一下，要求她投票站队。

“……随便吧。”蒋唱晚心不在焉地回道，回过头来，看了看旁边空着的座位。

到底干吗去了？

她顿了几秒，偷偷摸出手机，在课桌下打字给他发消息：你去哪儿啦？矮士水说放学一起去外面吃晚饭，你去吗？

按下发送键后没几秒，隔壁桌桌肚里有什么东西亮了一下。

很晃眼，很明显地亮了一下，然后在几秒后熄灭。

蒋唱晚顿了几秒，倾身把脸凑过去，在桌肚里发现了他的手机。

沈衍舟没带手机。

意识到这一点之后，蒋唱晚皱起眉，抬眼看了下教室正中的钟表。

还有十分钟放学。

“我去找一下沈衍舟。”她压低声音，给后排两个人留下这句话之后，就装作去洗手间，匆匆从后门溜出去了。

还没下课，学校里很安静，各班的同学都在教室里奋笔疾书，没在学的人也识趣地没有发出声音。

蒋唱晚穿过走廊，上了楼梯，一路从教室的窗户里望过去。

竞赛教室在四楼，但是这会儿四楼的灯已经全关掉了，没亮一盏。

甚至走廊的声控灯都不知道为什么没有亮。

好在现在天还没黑，夕阳缓慢西沉，完全不影响视物。

蒋唱晚不敢大声叫，怕吵到楼下自习的学生，只好一个教室一个教室地望过去。

都是空的，都没有人。

奇了怪了。

能去哪儿了？

蒋唱晚皱眉，疑惑半天，靠在栏杆上发呆，忽地瞥见一个熟悉的身影从楼下经过。

“张心怡！”她犹豫了片刻，还是隔着一层楼，小声喊道。

对面的女孩停顿了两秒，十分敏锐地听见了，张望四周后才看过来，虽然疑惑，但还是露出友善的神情：“怎么了？”

蒋唱晚在学校待了两年，还基本没跟她说过话，这会儿难得有点局促。

“你们竞赛班是准点下课的吗？你有看见过沈衍舟吗？”

“是准点下课的呀。”女孩儿回应道，想了想，“我记得他下课之后在教室里留了一会儿，比我晚走，后面就没见过他了。”

“啊，好吧。”蒋唱晚皱着眉说好，然后道谢。

女孩儿点点头，说不用谢，然后走远了。

蒋唱晚看着她的背影逐渐消失变小，又看了看手腕上的表。

还有两分钟，放学铃声就要响了。

……算了。她想。

说不定他被老师叫去了，有什么她们不知道的新任务，也是有可能的。

蒋唱晚叹了口气，正向回走，刚迈出一步，忽然听见不远处的教室里，传来一阵轻微的声响。

非常轻微，非常连贯，要不是周围太过安静，都很容易被忽略掉。

她脚步一顿。

顿了几秒后，蒋唱晚回头，向发出声音的地方走去。

脚步轻缓，一步又一步，走过教室，走过楼梯口，一直走到走廊的尽头。

一间储物室。

因为极小、极窄，很难利用，所以当作了一间储物室。

蒋唱晚站在门外，蹙着眉，盯着这扇老旧灰暗的门良久，试探性地出声喊道：“……沈衍舟？”

里面细碎细小的声响突然停止了。

像风吹过树林，然后在此处戛然而止。

良久，储物室里传来一声很轻的回应。

“……嗯。”

“……怎么回事？”蒋唱晚蹙着眉，拍了两下门，又试图拧了几下门锁，却依旧什么都没有发生。

“你怎么被锁在里面了？”

储物室的门常年都是关着的，好像没有锁，但学生们一般不会进去，所以蒋唱晚也不知道这个门应该怎么打开。

试了几次还是无果之后，正逢下课铃响，蒋唱晚急匆匆地想去找帮手：“我去找老师来。”

“别。”

沈衍舟的声音从里面传来，倒是平静得一如既往，只是隔着一扇门，稍微显得有点失真。

“克鲁克山也在里面。”

蒋唱晚脚步一顿：“……啊？”

学校当然不允许带宠物来。他们这一周都偷偷摸摸的，早上一来就把它放到竞赛教室的小角落里，趁大课间、午休等等稍微充足的时间，上来喂奶和陪它玩。

好在一直没有人发现，克鲁克山也越养越健康，明显有精神头了。

“你被锁在里面就算了，为什么克鲁克山也在里面？”

蒋唱晚皱着眉，心下的某种预感越发强烈，但疑惑归疑惑，还是准备先解决问题。

"那怎么办？你从里面打不开是吗？"

"对。"沈衍舟说。

他应该是靠着门的，声音显得清晰起来，难得的不慌不乱："门卫室应该是有备用钥匙的，但是最好不要让保安跟你一起过来。"

要找钥匙，还不能让保安一起过来。

蒋唱晚思索了片刻，脑子里突然有了点子，手搭在门上，脸也凑近，小声道："我知道了。

"你等着我啊，沈衍舟。"

少女的手搭在灰暗老旧的门上，指尖微屈，声音轻而细小，焦急、匆忙，却带着坚定，像是要隔着门安抚里面的人。

哪怕里面的人其实并不需要安抚。

储物室内一片灰暗，灰尘飞扬，少年一手托着小猫，一手从门上擦过。

修长的指尖在门内侧停顿片刻，像是隔着门的一次相触，像是彼此都无意的巧合，而后移开。

"好。"沈衍舟说。

"喂？你俩走到哪儿了？"

"我们还想问你去哪儿了呢？"程姗姗在电话那头有点莫名其妙，"最后决定了，去吃火锅，老街口那一家。我们到处找你没找到，现在走到校门口了，要等你吗？"

"不用。"蒋唱晚语速很快，一边吩咐她，一边跑下楼梯，"你们在校门口搞点事情，引开保安，我有点事要做。"

"啊？什么事？"

"来不及了！"蒋唱晚飞快地离开教学楼，向校门口跑去，"你俩先做，待会儿再给你们说！"

没管那边疑惑的嘀咕和咕哝，挂断电话后，蒋唱晚的步伐越发快，穿过熙攘的人群，最后到了校门口。

放学时分，校门口满是人，背着书包、扎着马尾，青春洋溢的女高中生，还有走着走着忽然开始无实物表演投篮的男高中生。

但今天似乎不同往日，人流都逐渐聚集在一起，围成一个圈，似乎在看什么热闹。

“你说啊！你承诺过我什么，你说啊！”

歇斯底里的女声传到耳朵里时，蒋唱晚的动作顿了一顿，从人群中望过去。

程姗姗站在人群中央，捂住心口，眼角挂泪，神情悲凉而痛苦，另一只手搭在季程肩上，不住地推他。

“你说啊，季程。你说啊！”

蒋唱晚沉默两秒。

她这个角度望过去，只能看见程姗姗的脸，以及她蓬勃的表演欲。至于季程，她虽然只能看见一个后脑勺，但也不难想象他的表情。

人群越聚越多，动静太大，加上程姗姗的动作和神情实在太丰富，引得保安叔叔从保安室中出来查看情况，疏散人群。

蒋唱晚一边抬起手，在人群中给程姗姗比了个大拇指，一边趁机溜进保安室里，四处搜寻，最后取下一串钥匙，揣在兜里，悄悄地从人群中溜走了。

往回跑的路上，还能听见程姗姗渐入佳境的哭腔。

“你明明承诺过我的，为什么要这么对我啊！”

……真是太敬业，太辛苦了。

姗姗。

后来的一切就都很顺利了，用钥匙开了门，把沈衍舟和克鲁克山救出来，再把门关上，偷偷把钥匙还回去。

程姗姗和季程已经顺利完成了任务，进入了下一个副本阶段。

33：老街口火锅店，给你俩占了两个位置，速来。

蒋唱晚和沈衍舟到的时候还不算太晚，菜刚点完，刚下下去，没引起太多人的注意。

“什么情况？”程姗姗压低了声音，一边往锅里下牛肉，一边问她。

“沈衍舟被人锁在储物室里了。”蒋唱晚边说，边环顾四周，敏锐地察觉到一道视线。

小心翼翼，躲躲闪闪，像是心里有鬼。

蒋唱晚顺着那道视线回望过去，班上某位爱刷存在感的男同学。成绩倒数，但很爱哗众取宠，时常大声接嘴和跟老师顶嘴，被罚站的时候会进行“装作不在意地翻白眼、撩头发”“小声不断咒骂”等等，一系列自觉很帅的操作。

没管程姗姗震惊又疑惑的神情，蒋唱晚抬起下巴点了点那边：“那人叫啥？”

程姗姗好就好在说一出是一出，顺着她视线望了过去，想了想：“好像是曹杰吧。”

曹杰坐在隔壁桌，察觉到这两道视线之后，肉眼可见地慌张了许多，想要倒水掩饰自己的情绪，装作自己很忙，却洒了自己一身，引起隔壁桌一阵怨声载道。

“好的。”蒋唱晚收回视线，若有所思，重复了一遍这个名字，“……曹杰。”

饭桌上人多眼杂，不便讨论，蒋唱晚挥挥手，说：“先吃饭吧。”

等到饭饱饮料足之后，四人小组在火锅店门口的小巷子里集合。

少年顿了两秒，单肩背着小猫包，往墙上轻轻一靠，开始淡声讲述过程。

今天是周五，有竞赛课。

一周里只有一天会用到竞赛专用教室，沈衍舟下午上课前提前到了教室，把克鲁克山短暂地转移到另一间空教室里去，以防它受到惊扰。

“但是我下课去找克鲁克山的时候，却发现它不见了。”少年半靠在墙边，淡声陈述。

程姗姗不愧是看过许多偶像剧的人，几乎一秒就猜到了剧情走向：“然后你到处找，最后在储物室里找到了它，但是还没来得及出去，就被人锁在里面了？”

“对。”沈衍舟点头。

季程瞠目结舌：“谁这么坏啊？还知道你带了猫来养，专门连猫一起关进去，让你为了防止被处分，不敢叫老师。”

“我估计没这么简单。”程姗姗扶了扶并不存在的眼镜架，福尔摩斯上身，“我觉得这个人肯定是关注了你们很久，知道你们把克鲁克山安顿在竞赛课教室，然后竞赛课前必定要转移，所以才等到这时候才行动的。”

“美女所见略同。”蒋唱晚伸出手，跟她击了个掌。

“而且他鸡贼就鸡贼在，算定了我们因为有小猫，不敢叫老师来开门，事后也不敢查监控，因为暴露他的同时，也暴露了我们自己。”

“那怎么办？”季程已经生气了，豆奶也不喝了，义愤填膺，“不可能就吃这个哑巴亏吧？”

蒋唱晚和程姗姗对视一眼。

“放心，交给我们。”

讨论结束后，回到火锅店。

班上的同学几乎都已经吃完了，三三两两瘫坐在椅子上，揉着肚子聊着天。

因为明天是周六，放假，不急着回去写作业，所以大家都很随意很松弛，甚至还有人提议说转场去唱歌。

矮士水也懒得管他们了，说是要回去陪孩子玩，叮嘱完他们早点回家、路上注意安全等等之后，就离开了。

“走呗，唱歌去。”有人招呼他们道。

蒋唱晚还没来得及回应，就听见隔壁桌传来一声暴怒的号叫：“你干吗呢？能不能小心点？都弄到我衣服上了！”

曹杰“轰”的一声站起来，皱着眉，大声斥责着来收拾桌子的服务员：“这可是限量版的衣服！你三个月的工资都买不起！”

周围都因为这声响寂静了片刻。

所有人的目光都转向这里。

服务员看背影是个中年女人，纤细而娇小，盘着头发，因为工作了许久而稍显凌乱，从鬓边落下几缕，此刻正好声好气地道歉，说对不起。

但曹杰却不饶人。

“对不起？对不起有用吗？”许是见所有人都在看他，曹杰的声音越发大，态度也越发差，“要不就赔钱，要不就叫你们经理来！”

隔壁桌坐他旁边的同学都有点看不下去了，拽他胳膊：“行了，差不多得了，本来就是人家阿姨在这里收拾，你自己撞上去的……”

曹杰却不管，一把甩开同学的手，转身继续气势汹汹：“赔不赔？不赔你也别想在这儿干了。经理呢？叫你们经理过来！”

服务员阿姨似是有些难堪，不住地向他鞠躬道歉，不经意间转身，得以让坐在另一桌的几个人瞥见了她的侧脸。

苍白，脆弱，却坚韧而熟悉。

蒋唱晚大脑“轰”的一声，在沈衍舟站起来之前，猛然攥住了他的手。

少年的手腕冰凉，还有点轻微地颤抖，他难得失态。

像是在储物室里沾染上的凉意还没有被捂暖，就又落上了尘。

蒋唱晚心脏突然一抽，感到无法呼吸般的难受。

“你干吗呢！”

停顿一瞬后，少女猛然窜出去，一把挡在曹杰面前，隔断他的视线，并伸手揪住他的衣领，凝神看了看他那件所谓的“限量版”T 恤。

几秒后，她扯了扯嘴角，像是嫌脏似的松开。

“穿着件盗版招摇过市，还好意思让别人赔你正版的钱。

“你要不要脸啊？”

周围寂静一瞬，然后开始窃窃私语。

“啊？是盗版啊？”

“他都跟我炫耀一周了，结果是个山寨货，醉了……”

“这个天气还这么热，就算是正版也不至于连穿一周吧，真的不会臭吗……好恶心啊。”

“我说最近教室里怎么老有股汗臭味儿呢，搞半天是他啊……”

旁边的声音越来越大，曹杰的脸色也越来越难看，涨得红紫交加，腮帮子咬了又咬，把火气都转到了蒋唱晚身上。

“你说是假货就是假货？你知道个屁！”曹杰拽着自己的衣领，“这是 V 家今年最新款的 T 恤，你碰过吗就说？你们女的懂个屁啊！”

“欸，你这话说的。一件衣服而已，和男的女的有啥关系啊……”

旁边程姗姗听到这话就要暴起了，撸了两把袖子就想往前冲，被周围人拉住了。

“一个基础款T恤而已，常年在专柜摆着，要多少有多少，还是今年新款，哪一季的？”

蒋唱晚上下扫了他两眼，按捺住自己被挑起的火气，翻了个白眼，深呼吸两下，极其克制地道：

“你 T 恤上那个印花，正版是手工缝上去的，你这是印上去的，这么明显的差别，真当别人看不出来啊？”

她伸手指着曹杰衣服上胸膛那一处的印花，人还往后退了一步，以便拉开距离，好像生怕自己碰到他似的。

伤害性不大，侮辱性极强。

曹杰脸色转青，低头看了看，随后一把用手揪住胸口印花：“你少放屁！你见过这件吗就乱说？你碰过吗？少血口喷人……”

“我不仅见过，碰过，”蒋唱晚此时此刻格外真诚，“我还洗过。

“我哥穿了两次不要了，我妈用来当抹布，我擦过几次桌子，被印花磨得手心疼。”

蒋唱晚的叙述实在太具体，神情实在太真诚，还揉了揉手心，一时间，连曹杰都被噎得没话说，张着嘴，半天说不出一个字。

“……真的欸？”

“他那个塑料印花都快要掉色了还在穿，是有多爱装……”

“衣领都穿黄了……就算穿山寨货也要讲卫生吧……”

周遭议论声一阵高过一阵，还有人上网搜索，拿着真假对比图细细观察，像是在玩找不同似的，惊喜地嚷着：“这里也不一样！”

“又发现一个！”

曹杰脸都要绿了，这时候自己都下不来台，自然没有心思去为难别人。

他恶狠狠地瞪了蒋唱晚两眼，视线又转向她身后纤细娇小的女人，做了个吐口水的动作，发出“呸”的一声：

“今天就算了，我不跟你计较。下次你等着！”

“等啥？”程姗姗冲过来挡住他的视线，翻了个白眼，“等着给你上坟啊？”

“你……”

眼看着曹杰想要动手，季程一把把程姗姗挤开，撸起袖子，凶神恶煞地亮了亮手臂上的肌肉。

蒋唱晚眼前也压下一片阴影。

沈衍舟从旁侧迈步，走到她身前，不动声色地将她挡在身后。

蒋唱晚顿了两秒，眨了眨眼，缓缓抬睫。

少年好像已经恢复那副云淡风轻、处变不惊的模样，神情浅淡，眼尾薄凉，看向前面人的眼神里夹杂着几丝不屑和厌烦，好像懒得多看他一眼。

但身体却实打实地挡在她前面，甚至微微倾斜，手臂也下意识伸出，将她护在身后。

是一个潜意识里的保护姿态。

蒋唱晚从后抬起头，瞥见少年的侧脸，然后缓慢地眨了眨眼。

曹杰盯着他们几个，视线来来回回，神情好像要吃人，眼睛里像是能喷出火：“……你们给我等着！等到周一，你们就都完了。”

这话来得莫名其妙。

没头没脑，没前没后，以至于周围的人都对视几眼，摸不着头脑。

只有他面前的这四个人知道。

蒋唱晚和程姗姗对视一眼，彼此都从对方的神情里看出了同一个意思。

这简直是自爆啊！怎么会有人这么没脑子的？

两个人迅速交换了一个眼神，多年的默契让大家都心照不宣，迅速确定方案后，两个人才分给男同胞们一眼。

意思是“你们别说话，交给我们就行了”。

“什么完了？”蒋唱晚眨眨眼，显得分外无辜，“你在说什么，我们不知道啊。”

“就是啊。”程姗姗接道，“不都说，拿不出证据的话就别说吗？你有证据吗？”

正如曹杰认定他们没办法用调监控来控告他一样，他也没办法把监控视频作为证据，来状告他们在学校里违规饲养小动物。

因为这必然牵扯出他使坏把沈衍舟锁在储物室的事，简直是鱼死网破。

曹杰显然也想到这一点了，脸色顿时又青又白，太阳穴青筋跳了又跳，腮帮子都快被咬烂了，瞪了他们好半天之后，扔下一句愤怒的“我们走着瞧”。

“哟哟哟哟。”季程早就按捺不住了，充当了一个在他转身离开后做鬼脸的阴阳怪气角色。

“嘁。”程姗姗看着他的背影，做了个呕吐的动作，“臭死了！”

蒋唱晚呼出两口气，偏头看，沈衍舟已经不见了。

少年连同女人的身影在灯光下一晃，消失在走廊尽头。

“怎么会有这种人啊，好无语。”

“一想到跟他同班，就觉得好倒霉。”

身边的议论声还细细碎碎响在耳边，伴随着窸窣的动作声、拉开椅子往外走的脚步声，人陆续离场。

“走了走了。”季程喊她。

蒋唱晚顿了顿，视线停在走廊尽头熄灭的灯光处几秒，缓慢收回，回头说好。

“嗯？”程姗姗一边收拾东西，一边环顾四周，“小沈老师呢？”

“我们先出去吧。”蒋唱晚顿了顿，说，“不用等他。”

沈衍舟出来的时候，人已经快要散尽了。

夜色渐深，门庭若市的火锅店逐渐冷清，店面里只剩下一两桌客人，已经吃到尾声，不再吵闹。

原本坐的那两桌已经收拾干净，桌面亮堂，桌椅整齐，没有人再留了。

他顿了几秒，拿上自己的东西，缓缓走出门去。

C 市老城区紧凑，都在一块儿，这家火锅店离家属院也并不远。沈衍舟垂眼看了眼手机屏幕上的时间，把书包单肩挎到肩上，打算步行回家。

刚迈出门两步，夜风将将吹拂到身上，动作就突然一顿。

他停在门口的灯光下。

C 市老城区街区都小，道路不宽不窄，街边种满梧桐，青砖上铺满暗色青苔，行人可以走得散漫，街边小店也开得很晚。

此时此刻，马路对面的台阶上，坐着一个正在打瞌睡的少女。

白衬衫黑裙，马尾已经快要散开了，屈膝撑肘，怀里还抱着一个猫咪包，下巴枕在包上，脑袋一点一点，像被饱满颗粒压弯的稻草，在风中摇晃。

和小猫一起，睡得正香。

不知不觉，沈衍舟已经走到她面前。

路灯昏黄，街边小店的窗户里透出温暖的灯光，落在少女的脸上。

眼睛闭着，遮住了往日古灵精怪的神采，显得异常乖巧。皮肤细腻，脸颊饱满，似乎还有点未褪去的婴儿肥，被手肘挤压，看起来极其可爱。

或许是因为姿势，蒋唱晚睡得并不安稳，下巴被坚硬的太空舱压着，嘴唇不自觉张开，随着呼吸而轻微起伏。

“……啊嚏！”

蒋唱晚突然打了个喷嚏，整个人一激灵，从睡梦中醒来，打破了这场相持的平静，留下只有一个人知道的心跳错乱瞬间。

沈衍舟顿了两秒，迅速移开视线，看向别处。

蒋唱晚看了他两眼，眨了眨眼，好一会儿才反应过来，揉着眼睛，慢吞吞地问他：“你弄完啦？”

明显是还没睡醒，还蒙着，连说话都是拖着调子，软绵绵的，听起来却异常让人心软。

沈衍舟垂眼看着她，“嗯”了一声，重复道：“弄完了。”

蒋唱晚还是坐着，又慢吞吞地眨了眨眼，似乎在反应，然后问：“阿姨呢？没跟你一起出来吗？”

沈衍舟看着她："没有。

"火锅店要凌晨一点才下班。"

"这么晚？"蒋唱晚像是一下子醒了，探出身子往他身后张望，看了看还亮着灯的火锅店，"又不是什么节假日，都没有客人了，干吗还要开到那么晚？就不能早点下班吗？"

"嗯呢。"沈衍舟顺着她应了两声，"我也这么问。"

蒋唱晚看向他："那老板怎么说？"

"老板让我滚出去。"沈衍舟若无其事地应。

蒋唱晚停了好几秒，才反应过来他这是在开玩笑，有点想笑，又有点无语地撇了撇嘴："……神经病。"

沈衍舟这才笑了下，偏头移开视线。

几秒后，他蹲下来，双腿微分，手肘搭在膝盖上，视线与她齐平，问："现在醒了没？"

少年突然的下蹲带来一阵风。

混着他身上独有的、晒后青柠的气息，与秋日微凉的夜风一起，轻柔地送到她面前。

面孔猝不及防地凑近，蒋唱晚盯着面前因夜色而显得漆黑深邃的瞳孔，愣了好一会儿。

……太近了。

她屈膝并腿坐在梧桐树下的路边台阶上，沈衍舟半蹲在她身前，上半身轻微前倾，是一个凑近的姿态。

夜晚的风在身旁吹拂，克鲁克山在怀中轻缓地叫，混着不知道远处哪家小店的悠扬背景音乐，显得温馨异常。

两个人对视良久，最后以蒋唱晚率先移开视线而告终。

她抱着太空舱背包的手臂紧了紧，盯着旁边的自行车轮，抿了抿唇："……醒了。"

沈衍舟也顿了几秒，才继续说话。

"困成这样了，怎么不回去？"

"想等你嘛。"她老实地说。

看沈衍舟的反应，应该是不知道张阿姨偷偷出来上班打工的。

就算是平日偶然发现这个事实，也够他安静消化一阵的，何况是在今天这种阴差阳错、备受委屈的时刻，他应该怎样都不会太好过。

她想等等他。

蒋唱晚安静地看着他，小鹿眼清澈、明亮，而又湿漉漉的。

少女的想法向来真诚而又朴实，从来不会想除此之外的弯弯绕绕。想到什么，就去做，仅此而已。

她没有问他和张女士聊得怎么样，什么感觉，什么结果，没有过度侵入他的隐私，随他想说与不说，只是安静地在这里等他。

他不想说，她就不会问。

他要是想说，她也会像现在这样，偏着头，安静地听着。

好像有一种托底的勇气。

告诉他，她永远在这里。

沈衍舟望着她的眼睛，突然觉得心脏有什么地方塌了一块，绵软而又势不可挡，心脏酸胀，像一个被充满气的氢气球。

仿佛从认识她开始的那一天起，就注定了必然会有这一刻。

空气又安静片刻，只留早开的桂花香在夜风里流动。

良久，沈衍舟垂下眼，移开视线，蜷了蜷指尖。

“那走吗？”

蒋唱晚点点头：“走。”

因为太晚了，她准备跟孟女士说一声，不回南山了，顺道跟她哥提了一嘴，说今天过去住。

但等了好几秒，依旧没有动静。

沈衍舟看着她，挑了挑眉：“那你怎么不动？”

蒋唱晚沉默了几秒，把太空舱包抱得越来越紧，有点难以启齿地说：“……腿麻了。”

因为在这儿坐太久，大腿连带着屁股都麻掉了，一时半会儿还起不来。

沈衍舟无言，沉默了两秒，伸手接过太空舱包，看了眼克鲁克山。

橘色小猫咪还好好地在里面待着，伸出爪子，将脑袋贴在透明 PVC 橱窗上，睁大眼睛，看着他们。

眼睛湿漉漉的，清澈明亮，和方才所见的那双一样水亮。

那一瞬间，他忽然想起《哈利·波特》里那一句，来自西弗勒斯·斯内普的名言。

“You have your mother’s eyes.”

你有一双，和你母亲一样的眼睛。

最后的最后，沈衍舟站起来，在昏黄的路灯下，伸出手。
少年的指尖轻微地蜷了蜷，长指伸直，是一个邀请的姿态。
他垂眼看她，轻声道：“起来吧。
“回家。”

|第九章|

少年回头望

Neng Bu Neng Ting hua

蒋唱晚搬东西的行程定在这个周末。

在家属院睡了一晚之后，她就回了南山，张罗着搬过来住。

她哥每逢周末必睡懒觉，但早晨十点就被敲门声闹醒，顶着一张十分不爽的臭脸坐在客厅里，看搬家人员来来回回往里搬东西，扯了扯嘴角，十分讥诮：“货拉拉？你怎么不把整个南山搬过来呢？”

“放这儿放这儿！”蒋唱晚才懒得理他，精气神十足地让搬家人员安放她硕大的纸箱。

“早知道不跟妈说让你搬过来了。”蒋惊寒实在被吵得头疼，捞了件外套，准备出去“避难”。

“开弓没有回头箭。”蒋唱晚笑嘻嘻的，拍拍手，往他身边蹭，“不过我还想问你呢，怎么忽然良心发现啦？

“是不是知道你妹妹每天早起半个小时，很辛苦的呀？”

蒋惊寒都走到门边了，被她堵住，垂睫瞥了眼，看她脸上那副得意的神情，到嘴边的话倏然就不想说了。

“不是啊。”他拖着尾音，懒洋洋道，“你每天迟到，让学生会那群人给你放水，他们都要记我头上的。”

“今天讹我几杯奶茶，明天要我请顿饭。”蒋惊寒瞥了她一眼，慢吞吞道，“我的经济损失，谁来赔？”

蒋唱晚脸上的笑容顿时就收起来了，“嘁”了一声：“……反正我不赔。”

他哥那么有钱，凭啥让她赔？

而且他都没怎么请过她吃饭，就当补偿了，不行吗？

蒋惊寒像是丝毫不意外似的，拎着外套晃了晃：“过去的事儿就算了，之后再迟到，我可不帮你付账了。”

“自己玩着你的过家家吧。”他从冰箱里拿出瓶水，“打球去了。”

落下这句话之后，身影就像是开了瞬移一样，消失在门口，不给她一点开口的机会。

不就是不想帮她收拾吗！

至于跑这么快吗！

蒋唱晚气不过，冲门口做了个鬼脸：“你走吧，你走吧！我自有办法！”

下午，熟悉的四个人坐在沙发上面面相觑。

“啥意思？让我们来当苦力，当劳工啊？”

“嘘。”蒋唱晚竖起食指放在嘴边，语气放软，“不要说得这么难听嘛！大家都是朋友，是不是？”

“你也知道我们只是朋友啊，”季程说，“搬砖是工人才会做的事！你是不是有点越界了？”

“我要回家。”程姗姗说。

只有现在和她住在同一个小区的小沈老师一言不发，靠在沙发边上，默然看着她。

蒋唱晚有点急了：“到底是不是朋友！讲不讲义气！你们看人家小沈老师怎么不说话？怎么就你们俩话多？”

“事实上……”话音落下几秒后，被点名夸奖的小沈老师斟酌着开口，“我也不是很想帮。”

蒋唱晚默默闭嘴，看了看她几乎堆满整个客厅的纸箱，觉得确实有点过分了。

“哎呀，主要是想和你们一起庆祝一下。”蒋唱晚原地跺脚，有些气馁，“我拿第一之后我们都没一起吃顿饭，人家女明星杀青获奖都还有庆功宴呢，我们为啥没有？”

“小明星就不是明星啦？小导演就不是导演啦？”她越说越觉得有道理。

“人嘛，不就是图一个仪式感，特别是赶上我搬家，脱离南山苦海这件事，高低也算个乔迁吧！怎么就不能快点收拾完，然后一起在家里做个饭，看个电影，庆祝一下呢……”

“……行了。”

三个人对视几眼，被她念叨得不行，已经默默起身拆箱子干活了。

季程抱着脑袋装头疼：“师傅，别念了！”

“就知道你们最好了。”蒋唱晚“嘿嘿”笑了两声，也起身投入收拾东西的过程中。

四个人边聊天边收拾，期间翻出无数本蒋唱晚小时候的相册，都被蒋唱晚收走，说没收拾完之前不许欣赏。

而后就是忙忙碌碌，窸窸窣窣的声响，最后终于在快要日落的时候，得以一屁股坐到沙发上，打开那几本相册。

“你们看吧，我看看厨房里有什么菜，要不要再买点别的什么……”蒋唱晚揉着酸痛的腰，很想一屁股躺到沙发上去，但还是牢记自己主人家的使命，任劳任怨，不忘初心，坚持给大家做饭。

沈衍舟垂眼看了两眼，还是起身，在水池边洗干净手：“我帮你。”

“你不累吗？”蒋唱晚打开冰箱，“你休息吧。”

“算了。”沈衍舟几步走到她身后，站定，顿了两秒，“我怕你炸厨房。”

蒋唱晚：“……哦。”

好像只需要几个动作，沈衍舟就十分自然地接管过了厨房的掌控权，扫了两眼几乎空空如也的冷藏柜之后，他默了两秒。

蒋唱晚挠了挠头：“我哥平时不做饭，冰箱里有两根葱不错了，我还以为全是汽水呢。”

正巧程姗姗在客厅不知道看到什么，吱哇大叫，惊叹着说蒋唱晚你哥从小就这么帅啊！

沈衍舟神情没什么变化，淡然关上冰箱门，貌似不经意地来一句：“帅有什么用？

“帅就能把冰箱填满了？能当饭吃吗？”

蒋唱晚：“……沈衍舟同学，我重申一遍，那是我哥，我亲哥！”

你这个气生的时间也太长了吧，沈衍舟！

沈衍舟对此只是淡淡地“哦”了一声，然后就点开手机买菜软件，撩起眼皮，闲闲问她：“想吃什么？”

蒋唱晚饿了大半天了，立刻将那点情绪抛在脑后，很狗腿地凑了过去，屁颠屁颠地点菜。

等到夜幕彻底降临的时候，餐厅里也氤氲着独属于晚餐的香气。

原木方桌上摆上了色泽鲜艳、香味扑鼻的饭菜，勾得人食指大动，连连惊叹。

“当当当当！”蒋唱晚抱着几个崭新干净的高脚杯，臂弯里还夹着一瓶颜色漂亮的玻璃瓶气泡水，用手肘抵开门，从厨房里出来。

高脚杯和玻璃瓶落在桌上，发出清脆的声响。

“整这么好。”季程有点震惊，“真是庆功宴啊。”

“嗯哼。”蒋唱晚得意地哼了两声，用开瓶器撬开瓶盖，将色泽清澈明亮的气泡水往高脚杯里一倒。

玻璃瓶口和杯口碰撞，发出清脆的声响。澄澈的液体在容器底部堆积、蔓延，发出灵动的流淌声响。

“干杯！”蒋唱晚说。

少男少女眼角的笑意明显，连眉眼都显得飞扬和灵动，站起身，抬起手，影子被白炽灯映在玻璃窗上，在夜色下闪烁耀眼。

“敬第一名。”

“敬夏天。”

“敬十七岁。”

杯子碰撞的声音清脆悦耳。

亮晶晶的汽水在被子里摇晃，溢出一点，一如少年人蓬勃到漫溢的朝气。

永远闪烁，永远炙热。

饭后，几个人吃得太撑了，完全动不了。正逢窗外狂风呼啸，秋天突如其来，降温猝不及防，遂心安理得地坐在沙发上“葛优瘫”。

程姗姗点开了一个水果台的综艺，季程本来还嫌弃，说想看《变形金刚》，综艺都是女生看的，结果现在笑声比程姗姗还大，就差楼上邻居来敲门了。

客厅里没开主灯，只留了几盏小小的落地氛围灯，昏黄暖色，分外温馨。

蒋唱晚斜躺在沙发上，手掌撑着脸，跟着他们笑了几声，就偏头去看沈衍舟。

哪怕在这种时候，他也是坐得规规矩矩、端端正正的，只是脊背和脖颈放松，靠在沙发上，仍然显得优雅，全然不像他们那样散漫。

他正在翻下午那几本相册。

孟女士爱拍照，在早年相机还是奢侈品的时候，他们家里就充满了各式各样的相机，因此也留下了许许多多的照片。

“这是我幼儿园的时候。”蒋唱晚凑过去，看他在看某一张，小声讲解道。

“幼儿园表演，《茉莉花》，我站C位呢。”

沈衍舟垂着眼，食指轻轻地从照片上擦过，端详了几秒，眼角似乎带了点笑意，“嗯”了一声：“看得出来。”

他说的是她的鞋跟别人穿得不一样。

蒋唱晚有点恼了，抿唇，伸手想去遮，又遮不到：“……那是我那天起得太早了，没注意没换鞋，穿着冬天的胖头虎鞋就上去了，我又不是故意的。”

所以别人都是白袜子、小皮鞋，就她一个人，站在中间，扎着两个冲天的小辫子，脚上穿着一双巨大的胖头虎鞋，站在那儿像一个小绿巨人。

眼看着沈衍舟充耳不闻，还在看，甚至嘴角的笑意还越来越明显，蒋唱晚实在忍不住了，伸手去强行翻页。

“笑一会儿就行了！到底还要笑多久？”

沈衍舟不语，眉眼里却还是笑意，在灯光下显得异常柔和，好半晌才“嗯”一声。

“确实不能再看了，再看怕你穿着胖头虎鞋来揍我。”

“……沈衍舟！”

蒋唱晚更恼了，声音放重一点，喊他名字，还往他身上示威似的捶了一拳。

少女的拳头落在他手臂上，不轻不重，倒像小猫在挠。

“嗯。”沈衍舟应得轻松，眉眼和嘴角的笑意犹在，欠嗖嗖地接道，“在呢。”

四两拨千斤，两句就把蒋唱晚气得半死，撇过头去不想理他。

好一会儿后，她才又慢吞吞地凑过来，安静地趴在边上，看他看别的照片。

照片像是某种特殊的记录仪，和香味、旋律等其他具有记忆性的事物不同。比起那种身临其境、立刻将人拉回当时氛围的方式，它显得更客观。

以别人的角度拍摄下自己，作为一个不断成长、不断变化的个体来讲，其实也是很新奇的。

一张张照片翻过去，望着从前稚嫩的脸，某些尘封许久的记忆一点点浮现出来，会产生一种“哇，原来我以前长这个样子”“哇，原来还发生过这些事”，诸如此类的感觉。

看见沈衍舟的视线停留在某一张照片上许久，蒋唱晚托着腮，目光也落在那张照片上，小声解释道：

“那是我爷爷。”

照片上的人还比较年轻，穿着朴素的纯色中山装，怀里抱着一个肉乎乎、笑得正开心的小女孩，看向镜头。

许是不常面对镜头，神情稍显拘谨，但眉眼里的笑意却是藏不住的、有着属于隔代长辈特有的亲昵，让人感到隐秘的欢欣和温暖。

思绪随着相片上人物的脸飘远，蒋唱晚顿了顿，安静地道：

“很厉害的一个小老头。”

“十几岁就从家乡城市出来打工，满中国跑，什么脏活累活都做过，凭着自己养活一家人。”蒋唱晚顿了顿，神情放松，偏着头，像是在回忆，真诚地道，“而且还把子女教育得很好。”

“我小时候他对我可好了。”她想到什么，眼角带了点笑，分外生动地跟他演示，“家属院后面有一个麻将馆，老头儿老是在那儿打麻将，我每次想买什么东西，就急匆匆地跑上去，在他旁边‘爷爷’‘爷爷’地喊。

“老头儿就看牌，不看我，明知故问，又很轻描淡写地问我要干吗，然后我就扭扭捏捏的，在旁边扭成一个麻花，并把手伸出来，做这个手势。”

蒋唱晚现场演示，把右手伸出来，拇指和食指并拢，来回搓了搓，是一个代表钱的手势：“然后就说，爷爷，我想要这个！”

她表演得实在太生动，眼睛里倒映着灯盏，流光溢彩，让人根本移不开视线。

沈衍舟也不例外。

他眉眼的笑意未散，偏头看着她，颇有兴趣地挑眉，追问道：“然后呢？”

“然后老头儿就从麻将桌的抽屉里抽出一张来给我，我就麻溜儿地跑下去买辣条。”蒋唱晚笑着吐了吐舌头，还做了个鬼脸。

“后来我才知道，我们这儿有习俗，说是打麻将的时候不能要钱，会一直输，但是我爷爷从来都没有说过我。”

“老一辈的人好像都不太善于直白地表露爱意。”蒋唱晚偏着头，小声道，“虽然他从来没有说过，但我知道，他是很喜欢我的。”

沈衍舟看着她片刻，带着点笑意，“嗯”了一声，偏声音又很认真。

“谁不喜欢你啊，是吧？”

“那倒也是。”蒋唱晚毫不谦虚地点点头。

沈衍舟难得没有呛她，而是垂下眼，又看了片刻。

少年指尖极轻地从那张照片上擦过，忽地问：“那爷爷现在呢？”

“现在……”

蒋唱晚说到这里，似是想到什么，声音倏然小了下去，尾音轻轻缓缓的，人也缓慢趴下去，下巴落在手臂上，显得有些落寞。

“爷爷现在身体不好，隔三差五进医院，楼都很少下了。去年冬天尤其艰难，在医院待了好久……

“他们都说，对老人来讲，冬天是最难熬的，是真的吗？”

沈衍舟握着相册边的手紧了紧，垂下眼，看不清神情，好一会儿之后，才轻轻“嗯”了一声。

“我外公也是冬天走的。”

每一个孩子的童年大抵都会有一个爷爷奶奶，或是外公外婆的角色。

他们操劳了大半辈子，在退休后还要帮儿女带孩子，负责琐碎劳苦的事务，忙忙碌碌，辛辛苦苦，却好像从来没有抱怨过。

隔代亲的宠溺好像在童年时被无限放大，使这个老人的角色，变成温暖港湾的象征，变成无论如何，都能够兜底，换来一片安宁美好的避风港。

可往往最先让这些孩子尝到离别滋味的，也是他们。

两个人倏然安静下来，陷入短暂的沉默。

蒋唱晚不知道想到什么，心情异常沉重，像是被一块巨石压住，无法喘息，也无法动弹。

空气好像倏然变得厚重，在两个人之间缓慢地流动。

好一会儿之后，蒋唱晚蓦地站起来，像是在用肢体动作缓解情绪问题似的，深呼吸了几下，转移话题道：“不说这个了。”这个话题太过沉重，不适合现在聊。

“我给你们准备了一些惊喜。”

她这样说道，然后转身快步走进房里，只留下客厅里三个茫然得面面相觑的人。

“当当当当！”片刻之后，蒋唱晚怀抱着一大摞东西走出来，还自己给自己配出场音乐。

“你的，风行全线CCD。”蒋唱晚把好几个盒子放到程姗姗怀里，“别说二手市场炒得多贵了，这几款可是机皇，千金难求好吧。”

程姗姗连忙伸手接过，盒子太多，还差点没接住。

她垂眼看了半天，看清包装上的字之后，目瞪口呆，嘴巴张成“O”形，兴奋地说道：

“这何止是千金难求啊！这几个型号简直是有价无市，根本买不到的，好吧！”

“给你。”蒋唱晚走到季程边上，弯着腰，把一个大箱子费劲地拉过来，“你的风行最新款机器人。”

实在太重了，她拉半天都没拉动多少，有点冒火了，冲着惊呆了的人吼：“你就坐那儿看着，不会搭把手啊！”

“来了来了来了。”季程一溜烟儿跑过来，抱着机器人包装盒，左看右看，喜笑颜开，嘴都合不拢，被骂了也十分谄媚：

“对不起，小的太高兴了，一时不慎，累了公主的手，还请公主原谅……”

“拿了第一名就是好啊，什么奖品都能有……”

“好喜欢好喜欢好喜欢，你过来，我给你拍张照试试……”

两个人各自抱着自己的新礼物，乐得合不拢嘴，边拆边兴奋地讨论着。

蒋唱晚站在沙发前，看了会儿他们高兴的模样，嘴角也不自觉弯起。好半晌之后，才回过身来，看那个刚刚被她故意遗漏的人。

沈衍舟坐在沙发上，脊背放松，向后一靠，微微扬起脖颈，抬眼看她，挑了挑眉，意思是：“我的呢？”

蒋唱晚看了他好一会儿。

少年坐在沙发上，昏黄灯光被挡住一些，在脸上落下些许阴影，越发显得他棱角分明。

姿态闲适，神情淡然，眉眼间尽是处变不惊。

身后，满桌的菜还没收，此时此刻依然能看出做菜的人的熟练与平常。那种能惹人惊呼的美味，仿佛还停留在舌尖味蕾。

这是一个十六七岁，就担起家里一半责任的少年。

沈衍舟实在太有礼貌，太成熟，太懂事，以至于他们时常会忘记，他也就跟他们一个年纪而已。

也就只有十六七岁，还应当是一个不谙世事的年纪而已。

少女的神情缓慢地放平，从方才的轻松，到了一个非常认真的模样。

她低下头，从怀里抽出一个信封，单膝跪上沙发，人向他凑近，将信封递过来——

“沈衍舟，给你。”

她的声音很轻，连同身上那股铃兰的气息一起，被秋风递到他身前。

信封很厚，还带着温热的体温。

仿佛有把熨斗顺着指尖，一直熨烫到心脏。

少女的神情异常认真，小鹿眼倒映着昏黄的灯光，流光溢彩，亮得惊人。

“这是你应得的报酬和奖励。

“谢谢你愿意成为我的男主角。”

话音在嘈杂的环境里，轻轻地落在空气里，却好像一阵惊雷，砸进绵软的心脏。

“如果你以后还愿意做我的男主角的话……”

少女顿了顿，看着他，没有任何怜悯、同情，或是其他高高在上的神情，只是异常认真地，一字一句地道：

“我会拍出很多很多很好看的东西，赚很多很多钱给你。”

心脏好像在一瞬间停了一秒。

周遭空气都静了，不远处窸窣的动作声和说话声都不复存在，只留下眼前人的呼吸声，还有闪烁着光芒的眼睛。

一秒，两秒，三秒。

这场漫长的、不知道如何形容的悸动才缓慢地结束。

继而才“扑通，扑通”，心脏重新在胸腔内跳动起来。

沈衍舟很难形容那一刻他是什么感觉。

好像有人走到他面前，“砰”一声扔下一个烟花，把他炸得稀里糊涂，分不清东西南北的同时，又十分笃定地告诉他。

你完了。

你这辈子都要栽在她身上了。

少女的手指握在他手腕上，手心里被放上来的信封仍还带着熨帖的余温。

从决定参加这个比赛开始，蒋唱晚就设定好了，如果获奖，所得的奖品要如何分配。

程姗姗喜欢拍照，喜欢新潮与复古质感，那就把得到的 CCD 送给她。

季程喜欢奥特曼、变形金刚等等，一切男孩子都会喜欢的东西，就把收到的机器人送给他。

而沈衍舟……她不太确定他喜欢什么。

他好像对所有东西都淡淡的，有着远超出同龄人的成熟和心智，极其偶尔的瞬间，才会被她激出一些稍显幼稚的孩子气。好像只有在那些瞬间，他才被他们从飘浮不定的高空，拉回脚踏实地的人世间。

那就把其他所有的东西都给他就好了。

喜欢一个人，大抵就是想要把所有东西全给他。

没有任何怜悯、同情、高高在上，或者甚至是害怕他拒绝的局促，只有真诚到坦然的平静，仿佛觉得这一切天经地义一般。

降温的秋日里，沙发与地毯柔软，落地的昏黄氛围灯亮起，电视画面在闪烁，眼睛亮得像银河的少女在他眼前。

沈衍舟安静地看着她，想。

真正该说谢谢的人是他。

是她将他从虚浮而了无趣味的半空中拉回来，落回这永恒美好的人世间。

像是初次见到她时，耳机里播放的那一首粤语歌。

低沉沙哑的男声这样唱道：

“特别鸣谢你制造，更欢乐的我。”

搬家搬得鸡飞狗跳的一个周末就这样迅速过去，又是一周开学。

周一的早上总是怨声载道。

不知道是不是刚搬了新家，离学校只有十分钟路程，还亢奋着的缘故，蒋唱晚破天荒地没有迟到。

周一的早上，教室里吵吵嚷嚷，抄作业的抄作业，打扫卫生的打扫卫生，大清早就格外亢奋，在聊八卦的人也有。

蒋唱晚身后背着书包，怀里还抱着一个包，在后门探头探脑，似是在警惕地观察。

几分钟后，似乎是觉得这会儿没有人关注，她动作麻利，迅速地从后门跑进，跑到座位上。一系列动作都显得鬼鬼祟祟的，分外可疑。

程姗姗刚坐下，正在整理课本，看到她，没忍住，吃惊地喊道：“……你怎么又把它带来了！不是说好了不再带来了吗！”

蒋唱晚连忙把包护在怀里，往后转身，正对着教室后方，背对着教室里的大部分同学。

“嘘！小声点！”她这样对程姗姗说，十分慌乱，紧张不已，还生怕被别人听到似的，回头望了望教室里的其他人。

好在看了一圈，似乎没有人被程姗姗这一句喊声吸引注意，她才放心地转回头来，小声解释道：“没办法啊，我也不想啊，但它不能一个人在家里，要定时定点喂奶的……”

程姗姗皱着眉，也把声音放小了，担忧道：“那怎么办？竞赛课教室已经被发现了，不能放了。”

“这个你就不用担心了，”蒋唱晚把声音压得更低了，“我找到一个新地方。”

“啊？”程姗姗瞪大了眼睛，“在哪儿？”

“跟我来。”蒋唱晚小声说。

两个人小心翼翼地用校服外套包裹住一个面料硬挺的包，又观察了一下教室里的人，确定没有人在关注之后，才把包夹在两个人中间，迅速从后门走出去。

早自习还没开始，除了背着书包刚到校的同学，走廊和楼梯上都没什么人，一路畅通。

两个人步伐迈得很快，走到走廊尽头，上了楼。

教学楼顶楼，除了几个一周只用几次的物理化学实验室教室，就是一个比较破旧的楼梯。

程姗姗盯着楼梯边上那个已经锈迹斑斑的扶手，犹豫道：“……你确定是这里？”

“对。”蒋唱晚笃定地点点头，很是无奈的模样，“你以为我没想过别的办法吗？所有教室里都有人走动，随时有被用的风险，还有监控，太不保险了。一旦被抓到，我们就完了。”

程姗姗望了望楼梯上方的地方，还是有些犹豫：“可是，天台会不会比较危险？我们这一栋的天台锁还坏了，万一有人上去怎么办？”

“没办法了。”蒋唱晚说，“这是我们能找到的最安全的地方了。”

程姗姗皱着眉，思索了片刻，又回头望了望其他教室，良久，像是终于考虑好了之后，狠下心，回答道：“走吧。”

两个人抱着包，一步一步从楼梯向上，跨进了教学楼天台的门。

天台当然没有装修，空空旷旷的水泥地，地面上还偶尔有一些管道，还有上一场雨积下的水洼。两个人走走停停，寻到一个稍微平坦安全的地方，把包放在墙根下。

“你在这里好好的啊，妈妈先下去上课了。”蒋唱晚蹲下身，摸了摸包的顶端，像在摸一个小宠物的脑袋。

“一下课就上来喂你，别担心，乖乖的，也不要乱跑啊。”

一阵叮嘱之后，两个人终于站起来，转身往回走，跨过天台大门，走下楼梯。

“你数学作业写完了吗？”

“没呢，等会儿还要去看看我同桌的。”

两个人一边聊天，一边往回走，下了楼梯，走回二楼，向教室的方向走去。

三楼走廊上，藏在转角处阴影里的一个人密切地注视着她们，直到看到她们从后门进入教室后，才将视线重新转向楼梯间。

他刚刚偷偷跟在她们后面上去过，十分清楚那条路通向哪里。

再上一层楼，就是四楼。

四楼的楼梯，就通往天台。

而她们养的会被学校处分的宠物，就放在上面。

曹杰站在阴影里，盯着楼梯间，想到班上新转来的那位转学生嚣张的模样，想到自己周五晚上被蒋唱晚数落的情景，一阵愤怒和心烦。

曹杰越想越生气，越想越愤怒，盯着楼梯，呼吸逐渐沉重，手在腿侧握成拳，片刻之后，提步向天台走去。

教室这头，程姗姗和蒋唱晚两个人维持着无聊的“作业”话题，迈进教室后两秒钟，两人瞬间眼睛一亮，眉尖一抬。

“怎么样怎么样，他跟过去了吗？”

“跟了，我走在后面，看见他的影子了。”

两个人在后门处观察片刻，确定楼梯上已经没有人了之后，对视一眼，从后门走出去，再度上楼。

“我们已经给过他机会了。”

“如果他不起坏心，那也就算了。如果他起的是一般的坏心，比如告老师说我们带宠物之类的，也就算了，毕竟说的是实话，轮不到我们惩罚他。但是……”

两个人站在四楼楼梯口，看着远处的人影。

方才跟在她们身后的那个人，现在在天台里，俯身拾起她们妥善放在墙根下的那个包。

他并没有像她们想象的那样，迅速拿起包，跑下楼，直奔班主任或是年级主任办公室，而是出乎所有人的意料。

他像被愤怒和嫉妒冲昏了头脑似的，看也没看，就将那个猫咪太空舱包高高举起——

然后狠狠砸在水泥地上！

包身与坚硬透明的 PVC 碰撞地面，发出响亮的声响。

两个人都顿住了。

原本放松的眉眼逐渐绷紧，神情变得严肃，看人的眼神里都透着难以置信，还有冷漠而厌恶的凉意。

“砰！”“砰！”“砰！”

那人还在砸，像泄愤似的，不断地把包捡起来，往地面上反复砸去，誓要把这包连同里面的东西一同砸碎似的，嘴里还不断叫嚷着。

“让你讨人喜欢！

“让你揭穿我！

“砸死你，砸死你！”

用力，且恐怖。

像是要把里面存在，或可能存在的生物，全扼杀掉一般。

蒋唱晚站在门口，看着他的背影和动作，神情变得异常冷漠，眼神都冰冷。

顿了好一会儿之后，她才淡声把前面那句话接上，说完。

“……但是，他要是做什么会伤害到我们的事的话，我是不会原谅他的。”

曹杰站在天台上，用力砸了数十下，终于把气撒完，稍微冷静下来一些之后，才喘着粗气，俯身去捡躺在地上的包。

他大概预设的是一些惨不忍睹的画面，甚至是一些血肉模糊的东西，做好了完全的心理准备，甚至还很轻松地把背包翻过来。

但当视线落下时，却猛地顿住了。

——透明的 PVC 外壳里，除了被石头划出来的明显划痕，什么都没有。

曹杰的动作猛地停住，眼睛不可置信地瞪大。

“……不可能。”

他喃喃着，猛地把包捡起来，将拉链拉开，向里面望去。

空空如也。

包里除了一块裹着棉花的石头，什么都没有。

他砸的是个空包。

……怎么回事？

正不可置信地抖动包身时，身后倏然冷不丁传来一道声音。

“你以为你砸的是什么？”蒋唱晚站在他身后，神情冷漠地看着他。

“你觉得在你把沈衍舟锁在储物室之后，我们还会给你机会使坏吗？”

曹杰站在原地，先是被她突然的出声吓了一跳，神情惊愕而又警惕；而后看看她，又看看手里的包。

后知后觉地反应过来这一切的原委之后，他才愤怒地把包一扔，脸色涨红，大声吼道：“你们故意演戏，骗我上来？你们耍我？”

“是又怎么样。”蒋唱晚偏头看着他，“如果你不起坏心思，不偷听我们讲话，尾随我们上来，又怎么会被耍？”

曹杰气得太阳穴的青筋都全部浮现出来，猛地踹了地上的包一脚，咬牙切齿道：“……你们给我等着吧。”

蒋唱晚蹙着眉，强忍着厌恶，不耐烦地打断他。

“我觉得你还是操心操心你自己吧。”

话音落下，她手心里有个细细小小、闪烁着银色金属光芒的物件一闪。

曹杰还没反应过来，就看见天台厚重实心的大铁门被“砰”的一声拉上，发出沉闷的声响——

金属锁链缠上大铁门的把手，将两扇门并在一起，而后钥匙插进锁孔，轻轻一转，锁芯发出“咔嗒”的响声。

而后钥匙被彻底拔出，收回兜里。

蒋唱晚的声音隔着一扇铁门，在外面响起，稍显模糊，却依然清脆。

她甚至还嫌脏似的拍了拍手。

“你就在这上面好好待着吧，这位同学。”

沈衍舟周一上午惯例有一对一竞赛课，来得稍迟了一些。

他到的时候，这一切几乎到了尾声，正要最后揭晓的时候。

蒋唱晚看他坐下，将长柄雨伞靠在课桌边，有些惊讶地问：“下雨了？”

“嗯。”他点了点头，“不大。”

“……啧。”蒋唱晚将视线转向窗外，看着远处的阴天雨幕，转了转笔，

“我倒是希望下得更大一些。”

他有点没听清，偏头看了她一眼：“什么？”

蒋唱晚回神，转过头来，看了眼教室正中挂着的钟表，掩饰道：“……没什么。”

指针一点一点转动，逐渐移到上午最后一节课开始的时间。

铃声响，矮士水走进来。课代表喊起立，敬礼，大家齐刷刷而又懒散地弯下腰。

蒋唱晚和程姗姗趁这个空隙对视了一眼，各自心照不宣。

“同学们好。”矮士水在讲台上站定，把保温杯放到讲台上，挥挥手，“请坐。”

他清了清嗓子，将手背在身后，眼镜下锐利的目光熟练地扫过教室里的每一处，突然停在一个空座位上。

“那儿是谁？”矮士水用手指着问。

“曹杰。”周边同学稀稀拉拉地答道。

“今天没来吗？”

“不知道啊，没注意。”

回答也都七嘴八舌，无法确定。矮士水凝神看了一下，叮嘱班长下课后核实一下，然后就开始上课。

时间一晃而过，一两个飘浮的梦和想象之后，下课铃声就响了。

周围班级的声音都很大，窸窸窣窣的，说说笑笑，准备去食堂吃饭，而九班却很安静，只能听见一些很小的抱怨声和叹息声。

“安静。”矮士水说。

课代表早已把多媒体屏幕打开，方便他点开投影。

矮士水下课前的惯例，会从前几天的家庭作业或者试卷里抽几份，放到投影下，让全班同学观看并在线点评。

对于优等生来说，这是一个展示的环节。

对蒋唱晚这种学生来讲，这一般是一个倒霉的环节。

但今天不同了。

今天是一个“揭示”的环节。

投影界面久久打不开，鼠标图标不受控制，反而像被人远程操控了一般，点开了一个不知道什么时候出现在桌面上的视频文件。

页面打开后，屏幕上自动开始播放。众人都一片茫然，片刻之后，教室里响起窃窃私语。

“什么东西？”

“这是啥？”

“这应该不是矮士水安排的吧？看他脸色也很茫然呢？”

“看着好像监控，是四楼教学楼吗？好像看见实验室了。”

一阵喧闹中，矮士水皱着眉，从无措的课代表手中接过鼠标，试图关掉这个页面，却始终不受控制，无法关闭。

折腾间，画面已经开始有变化。

“对，就是一段监控。”有同学歪着脑袋，眯着眼睛，努力辨认右下角那一排小字，“好像是上周五下午的，四楼的监控。”

正当大家疑惑时，有熟悉的人影入画，迅速吸引了所有人的注意。

“欸？那不是沈衍舟吗？”

“对，好像就是小沈同学。那个时候好像是社团课下课的时候吧。他应该是在四楼上竞赛课，这会儿下课了。”

“他干吗走进储物室呀？”

“不知道呀，看不清，可能是想拿什么东西吧。”

一时间，教室里议论声纷纷，连矮士水都不再努力尝试关闭这段视频，看了一眼沈衍舟，在讲台上背着手，继续观看起来。

而沈衍舟何其敏锐，迅速在大脑中理清思路，大概知道了这是一件什么事，偏头看向旁边的始作俑者，声音压得很低，轻轻缓缓的。

“我就一上午不在，又干什么了？”

蒋唱晚本来跟着大家一起在装疑惑，发现没能对他伪装成功后，眨了眨眼，小声道：“帮你报仇。”

说完这句话后，她又迅速回归状态，扑棱扑棱地眨着无辜的大眼睛，歪着头看屏幕，非常疑惑地出声：“咦？那不是曹杰吗？他怎么看起来鬼鬼祟祟的呀？”

她声音不算小，恰好是每个人都能听见的程度，再配合着曹杰在走廊上左看右看、徘徊不前的模样，的确显得分外可疑，让大家纷纷回忆起来。

“我记得他是篮球社的呀，那会儿不应该在操场吗？去四楼干吗？”

“对啊，就算下课回来，也没有这么快吧……”

正在大家疑惑时，监控里的曹杰左右张望，观察四周，似是看周围都没有人，观察完毕后，快步走到储物室门口，鬼鬼祟祟地伸出手，然后“啪”

一声——

他把门关上了。

教室里静了片刻，大家都很茫然。

有同学张着嘴，迟疑地问道：“……沈衍舟是不是还在里面？”

有同学疑惑归疑惑，还在试图找解释：“他是不是没看到有人进去了，觉得开着门挡路之类的，单纯想把门关上？”

然而监控视频上，那人接下来的操作显然在说“不是”。

曹杰又向四周张望了片刻，一手用力拉着门，似乎是在跟里面开门的力道对抗，另一手迅速把钥匙插进锁孔里，将储物室的门反锁了。

之后他松了一口气般，盯着那扇陈旧的铁门看了几秒，心情愉快地摇头晃脑，扬长而去。

这样一来，教室里更安静了。所有人都目瞪口呆。

如果说之前还不确定他的动机的话，那监控黑白分明的画面就容不得任何解释，就是明明白白地告诉大家：

他就是故意把沈衍舟锁在了储物室里面。

大家都震惊着，还没回过神来时，画面又一转。

这次像是手机拍摄的，画面略抖，人声、风声和嘈杂的其他声音一同涌入。

“砰！砰！砰！”

“让你讨人喜欢！”

“让你揭穿我！”

“砸死你，砸死你！”

…………

画面中恐怖的声音和动静，与那个疯狂下砸的身影重叠起来。

教室里鸦雀无声。

安静的环境里，后门传来的声响就格外明显。

曹杰浑身被突如其来的雨淋得透湿，呼救无果，在天台被锁了一上午，直到保洁阿姨吃完饭从四楼路过，听到声响，才将他解救出来。

他估摸着正是中午吃饭的时间，教室里应该没有人，如果有老师或同学问为什么上午不在，就随便找个理由搪塞过去就好了。

他这么想着，一边朝地上吐了口口水，一边厌恶地提起自己湿透的衣服的衣领，走进后门。

然后，迎面撞上大屏幕里正努力砸东西的自己。

他身影猛地一顿，脸部肌肉不受控制地抽动两下，曹杰的视线僵硬地下移，对上全班同学回头望他的目光。

这件事闹得人仰马翻、沸沸扬扬，很快就从九班同学的口中传出去，传到人尽皆知了。

矮士水一下午被搞得焦头烂额，又是被校长打电话，又是要想办法处理这件事，抓紧时间约谈相关的人，还要反复警告班上的同学，不要造谣传谣，不要出去乱说。

但在学校里，十几岁的人向来对于八卦的兴趣异常高涨，没用多久就传遍学校了。

曹杰走在路上，总感觉有人在看他，在他背后指指点点，而一回头，大家又都装作没事发生了。

程姗姗对此嗤之以鼻："他在论坛造谣你的时候，有没有想过自己也会有被人戳脊梁骨的一天？"

没过多久，就再也没在学校里见过他了。

听别班消息灵通的同学说，是因为他违反校规，情节严重，被校方给劝退了。

当然，蒋唱晚作为始作俑者，自然也不是很好过。

高二年级办公室里，一众教师在办公桌前，眼观鼻鼻观心，看似忙碌地低着头，实则耳朵都竖起来了。

矮士水抿了口水，把保温杯往桌上一放，发出"砰"的一声，激得少女一个激灵，背着手，低着头，站在一边，一声不敢吭。

矮士水这人就喜欢故弄玄虚，还清了两下嗓子之后，才往椅子上一靠，看着她，懒懒出声："说说吧。"

"……好吧。"蒋唱晚说，手指在背后拧成了麻花。

躲得过初一，躲不过十五，她知道的。

于是她低着头，缓慢开口，从前因到后果，一五一十，慢慢道来。

矮士水一边用手敲着桌面，一边不动声色地听着她交代"罪行"，时不时瞥她一眼。

他心里其实早就有数。

这件事还原起来也不难，就两段监控的事儿。蒋唱晚这女孩看起来咋咋呼呼，鬼马精灵，但其实一眼就能看穿。

她是清澈的，晶莹到几乎透明的。

像是未经打磨过的璞玉，有棱角，但都几乎是圆润的，不会伤人，只会从人手心里挠过，留下一丝曾存在过的印记。

但十几岁的人总是不可避免地会把很多事情看得复杂，曾经以为天大的一件事，过去之后再回头望望，感觉不过像风吹。

蒋唱晚这头刚讲到她一个人把曹杰引到天台上去，矮士水就竖起眉毛打断她，重复了一遍她的表述：“你一个人？”

蒋唱晚“啊”了一声：“对啊，我一个人。”

像是怕矮士水不信似的，她又欲盖弥彰地补了一句：“这么聪明的事情，当然只有我一个人能想到。”

矮士水沉默地看了她许久，神情微妙地移开视线，感叹道：“……真是不是一家人，不进一家门啊。”

蒋唱晚茫然：“什么意思？”

“你的好朋友，程姗姗同学，”矮士水斜眼盯着她，“也这么说。”

……完了，蒋唱晚想，没来得及串供呢。

来之前也没说要单独分开审啊！

“你说你一个人，她说她一个人，各自还都夸自己聪明，说别人笨，想不到，我该听谁的呢……”矮士水一边阴阳怪气，一边转笔，不小心碰倒了一个订书机。

蒋唱晚此刻再狗腿不过，立马帮他弯腰去捡。

矮士水伸手的动作顿住，冷哼一声，还是没准备放过她。

“少在这儿献殷勤哈，你俩到底谁想的点子，立刻给我招来……”

话音还未落，蒋唱晚弯下去捡东西的腰还没有直起来，就听见“笃笃”两声敲门声。

矮士水乃至全办公室老师的目光都看向门口。

少年身姿颀长挺拔，站在门口，收回叩门的手，轻声道：“高老师，我来自首。”

办公室里的所有人，都齐刷刷地顿住了。

看向他的目光都诡异莫测，似有千言万语。

沈衍舟觉得莫名，轻微地缩了缩脖子，以为是他说得不够清楚，于是迟疑地补充道：

“养猫和视频的事情，都是我的主意。”

蹲在桌子旁边的蒋唱晚悲壮地闭上了眼。

这下是真完了啊！

“自首，还什么自首，你们还给我整出团伙来了是吧……”

这接二连三的“供述”把矮士水气得不轻，嘴都快气歪了，喃喃着，罚了他们一整个学期放学都留下来打扫卫生，还罚他们在走廊站一下午。

走廊上人来人往，还都是熟面孔，低头不见抬头见的，饶是厚脸皮如蒋唱晚，也有点不好意思了，把头低低地埋下，活像个鹌鹑。

沈衍舟倒是云淡风轻、不卑不亢的模样，就算跟她们一起在走廊上罚站，姿态也是挺拔的。神情淡然平静，似乎不觉得有什么羞耻的，倒像是教学楼的一道风景线。

连矮士水的视线落到他身上时，神情都缓和了不少。

“你吧……主要是一视同仁。”他这样说，其中“完全可以不用罚你，只是为了公平正义，才不得不罚”的意思快要溢出来，令蒋唱晚努了努嘴。

矮士水最后又看了蒋唱晚和程姗姗两眼，冷哼一声，背着手，回办公室了。

季程看到矮士水走远了，才敢从教室里出来，一把蹿到她们身边：“哎哟，姑奶奶啊，你们做这么大件事儿，怎么也不通知我呢……”

“拉倒吧！”程姗姗说，“矮士水还跟我们夸你呢，说你明事理儿，平时看着关系挺近的，一到这种时候就溜号不参与了！”

这话的意思阴阳莫辨的，可把季程急坏了。

“怎么会呢……”眼看着外面阴云密布，下起了雨，随着风斜飘，从开放的走廊窗户里往里落，他连忙作势给程姗姗挡风挡雨，“我怎么能叫溜号呢？我这不是想参与，没参与上吗？我恨不得给大小姐你做牛做马啊……”

季程狗腿起来那真叫一个谄媚，手脚并用，几句话把程姗姗哄得面无表情，实际上都快憋不住笑，转来转去，就是不敢正面面对他，生怕自己笑场。

“喂。”

蒋唱晚有点不服，往季程那边走了一步，对他这种只对一个人狗腿的行径感到不快，嘴上咕哝着：

“啥意思啊你，偏心眼儿是吧，怎么就哄她不哄我啊……”

话还没说完，被人从旁拽着手腕拉回来。

“……欸！”蒋唱晚一个重心不稳，整个人气势汹汹的劲儿一收，就倒回沈衍舟身上。

沈衍舟倒是没什么表情，神情依旧淡然，目视前方，好像方才一把把她拽回来的人不是他一样。

“……你干吗？”蒋唱晚艰难地站直，甩了半天他的手，没甩掉，就那么焊在她手腕上一样，只好用另一只手去揉后脑勺，撇着嘴问他。

一脸疑惑、委屈，又莫名其妙的模样。

沈衍舟这会儿才侧眼看她，垂着眼瞥她两眼，轻飘飘地说道：“我都陪你罚站了，你还要别人哄？”

蒋唱晚默了两秒，非常实诚地道：“这个东西嘛，当然是越多越好。”

沈衍舟垂眼看着她，极轻地挑了挑眉，神情迅速显得冷淡，又有几分“我看看你到底想干什么”的意思在。

但蒋唱晚还浑然不觉，继续陈述观点：“正所谓，多个朋友多条路嘛，多个人哄，肯定心情会更好的……”

她还在这儿试图给他讲道理，越说就越感觉攥着她手腕的那只手越来越紧，越来越紧……

“正所谓，海纳百川，有容乃大，小沈老师，你要接受一个人的人生里面就是会有很多人出现的……”

“蒋唱晚。”他忽然自她头顶冷不丁地叫她一声。

蒋唱晚抬头：“嗯？”

沈衍舟看着她，一字一句道：“有完没完了？”

与此同时，攥着她手腕的手稍一翻转，顺着她手心的方向移动。

窗外在下雨，淅淅沥沥的秋日小雨，绵长雨丝从窗台飘进，沾湿少女的裙摆，还有一蹦一跳，宛如驯养了一只小鹿的心脏。

微凉的长指划过少女柔软的手心，抵在指根处，停留片刻，然后用力往里一扣——严丝合缝，紧密相贴。

温热的体温在雨天微凉的风里，分外清晰。

“怦怦，怦怦。”

呼吸可闻，心跳震耳欲聋。

她这时才发现，沈衍舟不知道什么时候把校服外套脱下来了，搭在她身后，为她挡雨。

旁边的人还在叽叽喳喳说些什么，蒋唱晚已经完全听不清了。

她只记得秋天的一个落雨午后，她和沈衍舟站在走廊上，借着校服外套的遮掩，偷偷牵手。

最简单的十指相扣，连多余的触碰都没有。

却是她这么多年来，最心动的时刻。

有句话怎么说来着？

好像就是，有些事情一旦发生过，你就再也不能装作什么都没发生过的样子了。

某两个人之间也是这样。

没发生那件事之前，两个人就像偶尔靠近，却没有彻底相交的波浪线，互相知道对方在想什么，像蒙着一层朦胧不清的纱布，却始终没有人戳破。

但自从那次彼此都知道，双方就是故意，绝无巧合可言的“牵手”之后，一切好像都发生了变化。

对此感受最深的人是程姗姗。

程姗姗瞥见前面两个人，凝神看了会儿，拽了下季程的袖子：“欸，你觉不觉得他们两个最近有点怪啊？”

“啥？”季程顺着她的视线看过去，“哪儿怪了？不一直都这样吗？”

倒数第二排，沈衍舟正在写作业，蒋唱晚正在试图打开罐装的可口可乐。

可能太紧了，蒋唱晚使出浑身蛮力，面部表情都扭曲了，手指都磨红了，还是没能打开。

像是犹豫了几秒之后，她伸出手向旁边伸去，似乎是想碰一下旁边的人，但手在半空中又停住。

顿了片刻之后，她转而去笔袋里拿了支笔，用尾端那一头戳了戳旁边的人。

沈衍舟明明方才都没有在写字，偏偏在蒋唱晚看向他，准备伸手的时候，倏然在纸上写起字来，好像很忙的样子。

直到蒋唱晚戳了他之后，还写了好几秒，才停下来，转头看她。

“怎么？”他问。

季程此刻在心里吐槽道，蒋唱晚刚才那样子就差让全班人都知道她打不开了，这人就坐她旁边，还在明知故问什么？

蒋唱晚倒是不知道季程在想什么，只是把易拉罐递过去，没看他：“……帮我开一下这个。”

“哦。”沈衍舟说。

他开得很轻易，长指伸出，卡在易拉罐口上，稍一用力，就开了个口，甚至蒋唱晚的手都还没完全从顶部移开，他就完成了他的使命。

蒋唱晚竟然也没有就此事进行吐槽，沉默着望向一边，一边用食指勾住被他拉起来了的拉环，一边把手往回收。

沈衍舟也沉默地看着她，将身体转回去，看看卷子，又看看她。

季程在后面目睹了这一切，这会儿终于看出了些不对来。

他皱着眉，疑惑地问程姗姗：“他俩怎么这么怪？”

“是吧！”程姗姗一拍大腿，以为他终于看出来了，“从上周开始就这样了，你说他俩是不是吵架了，闹矛盾了啥的……”

这种微妙的氛围持续到放学。

往常的时候，下午最后一节课结束，大家就该收拾东西准备回家了，但今天都没有人动，因为学校有了新规定，从这个学期开始，高二年级要开始上晚自习了。

“全给我坐好！作业没做完的把作业拿出来，做完了的把教辅资料拿出来！”

矮士水严厉起来还挺可怕的，他站在讲台上，巡视一圈。

教室里一下子就安静了。同学们纷纷埋头，从课桌抽屉里或者书包里拿出书本资料。

蒋唱晚也不例外。

她本来偷偷戴着耳机看韩剧呢，这会儿给她吓坏了，气氛又太紧张，完全不敢动，只能维持着把手机放在腿上的姿势，直到大家都开始动，她才敢把手机塞回桌肚里。

但是耳机线太长，漏了一截出来，快垂到地面上去了。

蒋唱晚大惊，瞥了眼讲台上的人，生怕露馅，尽量动作幅度很小地俯下身去，把耳机拉起来。

矮士水倒是一时半会儿没看她。他正打量着班上的其他同学，刚要感到满意，倏然听见一声轻微的“咔嚓”声。

不太明显，像电流经过卡顿的声音，只有零星几个人听见。

但接下来的动静就明显了，教室顶端的灯闪烁两下，“咔嚓”一声——

倏然灭了。

整栋教学楼的灯像是在同一瞬间都断了电，像吹生日蜡烛一般，前前后后，依次灭过去。

周围陷入一片黑暗。

沉寂几秒后，整个校园都在一瞬间沸腾起来。

“停电了！”

“不用学习了，哈哈哈哈哈！”

“嗷呜嗷呜嗷呜——”

“安静……”

“都安静……”

好不容易安静下来的教室再度嘈杂起来，将矮士水费劲的声音淹没在浪潮里。

最后，他实在没辙，打开手机手电筒，让班委暂时管一下大家，他出去看看情况，而后就离开了教室。

但是第一天上晚自习，教室就停电这种事，根本安静不下来。

除了此起彼伏的笑声和兴奋的欢呼声，还有人在学狼叫，“嗷呜嗷呜”的，从这个班响到另一个班，又被其他班接上，甚至像古时候的烽火一般，依次传递，此起彼伏。

乱成一锅粥了！

不知道的还以为这是个动物园呢！

蒋唱晚也很兴奋，趁此机会把耳机线塞进抽屉里藏好，然后猛地一抬头，想跟着他们一起起哄，没想到一片黑暗里没看清，手撑了个空，直接一头往下栽去！

“啊啊啊啊！”

她慌张地伸手，却没抓到任何东西，身体持续下坠，连带着椅子也倾斜，失重感越来越强，声音也被淹没在嘈杂的环境里。

……完蛋了，蒋唱晚想。

也不知道什么时候来电。

等到来电的时候，她是不是已经凉了？

正闭着眼胡乱想着，腰忽然被人揽住——

那人一只手臂环在她腰上，一手从后扶住椅子，然后肌肉绷紧用力——

下坠的趋势被制止，失重感消失，脚踏实地的感觉终于重新回到她身上。

那人硬生生地把她扶了回来！

心脏短暂地停了一秒，好像胸腔里的氧气都被排空了，大脑一片空白。

过了好几秒之后，心脏才高高悬起，又重重落下，激烈、迅速地在胸腔里跳动起来。

蒋唱晚额头抵着他的胸膛，鼻息间尽是熟悉的、阳光晒过后的青柠气息，被体温熨了一熨，让人分外安心。

一片黑暗里，沈衍舟扶完她，确认椅子已经安稳地停在地面上，不会再有晃动后，才缓慢松开扶住她椅子的手。

蒋唱晚也像刚刚从惊恐中回过神来似的，缓慢地往后仰了一点身子，离开了他的怀抱。

“谢……谢谢啊。”她轻声说。

沈衍舟停了两秒，蜷了蜷指尖，才道：“没事。”

周围很吵，季程在后面又唱又跳的，学完狼叫学狗叫，还有一大片听不清的声音，让一切都变得乱糟糟的，只有他们两个人还安静着，像在另一个次元里。

两个人现在离得很近。

面对面，神情因为黑暗而看不太清，只能看见一个大概的轮廓，还有对方闪烁的眼睛。

或许就是因为这黑暗，有些话才更好说出口。

蒋唱晚抿了抿唇，犹豫了良久，才像趁着酒劲一样，趁着这场黑暗问他：“你觉不觉得……我们最近，有点怪？”

沈衍舟顿了好几秒，才“嗯”了一声。

当然怪了。

每天放学打扫完卫生，一起回家的路上都不知道要说什么，于是东张西望，话题东一个西一个，好不辛苦。

蒋唱晚又停了几秒，闭了闭眼，心一横，问道：“你那天……是什么意思？”

那天的场景都还历历在目，连雨丝落在身上的感觉，还有十指相扣的温度，他们都记得清清楚楚。

像一场只有他们两个人知道的冒险，像一个心照不宣的秘密。

沈衍舟一时半会儿没有说话。

窗外路灯的光芒极其吝啬地倾斜下来一点，全落在他身上，也只能勾勒出一个模糊的轮廓，看不清他的神情。

周围越来越吵，而蒋唱晚的心脏却在这沉默里，一寸一寸地往下沉。

果然，有些话，还是不该问出口的好。

她为什么非得知道呢？活得糊涂一点不好吗？

这样大家就可以永远活在自己为自己编织的想象和梦境里了。

蒋唱晚这样想着，心脏沉到了谷底。

好一会儿后，她轻轻呼出一口气，垂眼，复又抬眼，虽然知道沈衍舟可能看不见她，还是非常敬业地换上了一副毫不在意的模样。

少女装作没事地挥挥手，强颜欢笑地打圆场道："哎呀，没关系的，小沈老师，我们大家都是同学，都是好朋友，牵个手怎么啦，很正常的……"

话还没说完，她身后原本那只已经放松、保持安全距离的手臂蓦地收紧，重新将她往前拉，回到方才那种极近的距离。

又是那种熟悉的温度，又是那种熟悉的力道。

两个人面对面相望着。

"我不是说过了吗？"

沈衍舟的声音在一片黑暗中响起，在她震耳欲聋的心跳声中，还有慌乱急促的呼吸声中响起。

她一眨不眨地看着他，看着那双眼睛在黑暗嘈杂中，闪烁着夏日初见时那样的琥珀色的光芒。

然后她听见他轻声开口，接上回答的后半句——

"欣赏你的意思。"

他的声音很轻，一字一句，说得认真。

"怦怦，怦怦……"

心脏从来没有哪天像这样，超负荷地工作过，几乎快要冲破胸腔。

时间像是静止了。

一呼一吸都显得安静而漫长。

不知道是谁趁老师不在，偷偷打开手机放歌。

蒋唱晚在这嘈杂的停电夜里，看着昏暗光源下，他棱角分明的脸，回神时，恰好听到那一句分外应景的歌词。

那首歌这样唱。

“放学的屋顶像万人广场。”

——“少年回头望，笑我还不快跟上。”

第十章

寻梦环游记

Neng Bu Neng Ting hua

属于高二学生的第一个晚自习以这场莫名其妙而又查不出原因的停电而告终。

大家在一片黑暗中齐声唱歌，一首又一首，直到本该响起放学铃声的时间过去，才意犹未尽、兴高采烈地开始收拾东西。

下课后没几分钟，就听见“啪”的一声。

头顶上白炽灯亮起，光芒久违地铺满教室的每一个角落。

来电了。

这个恰到好处的来电时间又引起同学们一阵欢呼，觉得这简直是天赐良机，太幸运了。

程姗姗兴奋不已，拍前面人的肩膀：“刚才放到你最喜欢的歌了！他们真有品啊！”

“啊？”被拍的人略显慌忙地撩了撩头发，才转过身来，脸上带着些可疑的脸红，神情还很茫然，“什么歌？”

“《告白》呀！”程姗姗先是答了，然后才注意到她身上的可疑之处，皱起眉，“你怎么了？为什么脸这么红？”

“啊？没有啊。”蒋唱晚闻言，用手捂住两侧脸颊，有些慌乱地道，“告白？什么告白？哪里有告白？你看错了吧！”

程姗姗狐疑地看着她，打量了她好半天，才百思不得其解地问：“你不会真生病了吧？”

“没有，我好着呢。有劲得能上山打虎。”蒋唱晚打哈哈过去，转移话题，“哦对了，我新片那个道具，你找好了吗？”

“找好了。”程姗姗狐疑虽狐疑，但还是顺着应了她，“这周末就开拍吗？”

她凭借之前开学比赛的那个作品，顺利地当上了编导社的社长，这会儿学校赞助商有个拍广告片的要求，她得组织拍出来。

蒋唱晚想了想：“不行。我这周末要去医院，下周吧。”

“去医院？”程姗姗瞪大了眼睛，“你还说你没生病？”

“不是我。”蒋唱晚无言，“是我爷爷。”

程姗姗“啊”了一声，有点震惊：“蒋爷爷住院了？”

“嗯呢。”蒋唱晚应道，把书包收拾好，往肩上背，“不过没事，老头儿精神还挺好的，我妈说观察一段时间就能出来了。”

程姗姗放下心，呼了口气：“那就好。”

“走了啊，拜拜。”

“拜拜。”

放学路上，两个人并肩而行又稍有前后，蒋唱晚落后半步，埋头踩着他的影子。

“是你说的啊。”少女的声音倏然从身后冒出来。

沈衍舟顿了两秒，回头看她：“什么？”

“是你说的欣赏我。”蒋唱晚依旧埋着头，一步一步地跟着他的影子，时而还踩上秋日落下的枯叶，在夜色中发出窸窣的声响，“我可没说啊。”

沈衍舟瞥了她一眼，有些想笑：“行。

“都是我说的，你什么都没说过，行了吗？”

“还行。”蒋唱晚点点头，好不傲娇的模样。

“……给你嘚瑟的。”沈衍舟无言。

说话间，两个人已经走到了家属院门口，站在蒋唱晚家的单元楼下。

“我先走了啊。”蒋唱晚站定，回身冲他挥挥手。

“好。”沈衍舟站在她两步远的地方，看着她应道。

蒋唱晚往前走了两步，走进单元门一楼的楼梯间里，回头望了望。

少年还站在夜色里，逆着路灯暖橙色的光，平静地看向她，像在等待她的离去。

身后偶尔有风吹，落下几片打着旋儿的枯叶，飘浮着停在地面上。

沈衍舟看着她回头。

两个人隔着家属院种下的低矮绿化灌木丛，还有一条窄窄的水泥地，安静地对视着。

少女嘴角有压不住的笑意，像是怀里揣着珍宝，无法隐藏的秘密。

沈衍舟也笑了，他往上望了望，视线又落回她身上。

“回去吧。”他说。

“明天见。”

接下来的时间过得像按了倍速键，上学放学，上课下课，大家除了在课间的间隙与放学途中聊聊天，很难找到别的时间。

教室窗户外的风景从夏末初秋到深冬，校服从衬衫短袖换到长袖外套，最后再裹上厚厚的校服大棉袄。

时间一晃而过，一年四季，也算是共同度过了四分之三。

十二月三十一号那天，C 市下雪了。

极其罕见的雪。

C 市地处西南，海拔不高，冬季平均温度很少低于零度，落在地上尚还冰冷晶莹的雪花，自然极其少见。

特殊日期加上特殊天气，难免勾起少年人的兴奋情绪。

教学楼一阵阵沸腾，走廊上挤满了半趴在栏杆上看雪的人，教学楼下的空地上也全是试图捕捉雪的人。

老师们看实在压不住他们的情绪，或许是出于无奈，或许是出于同样兴奋开心、拥有仪式感的情绪，纷纷放他们出去玩雪。

实在怕冷不想出去的，就在教室里播放《小鬼当家》或者《哈利·波特》等具有浓重圣诞节日气息的电影。

蒋唱晚又想看电影，又想玩雪，思来想去，苦恼半天，最后决定在走廊上度过放假前的最后一个下午。

她靠着教室外墙那边，隔着一层玻璃看向里面的大屏幕，正播到哈利被海格带进对角巷的剧情，好不得意："看，这不就完美解决了？"

"想看电影可以往左看，想看雪可以往右看！"她指了指走廊窗外。

沈衍舟看了她一会儿，才顺着她手指的方向向外看。

南方的教学楼走廊都很宽阔，窗也巨大，像雕梁画栋，两根柱子分割开一个巨大、镂空的窗户，露出外面纷纷扬扬的雪。

从天而降，像轻盈洁白的羽毛，缓慢地铺满绿色的常绿阔叶林树顶，留下一层又一层的积雪。

窗内是关掉灯、拉上窗帘的教室，只有霍格沃茨礼堂里的蜡烛和四张长桌点亮这个小小的世界，窗外是欢呼声、喧闹声，还有飘扬的雪。

幸福得像是永恒。

跨年夜里到处都有活动，蒋唱晚和程姗姗挑得眼花缭乱，最后选了离家最近的一个地点。

C市就是高中地理课本上提到过的、典型的"同心圆"式城市中心布局，一环、二环、三环，以此从市中心排开。一条叫作锦江的护城河，天然而又巧妙地将城市中心的第一个"环"分割开来。

锦江夜有游船。

冬天已经来了，风很大。

蒋唱晚把自己裹得严严实实的，戴着毛线帽、手套和围巾，一个人到达会和地点。

"怎么就你一个人？"程姗姗拎着一大袋零食，踮起脚往她身后张望，"小沈老师呢？"

"他回常宁镇的家了，说晚点过来。"蒋唱晚挥挥手，被江边的夜风吹得直哆嗦，连忙找了个旁边避风的长椅坐下。

"喏，热奶茶。"季程拎着四杯奶茶从马路对面走过来。

蒋唱晚赶紧从袋子里拿了一杯出来，然后猛地用力插了进去，大喝了一口，才像活过来似的。

"爽啊！"

程姗姗坐在她身旁，忽然问："欸，你们小时候，有没有相信过玛雅人关于世界末日的预言？"

"有啊有啊！当时传得可玄乎了！"季程一拍大腿。

季程望着锦江上亮着灯的游船，忽地问道："如果真的有世界末日，你们觉得应该是怎么样的？”

话音一落，几个人都进入想象中。蒋唱晚咬着奶茶吸管，沉思片刻，但还没来得及说话，就听见程姗姗喊道：“小沈老师来了！”

蒋唱晚“腾”的一声站起来，将手臂高高举起，冲夜色里戴着白色毛线帽和围巾的少年晃动，脸上的笑意根本压不住。

“沈衍舟！

“这里！”

少年站在马路对面，看着长椅边上晃动得像个卡通人物的少女，身上的倦冷仿佛都在一瞬间被清空，像靠近了熊熊燃烧的壁炉。

他顿了几秒，在红灯闪烁的最后间隙，偏开头笑了笑。

“这是什么呀，小沈老师？”程姗姗好奇地接过他手上的塑料袋，打开一看，规规整整地放着四个保温饭盒。

“我妈妈包的饺子。”沈衍舟顿了顿，又解释道，“我们家有跨年夜包饺子的习俗，不过一般是在新年，只是我妈妈听到我要跟你们出来玩，就提前包了这么多，你们不喜欢吃的话也别介意。”

程姗姗心急，已经打开了一盒，看着里面让人食指大动的、热腾腾的饺子，瞪大眼睛：“怎么会介意呢？感谢还来不及呢！”

“阿姨真好。这饺子真香，皮薄馅儿大的，一个顶外面十个……”

还有更心急的，已经吃上了，一口一个，也顾不得烫，嘴里包着东西就含糊地夸道。

沈衍舟的视线从两个急着吃东西的人身上移开，落到蒋唱晚身上。

少女眼睛亮晶晶的，神神秘秘地从外套内侧掏出一杯奶茶，递给他：“季程是个傻瓜，忘记要保温袋了，我偷偷给你焐着呢。”

沈衍舟看了她一会儿，伸手接过。

纸杯温热，分不清是原本的温度，还是少女的体温。

奶茶质地醇厚，咕噜咕噜下肚，连呼出来的空气都热了。

“真聪明。”沈衍舟夸了她一声，看着她受用地扬起下巴，辫子仿佛要翘到天上去一般，笑了声，指了指袋子里的最后两个保温盒。

“挑一个吧，挑对了有惊喜。”

“惊喜？”季程这会儿又能听见他们说话了，望了望已经吃完的保温盒，瞪大眼，“我怎么不知道有惊喜？”

沈衍舟看了他一眼，又看了他空空如也的保温盒一眼，静道：“你也没给我机会说啊。”

程姗姗差点笑呛着：“都说你饿死鬼投胎了……”

蒋唱晚犹犹豫豫，最后选中了倒数第二盒。

她拆开，任由氤氲的热气扑向脸颊，任由香气在鼻息间弥漫，任由鲜嫩的汁水在唇齿间流淌，直到感觉胃里沉甸甸的暖意，才停下来，问：“惊喜是什么？”

沈衍舟坐在她旁边，用纸巾擦了擦她嘴角，才说：“你吃到就知道了。”

蒋唱晚脑子转得很快，瞪大眼睛问道：“是不是硬币啊？吃到了有什么惊喜吗？你可以满足我一个愿望吗？”

沈衍舟挑了挑眉，没答她前面的问题，只选择性地挑了最后一个问题回答。

“可以啊。”

话音落下的下一秒，就听见江对岸传来欢呼声。

属于跨年夜的倒计时一声又一声，新的一年即将在钟声中逼近，大家都兴奋地站起来，看江边建筑灯光闪烁，江心画舫的灯带流光溢彩。

“五——四——”

齐声倒数的声音越来越大，周围许多人的声音共同构成了那一年最末尾的白噪音。

“三——”

蒋唱晚脸颊通红，戴着分指手套的手放在嘴边，做喇叭状。

“二——”

少年听着身旁清脆兴奋的声音，嘴角也带了点笑。

“一——”

江对岸升起绚烂的烟火，在深蓝色的夜空中绽开，盛放，而后下坠。

许许多多不认识的人聚在一起，欢呼雀跃，为并不知道是什么样的、新的一年而庆贺。

“新年快乐！”

蒋唱晚笑着转头祝福身旁人时，却发现少年已经不知道看了她多久。

仿佛有盛大绚烂的烟花在对岸，他却一点也不挂心，眼里倒映着江与天一色的流光溢彩，还有她。

也只有她。

蒋唱晚顿了一顿，在这万家灯火、举国同庆的时刻，感到一阵柔软的心悸。

“许的什么愿？”沈衍舟望着她，眼角带笑地问。

蒋唱晚赧然地笑了笑，举起手，亮出掌心一枚亮晶晶而又圆润的银色硬币，吐了吐舌头，有些不好意思地道：“许愿……想要吃到这枚硬币。”

沈衍舟顿了顿，似乎是对她就此轻率地浪费了一个新年许愿的机会而感到无言，而后又被她逗笑了，眼角眉梢都带上浅浅的笑意，转头去看江边烟火。

蒋唱晚也跟着他笑。

听着烟火在夜空中绽放，还有季程和程姗姗在旁边打闹的声音，她悄悄地挪步，离身边的温度更近一些。

硬币握在掌心，被一下又一下地摩挲，而后攥紧。

其实不是的。

她想。

她许的愿不是这一个。

只是愿望说出来就不灵了。

她希望家人平安幸福，朋友健康开心，还有……

如果真的有世界末日的话，她希望身边的这个人，能够一直在她身边。

元旦节剩下的假期，蒋唱晚是在医院度过的。

本来爷爷是很好的，还挺有精神，能跟旁边人聊会儿天，就算不舒服的时候，她来了，大声叫他一声，他也能睁开眼看看，然后点点头，应两声。

后来忽然就不好了。

听不清话，也说不清，口齿含糊，大部分时候都在混沌状态。

从重症监护室里走了一遭，又出来，情况也并没有好转。

蒋唱晚抱着作业本，在隔壁病床上坐着，看孟女士给他擦身子，热了热中午根本就没吃两口的米糊，侧身在他耳边，努力辨认其实根本就听不清的话语。

蒋唱晚没来由地鼻子一酸，再看不下去，放下怀里的作业本，匆匆拿起水杯向病房外走去，像是试图用一件事来掩饰自己的脆弱。

她很少幻想死亡。

一来是她向来奉行及时行乐主义，很少去关注虚无缥缈的未来和以后，二来是，对十几岁的人来讲，这实在有些沉重。

但很难有人站在病房里，病床边，还能一点都不去想象。

她之前看过一本书，上面有一句话，她记到如今。

“我们从来不是害怕死亡。”

“我们只是害怕死亡与我们擦肩而过，留下我们孤身一人。”

但是生活的神奇之处就在于，它并不会完全将人囿于某个环境里。

蒋唱晚收拾好书包，擦干眼泪，走出医院，走进学校，站在去教室的必经之路上，感受着人来人往、朝气蓬勃的模样，忽然觉得恍若隔世。

这个世界就是这样，有人出生，有人死亡，有人忧愁，有人欢喜。

喜与悲一线之隔，死亡与诞生不过几堵墙的距离。

医院好像是这一切的缩影。这一层楼的人因为新生命的诞生而欢呼雀跃，再往下一点，又能看到白布旁的默哀与缄默。

那一瞬间，蒋唱晚站在人来人往的路上，觉得她好像懂得了很多。

真正意义上的“长大”，可能只是一个瞬间的事情。

季程和程姗姗老远看到她，挥着手、蹦跳着跟她打招呼。

少年从身后走来，长指并拢，帮她拎起沉重的书包，侧身问道：“怎么了？”

爱，友谊，勇气。

这些东西将她从恍惚中拉回鲜活的人世间。

蒋唱晚连忙捂了捂脸，擦掉眼睛里没有流出来的眼泪，笑着说：“没事。

“走吧。”

可惜祸不单行。

蒋唱晚拍摄社团广告片的时候，不小心把脚扭了，被社团成员们呼啦啦拉去医院，回来的时候脚踝已经打上了固定石膏，拄着拐杖，一蹦一蹦地走进教室。

季程第一个看到她，眼睛瞪得老大，上上下下看了她好几眼：“新造型？”

蒋唱晚都懒得骂他。

程姗姗闻言也转过头来看，她就正常得多，快步走到教室后门扶她，震惊道：“这是咋的了？因公负伤了？”

“差不多吧。”蒋唱晚含糊道，一屁股坐到座位上，将拐杖往旁边一放，小声道，“想拍一个仰视镜头，运镜的时候没留神脚下，被绊倒了。”

“但好在，”她倏然正色，强调道，“镜头拍完了。”

“雌鹰般的女人啊你，这个时候还关心有没有拍完。”程姗姗俯下身端详她的伤脚，“还打了石膏，看起来挺严重的啊……”

“对啊。”蒋唱晚叹气愁道，“伤筋动骨一百天，这种蹦蹦跳跳的日子，不知道得持续多久呢。”

“那你上学怎么办？”程姗姗问。

因为孟女士最近繁忙，情绪也不太好，蒋唱晚不打算用这些小事去打扰她。

蒋惊寒最近也很忙，在封闭式集训。他们搞竞赛的都这样，时不时封闭一阵子。

要是普通时期就算了，按她哥那种吊儿郎当的性子，大概率会带手机去，凭一己之力将全封闭变成半封闭，偶尔还能逃个课，变成不封闭呢。

但是她哥最近不知道怎么了，情绪也不太好，这次真的没带手机，像是要学到封闭期结束的模样。

“唉。”蒋唱晚思忖了一阵，叹气道，“看看能不能想到什么别的办法，不然我就只能每天早起半个小时，忍受着我这个伤脚，蹦跳着回家和上下楼梯了……”

“……咳咳！”程姗姗不知道看到什么，冲她使了个眼色。

蒋唱晚愣了一秒后，火速懂了她的意思，顺着她的视线向身后望去，瞥见她的同桌身姿颀长，姿态挺拔，正抱着书从教室前门进来。

……真是，“可堪大任”啊。

蒋唱晚顿了一秒，转过头来。

两个女孩对视着，默契地挑了挑眉。

于是……放学的时候，沈衍舟就这么担上了这个“重任”。

沈衍舟眉峰往下一压，上半身微屈，又往下压了点，偏头看她：“上来。”

“等一下哦。”

蒋唱晚小心翼翼地把拐杖靠在课桌旁，然后才准备上去，然而手臂左晃右晃，时而在肩膀处停留，时而又在脖颈处停留，始终没有落下。

沈衍舟听着身后的动静，问道：“怎么了？”

蒋唱晚盯着少年宽阔平坦的后背，赧然实诚道：“……我忽然有点不好意思了。”

沈衍舟挑眉，像是觉得稀奇似的，回头看了她一眼：“这会儿会不好意思了？一开始让我对你负责的时候，怎么不觉得呢？”

“我哪有让你对我负责！”蒋唱晚脸腾地一红，开始不认账，“我只是觉得……觉得……我们邻里邻居的，就该多多互相帮助，是吧……”

沈衍舟“哦”了一声，背身攥住她的手腕，状似无奈，表面上在叹气，实际上却在笑，轻声道：“上来吧，邻居。”

蒋唱晚“嘿嘿”笑了一下，伸手环住他脖子。

少年确认她抱好了之后才直起身，扶着她的腿往上颠了颠，稳稳当当地迈步，向家的方向走去。

冬天的天本就黑得早，下了晚自习之后，更是一片浓重的墨色。

蒋唱晚抱着沈衍舟的脖子，下巴枕在他肩膀上，偷偷抬眼看他。

沈衍舟很白。

明明天天都在太阳底下晒着，却生得一副像没晒过太阳一样的皮囊。

仿佛那些夏日的阳光在他身上，只能起到一个装饰作用，还有将柠檬味洗衣液晒得散发出香味的作用。

从她那个角度望过去，可以看见他分明的下颌骨，还有偶尔偏头时，纤长的眼睫。

少年背着她，行走在冬夜的小路上，稳稳当当，平平坦坦，分外安心。萧瑟冷风仿佛只是从身边吹过，没有侵扰他们半分。

路边的店铺已经陆陆续续关了，往常繁华热闹的店铺只剩下零零散散的几盏灯，在冬夜里发出温馨的光。

蒋唱晚将头趴在少年宽阔的肩膀上，盯着那些窗户里透出来的暖色灯光，忽地轻声喊他：“沈衍舟。”

“嗯？”

蒋唱晚停了好几秒，才继续问道：“你想过死亡吗？”

这个问题来得没头没脑，猝不及防。

沈衍舟顿了一顿，似乎对此感到些微错愕，但几秒后，就顺着她的想法回答道：“想过啊。”

他顿了顿，才继续道：“很小的时候就想过。”

这仿佛是任何一个青春期少年都无法回避的问题。

在亲人生病的时候，在看他人衰老的时候，看白发、皱纹以及其他一系列器官衰竭发生在某个人身上的时候，或者，什么都没有的时候。

死亡是人类无法回避的命题。

它总是显得沉重、无解，又神秘。

蒋唱晚依旧趴在他肩上，轻声问：“张阿姨住院的时候吗？”

“那个时候……”沈衍舟垂眼盯着脚下，轻声答道，“也想过的。”

“那是一种什么感觉？”身后的少女还在轻声问。

他看不到她的神情，只能从她的声音和动作里感知她现在的情绪，总归不是很高涨的。

“挺复杂的。”沈衍舟想了想，轻声道，“现在想想，最多的应该是恐惧吧。”

身后的少女沉默了很久，然后才接道：“我也是。

“害怕自己再也见不到这个人的恐惧。”

书上说，亲人的离世是一生的潮湿。

她明知人的终点都是另一片触不见摸不着的海域，明知这是既定的事实，但还是会恐惧。

“我知道这世界，如露水般短暂。

“然而，然而。”

有一滴晶莹的液体自少女眼角滑落，缓慢渗入少年厚重的冬衣外套里，晕开一点点水渍，而后又消失不见。

他们都默不作声，在这冬夜里凛然前行，感受着没有看见彼此的眼睛，却在触摸着彼此心脏的时刻。

在依靠着沈衍舟上下学和上楼下楼的一周后，蒋唱晚觉得自己好了许多，秉持着尽量少给别人添麻烦的理念，提出要独立行走。

她白天的时候絮絮叨叨了许多，比如什么让你很辛苦啦，耽误你去上竞赛课啦，说不定还让你不能再长高一点啦，沈衍舟都不置可否，“嗯”两声就算回应了。

到了晚上放学的时候，还是照常绕到她身前，微微俯身，云淡风轻地让她上来。

仿佛她白天费的那些口舌都没有发生过一般。

蒋唱晚：……好吧！

时间就这么一晃，试卷纷飞，期末考试也结束了。

但是校园生活并没有结束。

高二年级已经开始补课，在考完试后的第三天，少男少女们满脸不情愿，顶着冬日的寒风，裹着厚厚的外套，又来到了学校。

教室里吵吵闹闹的，带着考完试后特有的轻松，与年关将近的惬意。

只有一个点和往常不同——蒋唱晚没来。

沈衍舟望着空着的座位，回头看了看后排那两个人。

程姗姗和季程双双摇头，脸上也是疑惑的神情。

程姗姗看向沈衍舟："你不是跟她一个小区吗，小沈老师？"

沈衍舟也静了半天："我早上去敲门的时候，家里没人。"

他考完试那天，把蒋唱晚送回家之后，就先回了常宁镇，在家里待了几天，直到要上学了才回来。

今天早上特意起早，绕了路，先去家属院接她，但是站在门口敲了很久的门，都一片沉寂，无人应答。

程姗姗皱眉："那可能放假回南山了？没准孟阿姨会送她来上学的，可能只是迟到了，再等等吧，不着急。"

一等就是一天。

到了下午时分，沈衍舟旁边的座位依然空着。

奇怪的是，矮士水竟然也没对这个空座位发表什么询问，让他们做卷子的时候在教室里巡视，也只是路过这个空座位，仿佛没有看到一般。

"……高老师。"沈衍舟在他又一次经过的时候，轻声喊他。

矮士水背着手回头："嗯？"

"蒋唱晚……"沈衍舟看了眼旁边的空座位，问道，"是请假了吗？"

"哦，对。"矮士水点点头，"忘记给你们说了，她妈妈给我打了电话，说是家里有点事，等几天再来。"

沈衍舟顿了顿，说好，谢谢高老师。

最后一排竖起耳朵听的两个人对视一眼，都从彼此眼睛里看到了疑惑和担忧。

蒋唱晚直到第二天才回消息。

没有回复一众人对她的询问，径直点进最顶上的一个聊天框，也没有回复这个人对她发出的几条消息，只是编辑再三，而后说道：小沈老师，听说你之前了解过轮椅，有哪些推荐的品牌吗？希望要平稳一点的，价格都无所谓。

沈衍舟收到这条消息的时候，恰好停留在她的聊天框里。

看到这条消息蹦出来，悬起来的心终于往下落了一点，等到看清文字的时候，又皱起眉。

他犹豫片刻，回复：轮椅？是你要用吗？

她的脚伤又严重了？为了不想麻烦他，都到了想用轮椅的地步了？

可惜对面就发来那么一条消息，对于他后续的询问，就没有再回复了。

沈衍舟疑惑虽疑惑，但还是花了两个小时整理了一个表格文档给她。上面把目前市场上比较优秀的轮椅产品按价格高低，都排成了序列，附有外观图片，并详细列明了性价比与她专门要求的平稳度。

他之前在帮外公选购的时候，有了解过，所以大体上还算熟悉。

等下……外公？

沈衍舟的动作一顿，心里升起些不太好的预感。

请假，沉寂，情绪不佳……

一点一点的线索串联起来，像逐渐揭开了一个并不像谜团的谜团。

少女在冬夜里无人知晓时流的眼泪，好像这个时候才完全洇透厚重的冬衣，坠到他的心脏上。

沈衍舟站在原地，盯着聊天框，难得想做一次有神论者，希望事情并不像他想的那样。

可惜人生不如意者十之八九。

好长好长的时间过去后，在深夜凌晨里，他收到了蒋唱晚的回复。

——不是我，是给爷爷选的。

——但是现在不用了。

——无论如何，还是谢谢你。

每一条消息的间隔时间都很长，要显示许久的对方正在输入中，才能得到一条尽量简短而又尽量客观、不露情绪的回应。

像是眼泪一直往下流，先模糊掉视线，而后又沾湿手机屏幕，连说短短一句话都显得困难。

沈衍舟看着那句“但是现在不用了”，心脏倏然往下一沉。

Z。：你在哪里？

Z。：我现在来找你。

沈衍舟拿上外套，到达医院的时候，大人们还在为老人进行最后的工作，他在病房外遥遥看了一眼，站定片刻，没有进去，最后在楼梯间里找到了蒋唱晚。

少女抱着膝盖坐在台阶上，蜷成一团，偶尔能听见几声啜泣。

背影被深夜医院走廊上的光一扫，显得分外遥远。

沈衍舟在门口看了她一会儿，最后刻意踏出一点脚步声，才缓步走进去。

蒋唱晚听见声音，连忙把脸埋进膝盖里，又用手胡乱擦了一通，才抬起眼来。

眼圈和鼻头都红红的，眼睛肿得快要睁不开，鼻腔也被哭堵了，连说话都带有鼻音。

“……你来啦。”她说，又用力擦了擦眼睛。

沈衍舟“嗯”了一声，把外套脱下来，示意她挪一挪，然后将外套垫在她身下，说：“地上凉。”

“……谢谢。”蒋唱晚说。

沈衍舟没有再说话，在她旁边坐下来。

又沉默了很久之后，蒋唱晚问：“他们弄完了吗？”

“没有。”沈衍舟说，“我刚到的时候，还在给爷爷理头发。”

就这么一句，蒋唱晚的眼泪又像断了线一样往下流。

“你看到他了吗？”少女哭得直抽抽，用手比画着，“那么瘦。

“腿那么那么细，快要比我的手臂还细了。那么高的个子，身上一点肉都没有了……

“我们说话他都听不清了，他说话也是含含糊糊的，没有人能听懂他在说什么。一天里大多数时候都在做噩梦，说梦到有人要带他走……”

蒋唱晚哭得喘不上气，连说话都是断断续续的，但好像高压的情绪终于找到一个宣泄口一般，不肯放弃。

“说走就走了，明明上周还有力气跟护士姐姐开玩笑的。那个仪器“嘀嘀嘀”地响，连最后一句话都没有讲……

“他都没有看我一眼……”

蒋唱晚哭得缩成一团，纤细的肩膀不住地抖，像冬夜里最后一片枯叶，颤抖、战栗，却无能为力。

沈衍舟的心脏仿佛也被人拽住，随着她的话语一点一点往下坠。

心脏一缩一缩地疼，抽疼。

“好了。”沈衍舟揽住她的肩膀，把人带进怀里，像安抚小孩子那样，轻轻地拍着她的后背，“没关系的。

“爷爷只是去另一个世界了，你只是不能经常看到他了，并不代表着他真的不在了。”

“我……我知道。”蒋唱晚还是哭得止不住，身体随着抽噎而抖动，“我知道人都会走到这一步，迟早会有这一天的。”

“道理我都懂。”她眼圈红红，从他怀里稍微后仰，看着他，带着鼻音道，“可是，我只是因为以后不能再看见他而难过。

“单纯的，因为一个亲人的离去而难过。”

她还记得2008年地震的时候，她读幼儿园。

老师正在组织午休，她在跟同桌聊天说小话，忽地，小小的身躯里，肉眼可见的视野都开始大片晃动。世界像失衡了，地平线不复存在，所有的物体都歪三倒四，像一场没有重力的梦。

老师反应片刻后，就大声喊着他们，保护着他们跑出教室，到操场上集合。

“那一天，是爷爷到学校去接我的。”蒋唱晚哭着说。

记忆像是海绵，每当自己觉得已经删除掉太过久远或是无关紧要的回忆时，只需要一个小小的线索，又会在某个瞬间，如同走马灯般，串联成片，再度出现在眼前。

“从家到学校，要经过一条老街。从前的时候，每年过生日，都是爷爷提前一天到老街上的蛋糕店去给我订蛋糕。

“那时候根本没有什么芋泥奥利奥，只有最普通的水果蛋糕，奶油当然也不是动物奶油，但是我每年过生日都是真的很开心。”

蒋唱晚越说越伤心，眼泪流得也越发密集，像止不住一般，趴在沈衍舟肩头抽泣。

沈衍舟安静地听着，感到一阵难过。

但他也没有什么别的办法，除了抱着她，一下又一下地帮她顺着后背，表示他在以外，他没有什么能帮她的。

人啊。

有多少时候就败在那一句：“道理我都懂。

“……可是。”

可是啊。

蒋唱晚最后也没哭多久。

在这种特殊时刻，繁文缛节、历来传统在前，连哭泣的时间都是奢侈。

孟女士来找她，走进楼梯间的时候瞥到还有一个人，连这种时刻都不忘礼貌，对沈衍舟点点头示意，说：“小沈老师也来了。”

沈衍舟起身对她点点头，轻声道：“孟阿姨。”

孟女士应了声，才看向蒋唱晚。她连楼梯间的灯都没按亮，声音哑着，轻声对她说：“给爷爷梳洗好了。

顿了好一会儿之后，她才指了指病房的方向，忍着哽咽，说：“再去见最后一面吧。”

蒋唱晚擦着眼泪起来，还在控制不住地抽噎着，看了眼沈衍舟。

楼梯间又昏又暗，少女的眼睛又肿着，他本来应该是看不到她的神情的，但是就那么黑暗中一个回身的动作，他竟然倏然就懂了她想说什么。

“我在外面等你。”他说。

蒋唱晚这才挽住孟女士的手臂，两个人一步一步，慢慢地走出昏暗的楼梯间，走到光明下，缓慢地向病房走去。

两个人的动作都很慢。就好像觉得，只要慢一点，再慢一点。

这一切就会结束，这个噩梦就会醒来。

有些人就还可以鲜活如旧。

可惜现实就是现实，最残忍，也最公平的现实。

发生过就是发生过，不会为任何一个人而改变。

沈衍舟坐在病房外的长椅上，任由消毒水气味弥漫在鼻息间，听着远远朦胧的动静，没有动。

他觉得此刻离得太近，并不是一件好事。

客观来讲，他并不是当事人，只是碰巧有些关联的局外人，不应介入这场家事里。

他坐在外面，遥遥看见不断有人从外赶来，风尘仆仆，有的似乎刚下飞机，有的似乎狂奔而来，冲进病房里，喊出那一声本来该有人回答的称呼。

从前是有人会应的。

只是现在，那些回应随着人的沉睡，一同深眠了。

不知道过了多久，这场道别终于结束，联系的人带着车停在楼下，一家人沉默着走出来。

孟女士依旧操持着大局，打了好几个电话，安排好接下来的行程之后，开始安排现场的人。

“你去把下面的人带上来。

“你去准备一些水果，去看着他们搭棚子。”

她对蒋惊寒说：“你跟我去给爷爷守夜。”

少年看起来倦冷，眼眶有些不明显的红，点了点头。

孟女士转身，看着蒋唱晚，顿了两秒，没有跟她说话，而是越过她，喊了不远处的人。

“小沈老师，麻烦你把晚晚送回去，可以吗？”

“为什么我不能去？”蒋唱晚红着眼睛问道。

“太冷了。”孟青俯身伸手，擦了擦她的眼泪，轻声道，“你先回去洗个澡，换身衣服，好好睡一觉，明天再过来，好吗？”

蒋唱晚顿了几秒，最后点点头，说好。

回去的路上，蒋唱晚也没有要沈衍舟背，只是自己扶着他的手臂，一瘸一拐，一蹦一跳地走着。

“这样能分散一点注意力。”她说道，“人只有有事必须要做的时候，才可以不去想那些伤心的事情。”

沈衍舟慢慢地走在她旁边，说：“好。”

到了家属院，上了楼，开了门，蒋唱晚拖着伤脚去洗了个热水澡，换上厚厚的睡衣。

她出来的时候抱着几件衣服，缓慢地走过来，轻声问：“你今晚能不回去吗？”

沈衍舟看着她，一时半会儿没说话。

蒋唱晚像是有点急了，语速也加快了：“我哥不回来，隔壁房间是空的，你可以穿他的衣服。或者你回去拿衣服也可以，我待会儿给你换新床单……”

“不用。”沈衍舟轻声打断她，安静道，“我就在这里，哪儿也不去。”

蒋唱晚这才低下头，说好。

已经很晚了，客厅的钟指向凌晨两点，两个人互道完晚安，蒋唱晚就一瘸一拐地进房间去了。

沈衍舟快速洗了个澡，在沙发上铺好被子，本来想去关灯，听到房间里轻微的动静，念头一转，还是留了一盏灯，最后和衣半躺下。

房间里的声音好像没停。

时而响起轻轻的脚步声，时而响起柜子门打开的声音，时而响起因为在床上翻来覆去，床垫受到挤压，发出的轻微吱呀声。

偶尔还有两声啜泣。

沈衍舟安静地听着，没有什么多余的动作。

终于，在指针即将指向三点钟的时候，安静下来了。

沈衍舟捏了捏眉心，准备小憩一会儿，却听见在寂静中越发明显的脚步声。

“吱呀”一声，房间门被打开，少女抱着一本《哈利·波特与阿兹卡班的囚徒》，赤脚站在房间门口，手指紧紧攥住最边上的书页，小声道：

“沈衍舟，我睡不着。”

沈衍舟安静几秒，走上前，把拖鞋递到她脚边，忽然问：“你有没有看过《寻梦环游记》？”

蒋唱晚顿了两秒，摇摇头。

于是凌晨三点半的客厅里，一盏昏黄的落地灯映亮沙发一角，两个人盖着同一条毯子，任屏幕变幻的光落在脸上，一闪一闪，共同看了一场《寻梦环游记》。

Remember me。

记住我。

死亡不是终点，遗忘才是。

影片结束的末尾，沈衍舟听着片尾曲，和耳边浅浅均匀的呼吸声，垂眼去看。

蒋唱晚眼角挂着眼泪，靠在他肩头，缓慢陷入沉睡。

少女腿上摊开的书本，停留在赫敏和哈利用时间转换器救出小天狼星后，小天狼星站在学校长廊上，对哈利说话的那一页。

他指着少年人的心脏，说：

“爱我们的人永远不会离开我们。

“他们会在这里。”

|第十一章|

朝朝暮暮，长长久久

Neng Bu Neng Ting hua

爷爷去世后的第五天，蒋唱晚回到了学校。

那些昼夜颠倒、凌晨炮响的日子，好像随着结束之后的一个热水澡，一场好觉，都消弭了。

用许多的仪式和流程，隆重地为逝者善后，几乎是全世界的人都不约而同的做法。这也预示着一切的落幕，逝者已逝，剩下的人再如何，也应当回归到日常生活当中。

大人们张罗着要去打麻将，再小一点的孩子们组队结伴出去玩，只有蒋唱晚和蒋惊寒两兄妹比较惨，一个要回去集训，一个要回学校补课。

“难兄难妹了也是。”蒋唱晚收拾书包的时候，对她哥说。

她哥都懒得搭腔，收拾好行李就往门外走：“走了。”

“欸，”蒋唱晚喊他，“等一下。”

蒋惊寒站在门口，单肩背着包，回头看她。

蒋唱晚犹豫片刻，还是开口：“……别太累了，哥。

“张弛也要有个度，你这样没日没夜地学，我都有点不习惯了。”

蒋惊寒顿了顿，最后也没说什么，转身继续往外走。

一声“知道了”，很轻地响在空气里，不知道是幻觉还是真实存在的。

“都说了我真没事，你们不要老问了。”蒋唱晚坐在座位上说，“脚没事，人也没事！”

“那就好。”程姗姗斜眼看她，“看起来还挺生龙活虎的呢，这下放心了啊。”

季程从后面塞给她一个包子：“吃早饭没？牛肉的，忍痛割爱了啊。”

“行。”蒋唱晚拆开咬了一口，含混道，“还算你有点良心。”

说话间，沈衍舟抱着书，从前门走进来。

两个人几乎在一个瞬间里就捕捉到彼此，好像他进门的第一眼永远是她的位置所在，她在玩笑中也不断分神去注意来人一般。

两个人隔着大半个教室的桌椅和人群，几乎呈现一个教室里能够达到的最远的对角线距离，却仿佛前所未有的近。

“早上好呀，小沈老师。”蒋唱晚笑着说。

沈衍舟看了她一眼，把书放到桌上，也笑：“早上好啊，小蒋同学。”

两个人眼里心里都是笑意，心照不宣地哼起歌来。

前尘往事就这么褪去，回到平静的生活里。

蒋唱晚许久没回南山，趁假期补课不太忙的间隙，回了一趟，在楼上楼下搜寻了一圈，却都没有看见孟女士。

“阿姨。”她一边扶着栏杆下楼，踏出快速而均匀的声响，一边问，“我妈呢？”

“阿姨？”

叫了好几声都没人应，她皱着眉在客厅里转了一圈，发现往常摆放的许多东西都不在了，都收进了纸箱里。

蒋唱晚眉头皱得更深，依次推开房间门去看，发现孟女士房间、她自己的房间，还有书房，都是柜门敞开，许多东西都收得七七八八，用纸箱堆放起来。

她的衣服，她的书，她的乱七八糟的贴纸……全收起来了。

蒋唱晚蹲着查看的时候，听见楼下传来敲门声，于是飞快地跑下楼梯。

“妈，我的东西怎么全收起来了啊……”

“对对对，就这些，全部搬上去吧。”孟女士站在门口，正和穿着搬家公司制服的工作人员交流，“这边是易碎物品，稍微注意点，别磕坏了。

“那边是收出来不要了的东西，不用搬……”

直到工作人员鱼贯而入，分工抱起客厅里的纸箱往外走时，孟女士才找到空闲时间跟蒋唱晚说话。

“你不是在学校补课吗？”她问。

蒋唱晚看着门外搬家专用的大车，心不在焉地回答：“……今天休息。”

“哦哦。”孟女士应了，然后说，“那正好，你趁今天上去，把你自己房间里的东西收一下。你东西太多了，我和阿姨都收不过来，该收的收，该扔的扔，不适合带出去的东西就扔掉算了……”

“带出去？”蒋唱晚皱着眉，疑惑又茫然，“要带到哪儿去啊？”

“回 A 国啊。”孟女士看着她，似乎是不懂她在疑惑什么，理所应当地回答道。

蒋唱晚心脏猛地一跳，又听见她说道：“本来我回来就是为了照顾爷爷的，现在一切都结束了，该做的也做完了，我们也该回去了啊。”

蒋唱晚更茫然了。

她知道蒋扬和孟青一直在国外做生意不错，早几年的时候，夫妻俩一直来回跑，十几个小时的航班每个月要坐好几次，后来等到蒋唱晚差不多上初中的时候，两个人就在国外定居了，也还是常常回来。

但是他们从来没有说，要把蒋唱晚带出去过。

蒋唱晚有点蒙了，难以置信地问：“妈，你是不是搞错了……是你要回去，不是‘我们’吧？”

孟女士正在收拾橱柜里的东西，把开了封的东西扔进垃圾桶，没开封的东西扔进纸箱里，说要给蒋惊寒拿过去。

“没错啊。”她忙了好一会儿才找到空回她，笃定地答道，“就是我们。”

想了想，她又强调道：“准确地说，是我和你，我们俩。”

蒋唱晚在原地愣了好久好久。

她站在满地纸箱的客厅里，忽然觉得这是不是一个恶作剧，或者一场梦。

“为什么要把我带出去呀？”她肉眼可见地有些慌乱，走到大人身边，问，“之前不是你们在外面，我在这里，过得好好的吗？”

孟女士看了她一眼：“之前是有爷爷奶奶带，现在呢？你一个人在这里？”

蒋唱晚顿了一顿，急道：“一个人在这里也不是不行啊，有房子住，有学上，我能照顾好自己……”

“你？”孟女士打断她，“你照顾自己？你那个自制力，你能照顾谁？

水烧开了，煤气漏了你都不知道，还照顾自己？算了吧。”

“不是。”蒋唱晚这会儿是真急了，心脏“怦怦”直跳，手足无措地拉住孟女士的袖子，“我从小在这里长大，我对这里很熟悉了，我的朋友们都在这里，我不想离开。”

孟女士收拾完橱柜，走出厨房，去查看客厅里的东西，轻描淡写地说：“这有什么？又不是一辈子见不到了，你过去念完高中，再念个大学，到时候想回来不就回来了。”

她把不要的东西扔进垃圾桶，补充道：“而且，到了新环境就会有新朋友，你过去能交到更多好朋友的。”

这就是怎么说都不允许她留下来的意思了。

蒋唱晚看怎么说都说不动她，情绪一激动，鼻头一酸，就要落下泪来。

“为什么非要带我走啊？你问过我意见没有啊？

“为什么什么都不说，就擅作主张替我做决定啊？”

蒋唱晚越说越激动，泪失禁体质，跟着眼泪就往下掉。

“凭什么就捆绑着我啊？一会儿说我一个人不能自己住，一会儿说要把我带出去，凭什么我哥就可以啊？”

孟女士像是也被她惹怒了，深呼吸两次，把手里的东西放下，站起身来。

“凭什么你哥可以？你自己扪心自问一下，蒋唱晚，你惹了多少次祸，你哥惹过哪怕一次没有？

“谁做事是无厘头随便乱做的？为什么不让你一个人住，为什么要带你走，你自己心里没点数吗？”

孟女士像是也气得不轻：“你还好意思说凭什么，我告诉你，蒋唱晚，要不是有你哥和小沈老师的担保，我都不会让你搬出南山！

“你哥一个人住可以把自己照顾得很好，不生病不感冒，成绩照样年级前十，保送好大学，你呢？就你这破成绩，你在国内读，能考上哪里？啊？”

孟女士把手上的东西一扔，气得胸膛不停起伏，最后拍板下决定。

“反正这事儿没得商量，你那些东西你爱收不收，今天不收，明天就别去上学了，反正我手续也快给你办完了，明天你就待在家里慢慢收。

“航班在一个星期后，到时候你还没收完，那就全部扔了就行。”

说完之后，她没再给蒋唱晚反驳的机会，迅速迈步上楼，“砰”一声关上了门。

偌大的客厅里，只留下眼观鼻鼻观心、默默工作的搬家人员，还有站在原地，不住掉眼泪的蒋唱晚。

她讨厌大人。

讨厌他们轻飘飘地替她做决定，讨厌他们轻描淡写地说一切都会过去的，讨厌他们云淡风轻地说这些都不重要。

但她好像又无法反驳。

孟青曾经好像说过无数次，说她要是再这么玩下去，要是成绩再这么差下去，要是再不把心思放在学习上去，她就会把她送到国际学校去。

是她没当回事。

是她没相信。

直到这个时候，蒋唱晚还觉得一切都不真实。一边接受，一边抗拒，觉得自己今天要是没回来就好了，要是待在家属院里就好了。

要是之前努力学习就好了。

要是和她哥一样，能够照顾好自己，能够考上好大学就好了。

这样是不是就能自由了？

手机在包里不停地振动，蒋唱晚一把抹掉眼泪，拿出来看。

四个人的小群里，有两个人正热火朝天地商量着过年的假期要去哪里玩。

——去山上泡温泉！风景又好又不远！

——要不去滑雪吧？冬天的雪场也挺有意思的。

——滑雪的人好多啊，而且你也不怎么会吧，到时候摔个屁股蹲儿就好玩了。

——难道你就会泡温泉了？但凡池子大点，你都得戴游泳圈下去吧！

——你是不是想死啊，季程！

——晚晚怎么不说话啊？

——@纽特学长的嗅嗅 快出来，你来选一个。

春节假期还有半个月，远在航班之外。

蒋唱晚看了好一会儿，才吸了吸鼻子，手颤抖着，一字一句，缓慢地打着：你们去吧。我去不了了。

蒋唱晚花了好几天收拾行李。

先是不愿相信，直到第二天照常去上学时，矮士水对她说，她的手续已经办完了，可以不用来了，她才有了即将离去的实感。发了两天呆后，她才开始慢慢地收拾。

很难去讲一件一件收拾出那些柜子里尘封已久的东西，并勾起从前的回忆时，是一种什么样的感受。

小学时充满涂鸦的课本，用来写小说的草稿纸，初中时的日记本，上课时传来传去的小纸条。

如果是在普通平常的时刻，她大概只会觉得好玩，拍下照片，发到小群里面分享，引起大家一阵爆笑。

而现在，她只觉得难过。

每一个与从前快乐有关的东西，都好像是一次记忆的凌迟。

她从来没有想过自己会有被迫离开从小生长的地方的一天。

对故土的眷恋，对朋友的不舍，对未知的恐惧，诸多情绪编织成梦魇，缠绕着她。

南山的房子渐渐被搬空，孟青在准备各种需要的文件与手续，蒋惊寒在集训。给爷爷烧完最后一次纸钱后，机票纸面上的时间也渐渐逼近。

起飞前的第三天，学校补课休息，季程和程姗姗买了蛋糕和礼物，来给她饯行。

偌大的南山别墅已经空落落的，能搬走的东西都搬走了，剩下的大件家具也被盖上了防尘的白色布罩，看起来冰冷而寂寥。

蒋唱晚盘腿坐在地上，轻声招呼他们：“坐吧。”

程姗姗环视一周，竟然第一次感到无所适从，于是只好学着她的样子，盘腿在客厅坐下来。

季程小心翼翼地把订的蛋糕放在桌上，也跟着他们坐下来。

气氛一时沉寂。

三个人第一次相对环视坐着，却没有一个人说话。

窗外天色渐暗，室内没有开灯，随着日色的偏移，一寸一寸地暗下来。

“怎么了？”蒋唱晚忽然轻声开口，带了点极浅的笑意，问道，“我还没走呢，就没话讲了？”

“怎么会。”季程说，率先拆开蛋糕的包装，找来打火机，准备点亮蜡烛。

塑料包装窸窸窣窣，在安静的环境里发出响声，掩盖住了程姗姗的哭声。

“你之后什么时候回来啊？”她忍着哭声问。

蒋唱晚沉默了一会儿：“可能读完高中，也可能读完大学吧。”

也可能不回来了。

他们都知道的。

人的一生要经历许多别离,未来在此刻显得极其遥远、未知,而又不可控。

程姗姗直接不装了,“哇”的一声哭出声,抓住她的手:“你英语那么差,过去肯定会受欺负的……”

蒋唱晚顿了顿,无言道:“谢谢你啊,你不说我还不知道呢。”

程姗姗一把鼻涕一把泪:“我听说那边很乱的,你走在路上一定要注意啊,别带着奢侈品到处走啊……

“半夜自己在家要锁好门啊,在学校里和别的同学好好相处,不要乱发脾气啊……”

她捶季程的腿,逼他递过来几张纸,响亮地擦了擦鼻涕,才继续抽抽噎噎道:“别闯祸啊,那边可没有我们这么好的朋友给你出头啊……”

蒋唱晚一边觉得她好笑,一边被她说得鼻尖发酸,胡乱抹了把脸:“好了,知道了。”

她从季程手里接过打火机,亲自点燃蜡烛,插在蛋糕上。

烛火昏黄摇晃,映出蛋糕上的巧克力立牌。

这是季程和程姗姗提前订制的蛋糕。

是她最喜欢的芋泥口味,顶上的立牌是他们四个人的合影。

大块白巧克力雕刻而成的剪影,人的轮廓和衣裙的飘逸,都十分清晰。

蒋唱晚的手一顿,视线停在立牌上,静了许久。

蜡烛一点一点向下燃烧,在冬夜里发出光芒和微弱的温度,如同一个投影,将四个人的剪影放大,落在白墙上。

烛火一晃一晃,摇曳在立牌前,像从前落在他们身上的阳光。

从前放学的时候,落在他们身上的太阳。

一片沉默里,程姗姗吸了吸鼻子,轻声问:“你真的不打算……跟小沈老师告别吗?”

沈衍舟还不知道这个消息。

他三天后有一场国家级的竞赛,在一星期前就已经进入了封闭式集训,想来,也是有许久没有他的消息了。

蒋唱晚静了几秒,垂下眼睫,将视线从立牌上的少年身上移开,轻声道:

“他有自己的事要做,我不好打扰。

“留一条消息就好了。”

她讨厌离别。

也不知道要怎么跟沈衍舟告别。

就算她听到这个消息的第一反应是要离开沈衍舟，她应该怎么办呢。

这是一场永远也开不了口的道别。

那索性就趁着他在封闭式集训的时刻，避重就轻，轻描淡写地说声再见吧。

等到他比赛结束，她应该已经落在了大洋彼岸，时差八个小时的另一片土地。

没有当面说的再见就不是离别。

就好像每次放学回家，站在单元楼下的那句“明天见”一样。

只是……

这次可能，再也不见了。

航班起飞前的倒数第二天，蒋唱晚回了趟家属院。

她哥不在，家里清清冷冷，就她一个人。

蒋唱晚慢慢地收拾了一会儿东西，准备出门时，站在客厅门口回身，环视一周，忽地瞥见沙发上摊开的毛毯一角。

她顿了片刻。

驼色白色交杂的毛毯，柔软，宽大，接触时温暖的触感仿佛还停留在皮肤上，她却要走了。

那是那天晚上，她和沈衍舟盖过的毯子。

来自迪士尼梦幻的动画灯光仿佛还落在毯子之上，少年宽阔的肩头仿佛也就靠在身边，而一切都要物是人非了。

她站在门口，看了许久。

南山的房子承载了他们的初遇，从夏日公交车上的一瞥，到并肩同坐的书桌前，梧桐林荫，虫鸣鸟叫，他们在一起消磨了整个夏天。

家属院的房子则承载了搬家的下午，秋冬日满桌的佳肴，酒杯碰撞时清脆的庆祝，忘带钥匙时共度的夜晚，还有靠在肩头的一场电影。

一时间，诸多记忆从眼前闪过，像是走马灯。

人是不是只有在快要离别的时候，才知道从前有多快乐，才知道有多舍不得？

当时只道是寻常。

蒋唱晚站在门口，回身望了许久。

最后她闭了闭眼，轻缓地迈出门，回身，关上了门。

起飞那天，C 市在下雨。

孟青领着她到机场，办好登机牌，托运好行李，收到了航班晚点的消息。

孟青看了眼表，把东西放在咖啡厅座椅上，说：“你在这儿等我一下，我去买点东西吃。”

蒋唱晚没说话，只是点点头。

今天是国家级竞赛的日子。

在 C 市举办，数理化学科都有，她哥和沈衍舟应当都在参加。

她漫无目的地刷着手机，感到一阵难言的平静。

像是什么都不想说，又像是有很多话想说，最后都算了。

两个人就这么坐在机场的咖啡厅里，安静地喝完咖啡，吃完午饭，捱到了快要登机时间。

“我去结账。”孟女士说完，就起身往前台走去。

蒋唱晚沉默地背上双肩包，站起身来，到门口等她。

机场总是人来人往，所有人都行色匆匆，从远方来，或者即将走向远方。

有人来送，在安检口前长久拥抱，泣不成声；有人来接，神情兴奋地乘电梯下楼，拽着横幅，好不欢乐。

世界在这里凝聚成一个切片，像一个小小的水晶球，将悲欢离合尽数留在此。

蒋唱晚靠在门边看着，从一个人群身上转到另一个人群身上，最后落向巨大的机场玻璃外。

她从小生长的城市隐在烟雨暮色中，细雨淅淅沥沥，看不真切。

倒也像一场送别。

出神间，孟女士结完账走了出来，唤她往前。

蒋唱晚抿了抿唇，呼出一口气，攥住双肩包的带子，跟在她身后，向安检口走去。

头等舱通道，人不多，十分顺畅地到了安检口前。

蒋唱晚站在门口，漫无目的地看着孟女士在前，把背包放进框里，再从中单独拿出电脑和充电宝。

她刚把双肩包取下一半，忽地感知到裤兜里手机的振动。

欢乐的铃声响起，打破她寂静的情绪。

蒋唱晚顿了顿，没什么情绪地将手机摸出来看。

待看清屏幕上的名字后，动作却猛地一顿。

……怎么会。

蒋唱晚看着那个名字想着。

心脏好像停了一瞬，然后再度悬起落下，仿佛要冲破胸腔。

铃声坚持不懈地响起，手机在手心里一阵又一阵地颤动着，仿佛连带着她的心脏也在颤抖。

她不敢接。

但好像那个人也没有一定要她接，只是站在她身后，许多道分隔线拉出来的遥远距离之外，喊她。

“……蒋唱晚。”

声音在嘈杂的机场里，独独落进她耳朵里。

蒋唱晚顿了很久很久。

想回头，又怕是幻觉。不回头，好像又舍不得。

她站在原地，看着前方孟女士已经走过安检口，在另一端喊她，说快要到登机时间了。

怎么会是他呢？

他在比赛呢。

在心里无数次说服自己之后，蒋唱晚才深吸了一口气，缓步向前。

刚迈出一步，就听见身后的声音似乎大了些，还带着点急切，重新又喊了一遍。

“蒋唱晚。

“你不准备跟我说再见吗？”

蒋唱晚的脚步猛然顿住，连呼吸好像都停住了，一点一点回头去看。

少年站在安检口外，隔着数条分隔线的距离，定定地望着她。

好像厚外套都来不及穿好，露出里面稍微有些凌乱的衣领，胸口还在不住起伏，像是经过一场长长的奔波，刚刚才停下来。

鼻头和眼圈微红，不知道是冻的，还是别的什么。

沈衍舟只是定定地看着她，重复了一遍：

“你不准备跟我说再见吗？”

蒋唱晚鼻头一酸，几乎就要落下眼泪来。手里的双肩包落地，她再也顾不得孟女士在另一端的叫喊催促声，飞奔出安检口，几乎是全力地向他奔去。

一阵风过，少女扑向他怀里。

双臂紧紧地环住少年的腰，脸颊埋在他胸前，整个人像完全扑进他怀里一般，声音闷闷地从衣服与衣服夹缝里传来，还带着点哭腔。

“我想跟你说的。

“我想跟你说再见的，沈衍舟。

“但是你不在。

“你有很重要的事情要做，我不能因为这些事情打扰你……”

沈衍舟垂眼，看着她的发顶，指尖蜷了蜷，半晌，才落到她头顶，轻声道：

“……我知道。”

胸膛还在起伏，喉咙口因为剧烈的奔跑而微微作痛，但是他尽力让自己的呼吸更平稳一点，让她埋得更自在一点。

沈衍舟看着她的发顶，感受着她的轻微颤抖，叹了口气。

刚出考场，手机刚一开机，他就看到了这个消息。

彼时距离她航班起飞时间已经不到半小时，他完全来不及思考，大脑一团乱，只能凭借着身体的本能拦了辆车，却因为堵在路上而心急如焚。

还好，还好。

还好赶上了。

沈衍舟抚摸着她的发顶，一时没有说话。

人在这种情况下，是不知道该说什么的。

他不怪蒋唱晚。

倒是少女埋首在他怀里哭了一会儿，又蹭了蹭，在他衣服上擦干眼泪，忽然想起什么似的，吸着鼻子抬起头，问：

“你考完了吗？”

一抽一抽的，吸着鼻子，声音带有鼻音。

这种时候，还在关心他有没有考完。

沈衍舟很轻地叹了口气，看着她：“考完了。”

想了想，他又补充道：“考得应该还不错。”

不用担心。

蒋唱晚放心地低下头，点点头，说那就好。

两个人一时都没有说话。

只是站在人来人往的机场大厅里，安静地对视着，像有千言万语。

不远处，孟女士的声音已经冲过安检口，急切而又大声地喊她。

"蒋唱晚！走了！

"登机时间都要过了！"

蒋唱晚沉默两秒，垂下眼，慢慢地将手从少年身侧收回，轻声说：

"那我走了啊，沈衍舟。"

少年没有说话。

他们没有一个人谈及"多久回来"或是"可不可以等我"的问题，因为未来实在太远了。

少年人的承诺在触手可及的将来里，可能根本就不作数。

本就相恋的恋人尚且会因为山与海的阻隔而产生嫌隙，甚至分道扬镳，何况什么都没有的他们。

沈衍舟只能站在原地，视线追随着她的背影，看着她走进安检口，走到孟女士身边，再向登机口走去。

彻底走出他视线的前一秒，蒋唱晚被孟女士拉着，回头看了他一眼。

少年一动不动地站在原地，像初见时，她隔着夏日的班车玻璃，透过林荫光影，看见的模样。

直到再看不见他的身影时，蒋唱晚才缓慢地回过头来，沉默地听着孟女士的数落，向廊桥走去。

成长来得如此之快，以至于自己都无法预见。

巨大的轰鸣声在耳边响起，惯性与重力让人后靠，蒋唱晚靠在窗边，看着阴天的城市逐渐被抛在身下，而后隐入云层，再消失不见。

她擦掉眼泪，收回视线，想：

会再见的。

沈衍舟于她而言，意味着夏天、蝉鸣和树荫，是午后握住的一瓶冰汽水，是冬日里看过的第一场焰火，是新年的鞭炮声，和熊熊的壁炉篝火。

是一场只属于他们两个人的寻梦环游记。

是她十六七岁的全部意义。

高二（9）班最近除了出了个竞赛国奖得主的消息，没有别的新闻。

补课结束后，放了个短暂的寒假，期间国家级竞赛出了成绩，学校有好几位同学得奖上榜，在开学前连夜做了横幅和红榜，四处张贴悬挂，好不荣誉。

沈衍舟回来上学那天，受到了全班同学的鼓掌欢迎。

他站在门口，看着熟悉的面孔坐在座位上，或开心或兴奋，无一不鼓掌，耳边响起众多庆祝的话语，视线却越过人群，看向教室后方倒数两排的位置。

空的。

季程和程姗姗沉默地鼓着掌，努力装作很开心的模样，但似乎不太成功。

他们前面，同桌连着的两个位置，都是空空如也。

沈衍舟顿了许久，清浅地道了谢，步伐迈过教室里的过道，一路向后，在空座位旁停了两秒，才拉开椅子入座。

往日最吵闹的角落，如今也最沉默。

程姗姗和季程都低着头，不知道在做什么，总之，短暂地没有了说话打闹的心情。

沈衍舟也是一如既往的沉默。

上课，下课，考试，自习。时间就这样悄悄溜走，窗外的树变了又变，从冬日枯枝到生出新芽，再到重回夏日的枝繁叶茂，绿荫如盖。

一切都在变，只有身旁的座位空得一如既往。

沈衍舟依旧住在家属院，只不过上下学的路途里，变成了孤身一人。

往日里好像仅仅几句话就能到达的距离，变得异常漫长。

一个人要走好久好久的路，看着两边熟悉的景色，要想很多很多的事，才能到达并不算远的地方。

在无数个独自度过的清晨与夜晚，沈衍舟走在寂静的小路上，忽然意识到，蒋唱晚不在的日子里，连时间都变得好漫长。

好像她在身边的一年半载，清晰得像他记忆里最饱满、最鲜活的半生。

克鲁克山一天一天地长大，已经长成了秀气漂亮的小猫，躬着脊背轻柔地踩在沙发上，趴在他手边，轻缓地蹭一蹭他的手背。

小猫不会说话，但小猫能够感知到人的情绪。

它不太懂，这个人为什么老是望着一张纸发呆。

那张纸被折得规整，没有多余的折痕，妥善地放在一个白色信封里，被他珍藏起来，连边角都被精心抚平。

小猫歪着脑袋，睁大眼睛看过去。

好像是一幅画。

好像是由许多幅很小很小的画组合起来的一整页漫画。

简洁有力的黑色简笔画，从夏日初见，到书桌前并肩，到站台下的烟火，再到取景器里的回头一瞥。

同桌时偶然碰在一起的手肘，午睡时面对面，先睁眼时，望见的那一幕。

学校后山的小奶猫，江对岸的漫天烟火，倒数的新年快乐。

最后的落款像是斟酌了很久，有很多话要说，又止住。

——**Remember me.**

她最后只是这样写道。

Remember me.

Though I have to say goodbye.

（记住我。虽然我必须说再见。）

这是他们一起看的电影里插曲的歌词，当时以为只是过客，却没想到如此之贴切，几乎以一种不可忽视的姿态，停留在了他生命里。

沈衍舟盯着那张纸，极轻地摩挲着纸面上的人，沉默了好一会儿。

良久之后，他点开手机，无数次地点进一个联系人的朋友圈。

头像是一只小猫，名字叫“克鲁克山”。

这是蒋唱晚建的。

从捡到克鲁克山的第一天，她就创建了一个微信号。

第一条朋友圈是克鲁克山的自拍。小猫正对着镜头，眼睛好奇地瞪大，水灵灵的，配文是“爸爸妈妈，我出生啦”。

他当时还觉得她幼稚，没有想到以后有一天，他会盯着照片角落里女孩露出的一双笑眼而感到想念。

下一条是小猫从门口转角狂奔而来的视频。

它那时候刚恢复好，跑得很快，小小一个，从房间转角冲向手机，由远及近，像是要扑向屏幕。

配文是“循环播放一百次，小猫会冲出屏幕”。

少女笑着蹲下，伸出手为视频按下结束键，脸凑近，眉眼弯弯，小声接道：“我也会。”

沈衍舟那天将这个视频播放了一千零一次，可是什么也没有发生。

夜依然是夜，寂静依然是寂静。

想念依然是想念。

遥远的，触不可及的想念。

沈衍舟闭了闭眼，轻缓地呼出一口气，感到一种难言的闷胀。

……朝朝暮暮，长长久久。

许久之后，他再度抬睫，看着屏幕上少女模糊而灵动的笑眼，想：

蒋唱晚这个骗子。

时光飞逝，光阴荏苒。

向来不会为任何人停步的也只有时间。

又是一年九月。

新生开学季，A 大各类迎新活动搞得沸沸扬扬，又是迎新晚会，又是社团大战，校园里无比热闹。

编导社团的摊位前人满为患，一半人在看大屏幕上播放的作品和陈列的设备，一半人在跟摊位上的学姐打听消息。

“学姐，听说你们社团的社长，超级无敌帅啊……”

“听说还是国奖竞赛保送的！我以为理科男都不会这种文艺东西的……”

“有照片吗学姐？有微信吗学姐？求求你了学姐！”

在摊位上值班的学姐无奈，看着围在面前的人山人海，只能坐下来，做了“嘘”的手势，开始娓娓道来。

A 大编导社团的社长，确实是一位国奖保送的竞赛生不假，但他也不是什么都不懂的纯花瓶，对于拍摄、剪辑很有自己的想法，作品屡次受到表扬和社团指导老师的青睐，最后从上任社长手中接过了这个社长的担子。

“至于微信……”学姐说到这里，想了想，最后还是打开手机，翻出联系人，点开朋友圈。

“别高兴太早啊。”学姐告诫道，把手机屏幕翻转过来，给她们看，“我之所以可以给你们看，是因为……

“他朋友圈什么都没有。”

屏幕上，赫然是备注为“沈衍舟”的联系人微信，除了背景是一只小猫，什么都没有。

常年三天可见，没有留下一条朋友圈，甚至连个性签名都是空的。

几个人议论着，纷纷叹气，顿时像失去了加入社团的兴趣似的。

“欸……”在摊位值班的学姐徒劳地伸着手，却面对一众人的背影消失在人群中，只能收回手，无奈叹气。

“早知道不说了……先把她们骗进来再说……”

她正嘀咕着，面前忽然出现一只手。

纤细白皙，指骨修长明晰，连月牙都很饱满。

女孩儿站在摊位前，将填好的报名表扣在桌上，单手绕到身前，拽了拽要往下滑的相机带子，声音清脆。

“你好，我要报名。”

直到她快速向她确认了一遍报名表的信息无误，以及新生编导比赛的时间和流程之后，转身离开时，摊位上坐着的女孩儿才缓慢地回过神来。

那个女生走得很快，肩膀上挂着黑色的相机包，身影灵动轻快，很快消失在人群里。

但脆生生的声音,轻快俏皮的语调,还有那双笑眼,仿佛都还在耳边眼前。

摊位上的女孩儿顿了顿，盯着人来人往的路边许久，才收回视线，将那张报名表收起来。

放进招新资料前的一秒，她看了看上面的信息。

证件照清新干净，笑眼弯弯。

名字也很好听。

蒋唱晚。

大学的招新活动进行得很快，无论是学生会选拔，还是社团纳新，都在一周内迅速完成了。

编导社团因为整体活动较为复杂，在这场校园的狂欢盛典中占了下风，最晚结束。

新生编导大赛那天，现场来了不少人，将报告厅坐得满满当当的。有的甚至没有座位，站在最后一排，靠着墙，等着决赛开始。

人山人海中，有两个身影鬼鬼祟祟地从后门溜进来，弯着腰，猫着身子走过拥挤的过道，溜到最前一排。

“不好意思啊，小沈老师。”季程将卫衣帽子拉下来，双手合十，笑得很是狗腿，“你们学校安保太严了，溜进来花了点时间，不是故意迟到的啊。”

“哎呀。”他后面有个女生不耐烦地推了他一下，“少废话，快进去。”

“人家小沈老师辛苦帮我们占位置，比赛都快开始了，你还在这里叽叽喳喳，啰啰唆嗦……”

季程撇着嘴走进第二排的空座位，抱怨道：“程姗姗你也太粗鲁了……”

程姗姗怒而撸袖子：“你再说？”

“哎，不说了不说了……”

沈衍舟在舞台前目睹了这一幕，表情非常平静，只是眉尾往下压了压，好像早已经看过无数次这样的闹剧了。

他旁边对接的学妹没见过，等着他确认流程表的时候，轻轻地出声：

“学长，那两个人是不是不是我们学校的呀？”

她依稀记得听别人说过，这位学长不喜欢太过吵闹的人，以为他们是仗着有点旧交情，强行捆绑来看，于是建议道：“你下次不想让不熟的人来的话，直接拒绝就可以了，我们就不给他们排座位的……”

沈衍舟却像没听见一样，垂着眼看手上的流程图表格。

他神情平静认真，微微垂头，侧脸映着舞台屏幕变幻的灯光，显得格外疏离而遥远。

“不用。”好一会儿后，他确认完毕无误后，才将手上的文件交还给她，准备入座。

“他们是我朋友。”

报告厅的灯光暗下来，舞台上的灯光越发强烈，穿着晚礼服的主持人笑意盈盈，拿着话筒和手卡，大方自如地在掌声中开场。

第二排两个人的脑袋凑在一起，从前排评委的缝隙里看向舞台，嘀嘀咕咕。

“哇，不愧是全国第一的 A 大，帅哥美女这么多……”

“哪有啊？”季程皱眉，“他们也就成绩好点吧！其他都感觉跟我们高中时候差不多呢？”

“你真没劲……”程姗姗眉眼耷拉下来，吐字不清，“要是晚晚在就好了，晚晚会陪我一起看的……”

这句话结束后，两个人都顿了一顿。

季程停了两秒，缓慢靠回自己的椅背上。

程姗姗也安静了片刻，而后，望着屏幕上大大的“A 大新生编导大赛”的字样，很轻地叹了口气。

距离他们一起头脑风暴、一起寻找场景、一起拍摄的日子，已经过去三年了。

少年时候的友谊当然最为深刻，最密不可分，但也抵不过山海阻隔，与黑夜白天。

人处在不同的环境与不同的阶段，隔着八小时的时差，随着时间的推移，话也渐渐少了。

程姗姗仔细想想，也有相当一段时间没有跟蒋唱晚联系了。

但感情依旧。

朋友大抵就是如此，哪怕一段时间不讲话，一段时间不见面，依旧不能妨碍两个人的感情。

他们依旧是会为彼此吵架出头，两肋插刀的关系。

程姗姗望着舞台上闪烁的视频出神，想蒋唱晚要是出现在这里的话，她一定会飞奔过去，给她一个巨大的拥抱。

这样想着，她的视线缓慢落到了第一排。

前排的少年脊背靠在椅背上，神情平静地目视前方。

参赛选手的作品在大屏幕上播放，变幻的灯光落在他脸上，衬得人越发引人注目，引起不少小声的讨论。

但没有人知道他在想什么。

他看着一个个作品在面前播放，一个个稚嫩的选手走上舞台发表感想，心里在想谁。

这么多年，进入一个自己其实并不特别感兴趣的社团，在本就繁杂无趣的生活中，承担额外的工作，又究竟是为了谁。

好像一场无望的等待。

就好像始终觉得……会有这么一天的。

好像觉得，这个人也许永远不回来，也许明天就会回来。

直到又是一个作品的结束，舞台灯亮，主持人微笑着上台，几句话总结上个选手的作品，并为下一个选手的作品报幕时，他才垂下眼睫。

“唰”一声，报告厅再一次灯灭。

灯影绰绰，模糊不清，窃窃私语。

窗外透进一点光，映亮舞台边缘的人影。

像从前夏末秋初，叶还没完全落完，气温也还没有降下去的一中礼堂。

像她还在的时候。

沈衍舟神情平静淡然，显得有几分兴致寥寥，视线虚抬，扫过麦克风前站着的女孩儿时，却蓦然一顿。

好几秒后，心跳才后知后觉地变重起来。

一片模糊的灯光里，女孩儿站在舞台侧边的讲台上，单手调整麦克风，微微偏头，侧脸在黑暗里闪着微弱的光芒。

瞳孔闪闪发光。

像万人广场上，唯一的那颗星。

熟悉的星星。

沈衍舟顿了好一会儿。

一时间，周遭的声音都像听不见了，人声、音响声、别人叫他的声音，好像通通飘远了，只剩下震耳欲聋的心跳声。

“怦怦，怦怦……”

好像要蹦出胸腔。

直到舞台灯亮，女孩儿站在立麦前，视线环视过整个报告厅。

神情平静，毫不怯场，从容不迫，眉眼带笑，就像从前那样。

她望着第一排的方向，在影影绰绰的光芒中静了两秒。

然后微微俯身，握住麦克风，垂下眼，一字一句地轻声道：

“大家好。

“我是蒋唱晚。”

…………

比赛结束后，校门口的街边无比热闹。

正值晚间饭点，不少人扎堆结伴出来觅食。

九月的首都秋意已经浓重，是蒋唱晚见过的最四季分明的城市。

她跟着编导社团的学姐们走在路边，一个人落在人群最后，望着明显的秋意，忽地想起从前课本上学过的课文。

《北平的秋》。

那一瞬间，秋风拂过脸颊，她第一次觉得感同身受了那种，愿意为之付出一小部分生命的惬意。

人有很多事情，都是在长大之后才能感知到的。

小时候学过课文，学名家讲时间，讲秋天，讲城南旧事，然而那时候太懵懂，不懂他们为什么要用如此之大的篇幅，感叹时间悄悄地溜走，感叹北平的秋天，感叹爸爸的花儿落了，也不懂语文老师上课时情到深处的颤抖泪流。

后来才会懂。

“长大”，有时候只是一瞬间的事。

譬如生离，譬如死别，譬如她在异国他乡街头，独自一人度过的岁月。

时间和阅历赋予了她不少情感，以至于某些时候，竟然能够清晰地感知到自己的长大。

蒋唱晚踩着路上的落叶，想：多难得。

“晚晚，来，这边！”前方有学姐推开餐厅玻璃门，挥手招呼她。

蒋唱晚顿了两秒，应了一声，加快脚步，和人群一起走进餐厅里。

“人太多了，吃其他菜系好像都不太方便，我就自作主张吃火锅了啊。”学姐一边脱外套，一边招呼大家坐下，“不能吃辣的坐那边，那边是清汤锅。”

A 大学生来自天南海北，各个地方的都有，但吃辣的人还是少，没一会儿，清汤那边就坐满了。

蒋唱晚等了一会儿，看他们都坐下了，随便寻了个位置坐下，正对着满是辣椒的红汤。

大家都坐好之后，学姐环视一周，开始活跃气氛。

“不用拘谨啊！今天主要是大家都辛苦了，我们一起为这场比赛准备了这么久，也相处好一阵子了，非常愉快。不管能不能获奖，都是对自己最好的交代了。

“今天就是大家一起吃个饭，开心地收个尾！”

话音落下，大家纷纷举杯，干脆利落地在半空中碰了一下。这声音像是解开了什么魔咒，气氛一下子就活跃起来。

“你好，我是刚刚比赛排在你前面的选手。”蒋唱晚旁边有个娃娃脸的女生，看起来比较社恐害羞，小声跟她打招呼。

“我看了你的作品，特别特别喜欢。”

蒋唱晚轻轻“啊”了一声，说谢谢。

娃娃脸女生笑了一下：“听说你不是 A 大本校的学生，是交换来的？”

“对。”蒋唱晚点点头，解释道，“我大学是在纽约读的，来交换的。”

“哇！”女生感叹道，“好厉害啊！我还没去过 A 国呢？好玩吗？”

蒋唱晚顿了顿，像被这个问题难住了一般。

……怎么说呢？

不用参加数十万学生挤破头的高考，感受异国他乡的风情，认识世界各地的人，体会不同的文化，应该是好玩的。

只是她并不喜欢而已。

蒋唱晚思忖好一会儿，垂下眼，正要开口时，被桌另一边的喧闹声打断。

“学姐！沈学长会来跟我们一起吃饭吗？”

“对呀对呀，决赛都来了，结束了顺便吃顿饭应该不是什么大问题吧？”

被问的学姐端着饮料杯，竖起一根食指，轻轻摇了摇：“你们不知道，沈学长基本不参加这种聚餐的。

“来当决赛评委，那是他愿意，且还和工作沾点边，聚餐这种活动就跟工作、跟社团没什么关系了，他不会来的。”

还有人不死心，抱着学姐胳膊摇来晃去，想让她打个电话试试。

“欸，你们这群小朋友，怎么这么不听劝呢……”

学姐被烦得没办法，只好放下饮料杯，无奈地翻出手机联系人，按了拨号键。

一时间，桌上都安静下来。

满桌的人都听着“嘟嘟”的通话声，有人神情期待，瞳孔发亮，连蒋唱晚都有些紧张。

平直机械的嘟声响在耳边，她抿紧唇，忽地想起刚才的场景。

她站在台上，灯光落在身上，台下是乌泱泱的人群，昏暗不清，她却能清晰地一眼看见他。

好像瘦了点。

不知道有没有长高。

最近过得怎么样呢。

再次见到她，是什么心情呢。

她在台上的时候，看起来好像处变不惊，其实心里全在想这些。

……很没出息。

下台的时候最紧张。

因为她是最后一位，她的作品播放完毕后，就该说几句谢幕语，结束整个比赛了。

走下台阶的时候，蒋唱晚垂眼盯着路面，心里难得有些忐忑，还有些微妙的期待。

会发生什么呢？该说什么呢？

好久不见，应该用什么样的神态和表情呢？

脑子里大概有一千种想法，叽叽喳喳，聒噪不休，占满了整个大脑，但遗憾的是，一个都没有发生。

她走到后台的时候，沈衍舟已经不在了。

整个后台只有留下来等待的参赛选手和工作人员，人来人往，说话声不断，很拥挤，却又好像空落落的。

沈衍舟并没有留下来，并没有跟她讲话，也并没有出现偶像剧里常会出现的久别重逢的戏码。

蒋唱晚顿了顿，然后自嘲般笑了笑。

好像太过自作多情了。

也许好几年过去，他早就有了新生活，不再在意她了。

再一转眼，她就跟着社团的学姐来到了这里。

思绪晃荡一瞬，又被拉回来，蒋唱晚听着耳边似乎已经响了许久的“嘟”声，抿了口水。

两秒后，嘟声戛然而止。

“啊哦。”学姐看着因为无人接听而自动挂断的手机屏幕，耸了耸肩，意思是她也没办法，脸上还挂着“我说什么来着”的神情。

周围传来叹气的声音。有人肩膀和脊背倏然一塌，像丢失了精气神似的，撇着嘴叹气。

“欸，你们不能这样吧，虽然沈学长是很帅，但是他不来就不来嘛，也不能影响我们玩啊……”

学姐有点急了，苦口婆心地劝说大家，却不能阻止这种众人叹气的势头。

她还想说什么的时候，门口用来给商家提示的铃铛清脆地响起，以一种嘈杂环境里却不容忽视的姿态。

丁零零，空灵悦耳，落进人的耳朵里。

餐厅的玻璃门被从外推开，吹进一阵秋日爽朗的风，夹杂着枯叶奇异的气息，席卷到人的面前。

还有一缕……

蒋唱晚顿了顿。

非常熟悉的……青柠香气。

哪怕过了许多年，也还是如此清晰。

好像连气味和声音都在提醒她，她究竟记得有多清楚。

蒋唱晚顿了两秒，握住杯子的手收紧，缓慢抬起眼来。

来人好像丝毫不顾旁人的小声惊呼和议论，只是浅淡地点了点头，就当作招呼的回应。

他单手拎着外套，露出笔挺的身形，领口规整，穿着一件极浅的蓝色衬衫，然后——径直走到了她身旁。

“你好。”

他的声音从身体侧后方响起，余光里还能瞥见他的衬衫下摆一角。

沈衍舟单手搭在椅背上，是一个随时准备拉开椅子入座的姿势，垂眼问她："这里有人吗？"

声音平静，好像什么都没有发生，好像他们真的是互不认识到需要说"你好"的关系，却依旧引人注目。

一时间，他在身后的动静，以及全桌人神态各异、齐刷刷看过来的目光，蒋唱晚都顾不上了。

她只能听见自己心脏"怦怦"直跳的声音，还有不自觉屏住的呼吸。

好像过了好久，又好像没有，她才听见自己轻声开口：

"……没有。"

话音落下，身旁的椅子被拉开，那人动作干脆利落，不疾不徐地落座，连如此随意的举动都显得分外好看。

蒋唱晚还是目视前方，盯着沸腾的火锅汤面发呆，没敢向旁边望去。

经年不见，在人声鼎沸处，连仔细打量的勇气都没有。

桌上只寂静了一瞬，然后又迅速沸腾起来，嘈杂程度不亚于"咕噜咕噜"发出声响的汤底。

"沈学长来啦！"

"沈学长觉得我们今天的表现怎么样呀！"

"什么时候出比赛结果呀，沈学长？"

"刚刚学姐给你打电话你都不接，我们还以为你不会来了呢！"

"就是！学姐还说你平时都不参加这种活动，我们就说你不是那种人！"

沈衍舟就这么听着，有需要回应的就用一两句简短的语句回答，听到最后一句话时，很轻地挑了挑眉，不置可否。

"先吃饭吧。"他说。

他就这样轻描淡写地带过，留下学姐一脸震惊疑惑的神情。

饭桌上也分外热闹，大家本就逐渐熟悉起来，期盼的人来了之后，就更像往水里扔下一大串石子，涟漪不断。

"沈学长，你竟然这么能吃辣啊？"

"沈学长，你是哪里人呀？"

"沈学长，你为什么要来编导社团当社长呀？"

蒋唱晚听着旁边一连串的疑问，几乎可以算得上是热火朝天的聊天，又端起水杯抿了口水。

好在她旁边坐的女生好像对沈衍舟并不感兴趣，倒是有一搭没一搭地跟她聊着天，不然蒋唱晚真的不知道视线该往哪儿落，尴尬得想要遁地了。

“对。”蒋唱晚从走神中回来，回答旁边女生的问题，“我只待两年，是交换生，学分照算。”

等她回答完问题的工夫，也该沈衍舟答了。

他似乎顿了顿，思忖片刻，手里很轻地转着一个玻璃杯，而后避重就轻地回答道：

“因为我有一个很喜欢的人……

“她喜欢这个。”

…………

你为什么要参加编导社团？

——因为我有一个很喜欢的人，她喜欢这个。

蒋唱晚顿了顿，呼吸一滞，肢体好像霎时不受控制似的，手里的杯子不经意一晃，洒了点水出来。

她却无暇顾及，只是在心里默念着这句话。

……他有一个，很喜欢的人。

直到旁边的女生急忙给她扯了几张纸巾，蒋唱晚停了好几秒，才回神，接过，边擦边小声道歉。

但她的动静并没有被人注意到，因为被惊到的人并不只她一个。

“啊……”

沈衍舟这话一出，有人震惊，有人遗憾，也有人目瞪口呆地追问：

“所以……沈学长现在是有女朋友了吗？”

沈衍舟顿了顿。

视线里，坐在他身旁的女孩儿正手忙脚乱地擦着不小心倒出来的水，好像根本没在听他在说什么。

他静了几秒，收回视线。

“……还不算吧。”

他这样说。想了想，又接着补充道：“表过白，她还没同意。”

这两句话看似平静，却像巨石般砸下来，将周围人惊得面面相觑，一时没人说话。

蒋唱晚的手更抖了，摇摇晃晃地去擦桌上的水，以至于旁边的女孩都大惊，小声问她是不是有帕金森。

蒋唱晚缓慢而又小幅度地摇摇头，颤颤巍巍地说没有。

……她好想逃。

她承认一开始是有一点小期待，但又随着没见到他而失落覆灭，有一点小失望，但是随着沈衍舟的话越往外抛越多，她已经感到了那种熟悉的、危险逼近的感觉。

偏偏桌上还有人好奇，问：

“是谁啊，学长？”

“是我们学校的吗？”

“怎么还有人不同意你的啊？”

“欸，你们一点都不仔细，人家学长用的是‘还’，证明别人不是不同意，而是还没有作出回应而已……”

新生们初来乍到，对这些八卦最是热衷，此刻已然沸腾起来。

“是谁啊是谁啊！还在思考什么啊！我们认识吗，学长？”

“对，我们认识的话，我们去帮你问问她还在想什么！”

蒋唱晚心脏一紧,不祥的预感愈演愈烈,忙把手里的东西放下,准备起身。

“我去个卫生间……”

“——刺啦。”

她旁边的人没等她有什么大动作，就长腿一伸，将座位后移，挡住她出去的路。

沈衍舟顿了两秒，缓慢抬眼，看着她。

“听到了吗？”

他问她。

神情平静，视线透过琥珀色的瞳孔，定定地落在她身上。

“大家都有问题要问你。

“准备什么时候才不装不认识，蒋唱晚？”

…………

后来经济学院的沈学长和来艺术学院交换的小学妹是旧相识这件事，很快传遍了整个校园，更有在场者把当时的场景描述得绘声绘色，那叫一个有趣，都快赶上说书人了。

对此，程姗姗表示：“没事，也算圆了你的偶像剧梦想了。”

蒋唱晚唯有扶额沉默。

她也会在某个瞬间想起当时的场景，想起她跟沈衍舟解释，不是故意不告诉他，而是这个交换名额得来得很费劲，历经了千辛万苦，直到最后时刻才落定，没来得及说。

也想起沈衍舟顿了好久，跟她讲，他刚刚没有在后台等她，是因为比赛结束后就去找了组委会，以“有亲属参赛”为由，退出了比赛的评分。

他想让她拿奖拿得光明磊落。

当然，蒋唱晚也是如假包换的第一名。

跟从前一样。

那时火锅店外的梧桐树下，正是日落时分。

蒋唱晚站在原地，正想再说点什么的时候，听见他倏然开口。

“瘦了。”

沈衍舟这样说。

声音很轻，散在空气里。

蒋唱晚的动作倏然一顿，就那么停住了。

他其实不是没在听，只是分心在关心她有什么变化。

是瘦了，蒋唱晚想。

刚去的时候倒时差，每一个日夜都睡不着觉，从路的这头走到那头，找不出一个想吃的东西。

更重要的是，很想念他们。

很想念他。

但是这些话在脑子里转了一圈，最后又被咽下喉咙口。

周遭好像忽然安静下来。

久别重逢的戏码好像终于越过了许多乌龙，直到此刻才开始上演。

两个人站在黄昏时分的胡同小巷里，感受着风吹树林，树叶簌簌作响的声音，感受着不远处小摊贩的吆喝，还有过路人的聊天声，感受着久违的目光落在彼此身上，安静地对视着。

“是瘦了。”

蒋唱晚最后很轻地叹了口气，这样说道。

她看着少年的眼睛，一字一句，轻声道：

“我也很想念你。”

一句发自真心的“想念你”，少年人分隔的时日，就这样静悄悄地消弭。

时间一晃而过，昔日在学校里插科打诨的四个人，如今在四季分明的北方城市里，也过上了节。

十二月末尾，元旦。

程姗姗和蒋唱晚抱着抱枕坐在阳台上，看着窗外的雪。

两个南方人一动不动地隔着玻璃看雪，看雪花纷纷扬扬从天上落下，然后顺利地堆在地面上。

“都不会化的……”蒋唱晚喃喃道。

季程打完电话，终于说服他妈让他留在首都过元旦，很是嘚瑟地走过来，评价道：“这可是北方，你以为呢，像我们那儿，下个雪全校都得放假啊……”

“……喊。”蒋唱晚白了他一眼，抱着克鲁克山起身去厨房，慢悠悠地磨蹭到那人旁边，捏着克鲁克山的爪子，一晃一晃，问：“需不需要我帮忙呀？”

沈衍舟瞥了她一眼，单手把洗菜的水倒掉，都没半秒犹豫：“不用。”

“怎么看不起我啊？”蒋唱晚道，“我在纽约已经学会自己做饭了好吗？留子的必备技能……”

沈衍舟闻言，挑眉瞥了她一眼，装作惊讶的模样：“是么？”

“嗯呢！”蒋唱晚自豪地点头，胸脯挺得可直了。

“那你帮帮我。”沈衍舟说。

蒋唱晚弯腰把克鲁克山放在地上，拍拍她，让她出去找姗姗阿姨，接着直起身来，又是撸袖子又是扎头发的，问：“帮你什么？”

“帮我戴一下围裙。”沈衍舟说。

这也要我帮啊？

她一边吐槽着，一边撇嘴去把围裙拿过来，伸手套在他脖子上，然后喊他：“转身。”

沈衍舟看了眼手上端着的碗：“不转能戴上吗？”

蒋唱晚看他确实好像不太方便的样子，顿了顿，说：“……我试试吧。”

沈衍舟面对着她，为了方便她动作，双手抬起，像一个环抱的姿态。

蒋唱晚理了理围裙的绳子，然后向前走了半步，双臂环过他的腰两侧，人在他身前，手在他身后，就这么盲打起结来。

围裙的绳子本来就不算太长，她也不能系得太松，怕滑落下来，于是整个人越站越近，绳结在手中流转的同时，她整个人也几乎要贴在沈衍舟胸膛上了。

女孩轻轻蹙着眉，好像正在专注地做什么精细活儿似的。

沈衍舟垂眼看着她。

很近。

她呼吸带起的风似乎都擦过他身前，碎发偶尔挠在他下巴，有些痒。

他双臂环在她脖颈两侧，沈衍舟盯着少女白净细腻的侧颈，好像不自觉地、轻缓地、悄悄地将双臂收紧。

……像是一个怀抱。

好像蒋唱晚在专心帮忙，他却胡思乱想，心猿意马。

过了两秒，身前少女的神情倏然一放松，身体往后撤了小半步。

“好了！”

脖颈刚一后仰，就抵上身后的手臂，范围有限，以至于距离根本没拉开远，反而对上了他的视线。

——安静的，深邃的，闪着光的。

有些时候，许多言语都显得多余，像是浪漫场景之下，人自然而然的身体本能。

对视几秒后，空气又逐渐变得黏稠，两个人好像也越来越近。

呼吸若有似无地拂过脸上，气息交缠得越来越紧，原本放松的手臂屈起一瞬，而后逐渐收紧。

异样的悸动从胸腔内传来，几乎让人感到四肢酸软，为接下来会发生的事情而战栗。

然而，就在呼吸紧密交缠，唇瓣即将触上的瞬间——

沈衍舟停止了动作。

那感觉其实很明显，对于蒋唱晚而言，他那看似微弱的停顿，就好像流星擦过天空时，倏然调转了个头，往来路飞回去了。

蒋唱晚顿了两秒，缓慢睁开眼，看着他。

沈衍舟也沉默两秒。

接着，他喉结滚了滚，移开视线，后退一步，装作若无其事地道：“水要烧开了。”

蒋唱晚盯着根本没有动静的水面。

“……啊？”

今年的跨年夜活动定在了室内。

南方人是喜欢雪，但北方的夜晚实在太冷了，程姗姗和蒋唱晚翻来覆去，最后一想到大晚上穿着羽绒服在室外，就歇菜了。

“客厅里玩点游戏就算了。”

几个人或趴或坐，在有地暖的地板上玩《大富翁》，还混杂了真心话大冒险，你一步我一步，骰子声和金币声响亮，混杂着跨年晚会的背景音，好不热闹，就这么一直到凌晨的逼近。

大家纷纷起身，套上厚重的羽绒服，一前一后出了门。

蒋唱晚走在最前面，穿着厚重的雪地靴，在雪堆里一踩一个坑，抬头看天空，分析道：“我们这个小区感觉矮矮的呀，有没有什么高一点的地方啊？”

“不知道啊。”程姗姗的声音从后面传来，“季程说他做了攻略，说就这儿不远处有个小山坡。”

只见季程背着巨大无比的登山包，身先士卒，艰难地迈步走在最前面，带着她们往前走。

“欸？”蒋唱晚走出去几步，回头看，“沈衍舟呢？”

程姗姗也回头：“不知道啊，没看到啊。”

蒋唱晚蹙着眉，疑惑地往前望去。

但已经快要走出小区外，树木连片，路灯微弱，蒋唱晚又转头看了一眼，家里的灯确实是黑的，身后也确实没有人。

“有可能走在前面了吧……”她应道。

可能他走得太快，她们没有注意到吧。

蒋唱晚挽着程姗姗的手，两个人踩着路边的雪，慢悠悠地往前走。

“你觉不觉得，他们两个好奇怪啊？”

“我也觉得，平时他们都会等我们的，今天也不知道怎么了……”

两个人一路上有一搭没一搭地聊着天，走得很慢，晃晃悠悠到小山坡的时候，已经过了二十分钟，剩下的两个人不见踪影。

“奇了怪了……”程姗姗看着手机屏幕，纳闷道，“电话也不接。”

“是不是没信号？”蒋唱晚抬头看，隐约看见山坡上有一点闪光，“我们先上去看看呢？说不定他们在上面等我们呢。”

“也是。”程姗姗跟着她往上走，“再晚点就要错过烟花了。”

两个人都不爱锻炼，短短几步台阶爬得她们气喘吁吁，程姗姗好一点，在她前面两三米的地方。

程姗姗本来停下步伐，想等她，蒋唱晚看见了，双手叉着腰，原地休息，跟她挥了挥手：“你先上去吧，我还得歇会儿。”

一句话说得断断续续，气都喘不匀，看起来是真的没力气了。

程姗姗看她这模样，只好叮嘱了她两句，说小心点啊，就转身向上走去。

没几步，她的身影就消失在了蒋唱晚的视线里。

蒋唱晚站在原地歇了一会儿，一边在心里骂季程，想说他找了个什么破地方，一边在心里骂沈衍舟，想说这个人怎么都不知道等等她的。

好不容易平复好了呼吸和心跳，正准备继续往上走时，忽然听前方传来一声尖叫。

“哇！”

非常短促,只起了一个音节,就好像被人捂住嘴巴制止一样,戛然而止了。

蒋唱晚顿了顿，有些担心起来，喊道：“姗姗？”

她立刻大步往上走，步子迈得极大，几乎都要手脚并用了，也顾不得什么累不累的，喊道：“……姗姗？你在吗？

“程姗姗？你怎么了？”

好半晌，山顶上才传来一声大声的回复，还有点磕巴：“……我，我没事！我就是被绊了一下！”

蒋唱晚顿时松了一大口气，慢慢悠悠地跨上最后一级台阶：“你吓死我……”

明晃晃、金灿灿的灯串映入眼帘时，蒋唱晚顿了好一会儿，望着几乎把这一小片天映亮的星星灯串，好半晌才记得把最后一步落下。

她站定，盯着闪烁的光芒，有几分迟钝。

山顶寂寥无人，空旷而寂静，连空气都有种无人涉足般的生冷，带着霜雪的味道吸进鼻腔，又在几秒后重新落在旷野里。

灯串是这里唯一的光。

接连闪烁，向远处延伸，勾勒出一个露台的模样。

蒋唱晚的视线在闪光的星星串中流转，而后缓慢下移，落在不远处正前方站着的人身上。

沈衍舟站在那里,身姿挺拔,身形颀长,是厚厚的冬衣也裹不住的少年感。

“你喜欢的，山顶露台。”

他嘴角带着点不明显的笑意，偏头看着她，这样说道。

蒋唱晚依旧停在原地，错愕地望着他的脸，久久不能回神。

她大脑像是停滞了一般，转得十分缓慢。

她什么时候说过，她喜欢山顶露台？

和沈衍舟一起的回忆实在太多，以至于她望着他，在脑海中搜寻了许久，才倏然从记忆一角里寻到一点蛛丝马迹。

很早的时候了，约莫还是高中。

她等沈衍舟竞赛课下课，在走廊上玩手机，看视频看得太入迷，以至于他走出来，喊了她好几声，她都没有反应。

沈衍舟没办法，伸手摘掉她的耳机，结果蒋唱晚抬起头来，满脸都是眼泪，哭得抽抽噎噎的，嘴里还不住念叨着："太感人了，太感人了。"

"沈衍舟，你看看这个。"她哭得都快打嗝了，把手机塞到他手里，边擦眼泪边往前走。

沈衍舟沉默两秒，垂眼去看她手机里正在播放的视频。

其实是一个很普通的表白记录，男主人公选择了一个山顶露台的场景，接下来的流程也中规中矩：告白，接受，拥吻，人群欢呼，礼花沸腾。

一切都显得中规中矩，但他不懂，为什么视频里的女主人公，记录这个故事的朋友，还有远在屏幕之外的蒋唱晚，哭得那么厉害。

"我以后也……我以后也要在这里接受表白……"蒋唱晚一边擦眼泪，一边从他手上拿回手机，抽抽噎噎地继续往前走了。

沈衍舟当时不置可否，只是两步越过她，往她面前递了张纸巾，然后轻声评价道："……无聊。"

这个记忆片段好像只是他们一起经历的众多时光中，最不起眼的一段，以至于蒋唱晚早就忘记了。

她也从来没有想过，他这样好像对什么都不感兴趣的人，会把她的随口一句记在心里。

一记就是好多年。

眼眶湿润间，少年已经走到她身前，垂眼看着她。

他竟然难得有些害羞，微微偏着头，低声道："只是我觉得你应该是需要一些仪式感的。"

从小就偷偷看言情小说和偶像剧的小女孩，应该是喜欢这些的。

而他恰好是一个比较老派的人，觉得没有明确的表白之前，一切都显得不稳固。

"我之前一直不明白，为什么人总要执着于这些实际上并没有用的仪式，要在这种时刻真情流露，泪流满面。

"譬如告白，譬如求婚，譬如婚礼。

“我都不理解。

“直到后来遇见了你。”

他望着她，安静地道。

“因为你喜欢，所以想要给你；因为我喜欢你，所以想要给你。

“这种时刻就好像历史书上明确标出的‘开始时间’与‘起始点’，是人生里需要纪念的瞬间。

“是非常非常珍贵的瞬间。”

沈衍舟望着她，琥珀色的瞳孔映着灯串星芒，显得异常平静和温柔。

少年伸出手，在漫天星光之下，问她：

“你愿意跟我谈恋爱吗，蒋唱晚？”

那一瞬间，时间好像停滞，然后倒退，回到最初的那个起点。

夏日林荫，少年穿着白衬衫，站在她身前，垂眼向她伸出手，问她愿不愿意与他同行。

一晃就是四年。

蝉鸣与树荫，雨后的青草地，崭新的书页，新年时的烟花，受伤时环住的脖颈，短到一眨眼就结束的回家路，凌晨三点的《寻梦环游记》。

所有所有她记忆里，关于青春的回忆，都与眼前这个人有关。

蒋唱晚偏开眼，眼里泪光闪烁。

季程和程姗姗在一旁捂着嘴忍住欢呼，拿着小小的礼炮和手机，帮她记录这个瞬间。

好半晌之后，她将视线移回来，看着面前这个猝不及防闯进她生命里、陪她度过无数个夏天的少年，露出一个笑，眉眼弯弯，回应道——

“愿意呀。”

话音落下的瞬间，新年零点的烟花腾空而起，绚烂地在空中绽放。

烟花声、欢呼声、笑声，全混在一起，像十六岁初见的那个夏天，像她决心要永远在他身旁的那一年。

时间不同，地点不同，但好在人始终如故。

几个人挤在帐篷外的野餐垫上看星星，蒋唱晚的手偷偷探入口袋，把那枚经年的硬币握在掌心。

她偏头凑在少年耳边，轻声说：“沈衍舟，你还欠我一个愿望。”

“我知道。”

少年应道，仿佛知道她在说什么一样，长指握住她手腕，然后探入口袋，一点一点地跟她十指相扣，将那枚硬币藏在掌心。

“不用它。”沈衍舟说。

“以后你所有的愿望，我都会帮你实现。”

朝朝暮暮，长长久久。

北方生冷的空气在鼻息间流转，头顶星河璀璨，好几年的光阴就这么流去，夹杂着快乐与想念，迎来新的天明。

蒋唱晚会永远记住这个瞬间。

（正文完）

| 番外 |

今晚的月亮

Neng Bu Neng Ting hua

蒋唱晚大学毕业的第三年，一家人都回了家属院过年。

“咋不回南山啊？都挤家属院里，一套三室的房子，你们一群人住得下吗？”蒋唱晚来沿海城市做纪录片项目，程姗姗跟着她来玩，这会儿一边收拾回家的东西，一边问。

“住得下啊。”蒋唱晚收拾完了，费劲地把行李箱合上，擦了擦额角的汗，“你是不知道，我们家对门就是我嫂子家，住不下就把我哥赶到对面去呗。”

“也是。”程姗姗嘀咕道，“南山没什么人气，不热闹。”

蒋唱晚兀自顿了顿：“……叫嫂子可真奇怪啊，我还是喜欢叫姐姐。”

她哥女朋友是他从小一起长大的发小，也是她的初高中学姐，两家人在家属院里都是住对门的关系，二十几年过去，也算是从青梅竹马变情人了。

对于这件事，最高兴的人大概是孟女士，她喜欢燕啾大概比喜欢她这个亲女儿还多了。

蒋唱晚这样想。

她和程姗姗两个人同一航班，打了车去机场，上飞机就开始昏睡，连发餐都睡过了，一路睡到降落。两人拎着行李，在机场门口说了再见，程姗姗转身上了她爸的车。

蒋唱晚站在原地挥挥手，车路过时，隔着玻璃都能听见大声的DJ音乐。

“怎么也飞不出，花花的世界……”

蒋唱晚沉默着，保持着微笑的表情，直到那辆车开进主道，才偏头望去。

另一辆黑色的车缓缓在不远处的车道停下，车门打开，有人长腿迈开，下车走过来。

C市的冬天不算很冷，他穿了件大衣，板型挺括，面料极好，衬得人肩宽腰窄，遥遥看他走过来，都是一道十分赏心悦目的风景线。

蒋唱晚远远看着沈衍舟走过来，两个人对视着，距离不断缩近，嘴角不自觉带上了点笑。

“怎么是你啊？”她问。

她知道沈衍舟忙，都没叫他来接，软磨硬泡打了两个电话，硬让他哥来接她。

对此蒋惊寒表示：“他忙，我就不忙啊？

“我的时间就不是时间啊？”

蒋唱晚就咿咿呀呀地装没听见，从小到大都管用的一招，对面终于无言应了。

只是没想到，来的还是沈衍舟。

“刚好有空，就来了。”他轻描淡写地说。

还有两步的距离，蒋唱晚低下头，把行李箱往前推，是一个准备把行李给他拿的动作，没想到那人直接径自越过行李箱，向她伸出手臂。

长臂在腰侧一揽，人就被他拉到怀里，迎上了冬日里愈加凛冽的气息。

……一个结结实实的拥抱。

车到家属院楼下，停好车之后，两个人拿着行李上楼，在楼道里就已经能听见热闹的声响。

“哎呀让开让开让开，蒋扬你会不会包饺子啊，怎么这么丑啊。”孟女士一把挤开她老公，接过餐台上的包饺子大任，并驱赶他去看锅里炖的汤。

老蒋无奈，叹了口气，转身去灶台边，揭开盖子看了一下。咕噜咕噜的沸腾声响和扑鼻的香气一起传来，让刚踏出楼道的蒋唱晚一阵小跑。

“酸萝卜老鸭汤！我闻到了！”

她嚷嚷着，以这样一个喧闹的姿势快速入场，引来所有人的目光。

孟女士显然已经习惯，只顿了两秒，就嫌弃道：“……能不能有点姑娘家的样子？狗鼻子比谁都灵。”

闹腾一阵，门铃又响。全家人做饭的做饭，煲汤的煲汤，包饺子的包饺子，都腾不出空儿，只有蒋唱晚美滋滋坐在沙发上看电视，这会儿只好站起来去开门。

刚透过猫眼瞄了一眼，就看见一个巨大的卡通图案包装贴在外面，完全阻隔了她的视线。

蒋唱晚登时兴致寥寥，撇着嘴按下门把手，在门打开之前就转身离去，并播报道：“我哥回来了。”

这种用 Hello Kitty 包装袋挡住猫眼，只为让她问门外是谁的把戏，只有蒋惊寒会做。

“走什么啊。”蒋唱晚还没顺利走到沙发边上，就被她哥拽回来，往她手上塞了一大袋零食，“东西也不接一下。”

蒋唱晚手上莫名其妙就挂了好几个袋子，怒了：“就几步路也要我帮你提啊，你是不是没手啊！”

蒋惊寒瞥她一眼，慢悠悠地道：“让我去接你的时候，你可不是这样说的啊。”

说着，他靠在墙边上，好像是在回忆的模样，学着她的声音和语气：“哥哥，哥哥，你最好了哥哥，没你不行……”

“喂！”蒋唱晚一个原地起跳，蹦起来捂他嘴，被蒋惊寒轻松躲过，来回几次还是没有成功之后，怒而告状。

“啾啾！你看他！”

“就会告状。”蒋惊寒说她，“除了告状你还会什么？”

蒋唱晚充耳不闻，加大音量：“啾啾姐姐！你看看他！他又欺负我了！”

燕啾刚打完电话，抱着电脑从门口进来，跟家里长辈一一打过招呼之后，闻言，路过时轻轻往男人脸上拍了一下。

力度很小，伤害性不高，但侮辱性极高。

她拍完就继续往前走，跟从房间里走出来的沈衍舟点点头示意，坐到沙发上去了，好像那个动作只是一个漫不经心的小插曲。

蒋唱晚眼睁睁看着她哥神情倏然变了，又变回那副居高临下、懒得跟她玩的模样，瞥了她一眼，走了。

“略。”她冲她哥做了个鬼脸，小声道，“会告状的人能获得奖励。”

蒋惊寒：“……呵呵。”

恰好燕啾把手头最后一点工作处理完，伸手把电脑一扣，转头跟她说：“这几袋是给你的。

“前几天在奥兰多出差，路过环球影城，就给你买了点周边。”

蒋唱晚眉毛都飞起来了，这才美滋滋地拆开袋子一一看起来。

“哇！比比多味豆！

“哇！蜂蜜公爵糖果！”

“哇！巧克力蛙！”她索性把袋子一斜，将里面的东西都倒出来，一一清点着，咋舌道，“怎么这么多？”

巴掌大小的蓝色五边形包装盒几乎堆满了整个沙发，都可以堆出一个圣诞树来了。

燕啾看着她，十分善解人意：“怕你抽不到喜欢的卡片，所以就都买了。”

众所周知，《哈利·波特》中的巧克力蛙里，最稀奇的不是形似青蛙且真的会蹦走的一大块巧克力，而是背后附送的卡片。

上面随机印有魔法世界里著名的男女巫师肖像和事迹，可以用来收集。

“姐姐！”蒋唱晚热泪盈眶，当即就拆了一个，就差哭天喊地了，“你简直就是我亲姐姐！”

“嗯呢。”燕啾矜持地点了点头，忍了忍笑，伸指点了点旁边的男人，“那你该叫他什么？”

蒋唱晚也十分爽快，笑眯眯地大声道：“姐夫好。”

蒋惊寒：……得。

这么多年白干了呗。

他无言地转开视线，转向客厅里唯一一个没说话的男人，企图寻求到一点微小的安慰。

沈衍舟看了他一眼，挑了挑眉，显然也分得清谁才是大小王。

“看我干什么？”他淡淡道，“姐夫。”

蒋惊寒：“……算了。”

年夜饭好不热闹。

几乎每个人都下厨做了自己的拿手菜，连蒋唱晚和燕啾这种其实并没有“拿手菜”的人也不例外。

“来了来了，我和啾啾姐共同制作的豪华蛋炒饭来了！”蒋唱晚将这份蛋炒饭吆喝出了一种价值千金的架势，小心翼翼地避开人群，顺利将它端到饭桌上，拍拍手，得意道，“我放了十个鸡蛋呢！”

孟女士：“……多少？”

蒋扬默默抹了把脸，评价道：“鸡听了都要流泪。”

“好了，来吃饭了。”

电视里是春晚的背景音，一家人围坐在一起。

孟青和蒋扬夫妻俩开了瓶酒，一人倒了一点，没有敬酒之类的虚言，爱喝不喝，不喝的就给倒豆奶或者椰奶，这会儿讲着做生意里遇到的奇葩人，把大家逗得前仰后合。

张阿姨坐在他们旁边，喝了一点酒，迅速上脸，脸红红的，也跟他们聊着天，好不热闹。

桌的对面是两对小情侣，非常随意地聊着天。沈衍舟坐在蒋唱晚旁边，时不时给她夹点菜。

克鲁克山和 Sirius，一猫一狗，在桌下蹭着人裤脚，团团打转。

“天呢，我哥读高中的时候可臭屁了！”蒋唱晚一边夹了块排骨，放在手心喂那只白色萨摩耶，一边吐槽道，“不知道搁哪儿学的，打球一定要戴发带，打完了随手一摘，天呢，旁边那个欢呼声一阵一阵的……”

“准确的。”燕啾点头赞同，“喝完的水瓶也一定要随手往垃圾桶里一扔，就硬凹松弛。”

“不是，你们懂不懂啊。”蒋惊寒就差把无语写在脸上了，懒得解释，以退为进，看着蒋唱晚，转移矛盾，“那你呢？小时候言情小说看多了，披着床单装自己是公主。”

蒋唱晚顿了几秒：“……那咋了？”

她理直气壮地说完，偷偷瞄了旁边人一眼。

沈衍舟没看她，安安静静地给她剥虾，头也没抬地道：“不意外啊。

“你做出什么我都不意外。”

“确实。”蒋惊寒点头，“毕竟是在摩尔庄园与小学生对阵的人。”

蒋唱晚：“……你们再说试试呢！”

一阵热闹的嬉笑之后，门铃又响了。

蒋唱晚驱赶开挡路的猫猫狗狗，踢踏着拖鞋去开门。

“妈！嘉树哥来了。”

“哎哟，小喻啊，来来来。”

孟女士连忙招呼着大家坐得紧一点，给他腾位置：“还带什么礼物呀！

我们都吃了一半了啊小喻，你怎么也不早点来？”

喻嘉树笑了下：“刚从公司回来呢，孟阿姨。不打扰你们就不错了。”

“哪儿来的话！快坐！”孟女士招呼着他。

“怎么？”蒋惊寒懒洋洋地看他，“一年没见了，大过年的，终于想起我们来了？”

“没想起你。”喻嘉树说，坐下就从他的筷子下面抢了一只螃蟹，“少往自己脸上贴金。”

大家又是一阵笑。

克鲁克山在沙发上蹦跳，按到遥控器，将电视切到了另一个频道，广告里的女星长着一张国民初恋脸，正推荐着某个品牌的橘子汽水。

蒋唱晚过去换台的时候惊讶地咕哝着：“咦？这不是我们读高中的时候，最喜欢喝的那个橘子汽水吗？玻璃瓶儿的，竟然到现在还有啊。

“还做上广告代言了，发展得还不错嘛。”

桌边的人闻言，也向电视机前望去一眼，富有年代感和记忆的东西迅速将话题拉回从前。

“我们还好吧，树是真的爱喝。”

“大夏天的来一瓶，别提多爽了。”

“当时小卖部还老断货呢，去晚了就没有了……”

一片嘈杂里，喻嘉树望着屏幕上莫名熟悉而又莫名亲切的代言人，顿了好一会儿，直到广告结束，另一个节目开场，才缓慢收回视线。

“你不可以再吃了！”蒋唱晚站在沙发前训狗，竖起一根手指，跟白白胖胖的萨摩耶对峙，“再吃要成小胖狗了！”

小狗聪明得很，眼睛滴溜溜转，跑到沈衍舟裤脚下蹭。

“……还知道找外援是吧。”

沈衍舟熟视无睹，喂了它一块肉，摸摸脑袋，淡声道：“跟姨姨说，最后一口。”

小狗屁颠颠吃了，然后咧开嘴，冲蒋唱晚摇尾巴。

蒋唱晚望着围着她转的小猫小狗，还有坐在沙发上的男人，忽地歇了声，妥协道：“……好吧，就最后一口啊。”

她对这个人，总是没有办法的。

就像当初。

电视里倒数声渐近，不大的老房子里挤满了人，聊天声和笑声混在一起，小猫小狗追逐玩耍，好不热闹。

家庭圆满，独身快乐，爱人相拥，未来光明。

凌晨到来的瞬间，窗外烟花绚烂。

但蒋唱晚觉得，最灿烂的，不过今晚的月亮。

后记

Neng Bu Neng Ting hua

到这里，兄妹俩的故事终于都写完啦。

番外选择了一个大团圆的节点，把这群家属院一起长大的人都聚在了一起。

燕啾和蒋惊寒感情稳定，各自事业繁忙，喻嘉树创业成功，捱过了最难过的时刻，差一点就要遇到年少时没能遇到的人。（详情请见《暮色晚星》与《星光降落》。）

而蒋唱晚，可以说是这帮发小里，最幸福的人。

我选择写群像的大团圆番外，而没有写她和沈衍舟的日常，就是因为觉得，她已经很幸福了。

一来她本身家境优渥，又是最小的妹妹，从小到大都有许多特权。二来，她本来也是一个拥有无穷无尽能量的人，对生活永远斗志昂然，就算落入困境，也会逆风翻盘。

如果按现在的 MBTI 十六人格分类来划分的话，她是一个完完全全的 ENFP 人格。她远比她哥还要更加典型，是勇敢无畏，重情重义，任何情况都勇往直前的格兰芬多。

写《暮色》的时候，我就想过，要什么样的人才能吸引她。

不能太相似，否则会沦为朋友；也不能太不同，因为缺乏共情与理解。

于是就有了沈衍舟。

他在很大程度上承担了内敛敏感、情绪细腻、细节周到的责任。家庭环境的影响，让他成熟懂事，沉静内敛，内核极其稳定，完全能够为蒋唱晚这样的捣蛋鬼兜底。

更难得的是，他们同频。

看起来再跳脱无厘头的人，也会有自己坚持不懈想要追寻的梦想。看起来再沉静稳定的人，也会有自己或脆弱或幼稚的一刻。

两个截然不同的人，能够在成长的过程中理解彼此、陪伴彼此，这再珍贵不过了。

人有千千万万面，也有千千万万种性格。低能量的人会羡慕高能量人的精力，高能量的人想要拥有低能量人的沉静。但每个人都是独一无二的。

大胆地做自己就好，总有一天，上帝这个作者，会为你量身打造，只属于你的男主角。

栖遥